W0413048

Mit ihrem Roman »Der größere Teil der Welt« gelang Jennifer Egan der internationale Durchbruch. Jetzt knüpft sie in ihrem neuen visionären Roman »Candy Haus« über unsere Gegenwart ein schillerndes Netz aus Lebensläufen. Im Mittelpunkt steht der charismatische Bix Bouton, Gründer eines atemberaubenden Start-ups in Amerika. Sein Coup ist eine App, die unsere Erinnerungen ins Netz hochlädt. Ein gefährliches Glück, denn die Erinnerungen werden für andere sichtbar. Und da ist Bennie Salazar, Ex-Punk-Rocker, der als Musikproduzent in Luxus driftet und seinen Sohn an die Sucht verliert …

»Das große literarische Ereignis« The Standard

JENNIFER EGAN wurde 1962 in Chicago geboren und wuchs in San Francisco auf. Sie lebt heute mit ihrem Mann und zwei Söhnen in Brooklyn, New York. Neben ihren Romanen und Kurzgeschichten schreibt sie für den »New Yorker« sowie das »New York Times Magazine« und lehrt an der Columbia University Creative Writing. Für ihren Roman »Der größere Teil der Welt« erhielt sie 2011 den Pulitzer Prize, den National Book Critics Circle Award und den Los Angeles Times Book Prize. Zuletzt erschien ihr Roman »Manhattan Beach« (2017), der wochenlang auf der »New York Times«-Bestsellerliste stand.

HENNING AHRENS lebt als Schriftsteller und Übersetzer in Frankfurt am Main. Er veröffentlichte diverse Lyrikbände sowie die Romane »Lauf Jäger lauf«, »Langsamer Walzer«, »Tiertage« und »Glantz und Gloria«. Für S. Fischer übersetzte er Romane von Richard Powers, Kevin Powers, Khaled Hosseini. Zuletzt erschien sein Roman »Mitgift«.

Weitere Informationen finden Sie auf www.fischerverlage.de

Jennifer Egan

CANDY HAUS

Roman

Aus dem amerikanischen Englisch
von Henning Ahrens

FISCHER Taschenbuch

MIX
Papier | Fördert gute Waldnutzung
FSC® C014496

Erschienen bei FISCHER Taschenbuch
Frankfurt am Main, März 2024

Die Originalausgabe erschien 2022 unter dem Titel
»The Candy House« bei Scribner, an imprint of Simon & Schuster, Inc., New York, USA.
Copyright © 2022 by Jennifer Egan

Für die deutschsprachige Ausgabe:
© 2022 S. Fischer Verlag GmbH, Hedderichstr. 114,
D-60596 Frankfurt am Main

Satz: Dörlemann Satz, Lemförde
Druck und Bindung: GGP Media GmbH, Pößneck
Printed in Germany
ISBN 978-3-596-70934-2

Für meine Schreibgruppe,
meine Mitarbeiter und Mitarbeiterinnen,
Landsmänner und Landsfrauen,

Ruth Danon
Lisa Fugard
Melissa Maxwell
David Rosenstock
Elizabeth Tippens

Mehr als der Himmel fasst – das Hirn –
Legst du sie Seit an Seit –
Umschließt das eine auch den andern –
Und dich – mit Leichtigkeit –

Emily Dickinson

Denn wenn man sie einmal hat,
ist nichts unerträglicher als Freiheit.

James Baldwin, *Giovannis Zimmer*

AUFBAUEN

Der Zauber des Vertrauten

1

»Weißt du, wonach ich mich sehne?«, fragte Bix, während er, wie üblich vor dem Schlafengehen, neben dem Bett Schultern und Wirbelsäule dehnte. »Einfach nur zu plaudern.«

Lizzie begegnete seinem Blick über die dunklen Locken Gregorys, ihres Jüngsten, hinweg, den sie gerade stillte. »Ich höre«, murmelte sie.

»Es ist …« Er holte tief Luft. »Ich weiß auch nicht. Heikel.«

Lizzie schnellte in die Senkrechte, und Bix begriff, dass sie alarmiert war. Der abgerutschte Gregory quakte: »Mama! Ich komme nicht mehr ran.« Er war gerade drei geworden.

»Der Junge muss abgestillt werden«, brummte Bix.

»Nein«, entgegnete Gregory und sah Bix trotzig an. »Das will ich nicht.«

Lizzie ließ sich von Gregorys Zerren erweichen und legte sich wieder hin. Bix fragte sich, ob das jüngste ihrer vier Kinder seine Kleinkindphase mit Unterstützung der Mutter bis ins Erwachsenendasein ausdehnen würde. Er legte sich neben die beiden und sah Lizzie beklommen in die Augen.

»Was ist denn los, Liebster?«, flüsterte sie.

»Ach, nichts«, log er, denn was ihn bedrückte, ging zu tief, war zu vielgestaltig für eine Erklärung. Er schob eine Tatsache hinterher: »Ich muss ständig an die East Seventh Street denken. An die Gespräche.«

»Immer noch«, sagte sie leise.

»Immer noch.«

»Aber warum denn?«

Bix wusste auch nicht, warum – zumal er immer nur mit halbem Ohr zugehört hatte, wenn Lizzie und ihre Clique, eingehüllt in eine Kumuluswolke aus Marihuanaqualm, in der East Seventh Street so laut gequatscht hatten wie verirrte Wanderer in einem nebeligen Tal: *Was unterscheidet die Liebe von der Lust? Gibt es das Böse?* Bix hatte seine Dissertation halb fertig, als er mit Lizzie zusammengezogen war, und derlei Gespräche hatte er schon in der High School und während der ersten Jahre an der Penn geführt. Seine gegenwärtige Nostalgie entsprang dem, was er *empfunden* hatte, während er, enthoben an seiner SPARCstation sitzend, die durch ein Modem mit dem Viola World Wide Web verbunden war, Lizzie und ihrer Clique gelauscht hatte: die heimliche und berauschende Gewissheit, dass die Welt, die diese Studierenden im Jahr 1992 so eifrig zu verstehen suchten, bald obsolet wäre.

Gregory saugte. Lizzie dämmerte. »Ginge das?«, drängte Bix. »Jetzt ein solches Gespräch zu führen?«

»Jetzt?« Sie wirkte ausgelaugt – wurde vor seinen Augen ausgesaugt! Bix wusste, dass sie um sechs Uhr aufstehen würde, um die Kinder zu versorgen, während er meditierte und anschließend seine Anrufe nach Asien tätigte. Er war auf einmal verzweifelt. Mit wem konnte er so entspannt, offen und studentisch reden wie damals am College? Jede Person, die bei Mandala arbeitete, würde sich irgendwie bemühen, ihm entgegenzukommen. Jede Person, die nicht bei Mandala arbeitete, würde meinen, er verfolge heimliche Absichten, oder glauben, es wäre ein Test – ein Test, dessen Belohnung in einer Anstellung bei Mandala bestünde! Seine Eltern,

Schwestern? Er hatte, ganz gleich wie sehr er sie liebte, nie solche Gespräche mit ihnen gehabt.

Sobald Lizzie und Gregory tief und fest schliefen, trug Bix seinen Sohn durch den Flur zu dessen Kinderbett. Er beschloss, sich wieder anzuziehen und rauszugehen. Es war schon nach elf. Es verstieß gegen die Sicherheitsregularien des Vorstands, allein durch New York zu laufen, egal zu welcher Stunde, zumal nach Anbruch der Dunkelheit, und deshalb verzichtete er auf seine Markenzeichen, den just abgelegten, dekonstruierten Zoot Suit (inspiriert von den Ska-Bands, die er zu High-School-Zeiten vergöttert hatte) und den ledernen Trilby, den er seit fünfzehn Jahren, seit seinem Abgang von der NYU, trug, weil er sich nach dem Abschneiden seiner Dreadlocks sonderbar nackt gefühlt hatte. Er grub im Kleiderschrank eine Militärjacke mit Tarnmuster und ein altes Paar Stiefel aus und trat ohne Kopfbedeckung in das nächtliche Chelsea, der kalten Luft trotzend, die über seine Kopfhaut strich – oben war er kahl geworden. Er hatte den Impuls, seinen Hut doch noch zu holen, und wollte in die Kamera winken, damit die Wachleute ihn wieder einließen, als ihm ein Straßenhändler auffiel, der an der Ecke der Seventh Avenue stand. Bix ging durch die Twenty-first Street dorthin, setzte probehalber eine Beanie aus schwarzer Wolle auf und betrachtete sich in einem kleinen, runden Spiegel auf der Seite des Standes. Mit der Beanie sah er stinknormal aus, fand er. Der Verkäufer nahm den Fünf-Dollar-Schein entgegen wie bei allen Kunden, und der Kauf erfüllte Bix' Herz mit spitzbübischer Freude. Inzwischen musste er damit rechnen, überall erkannt zu werden. Diese Anonymität war ein ganz neues Gefühl.

Früher Oktober, die Kälte war schneidend. Bix folgte der Seventh Avenue in Richtung Uptown und plante, nach ein paar Blocks umzukehren. Doch es tat gut, bei Dunkelheit zu gehen. Es versetzte ihn in seine Zeit in der East Seventh Street zurück: Damals, in ihren Anfangsjahren, waren Lizzies Eltern gelegentlich aus San Antonio zu Besuch gekommen. Sie glaubten, ihre Tochter würde das Apartment mit ihrer Freundin Sasha teilen, auch eine NYU-Anfängerin, eine Täuschung, an der diese mitwirkte, indem sie an dem Abend zu Beginn des Wintersemesters, als Lizzies Eltern das Apartment besichtigten, im Badezimmer die Wäsche wusch. Lizzie entstammte einer Welt, die Schwarze nicht wahrnahm, es sei denn sie arbeiteten als Diener oder Caddys im Country Club der Eltern. Ihre Furcht vor dem elterlichen Entsetzen bei der Entdeckung, dass sie mit ihrem schwarzen Freund zusammenlebte, war so groß, dass Bix während der ersten Besuche aus dem Bett verbannt wurde, obwohl die Alten in einem Hotel in Midtown wohnten! Aber egal; sie hätten es *gewittert*. Also war Bix durch die Straßen gelatscht und manchmal, unter dem Vorwand, eine Nachtschicht einzulegen, im Ingenieurslabor eingepennt. Dieses Umherirren hatte sich seinem Körper eingeprägt: als zähes Gebot, trotz Missmut und Erschöpfung weiterzugehen. Wenn er daran dachte, mitgespielt zu haben, fühlte er sich mies – obwohl die ausgleichende Gerechtigkeit, wie er fand, darin bestand, dass sich Lizzie nun um jeden Aspekt ihres häuslichen Daseins kümmerte, damit er nach Lust und Laune arbeiten und reisen konnte. All das Gute, das ihm seither widerfahren war, konnte man durchaus als Entschädigung für seine damaligen Wanderungen auffassen. Dennoch: *warum*? War der Sex wirklich so gut? (Nun, ja.) Hatte er sich dem arkanen Denken seiner weißen Freundin ohne Protest gefügt, weil sein Selbstwertgefühl so gering gewesen war? Hatte es ihm gefallen, ihr verbotenes Geheimnis zu sein?

Nein, nichts von alledem. Die Ursache für seine Langmütigkeit und Geduld hatte im Zauber der Vision bestanden, die er während seiner quälenden Exilnächte mit hypnotischer Klarheit vor Augen gehabt hatte. Lizzie und ihre Clique wussten 1992 nicht einmal ansatzweise, was das Internet war, aber Bix spürte die Vibrationen, mit denen die Fäden eines alles verbindenden, unsichtbaren Netzes die vertraute Welt zu durchziehen begannen, als wären es immer weiter um sich greifende Risse in einer Windschutzscheibe. Das Leben, wie sie es kannten, würde bald in Scherben gehen und hinweggefegt werden, und dann würden alle gemeinsam in eine neue, metaphysische Sphäre emporsteigen. Bix hatte dabei stets an die Gemälde des Jüngsten Gerichts gedacht, die er als Reproduktionen gesammelt hatte, allerdings ohne die Hölle, denn die Schwarzen, so glaubte er, würden in einer körperlosen Sphäre von dem Hass erlöst werden, der sie in der physischen Welt behinderte und hemmte. Sie könnten sich in dieser Sphäre nach Belieben versammeln und bewegen, ohne dem Druck von Typen wie Lizzies Eltern ausgesetzt zu sein: gesichtslose Texaner, die etwas gegen ihn hatten, ohne von seiner Existenz zu wissen. Der Begriff »Soziale Medien«, als Bezeichnung des Geschäftsmodells von Mandala, sollte erst zehn Jahre später geprägt werden, aber Bix hatte das Konzept schon lange vor der Umsetzung im Kopf.

Gottseidank hatte er seine utopische Phantasie damals für sich behalten. Heute, im Jahr 2010, kam sie ihm fast komisch naiv vor, aber ihre grundlegende Struktur hatte sich als tragfähig erwiesen, sowohl in globaler als auch in individueller Hinsicht. 1996 hatten Lizzies Eltern (zugeknöpft) ihrer Hochzeit im Tompkins Square Park beigewohnt, wenn auch nicht zugeknöpfter als Bix' Eltern, in deren Augen Magier, Jongleure oder wildes Fiedeln nicht zu einer anständigen

Eheschließung passten. Mit den Geburten der Kinder entspannten sich alle. Lizzies Vater war im letzten Jahr gestorben, und seither hatte Bix' Schwiegermutter die Angewohnheit entwickelt, *ihn* anzurufen, wenn Lizzie schlief, um über die Familie zu reden: Werde Richard, ihr Ältester, reiten lernen? Gingen die Mädchen gern in Broadway-Musicals? Wenn seine Schwiegermutter leibhaftig anwesend war, empfand Bix ihren Texas-Slang als schwere Prüfung, aber wenn ihre Stimme am späten Abend im Telefon ertönte, sorgte das, wie er sich eingestehen musste, für eine leise Befriedigung. Jedes Wort, das sie im Äther wechselten, rief ihm ins Bewusstsein, dass er recht gehabt hatte.

Eines Morgens war es dann schlagartig vorbei mit den Gesprächen in der East Seventh Street. Nach einer durchgefeierten Nacht gingen zwei besonders enge Freunde Lizzies im East River schwimmen, und einer wurde von der Strömung mitgerissen und ertrank. Damals waren Lizzies Eltern zu Besuch gewesen, mit der Folge, dass Bix um ein Haar in diese Tragödie verwickelt worden wäre. In den frühen Morgenstunden war er Rob und Drew im East Village begegnet, sie hatten Ecstasy genommen und waren dann, bei Sonnenaufgang, zu dritt auf der Überführung zum Fluss gegangen. Bix war schon auf dem Heimweg gewesen, als die zwei weiter unten am Ufer spontan beschlossen hatten, ins Wasser zu gehen. Obwohl er im Rahmen der polizeilichen Ermittlungen jedes Detail wiederholt hatte, waren seine Erinnerungen verblasst. Es war immerhin siebzehn Jahre her. Er hatte die beiden Jungs kaum noch vor Augen.

Er bog nach links auf den Broadway ab und ging bis zur 110th Street – sein erster Spaziergang dieser Art, seit er vor zehn Jahren berühmt geworden war. Er hatte nie viel Zeit im Viertel rund um die Columbia University verbracht, fand die hügeligen Straßen und prachtvollen Vorkriegs-Apartmenthäuser aber reizvoll. Als er zu einem der erhellten Fenster aufsah, konnte er regelrecht hören, wie dahinter hochpotenzierte Ideen köchelten.

Auf dem Weg zur U-Bahn (noch eine Premiere nach zehn Jahren) blieb er vor einem Laternenpfahl stehen, gefiedert mit Zetteln mit Angeboten von gebrauchten Möbeln oder der Bitte um Hilfe bei der Suche nach vermissten Haustieren. Ein gedrucktes Plakat fiel ihm ins Auge: ein Vortrag der Anthropologin Miranda Kline auf dem Campusgelände. Bix war mit Miranda Klines Arbeit umfassend vertraut und sie mit der seinen. Ein Jahr nach der Gründung von Mandala war ihm ihr Buch *Muster des Vertrauten* in die Hände gefallen. Die darin formulierten Ideen waren in seinem Geist explodiert wie die Tinte eines Kalmars und hatten ihn sehr reich gemacht. Die Tatsache, dass KM (wie Kline in seiner Welt liebevoll tituliert wurde) den Nutzen, den Bix und seinesgleichen aus ihren Theorien zogen, missbilligte, hatte die Faszination, die sie auf ihn ausübte, nur gesteigert.

Man hatte einen handschriftlichen Flyer an das Plakat getackert: »Lasst uns reden! Fachübergreifende große Fragen in verständlicher Sprache.« Drei Wochen nach Klines Vortrag sollte eine Diskussionsrunde stattfinden. Ein Zufall, der Bix' Herz höherschlagen ließ. Er fotografierte das Plakat, riss danach aus Jux einen der Papierstreifen des »Lasst uns reden!«-Flyers ab und steckte ihn ein, wobei er sich wunderte, dass in dieser neuen, von ihm mitgestalteten Welt bis heute Zettel an Laternenpfähle geheftet wurden.

2

Drei Wochen später fand sich Bix in der achten Etage eines der prächtigen, etwas abgehalfterten Apartmentgebäude im Umkreis der Columbia University wieder – vielleicht in genau jenem, das er von der Straße aus bewundert hatte. Das Apartment entsprach auf angenehme Art dem Bild, das er sich davon gemacht hatte: abgetretene Parkettfußböden, von Schlieren bedeckte weiße Fußleisten, gerahmte Radierungen und kleine Skulpturen (Gastgeberin und Gastgeber hatten jeweils eine Professur für Kunstgeschichte inne). Kunstobjekte hingen an den Wänden und über den Türen, waren in Bücherregale gequetscht worden.

Abgesehen von den Gastgebern und einem weiteren Paar kannten sich alle acht Teilnehmer und Teilnehmerinnen bei »Lasst uns reden« nicht. Bix hatte beschlossen, den Vortrag von Miranda Kline nicht zu besuchen (falls er sich überhaupt hätte hineinschmuggeln können); angesichts der Antipathie, die sie ihm entgegenbrachte, wäre es falsch gewesen, hinzugehen, selbst getarnt. Seine jetzige Tarnung hieß »Walter Wade«, Promovend der Elektrotechnik – anders gesagt, Bix vor siebzehn Jahren. Die Chuzpe, sich als Promovend auszugeben, entsprang seiner Überzeugung, mit einundvierzig viel jünger zu wirken als die meisten Weißen. Seine Annahme, alle anderen an der Diskussion Teilnehmenden wären weiß, erwies sich aber als Irrtum: Portia, die Kunstgeschichtsprofessorin war Asiatin, außerdem gab es eine brasilianische Latina, Professorin für Anthrozoologie. Rebecca Amari, die Jüngste in der Runde, eine Soziologiepromovendin (neben »Walter Wade« die einzige andere Studierende), war ethnisch nicht klar einzuordnen, doch er hielt sie für schwarz – es hatte kurz gefunkt, als würden sie einander erkennen. Rebecca war obendrein entwaffnend hübsch, ein Eindruck, den ihre Dick-Tracy-Brille nicht schmälerte, sondern steigerte.

Zum Glück hatte Bix weitere Kniffe der Identitätsverschleierung gemeistert. Er hatte im Netz ein Kopftuch mit daran befestigten Dreadlocks gekauft. Es war sensationell teuer gewesen, aber die Haare wirkten echt, fühlten sich auch so an, und das Gewicht, mit dem sie zwischen seinen Schulterblättern lagen, glich einer geisterhaften Berührung. Dieses Gewicht war ihm jahrelang vertraut gewesen, und es war schön, es wieder zu spüren.

Nachdem alle auf Sofas und Stühlen Platz genommen und sich einander vorgestellt hatten, fragte Bix, der seine Neugier nicht unterdrücken konnte: »Und? Wie war Miranda Kline?«

»Erstaunlich witzig«, sagte Ted Hollander, Portias Kunsthistorikergatte. Er sah aus wie Ende fünfzig, eine Generation älter als Portia. Ihre kleine Tochter war bereits ins Wohnzimmer gestürmt, gejagt von einer babysittenden Studierenden. »Ich hatte angenommen, sie wäre mürrisch, aber sie war fast verspielt.«

»Wenn sie mürrisch ist, dann nur, weil man ihre Ideen klaut«, meinte Fern, Dekanin des Frauenforschungsseminars und, wie Bix fand, selbst ziemlich mürrisch wirkend.

»Man hat ihre Ideen angewandt, wie sie es nie beabsichtigt hatte«, sagte Ted. »Aber ich glaube, nicht mal Kline würde das Diebstahl nennen.«

»Sie bezeichnet es als ›Pervertierung‹, stimmt's?«, fragte Rebecca zögernd.

»Ich fand sie überraschend schön«, sagte Tessa, eine junge Tanzprofessorin, deren Mann Cyril (Mathematik), ebenfalls anwesend war. »Immerhin ist sie sechzig.«

»Ähm«, warf Ted gutmütig ein. »Sechzig ist noch nicht steinalt.«

»Tut ihre äußere Erscheinung etwas zur Sache?«, wollte Fern herausfordernd von Tessa wissen.

Cyril, der sich stets auf Tessas Seite schlug, reagierte scharf auf diese Frage. »Miranda Kline würde es für relevant halten«, sagte er. »Mehr als die Hälfte der Vertrautheits-Traits, die sie in ihrem Buch nennt, hängen mit Äußerlichkeiten zusammen.«

»*Muster des Vertrauten* könnte unsere Reaktion auf Miranda Kline sicher erklären«, meinte Tessa.

Obwohl zustimmend gemurmelt wurde, war Bix überzeugt, dass außer ihm nur Cyril und Tessa Klines Meisterwerk kannten, eine schmale Abhandlung, Algorithmen enthaltend, die Einfluss und Vertrauen unter den Angehörigen eines brasilianischen Stammes erläuterten. Man sprach gern vom »Genom der Geneigtheit«.

»Schon traurig«, sagte Portia. »Man kennt Kline weniger als Autorin, sondern vor allem, weil ihr Buch von Social-Media-Unternehmen zweckentfremdet wurde.«

»Wäre es nicht zweckentfremdet worden, dann hätten keine fünfhundert Menschen den Vortrag gehört«, sagte Eamon, Gastdozent und Kulturhistoriker an der University of Edinburgh, der an einem Buch über Produktbesprechungen arbeitete. Bix hatte den Eindruck, dass sein langes Gesicht mit der teilnahmslosen Miene eine unzulässige Erregtheit verbarg wie ein Fertighaus ein Meth-Labor.

»Vielleicht kämpft sie für die ursprünglichen Anliegen ihres Buches, um damit verbunden zu bleiben – es soll ihres bleiben«, sagte Kacia, die brasilianische Anthrozoologieprofessorin.

»Vielleicht hätte sie längst neue Theorien vorgelegt, wenn sie nicht so eifrig damit beschäftigt wäre, die alten zu verteidigen«, konterte Eamon.

»Wie viele fruchtbare Theorien produzieren Forscher und Forscherinnen im Laufe ihres Lebens?«, fragte Cyril.

»Gute Frage«, murmelte Bix und spürte, wie sich eine vertraute Furcht in ihm regte.

»Zumal sie spät begonnen hat«, ergänzte Fern.

»Oder vielleicht Mutter ist«, sagte Portia und sah beklommen zum Spielzeugherd ihrer Tochter, der in einer Ecke des Wohnzimmers stand.

»Genau darum hat Miranda Kline so spät losgelegt«, sagte Fern. »Sie bekam rasch nacheinander zwei Töchter, die noch Windeln trugen, als sie von ihrem Mann verlassen wurde. Er heißt Kline, nicht sie. Er ist Musikproduzent oder so.«

»Das ist echt beschissen.« Bix rang sich diese Vulgarität ab, weil sie Teil seiner Tarnung war. Er war bekannt dafür, *nie* vulgär zu sein; seine Mutter, die Grundschul-Abschlussklassen in Grammatik unterrichtete, hatte den Stumpfsinn und die Infantilität von verbalem Schmutz dieser Art stets mit einer so bissigen Verachtung bedacht, dass sie das darin enthaltene Provokationspotenzial komplett ausgelöscht hatte. Bix empfand es später als Vorteil, sich durch den Verzicht auf Vulgaritäten von anderen führenden Tech-Köpfen abzuheben, die für ihre unflätigen Tiraden berüchtigt waren.

»Außerdem lebt ihr Mann nicht mehr«, sagte Fern. »Zum Teufel mit ihm.«

»Huh, wir haben eine Erinnye unter uns«, sagte Eamon mit einem vielsagenden Zucken der Augenbrauen. Obwohl von »verständlicher Sprache« die Rede gewesen war, schienen diese Professoren dem akademischen Habitus hilflos ausgeliefert zu sein; Bix malte sich aus, wie Cyril und Tessa, im Bett kuschelnd, mit Begriffen wie »Desideratum« und »rein abstrakt« hantierten.

Rebecca fing seinen Blick auf, und Bix grinste – er fühlte

sich so high, als würde er just sein Hemd abstreifen. Im letzten Jahr hatte man ihm anlässlich seines vierzigsten Geburtstags eine Hochglanzbroschüre mit dem Titel »Bixpressiv« überreicht, in der, durch Fotos illustriert, sämtliche Bedeutungen aufgelistet waren, die man mit den subtilen Regungen und Bewegungen seiner Augen, seiner Hände und seiner Körperhaltung verband. Vor Jahren, als einziger schwarzer Promovend im Ingenieurslabor der NYU, hatte er sich dabei ertappt, über jeden Witz seiner Kollegen herzhaft zu lachen und diese im Gegenzug selbst zum Lachen zu bringen, eine Dynamik, die ihn bedrückt und wie ausgehöhlt zurückgelassen hatte. Nach der Promotion stellte er zuerst das Lachen, danach das Lächeln bei der Arbeit ein und kultivierte eine Ausstrahlung hochkonzentrierter Hingabe. Er lauschte, er beobachtete, aber ohne jede äußere Regung. Diese Selbstdisziplin hatte zu einer so intensiven Konzentration geführt, dass er rückblickend überzeugt war, sie habe ihm geholfen, all jene Mächte auszumanövrieren und auszutricksen, die sich anschickten, ihn zu schlucken, zu instrumentalisieren, beiseitezuschieben und durch die weißen Männer zu ersetzen, die alle Welt erwartete. Selbstverständlich hatte man ihn attackiert – von oben und von unten, von innen und von allen Seiten. Manchmal taten das Freunde; manchmal hatte er ihnen vertraut. Aber nie ganz. Bix ahnte jeden Schachzug voraus, der ihn unterminieren oder aus dem Sattel werfen sollte, lange bevor er vollzogen wurde, und wenn dies geschah, hatte er schon den Gegenzug parat. Niemandem gelang es, ihm eine Nasenlänge voraus zu sein. Manchen dieser Leute gab er einen Job, um sich ihre Energie und Gerissenheit für seine eigene Arbeit zunutze zu machen.

Bix' Vater hatte den Aufstieg seines Sohnes argwöhnisch verfolgt. Eine silberne Armbanduhr tragend, Ruhestandspräsent der Firma für Heiz- und Kühltechnik am Rand Philadelphias, in der er einen leitenden Posten gehabt hatte, *verteidigte* er 1985 den Beschluss von Bürgermeister Goode, das Haus der MOVE-»Trottel« zu beschießen, die »den Bürgermeister in eine unmögliche Situation gebracht haben« (so sein Vater). Bix war sechzehn gewesen, und durch den Streit, den er wegen der Beschießung und Zerstörung zweier Wohnblocks mit seinem Vater geführt hatte, hatte sich eine Kluft zwischen ihnen aufgetan, die sich nicht mehr überbrücken ließ. Er spürte die Missbilligung seines Vaters bis heute – weil er zu hoch hinauswollte, eine Berühmtheit (also angreifbar) geworden war oder die Vorträge seines alten Herrn nicht beherzigt hatte, die dieser, am Bug eines kleinen Motorboots sitzend, mit dem er vor der Küste Floridas angelte, bis heute gern hielt und deren Refrain in Bix' Ohren folgendermaßen lautete: *Bescheide dich, sonst tut man dir weh.*

»Ich frage mich«, sinnierte Rebecca schüchtern, »ob Miranda Kline aufgrund dessen, was mit ihrer Theorie geschehen ist, als tragische Gestalt gelten kann. Im Sinne der antiken Griechen, meine ich.«

»Interessant«, sagte Tessa.

»Schauen wir mal in die *Poetik*«, sagte Portia, und Bix sah verblüfft zu, wie sich Ted vom Stuhl erhob, um die Buchausgabe zu suchen. Diese Akademiker schienen nicht mal ein BlackBerry zu besitzen, von einem iPhone ganz zu schweigen – und das im Jahr 2010! Er kam sich vor, als hätte er ein geheimes Luddisten-Nest infiltriert! Bix stand auf, als wollte er Ted bei der Suche helfen, obwohl er nur neugierig auf die Wohnung war. Alle Wände hatten eingebaute Bücherregale, selbst die im Flur, und er musterte im Vorbeischlendern die Rücken großformatiger Hardcover-Kunstbände und alter, vergilbter Taschenbücher. Dazwischen standen verblasste, gerahmte Fotografien: kleine Jungs, die zwischen zusammengeschobenem Laub oder Schnee oder üppigem Sommergrün grinsend vor einem maroden Haus hockten. Jungs mit Baseballschlägern, Fußbällen. Wer mochten sie sein? Das Foto eines wesentlich jüngeren Ted Hollander, der einen Jungen in die Höhe stemmte, damit dieser einen Stern auf die Spitze eines Weihnachtsbaums setzen konnte, lieferte die Antwort. Der Professor hatte ein anderes Leben gehabt – in einem Vorort oder auf dem Land, wo er vor der Verbreitung der digitalen Fotografie seine Söhne großgezogen hatte. Ob Portia seine Studentin gewesen war? Der Altersabstand war beträchtlich. Ted musste sein früheres Leben natürlich nicht unbedingt in den Wind geschossen haben. Denkbar war auch, dass er in den Wind geschossen worden war.

Konnte man neu beginnen, *ohne* alles in den Wind zu schießen?

Diese Frage steigerte die Furcht, die Bix zuvor befallen hatte, und er verschwand ins Bad, um sie abzuschütteln. Über einem wuchtigen Porzellanwaschbecken hing ein fleckiger Spiegel, und er setzte sich auf den Klodeckel, um nicht hineinschauen zu müssen. Er schloss die Augen und konzentrierte sich auf seinen Atem. Seine Ursprungsvision – die leuchtende Sphäre der Verknüpfung –, die er während seiner Jahre in der East Seventh Street entwickelt hatte, war jetzt Mandalas Geschäftsmodell: Sie musste implementiert, ausgebaut, verfeinert, in Geld umgewandelt, verkauft, erhalten, verbessert, aufgefrischt, allgegenwärtig gemacht, standardisiert und globalisiert werden. Diese Arbeit wäre bald getan. Und dann? Er war sich seit langem einer Erhebung bewusst, die sich in mittlerer Entfernung durch seine geistige Landschaft zog. Dahinter wartete die nächste Vision, doch wenn er über die Erhebung zu spähen versuchte, war da nur Weiß.

Anfangs hatte er sich dieser fahlen Weite voller Neugier genähert: Handelte es sich um Eisberge? Um eine Vision, die mit dem Klima zusammenhing? Um den Vorhang vor einer dramatischen oder um die leere Leinwand einer kinematographischen Vision? Allmählich ging ihm auf, dass das Weiß keine Substanz war, sondern eine Leerstelle. Es war das Nichts. Bix fehlte eine Vision, die über jene hinausging, die er so gut wie erschöpft hatte.

Eines Sonntagvormittags, einige Monate nach seinem Vierzigsten, er lümmelte mit Lizzie und den Kindern im Bett, verfestigte sich diese Einsicht endgültig, und das blanke Entsetzen, das ihn daraufhin erfasste, ließ ihn ins Bad rennen, wo er sich heimlich erbrach. Das Fehlen einer neuen Vision brachte alles ins Wanken; welchen Wert besaß das, was er erreicht hatte, wenn es nach der Vollendung ins Nichts führte – wenn er sich mit vierzig gezwungen sähe, neue Ideen zu kaufen oder zu klauen? Diese Vorstellung gab ihm das Gefühl, verfolgt, gejagt zu werden. Hatte er *tatsächlich* zu hoch hinausgewollt? In dem Jahr, das seit jenem entsetzlichen Sonntagvormittag verstrichen war, hatte diese Antivision stets einen Schatten auf ihn geworfen, manchmal schwach, aber durchweg präsent, egal ob er seine Kinder zur Schule brachte oder im Weißen Haus dinierte, was in den anderthalb Jahren, seit Barack und Michelle dort Einzug gehalten hatten, viermal der Fall gewesen war. Ob er vor einem tausendköpfigen Publikum sprach oder Lizzie im Bett zu einem ihrer schwer erreichbaren Orgasmen verhalf – plötzlich war es wieder da, das Dröhnen der unheilvollen Leere, Vorbote eines Nichts, das ihn quälte und erschreckte. Er hatte sich mehr als einmal vorgestellt, an Lizzie geklammert zu wimmern: »Hilf mir. Ich bin am Ende.« Aber so etwas durfte Bix Bouton nicht sagen, niemals und zu niemandem. Er musste sich behaupten; seine Rolle als Ehemann, Vater, Boss, Tech-Ikone, braver Sohn, mächtiger politischer Faktor und hingebungsvoller Sexualpartner ausfüllen. All das passte nicht zu dem Mann, der sich in der Hoffnung auf eine Erleuchtung, die das ihm verbleibende Leben prägen würde, nach seiner Uni-Zeit zurücksehnte.

Als er ins Wohnzimmer zurückkehrte, beugten sich Cyril und Tessa mit einem so sinnlichen Entzücken über ein Buch, als wäre dieses ein Becher voller Eiscreme. »Sie haben es gefunden«, sagte Bix, und Tessa reckte grinsend einen Aristoteles-Band aus der Edition »Meisterwerke« in die Höhe, die seine Eltern zusammen mit ihrer geliebten *Encyclopedia Britannica* erworben hatten. Bix hatte die *Britannica* als Kind ehrfurchtsvoll konsultiert und in Schulaufsätzen über Kannibalen, Schierling und Pluto daraus zitiert; die Einträge über Tiere hatte er aus reinem Vergnügen gelesen. Als seine Eltern vor vier Jahren nach Florida in eine kleine Eigentumswohnung gezogen waren – sein Angebot, sie beim Kauf einer größeren zu unterstützen, hatten sie ausgeschlagen, sein Vater aus Stolz, seine Mutter aus Bescheidenheit –, hatte Bix diese Bücher in Kartons getan und vor seinem Kindheitszuhause in West Philadelphia auf den Bürgersteig gestellt. In der neuen Welt, an deren Erschaffung er mitgewirkt hatte, würde man nie wieder ein Lexikon zur Hand nehmen müssen.

»Wenn ich es richtig sehe«, sagte Tessa, »ist Miranda Kline keine tragische Gestalt im Sinne von Aristoteles – aber ich bin natürlich Professorin für zeitgenössischen Tanz, und versiertere Leute haben Millionen Seiten zu diesem Thema geschrieben. Eine wahrhaft tragische Gestalt wäre sie nur dann, wenn die Personen, die sich ihre Theorie angeeignet haben, mit ihr verwandt wären. Das würde den Verrat und die dramatische Ironie betonen.«

»Außerdem hat sie ihre Theorie *verkauft*, richtig? Oder waren es die Algorithmen?«, fragte Kacia.

»Das ist nach wie vor ein Rätsel«, sagte Portia. »Irgendjemand hat verkauft, aber Kline war es nicht.«

»Es ist ihr geistiges Eigentum«, sagte Fern. »Jemand anderer hätte es schwerlich verkaufen können, richtig?«

Bix, einer der Käufer von Klines Algorithmen, wand sich innerlich wegen seines heiklen Doppelspiels. Zu seiner Erleichterung sagte Ted: »Eine andere Frage: Miranda Klines Algorithmen haben es Social-Media-Unternehmen ermöglicht, Vertrauen und Einfluss zu prognostizieren, und sie haben ein Vermögen damit gemacht. Was ist daran so schlecht?«

Alle drehten sich verdutzt zu ihm um. »Ich sage nicht, dass es *nicht* schlecht ist«, ergänzte Ted, »aber ich finde, wir müssen es differenziert betrachten. Ein Beispiel: Beim Baseball lässt sich alles rechnerisch erfassen, Schnelligkeit und Art der Schläge, wer die Base erreicht und wie. Das Spiel ist natürlich eine dynamische Interaktion zwischen Menschen, aber diese lässt sich auch durch Ziffern und Symbole erfassen und kann von allen gelesen werden, die sie zu deuten verstehen.«

»Und das kannst du?«, fragte Cyril skeptisch.

»Ja, das kann er«, sagte Portia lachend und legte einen Arm um ihren Mann.

»Meine drei Söhne haben in der Little League gespielt«, sagte Ted. »Man könnte es als Stockholm Syndrom verbuchen.«

»Drei?«, fragte Bix. »Ich habe die Fotos gesehen und dachte, es wären zwei.«

»Das Drama des mittleren Sohns«, sagte Ted. »Alle vergessen den armen Ames. Und ich sage nur, dass die Quantifizierung an sich das Baseball nicht ruiniert. Im Gegenteil, es hilft uns, das Spiel zu verstehen. Warum reagieren wir dann so abwehrend, wenn es um die Quantifizierung unserer *selbst* geht?«

Bix hatte online recherchiert und wusste, dass Ted Hollander seinen akademischen Durchbruch 1998 gehabt hatte, in jenem Jahr, als Bix Mandala als Unternehmen hatte eintragen lassen. Ted hatte sich schon in der mittleren Phase seiner Karriere befunden, als er das Buch *Van Gogh, Maler des Klangs*, veröffentlicht hatte, in dem er Bezüge zwischen Van Goghs Pinselführung und den Geräuschen der Geschöpfe herstellte, die den Maler umgeben hatten, etwa Zikaden, Bienen, Grillen oder Spechte – deren mikroskopisch kleine Spuren in der Farbe entdeckt worden waren.

»In diesem Punkt sind Ted und ich uneins«, sagte Portia. »Wenn es darum geht, Menschen zu quantifizieren, um von ihrem Handeln zu profitieren, dann halte ich das für entmenschlichend – ja, sogar für dystopisch im Sinne von Orwell.«

»Wissenschaft *ist* Quantifizierung«, entgegnete Kacia. »Auf diese Art lösen wir Rätsel und machen Entdeckungen. Und bei jedem neuen Schritt befällt uns die Sorge, wir könnten ›die rote Linie‹ überschreiten. Früher nannte man das Blasphemie, heute bleibt man vager, spricht nur davon, *zu viel zu wissen*. In meinem Labor haben wir begonnen, das Bewusstsein von Tieren zu externalisieren …«

»Verzeihung?« Bix glaubte, sich verhört zu haben. »Sie tun was?«

»Wir können die Wahrnehmung von Tieren uploaden«, sagte Kacia. »Mit Hilfe von Gehirnsensoren. Ich kann, um ein Beispiel zu nennen, einen Teil des Bewusstseins einer Katze einfangen und dann mit einem Headset durch ihre Augen schauen, als wäre ich sie. Das wird uns Aufschluss über die Wahrnehmungsweise und das Gedächtnis unterschiedlichster Tierarten geben – genau genommen, über ihr Denken.«

Bix war plötzlich wie elektrisiert.

»Die Technologie steckt noch in den Kinderschuhen«, sagte Kacia. »Trotzdem gibt es schon Kontroversen: Überschreiten wir eine rote Linie, indem wir in das Bewusstsein eines fühlenden Geschöpfs eindringen? Öffnen wir die Büchse der Pandora?«

»Womit wir wieder beim Thema freier Wille wären«, sagte Eamon. »Wären wir nur Marionetten, wenn Gott allmächtig wäre? Und was wäre besser, wenn das zuträfe? Es zu wissen oder nicht?«

»Zum Teufel mit Gott«, sagte Fern. »Das Internet beunruhigt mich.«

»Du meinst die allwissende, alles sehende Wesenheit, die, obwohl wir uns einbilden, selbst zu entscheiden, unser Handeln vorhersagt und kontrolliert?« Eamon sagte dies mit einem scheuen Blick auf Rebecca. Er hatte den ganzen Abend mit ihr geflirtet.

»Ah!«, sagte Tessa, indem sie Cyrils Hand ergriff. »Jetzt wird es interessant.«

3

Bix verließ Teds und Portias Apartment in strahlender Zuversicht. Im Laufe der Diskussion hatte er mehrmals gespürt, dass sich etwas in ihm geregt hatte, dass sein Denken auf jene Art angekurbelt worden war, die er von früher kannte. Er fuhr mit Eamon, Cyril und Tessa im Fahrstuhl nach unten, während sich die anderen im Apartment noch Gipsreliefs anschauten, die Ted vor Jahrzehnten aus Neapel mitgebracht hatte. Draußen vor dem Gebäude gab es noch Smalltalk, und Bix harrte aus, weil er nicht wusste, wie er sich abseilen sollte, ohne unhöflich zu sein. Außerdem scheute er davor zurück, sich vor den Augen der anderen in Richtung Downtown zu bewegen; würde ein graduierter Columbia-Student *dort* wohnen?

Wie sich herausstellte, ging Eamon nach Westen. Cyril und Tessa wiederum nahmen einen Zug nach Inwood, weil sie sich die Mieten im Viertel der Columbia University nicht mehr leisten konnten und als Assistenzprofessoren keine Fakultätswohnung bekamen. Bix dachte mit schlechtem Gewissen an sein fünfstöckiges Stadthaus. Tessa und Cyril hatten erwähnt, keine Kinder zu haben, und das Drahtgestell von Cyrils Brille wurde auf einer Seite von einer Büroklammer zusammengehalten. Andererseits schienen beide einen knisternden Draht zueinander zu haben; Ideen waren ihnen offenbar genug.

Ermutigt durch das Gefühl, als Walter Wade jeden beliebigen Ort aufsuchen zu können, trabte Bix in Richtung Central Park. Die halb entlaubten Bäume, die sich vor dem fahlen Himmel abzeichneten, schreckten ihn jedoch ab, bevor er den Eingang erreichte. Er sehnte sich nach Schnee; er liebte die New Yorker Schneenächte. Er hätte jetzt gern neben Lizzie und jenen Kindern gelegen, die in ihr ozeanisches Bett gespült worden waren, sei es wegen des Stillens, sei es wegen Albträumen. Es war schon nach elf. Er kehrte zum Broadway zurück und stieg in einen Zug der Linie 1, bemerkte dann einen Expresszug in der Ninety-sixth Street und stieg in der Hoffnung um, dieser wäre schneller als ein Local. Er exhumierte eine weitere Requisite aus seinem Walter-Wade-Rucksack: Die *Ulysses*-Ausgabe, die er während der Arbeit an seiner Dissertation gelesen hatte, um seine literarischen Kenntnisse zu vertiefen. Das konkrete Ergebnis dieser Lektüre war Lizzie gewesen, denn die Mischung aus James Joyce und hüftlangen Dreadlocks hatte ein überwältigend starkes sexuelles Verlangen in ihr ausgelöst (Miranda Kline hätte dies sicher mit einer Formel erklären können). Was Bix betraf, so enthielt diese Formel braune Kunstlederstiefel, die bis über Lizzies Knie gereicht hatten. Er hatte die *Ulysses*-Ausgabe, deren Abnutzungsspuren nicht der intensiven Lektüre, sondern den Jahren zu verdanken waren, die das Buch auf dem Buckel hatte, als romantisches Souvenir aufbewahrt. Er schlug es auf gut Glück auf.

»... *Eureka!*, rief Buck Mulligan. *Eureka!*«

Während des Lesens hatte Bix das Gefühl, angestarrt zu werden, für ihn so alltäglich, dass er nicht reagierte, aber schließlich sah er doch auf. Rebecca Amari saß am anderen Ende des U-Bahnwagens und betrachtete ihn. Er lächelte sie an und hob eine Hand. Sie erwiderte die Geste, und er war erleichtert, dass es okay war, sie freundlich zur Kenntnis zu nehmen, aber weit von ihr entfernt zu sitzen. War das okay? Oder musste ein wortloser Gruß nach einer stundenlangen, lebhaften Diskussion als unsozial gelten? Bix hatte so selten mit Fragen simpler sozialer Etikette zu tun, dass er die Regeln längst vergessen hatte. *Im Zweifel die Höflichkeit*; diesen Rat seiner penibel höflichen Mutter hatte er zu tief verinnerlicht, um ihn jemals vergessen zu können. Er steckte *Ulysses* zögernd ein, ging durch den Wagen zu Rebecca und setzte sich neben sie. Das kam ihm sogleich ungehörig vor – sie berührten einander von der Schulter bis zum Knie! Oder war dieser Körperkontakt für U-Bahn-Fahrgäste ganz normal? Das Blut schoss ihm mit so hohem Druck ins Gesicht, dass ihn schwindelte. Er ermahnte sich selbst: Wenn eine stinknormale soziale Interaktion dazu führte, dass er kurz vor einem Herzinfarkt stand, stimmte etwas nicht. Seine Berühmtheit hatte ihn verweichlichen lassen.

»Sie wohnen in Downtown?«, brachte er schließlich hervor.

»Ich treffe mich mit Freunden«, sagte sie. »Und Sie?«

»Ich auch.«

In diesem Moment sah Bix, dass seine Station – Twenty-third Street – am Fenster vorbeizischte; er hatte nicht bedacht, dass er in einen Expresszug gestiegen war. Er fragte sich, ob Rebecca an der nächsten Station aussteigen würde, Fourteenth Street, die auf der Strecke zu dem Viertel lag, das als MALANDA bekannt war, Mandala-Land. Dort hatte Bix im Jahr nach 9/11 einen neuen Campus eröffnet, der sich im Laufe der nächsten acht Jahre auf Fabrikgebäude, Lagerhäuser und ganze Reihenhauszeilen ausgeweitet hatte, bis es schließlich scherzhaft hieß, wenn man unterhalb der West Twentieth Street die Hähne aufdrehe, entströme ihnen Mandala-Wasser. Als sich der Zug der Fourteenth Street näherte, erwog Bix, auszusteigen und zu Fuß nach Hause zu gehen. Andererseits fand er es riskant, ja fast pervers, in seiner Kostümierung über den eigenen Campus zu laufen. Gerade fuhr ein Downtown-Local ein; er beschloss, noch eine Station abzuwarten und dann in einem Upton-Local umzukehren.

»Ist das hier Ihre Station?«, fragte Rebecca, als sie ausstiegen.

»Ich steige um.«

»Oh – ich auch.«

Im nach Süden fahrenden Zug der Linie 1 blieben sie stehen. Bix beschlich ein leiser Argwohn; war es möglich, dass Rebecca ihn erkannt hatte und verfolgte? Andererseits wirkte sie locker, nicht berühmtheitsfiebrig, und sein

Argwohn wich der Freude, mit einer hübschen Frau in der U-Bahn unterwegs zu sein. Und dann hatte er einen launigen Einfall: in Downtown auszusteigen und zur alten Wohnung in der East Seventh Street zu gehen! Er könnte zum ersten Mal seit einem Jahrzehnt zu den Fenstern aufschauen, hinter denen er mit Lizzie gewohnt hatte.

Als er Anstalten machte, in der Christopher Street auszusteigen, fiel ihm auf, dass sich Rebecca auch in Bewegung zu setzen schien. Sie stieg tatsächlich auch aus. »Vielleicht haben wir ja dasselbe Ziel«, meinte sie lachend, als sie die Treppe hinaufgingen.

»Halte ich für unwahrscheinlich«, erwiderte Bix.

Dann bog auch Rebecca nach Osten in die West Fourth Street ein. Bix' Argwohn erwachte wieder. »Haben Sie Freunde an der NYU?«, fragte er.

»Ein paar.«

»Sie sind verschlossen.«

»Das ist mein Wesen.«

»Paranoid?«

»Vorsichtig.«

Er war froh über den Lärm der Stadt, denn dieser füllte die Stille aus. Rebecca sah unterwegs geradeaus, was es Bix erlaubte, die delikate Symmetrie ihres Gesichts und ihre sommersprossigen, an Schmetterlingsflügel erinnernden Wangenknochen zu betrachten. Vielleicht war sie so vorsichtig, weil sie so hübsch war. Vielleicht trug sie die Hornbrille, um ihre Schönheit zu kaschieren.

Sie wandte sich um und bemerkte seinen Blick. »Echt schräg«, sagte sie. »Sie sehen beinahe aus wie Bix. Sie könnten Brüder sein.«

»Wir sind beide schwarz«, sagte Bix grinsend, eine Erwiderung, die er sich für Weiße zurechtgelegt hatte.

Rebecca lachte. »Meine Mom ist schwarz«, sagte sie. »Halb schwarz, halb indonesisch. Mein Dad ist halb Schwede, halb syrischer Jude. Ich wurde jüdisch erzogen.«

»Für so was gewinnt man Preise, richtig? Bei Wettbewerben um die größte Buntheit?«

»Es ist tatsächlich ein Gewinn. Denn alle glauben, ich wäre eine von ihnen.«

Bix starrte sie an. »Sie haben den Zauber des Vertrauten«, hauchte er ehrfürchtig. Diese Formulierung stammte aus *Muster des Vertrauten.* Laut Miranda Kline war der Zauber des Vertrauten ein machtvoller Aktivposten, der den wenigen Menschen, die mit ihm gesegnet waren, den beneidenswerten Status eines Universellen Verbündeten verlieh.

»Moment mal«, sagte Rebecca. »Sie waren nicht bei dem Vortrag.«

»Ich … habe das Buch gelesen.«

Sie hatten an der Bowery auf Grün gewartet und passierten stumm den nächsten Block. An der Ecke der Second Avenue fuhr Rebecca zu ihm herum. »Vor drei Jahren, in meinem letzten Jahr am Smith«, stieß sie hervor, »wurden alle Spitzenschülerinnen ›unbestimmbarer ethnischer Herkunft‹ von der Homeland Security vernommen. Vor allem, wenn sie Sprachen studierten.«

»Oha.«

»Sie waren ziemlich hartnäckig«, sagte sie. »Ein Nein ließen sie nicht gelten.«

»Glaube ich gern. Mit Ihrem Zauber des Vertrauten könnten Sie überall arbeiten.«

Als sie sich der First Avenue näherten, begann Bix, sich die liebsten Wegmarken in Erinnerung zu rufen: Benny's Burritos; das Polonia mit den unglaublichen Suppen; den Zeitungsstand am Tompkins Square Park, der Egg Cream verkaufte. Er fragte sich, ob es die Läden noch gab. An der First Avenue blieb er stehen, um sich zu verabschieden, bevor er links abbog – aber Rebecca wandte sich auch nach Norden. Er konnte seinen schwelenden Argwohn nicht mehr unterdrücken. Er beschleunigte seine Schritte und warf einen Blick auf die lange, graue Avenue, wobei er sich fragte, wie er sie zur Rede stellen konnte.

Rebecca drehte sich zu ihm um: »Sie müssen mir versprechen, nie für diese Leute zu arbeiten«, forderte sie.

Er war überrumpelt. »Ich? Das wäre verrückt. Für welche Leute?« Er war sich seiner Verkleidung nur allzu bewusst.

Kurz vor der Ecke Sixth Street blieb Rebecca stehen. Indem sie ihn forschend musterte, fragte sie: »Schwören Sie, tatsächlich Walter Wer-auch-immer zu sein, Studierender der Elektrotechnik an der Columbia?«

Bix starrte sie mit pochendem Herzen an.

»Scheiße«, sagte Rebecca.

Sie bog rechts in die East Sixth ab. Bix versuchte, Schritt zu halten. Er musste das klarstellen. »Schauen Sie«, sagte er halblaut, »es stimmt. Ich bin … tatsächlich derjenige, nach dem ich aussehe.«

»*Bix Bouton?*«, rief sie aufgebracht. »Wollen Sie mich verarschen? Sie haben Dreadlocks, verdammt.« Sie beschleunigte, als wollte sie ihm entkommen, ohne rennen zu müssen.

»Doch, ich bin's«, wiederholte Bix leise, aber beharrlich, obwohl ihm, nach Mitternacht im East Village einer bildhübschen Fremden hinterherlaufend, Zweifel kamen. *War* er Bix Bouton? War er diese Person jemals gewesen?

»Ich habe damit angefangen«, sagte Rebecca. »Falls Sie das vergessen haben.«

»Sie haben eine Ähnlichkeit bemerkt.«

»Jetzt klingen Sie wie der typische Hochstapler.« Sie lächelte, aber Bix witterte ihre Furcht. Eine brenzlige Situation. Zu seiner Erleichterung verlangsamte sie ihre Schritte und musterte ihn im gelblichen Schein der Straßenbeleuchtung. Sie waren fast bis zur Avenue C gelangt. »Außerdem sehen Sie ihm gar nicht so ähnlich«, erklärte sie schließlich. »Sie haben ein ganz anderes Gesicht.«

»Ja, weil ich lächele. Er lächelt nie.«

»Sie sprechen in der dritten Person von ihm.«

»Mist.«

Sie lachte verächtlich auf. »Bix flucht nicht, das weiß alle Welt.«

»Verdammte Kacke«, hörte Bix sich rufen, aber Sekunden später kehrte sein Argwohn zurück. »So nicht«, sagte er, und ein Unterton veranlasste Rebecca, stehen zu bleiben und zuzuhören. »Sie sind es, die wie aus dem Nichts gekommen ist. Ich glaube, Sie verfolgen mich, seit wir bei Ted und Portia waren. Wie soll ich wissen, dass Sie das Angebot der Homeland Security tatsächlich abgelehnt haben?«

Sie entließ ein erzürntes Lachen. »Sie sind ja geradezu paranoid«, sagte sie, aber das ängstliche Beben ihrer Stimme spiegelte seine Furcht. »Ich habe meine Masterarbeit über Nella Larsen geschrieben«, sagte sie. »Sie können mich alles über sie fragen.«

»Nie von ihr gehört.«

Sie beäugten einander misstrauisch. Das gespenstische Gefühl, das Bix erfasste, erinnerte ihn an den üblen Trip, den er als Teenager nach dem Konsum von Pilzen gehabt hatte. Damals waren er und seine Freunde nach einem Uptones-Konzert in ihrer Angst vorübergehend auseinandergestoben. Er holte dreimal tief Luft, eine Grundtechnik seiner Konzentrationspraxis, und spürte, wie sich die Welt ringsumher stabilisierte. Was auch immer Rebecca sein mochte, sie war noch ein Kind. Er war mindestens fünfzehn Jahre älter als sie.

»Wissen Sie was?«, sagte er, in respektvollem Abstand verharrend. »Ich denke, keiner von uns beiden ist gefährlich.«

Sie schluckte, sah zu ihm auf. »Da stimme ich Ihnen zu.«

»Ich glaube Ihnen, dass Sie Rebecca Amari sind, Studierende an der Columbia mit einem Master in Soziologie.«

»Und ich glaube Ihnen, dass Sie Walter Wer-auch-immer sind, Studierender an der Columbia mit einem Master in Elektrotechnik.«

»Prima«, sagte er. »Damit haben wir einen Vertrag.«

4

Wie sich herausstellte, hatte Rebecca einen Bogen um ihr Ziel geschlagen, eine Bar in der Avenue B, die sie aufsuchte, nachdem sie zu ihrer brüchigen Übereinkunft gelangt waren. Bix lehnte das Angebot ab, sie zu begleiten. Er wollte über ihren Disput nachdenken und den Schaden taxieren. Konnte er weiter an der Diskussionsrunde teilnehmen? Würde Rebecca noch mal dort auftauchen?

Er war mehrere Blocks über das Apartment in der East Seventh Street hinaus und nicht mehr weit von der Überführung der Sixth Street entfernt, die zum East River Park führte. Er erklomm die Stufen und überquerte den FDR, um dann festzustellen, dass sich der Park seit seinem letzten Besuch verändert hatte: kunstvoll gestutzte Büsche, eine malerische, kleine Brücke und joggende Menschen, sogar zu dieser späten Stunde.

Er ging zum Geländer und sah zu, wie die bunten Lichter

der Stadt auf dem Fluss tanzten. Hier hatte er seine nächtlichen Runden oft beschlossen, zu einer Stunde, wenn das Licht des Sonnenaufgangs über das ölige Wasser bis in seine Augen schlitterte. Wie konnte man nur auf die Idee kommen, hier zu baden? Diese Frage rief ihm in Erinnerung, dass er an dem Morgen, als Rob ertrunken war, mit diesem und Drew genau an dieser Stelle gestanden hatte. »Guten Morgen, Gentlemen«, hatte er gesagt, wie ihm plötzlich einfiel, einen Arm um beide legend. Er sah Rob wieder vor sich: ein stämmiger, athletischer weißer Junge mit altklugem Grinsen und gequältem, ausweichendem Blick. Wo hatte sich diese Erinnerung all die Jahre verborgen gehalten? Und wo war der Rest, die Stimmen von Rob und Drew, all das, was sie an jenem letzten Morgen von Robs Leben gesagt und getan hatten? Hatte Bix, als er sich verabschiedet hatte, einen Hinweis auf das überhört, was sich zutragen sollte? Sein rätselhaftes Unterbewusstes kam ihm vor wie ein Wal, der unter einem winzigen Schwimmenden im Wasser hing. Wenn er seine Vergangenheit weder wiederfinden noch bergen noch betrachten konnte, dann gehörte sie ihm nicht. Dann wäre sie für immer verloren.

Er schnellte in die Senkrechte, als hätte ihn jemand gerufen. In seinen Gedanken schien sich eine Verknüpfung anzubahnen. Er ließ den Blick flussaufwärts und flussabwärts schweifen. Zwei weiße Frauen, die auf ihn zu joggten, schienen abzuschwenken, als er sich umdrehte. Oder hatte er sich das eingebildet? Er ließ den Moment noch einmal Revue passieren – ein altes, verstörendes Rätsel, jeden frischen Gedanken trübend, der sich bildete. Er war plötzlich so fix und fertig, als wäre er tagelang auf den Beinen gewesen – als hätte er sich so weit von seinem Leben entfernt, dass er nicht mehr dorthin zurückkehren konnte.

Er rief Lizzie per Kurzwahl an, um ihr wieder nahe zu sein, beendete den Anruf jedoch vor dem ersten Klingelton. Sie schlief bestimmt, Gregory an der Brust, das Handy, das an der Steckdose hing, außer Reichweite. Sie würde aus dem Bett springen und erschrocken dorthin hasten. Und wie erklären, warum er sich zu nachtschlafener Zeit an diesem bizarren Ort befand?

Seine Eltern? Sie würden glauben, jemand wäre gestorben.

Bix wählte die Nummer seiner Schwiegermutter. Er hatte sie fast noch nie von sich aus angerufen und bezweifelte, dass sie ranging. Im Grunde wollte er gar nicht, dass sie abnahm.

»Beresford«, erklang ihre Stimme.

»Joan.«

Sie redete jeden mit »Darling« an und wurde von allen »Joanie« genannt. Wenn sie mit Bix telefonierte, benutzte sie jedoch stets seinen vollen Vornamen, und er hielt es umgekehrt genauso.

»Alle wohlauf?«, fragte sie in ihrem lakonischen, schleppenden Tonfall.

»Oh, ja. Alle wohlauf.«

Ein kurzes Schweigen. »Und selbst?«

»Mir … geht's auch gut.«

»Sei kein Schisser«, sagte Joan, und trotz des Rasenmäherdröhnens konnte er hören, wie sie eine Zigarette anzündete. In San Antonio schien man den Rasen sogar im Dunkeln zu mähen. »Was bedrückt dich?«, fragte sie, Rauch auspustend.

»Ach, nichts«, antwortete er. »Ich frage mich nur … was als Nächstes ansteht.«

»Tun wir das nicht alle.«

»Ich sollte es wissen«, sagte er. »Das ist mein Job.«

»Eine große Frage.«

Er betrachtete die auf dem Wasserspiegel wabernden,

flüchtigen Farben. Joans Zigarette knisterte, als sie einen tiefen Zug tat.

»Du klingst besorgt«, sagte sie mit rauchiger Stimme. »Das ist ein besorgtes Schweigen.«

»Ich fürchte, ich schaffe das kein zweites Mal.«

Bix hatte dies, ob so oder anders formuliert, noch nie geäußert, niemandem gegenüber. Im Schweigen, das folgte, bereute er seine Beichte sogleich.

»Blödsinn«, sagte Joan, und er meinte spüren zu können, wie der warme Zigarettenqualm gegen seine Wange brandete. »Du kannst es schaffen, und du wirst es schaffen. Jede Wette, dass du näher dran bist, als du glaubst.«

Ihre Worte, wie nebenbei geäußert, verschafften ihm eine rätselhafte Erleichterung. Was vielleicht daran lag, dass sie in Gesprächen mit ihm immer seinen Taufnamen benutzte, den er selten hörte, vielleicht auch daran, dass es nicht ihre Art war, andere aufzubauen. Vielleicht hätte er die Worte *Du kannst und du wirst* in diesem Augenblick jedem abgekauft.

»Ich gebe dir jetzt einen guten Rat, Beresford«, sagte Joan. »Und er entspringt der Liebe, die ich im Herzen trage. Bist du bereit?«

Er schloss die Augen und spürte den Wind auf den Lidern. Winzige Wellen leckten unter seinen Füßen an der Brüstung. Es roch nach Ozean: Vögel, Salz, Fisch, und unter alles mischte sich unpassenderweise Joans pfeifender Atem.

»Bereit«, sagte er.

»Ab ins Bett. Und gib meiner verrückten Tochter einen Kuss von mir.«

Das tat er.

Fallstudie: Niemand kam zu Schaden

1

Niemand, das gilt auch für Alfred Hollander persönlich, weiß genau, wann er zum ersten Mal aggressiv – er selbst nennt es »allergisch« – auf das Artifizielle des Fernsehens reagierte. Es begann mit den Nachrichten: das künstliche Lächeln. Diese Frisuren! Waren diese Leute etwa Roboter? Waren sie Bobbleheads? Waren sie zum Leben erweckte Puppen wie jene, die er von Horrorfilmplakaten kannte? Im Beisein Alfreds konnte man keine Nachrichten mehr gucken. Es wurde schwierig, mit ihm gemeinsam *Cheers* zu schauen. Nach einer Weile zog man es vor, gar nichts mehr mit Alfred zu schauen, der, auf der Couch sitzend, unversehens – und immer noch leicht lispelnd – brüllte: »Wie viel bezahlt man der Frau?« Oder: »Will der Typ uns verarschen?« Das verdarb nur die Laune.

Es genügte nicht, den Fernseher auszuschalten; Alfred war neun, als seine Unduldsamkeit gegenüber allem Künstlichen die Barriere zwischen Leben und Kunst übersprang und Einzug in den Alltag hielt. Er hatte hinter den Vorhang gelugt und gemerkt, auf welche Weise Menschen sich selbst mimten oder – noch raffinierter – Rollen spielten, die sie dem Fernsehen abgeschaut hatten: Gestresste Mutter. Verzagter Vater. Strenge Lehrerin. Motivierender Trainer. Alfred wollte – und konnte – diese Anverwandlungen nicht dulden. »Lass das Getue, dann antworte ich«, teilte er seinem verdutzten Gesprächspartner mit, oder unverblümter: »Das ist doch aufgesetzt.« Hund und Katze der Familie, Theo und Vincent, verlebten ihre Tage, ohne sich zu verstellen. Ebenso die Eichhörnchen, das Rotwild, die Taschenratten und Fische, die die seenreiche Region nördlich von New York bevölkerten, wo Alfred aufwuchs und wo sein Vater, Ted Hollander, an einem lokalen College Kunstgeschichte unterrichtete. Warum taten Leute so, als wären sie eine Person, die sie ohnehin waren?

Das Problem lag auf der Hand: Alfred war schwierig – oder »ein beschissener Albtraum«, um diverse Zeugen zu zitieren. Und es gab ein dramatischeres Problem: Er vergiftete sein Umfeld. Wenn man uns fälschlicherweise bezichtigt, für, sagen wir mal, die Homeland Security zu spionieren oder eine Berühmtheit zu stalken, die wir gar nicht kennen, reagieren wir mit Schuldgefühlen, Angst und dem Bemühen, unsere Unschuld zu beteuern. Anders gesagt: Wir verhalten uns exakt so, wie sich Schnüffler der Homeland Security oder verkappte Stalker verhalten würden. Erwachsene, von Alfred angeblafft, »nicht mit künstlicher Stimme zu sprechen«, versuchten daraufhin, sich natürlicher zu geben, was jedoch das genaue Gegenteil bewirkte: Eltern mimten Eltern; Lehrerinnen mimten Lehrerinnen; Baseballtrainer mimten Baseballtrainer. Und sie sahen zu, sich so rasch wie möglich zu verkrümeln.

Das Familienleben war das Epizentrum von Alfreds Missfallen. Beim Abendessen fühlte er sich »erstickt« durch die stille Dominanz von Miles, dem ältesten Bruder, der organisiert und begabt war, und durch die geübte Unauffälligkeit von Ames, dem mittleren Bruder, der unsichtbar kam und ging und seine wahren Gedanken verbarg. Wenn sich seine Eltern unbefangen nach dem Schultag erkundigten, kläffte

Alfred oft: »Darüber kann ich unmöglich reden«, womit er seine Mutter, Susan, der das Beisammensein der Familie wichtig war, jedes Mal vor den Kopf stieß.

Mit elf begann Alfred, bei Urlauben mit der erweiterten Familie eine braune Papiertüte mit Löchern für die Augen über seinen Kopf zu stülpen. Er behielt die Tüte während des ganzen Essens auf und zwängte Truthahn oder Pecan Pie mit der Gabel durch den rechteckigen Mundschlitz. Er wollte die Anwesenden extrem irritieren, um sie zu einer aufrichtigen – allerdings negativen – Reaktion zu provozieren.

»Was macht Alfred denn da?«, fragte ein Großelternteil.

»Ich trage eine Tüte über dem Kopf«, antwortete Alfred dann unter der Tüte.

»Hat er ein Problem mit seinem Aussehen?«

»Ich bin hier, Oma, du kannst mich fragen.«

»Aber ich kann ihn nicht sehen ...«

Gewisse, wenn auch dünn gesäte Individuen besitzen die Gabe, für eine Atmosphäre der *Natürlichkeit* zu sorgen, und nur diesen galt Alfreds Wertschätzung. An erster Stelle stand Jack Stevens, der beste Freund seines Bruders Miles. »Setz die Tüte auf, Alf«, bat Jack, erwartungsvoll glucksend, aber die Tüte war überflüssig, wenn er anwesend war – Jack sorgte dafür, dass sich die ganze Familie entspannte. Jack verbrachte viele Abende im Haus der Hollanders, denn seine Mutter war an Krebs gestorben, als er klein gewesen war. Alfred beschreibt Jack als rowdyhaft, spontan und nach Stimuli lechzend, als jemanden, der Bierfässer an »den Strand« mitnahm, eine kleine Sandkuhle in einem ehemaligen Sommercamp, wo die lokale Jugend gern feierte. Jack war bekannt dafür, in den alten Hütten Cheerleaderinnen zu deflorieren, und gebrochene Herzen wurden (wie Alfred glaubte) stets durch Jacks Gutmütigkeit, seine Fröhlichkeit und den gelegentlichen Kummer des mutterlosen Kindes geheilt, der (auch das glaubte Alfred) sichtbar wurde, wenn Jack auf den See starrte, ein tiefes und eisiges, von Gletschern gebildetes Gewässer, im Herbst von Tausenden Kanadagänsen bevölkert.

Miles und Jack Stevens blieben auf dem College enge Freunde, aber dann kam es zu einem abrupten Bruch. Und da sein Bruder und sein Idol nicht mehr miteinander sprachen, verlor Alfred den Kontakt zu diesem Fixpunkt seiner Kindheit.

Als Student an der SUNY New Paltz baute Alfred einen kleinen Freundeskreis auf, der seine Verachtung für den »Schwachsinn« teilte, der sie umgab. Nachdem er 2004 seinen Abschluss gemacht hatte, empfand er die »Pseudoreife« dieser Freunde jedoch als desillusionierend. Sie taten nach dem Jura-Examen so, als wären sie Anwälte oder im Marketing, in Maschinenbauunternehmen oder jenen Internetfirmen tätig, die nach dem Platzen der Dotcom-Blase gerade wieder Fuß fassten. Hatte ein College-Freund abgenommen, seine Nase korrigieren lassen oder trug farbige Kontaktlinsen, dann kommentierte Alfred diese »Kostümierungen« mit Fragen wie: »Bist du ein Fettklops, der ausnahmsweise schlank ist?« Oder: »Fragst du dich jemals, ob du die richtige Nase ausgesucht hast?« Oder: »Sieht meine Haut durch deine Kontaktlinsen grünlich aus?« Namensänderungen ignorierte er dickfellig. »Anastasia« blieb für ihn die gute, alte Amy, obwohl sie drohte, ihn von der Liste ihrer Hochzeitsgäste zu streichen, falls er sie weiter Amy nenne, was sie nach weiteren Verwarnungen dann auch tat.

Die College-Freunde zerstreuten sich rasant. Alfred war froh, sie los zu sein, fühlte sich aber einsam. Er bewohnte ein Zimmer im Apartment eines alten Ehepaares in der Twenty-eighth Street und sortierte als Gegenleistung ihre Tabletten in Boxen ein, las ihnen E-Mails vor und tippte die diktierten Antworten. Er arbeitete in einer Fahrradwerkstatt und steckte all seine Ersparnisse in eine dreistündige Doku über das Wanderverhalten nordamerikanischer Gänse. Diese, betitelt *Das Wanderverhalten nordamerikanischer Gänse*, kommentierte er mit einer absolut ungekünstelten Stimme – anders gesagt, vollkommen tonlos. Während der Privatvorstellung in Manhattan, die er finanziert hatte, fielen alle Zuschauer ins Koma. Miles, ein notorisch schlechter Schläfer, musste aus dem Tiefschlaf gerüttelt werden und bat Alfred anschließend um eine DVD der *Gänse*, die er daheim in Chicago zum Einschlafen einlegen wollte. Alfred, gedemütigt und wütend, verweigerte sie ihm.

2

Ich erfuhr 2010 von der Existenz Alfred Hollanders, ein Jahr nach der Fertigstellung von *Das Wanderverhalten nordamerikanischer Gänse*. Alfreds Vater, Ted, hatte gemeinsam mit seiner zweiten Frau, Portia (Alfreds Eltern ließen sich in dem Jahr scheiden, als er aufs College kam), zu einer Diskussionsrunde eingeladen, an der ich als Promovendin an der Columbia University teilnahm. Ich bat Alfred per E-Mails mehrmals um ein Interview im Zusammenhang mit meiner Promotion, einer Studie über Authentizität in digitalen Zeiten. Da er nie reagierte, suchte ich die Fahrradwerkstatt auf, in der er tätig war. Er erwies sich als netter Kerl mit erdbeerroten Haaren, in dessen Heiterkeit etwas Feindseliges mitschwang.

»Bei allem gebotenen Respekt, *Rebecca Amari*«, sagte er in einem Ton, der mir zu unterstellen schien, ich hätte mir den Namen ausgedacht, »warum sollte ich zulassen, dass du meine Ideen für irgendeinen abgehobenen akademischen Scheiß missbrauchst, nur damit du in Amt und Würden kommst?«

Ich erklärte, es gehe mir nicht um Amt und Würden, sondern nur um meine Doktorarbeit, eventuell auch um eine Stelle als Lehrerin, und versicherte, seine Story als seine eigene kenntlich zu machen, zumal ich damit beschäftigt sei, Phänomene, wie er sie beschrieben habe, zu systematisieren und zu kontextualisieren.

»Nichts für ungut, aber dazu brauche ich dich nun wirklich nicht«, entgegnete er.

»Bei allem gebotenen Respekt«, sagte ich, »aber ich denke doch.«

»Und wieso?«

»Weil du außer einem unverdaulichen Film über Gänse noch nichts zustandegebracht hast«, sagte ich. »Nichts für ungut.«

Er legte das Werkzeug ab und sah mich an, den Kopf zur Seite geneigt. »Sind wir uns schon mal begegnet?«, fragte er. »Du kommst mir bekannt vor.«

»Wir haben beide Sommersprossen«, sagte ich und entlockte ihm damit das erste aufrichtige Lächeln. »Vielleicht erinnere ich dich an dich selbst. Außerdem bin ich der einzige andere Mensch auf diesem Planeten, der von Authentizität genauso besessen ist wie du.«

Ein Jahr sollte vergehen, bis ich schließlich von ihm hörte.

Alfreds Vater hatte mir erzählt, sein Sohn habe ein Projekt in Angriff genommen, das noch verstörender und extremer sei als die Tüte-über-der-Rübe-Aktion während seiner Schulzeit. Die Idee kam ihm eines Spätsommermorgens, als er mit seinem Adoptivdackel Maple Tree eine lokale Grundschule aufsuchte. Es war Anmeldungstag, und er teilte den zwei Damen der Schulbehörde mit, er wolle Maple Tree für die Vorschulklasse anmelden. Danach lehnte er sich zurück, um sich an ihrer Verwirrung zu weiden.

»Sie ist echt klug«, sagte er. »Sie lernt bloß auf andere Art.«

»Sie hat keine Sprache, versteht aber alles.«

»Sie sitzt still da und lauscht, vorausgesetzt, Sie werfen ihr alle paar Minuten ein Leckerli hin.«

Die Damen, deren abgerundete Fingernägel mit Malereien verziert waren, die in dieser nuancierten Form höchstens bei Surfbrettern von museumsreifer Qualität zu finden waren, konnten ihr Lachen kaum unterdrücken. »Sie wollen Ihren Hund für die Vorschulklasse anmelden«, wiederholte eine der beiden mit zuckenden Mundwinkeln.

»Und was, wenn andere Kinder auch ein Haustier mitbringen wollen?«, erkundigte sich die andere.

»Ist sie stubenrein? Sie kann ja nicht auf den Fußboden machen ...«

»Kennt sie die Buchstaben und Zahlen?«

Alfred bemerkte, dass die Damen listige Blicke wechselten, und ahnte, dass man ihn veralberte. Nachdem die eine, halb abgewandt, ihren Lippenstift nachgezogen hatte, erklärte sie: »Na, schön, Schätzchen, draußen wartet eine ganze Schlange von Leuten. Hören wir doch auf mit dem Schauspiel.«

»Wie meinen Sie das?«, fragte Alfred, Maple Tree an seine Brust drückend.

»Sind Sie es, die Tasche oder die Hündin?«

»Die Hündin, hoffe ich«, sagte die eine Frau. »Ich habe ihr die ganze Zeit meine Schokoladenseite präsentiert.«

Als die Damen begriffen, dass Alfred keine versteckte Kamera bei sich führte, um die absurde Begegnung zu filmen – dass sie also zwanzig Minuten damit verplempert hatten, einem Volltrottel entgegenzukommen, ohne dass dafür YouTube-Ruhm winkte –, schmissen sie Alfred achtkantig raus.

Das war Alfreds Erwachen zu unserer Ära der Selbstkontrolle.

Zurück in seinem Zimmer in der West Twenty-eighth schaute er verzweifelt in Maple Trees bernsteinfarbene Augen. In dieser neuen Welt reichten schalkhafte Tricks nicht mehr aus, um authentische Reaktionen hervorzurufen; Authentizität erforderte eine drastische Demaskierung; als würde man einen Stein anheben, damit sich die darunter verborgenen Würmer panisch davonschlängelten. Er musste die Leute über ihre jeweilige Zerreißgrenze stoßen. Sogar Mr. Stille Dominanz hatte eine solche, wie Alfred feststellte, als er im letzten Jahr an der SUNY New Paltz von seinem betrunkenen, aufgebrachten ältesten Bruder angerufen wurde – bei der Gelegenheit hörte er Miles zum ersten Mal lallen.

Damals studierte Miles im zweiten Jahr Jura an der University of Chicago und wohnte mit Jack Stevens zusammen, der bei einer Bank arbeitete. Ihre Mutter besuchte ihn oft – sie habe jemanden aus Chicago kennengelernt, erzählte sie Miles, dem es gefiel, dass sie den Kühlschrank stets mit frischem Obst bestückte. Doch wie sich herausstellte, war die Person, mit der sie ins Bett ging, Jack Stevens.

»Ganz sicher?«, fragte Alfred, als Miles diesen Donnerschlag in dem Holiday Inn-Zimmer, in das er gleich nach Entdeckung dieser Wahrheit umgezogen war, durch das Telefon sandte.

»Ich kann nie wieder an die High School denken«, lallte

Miles. »Oder an zu Hause. Alles vermiest. Aus und vorbei. Weil es auf dies hinausgelaufen ist.«

»Ach, komm«, sagte Alfred, der sich in der untypischen Rolle des Seelentrösters wiederfand, »es ist ja niemand gestorben.«

»Oh, doch ... Ein. Hundert. Prozentig. Als wäre jemand gestorben. Als wären wir alle tot. Du. Ich. Mom. Dad.«

»Und Ames?«, fragt Alfred, um abzulenken. Sie neigten dazu, Ames zu vergessen.

Miles brüllte so wütend, dass Alfred das Telefon von seinem Ohr weghielt. »Du kapierst nicht, Alf! Du bist zu abartig, du bist wie Mom. Dir ist alles egal.« Und Alfred hörte seinen großen Bruder zum ersten Mal weinen. »Sie haben alles ruiniert«, schluchzte Miles. »Nichts ist übrig.«

Am nächsten Tag erhielt Alfred eine E-Mail von Miles: »Hey, Alf, entschuldige meinen Gefühlsausbruch am Telefon. Wer hätte gedacht, dass ich ein Nostalgiker bin? Das Leben geht weiter. Dein Miles.«

Miles sprach über ein Jahr nicht mit seiner Mutter. Ihre Beziehung mit Jack war da längst Geschichte. In den acht Jahren, die seither verstrichen waren, war der Name Jack Stevens in Alfreds Beisein nie mehr gefallen, doch er hatte Miles gequält schreien hören, eine Erinnerung, die er hortete wie einen Schatz.

In der sechsten oder siebten Klasse war im Biologieunterricht das Thema Schmerz behandelt worden. Wissenschaftler, die sich damit befassten, machten den Versuch, Schmerzen auszulösen, ohne bleibende Schäden zu verursachen, und sie taten es mit Hilfe von Kälte; wenn Hände in eiskaltes Wasser getaucht werden, tun sie unbeschreiblich weh, bleiben aber unverletzt. Alfred fand dieses Detail so faszinierend, dass er im Keller des elterlichen Hauses einen Eimer mit Wasser und Eiswürfeln füllte und die Unterarme hineintauchte, bis diese so sehr schmerzten, dass er Brechreiz bekam. Trotzdem blieben keine Spuren zurück.

Eines Tages, nicht lange nach dem Vorschuldebakel mit Maple Tree, ertönte vor Alfreds Fenster in der West Twenty-eighth Street ein Schrei – kein Jaulen, kein Ruf, sondern ein gellender Schrei, der ihn bis ins Mark erschütterte. Er spurtete nach draußen und sah eine Frau, einen braunen Labradorwelpen in den Armen, der sich losgerissen hatte, zwischen den Rädern eines Lkw umhergeflitzt, aber unversehrt geblieben war. Alfred starrte Welpen und Halterin an. Der Schrei hatte Bedrängnis und Entsetzen signalisiert, obwohl der Hund unverletzt war.

3

Alfred begann, in der Öffentlichkeit zu schreien: in einem Zug der Linie L; auf dem Times Square; im Whole Foods; im Whitney. Er kann sich (obwohl derjenige, der schrie) verblüffend deutlich an die Tableaus der chaotischen Reaktionen erinnern, wenngleich seine Berichte so klingen, als würde er einen Traum nacherzählen. Eine Ausnahme bildet der Duane Reade am Union Square, und zwar aufgrund dessen, was nach seiner Aktion geschah: Alfred, von zwei Sicherheitsleuten strammen Schrittes nach draußen eskortiert, wurde von einer jungen Frau angesprochen, die ihm unter den panischen Kunden im Laden aufgefallen war, weil sie neugierig und fasziniert dreingeschaut hatte. Nun lehnte sie an einer Mauer, als wollte sie ihn abfangen.

»Was haben Sie da getan?«, wollte sie wissen und stellte damit genau jene Frage, die Alfred elektrisierte. Die meisten

Menschen hätten gesagt, er habe geschrien, doch Kristens Blick ging tiefer.

Alfred erläuterte sein Schreiprojekt im Veselka bei Latkes und heißem Apfeltee. Kristen lauschte, mit großen, blassblauen Augen blinzelnd, die an die weit aufgerissenen Schnäbel von Vogeljungen erinnerten. Sie war vierundzwanzig und befand sich noch in der abenteuerlichen Phase ihres Umzugs nach New York, wo sie einen Job bei einer Grafikdesignfirma antrat. Alfred würde bald sein neunundzwanzigstes Lebensjahr vollenden.

»Wie oft machen Sie das?«, fragte sie. »Das Kreischen. So im Schnitt.«

»Ich nenne es lieber ›schreien‹«, sagte Alfred. »Manchmal zweimal pro Woche. Manchmal monatelang gar nicht. Unter dem Strich … etwa zwanzigmal pro Jahr?«

»Tun Sie das auch gemeinsam mit Freunden?«

»Die meisten Leute finden es unerträglich.«

»Familienangehörige?«

»Null Toleranz. Und das ist ein wörtliches Zitat.«

»Soll heißen, dass man Ihr Schreien mit ›null Toleranz‹ kommentiert hat?«

»Soll heißen, dass mich alle einvernehmlich mit diesen Worten wegen meines Schreiens gerügt haben.«

»Wow. Und jetzt?«

»Ich sehe sie seltener.«

»Weil Sie in ihrer Gegenwart nicht schreien dürfen?«

»Weil ich es bedrückend finde, dass sie Formulierungen wie ›sehnt sich nach negativer Aufmerksamkeit‹ verwenden, um mein Projekt zu erklären.«

»Familie«, sagte Kristen und verdrehte ihre bezaubernden Augen. Dann fragte sie: »Aber stimmt das? Sehnen Sie sich nach negativer Aufmerksamkeit?«

Das Café war fast leer, der Apfeltee erkaltet. Alfred ahnte, dass seine Antwort Konsequenzen hätte. Er wusste, dass er das hinter dem Schreien steckende Bedürfnis nicht thematisiert hatte. Aber dieses, hoffte er, verstand sich wie beim Niesen oder Gähnen von selbst.

»Tatsächlich ist es genau andersherum«, sagte er. »Ich setze mich negativer Aufmerksamkeit aus, um etwas zu erleben, das mir viel wichtiger ist.«

Kristen betrachtete ihn aufmerksam.

»Authentizität«, sagte er und entfaltete das Wort wie eine uralte, heilige Schriftrolle. Er sprach es so selten aus, als könnte es sich durch allzu häufigen Gebrauch abnutzen. »Ehrliche menschliche Reaktionen und nicht der gekünstelte Quatsch, den wir einander den ganzen Tag servieren. Dafür habe ich alles geopfert. Und ich denke, es lohnt sich.« Kristens faszinierte Miene ermutigte ihn.

»Machen Sie das auch beim Sex?«, fragte sie.

»Nie«, sagte er und setzte kopfschwirrend verwegen hinzu: »Das ist ein Versprechen.«

Acht Monate später stiegen Alfred und Kristen im Chicagoer O'Hare Airport in einen Avis-Bus, der sie zu ihrem Mietwagen bringen sollte. Die Fahrgäste, dicht gedrängt wie Ölsardinen, versuchten, einander nicht anzurempeln, wenn der Bus auf dem Highway in die Kurve ging oder abschwenkte, um an einer Haltestelle weitere Fahrgäste aufzunehmen. Alfred und Kristen standen hinten.

Er spürte ein vertrautes Prickeln und versuchte, es zu unterdrücken; immerhin war er mit seiner (hoffentlich) festen Freundin zur Taufe von Miles' zweitem Kind unterwegs. Ihre Mutter kam mit dem Flugzeug, und Alfred und Kristen, die in Miles' Haus wohnen sollten, wollten sich am Wochenende

Chicago anschauen und im Art Institute eine Ausstellung japanischer Animes besuchen, die Kristen unbedingt sehen wollte. Bei dem Gedanken an Miles ließ sich das Prickeln aber nicht mehr unterdrücken.

Alfred entwich ein Laut, halb Stöhnen, halb Bellen. Sogar Kristen, die ihn inzwischen besser kannte und sein Schreien längst nicht mehr als charmante Grille empfand, war sich zunächst nicht sicher, ob er der Urheber gewesen war. Erst beim Anblick seines Gesichts – des einzigen, auf dem sich keine Verwunderung zeigte – trat ein drohender Blick in ihre blauen Augen. Alfred dagegen beobachtete genüsslich, wie sich die zwei gegensätzlichen Kräfte zu entfalten begannen: einerseits das kollektive Bedürfnis, den kuriosen Laut schulterzuckend abzutun, andererseits aufkeimende Furcht. Es kam zu der spannungsvollen Phase, in der alle miteinander auf der Welle eines Rätsels ritten, dessen Lösung außer Alfred niemand kannte. Damit hätte er sich begnügen können – wenn die Gefühle von Macht und Rätselhaftigkeit stark genug gewesen waren, hatte er das manchmal getan. Nicht so heute. Sobald das Herumrätseln der wiederholten Meckerei über die drangvolle Enge wich, entließ Alfred ein zweites stöhnendes Bellen: lauter, anhaltender und unmöglich zu ignorieren.

Nun kam es zur Grübelphase, in der alle Umstehenden (außer Kristen, die stur geradeaus starrte) diskret zu ergründen versuchten, was ihn plagte. War es ein unwillkürlicher Laut gewesen, den man am besten höflich ignorierte? Oder war er irgendeinem Unwohlsein entsprungen? Die Fahrgäste, in derlei Grübeleien versunken, boten einen atemberaubenden Anblick. Sie *vergaßen, dass man sie sehen konnte.* Alfred aalte sich in ihrer unbefangenen Verwunderung, atmete gleichzeitig ein, bis er zu platzen drohte, und entließ seinen gesamten Lungeninhalt in gellender Lautstärke – halb brüllend, halb kreischend –, schlug ihn den überrumpelten Fahrgästen förmlich um die Ohren. Er heulte wie ein Wolf den Mond anheult, nur dass er nicht nach oben blickte, sondern die Mitreisenden studierte, deren Panik, Entsetzen und Fluchtimpulse an die Hysterie von Passagieren erinnerte, deren Flugzeug lotrecht ins Meer stürzte.

Derlei extreme Reaktionen zu beobachten, die keiner akuten Gefahr entsprangen, war nicht nur eine Freude. Nicht nur ein Genuss. Es war eine *Offenbarung*. Hatte man diese einmal erlebt, dann wusste man, dass unter der banalen Oberfläche des Alltags ein Tumult brodelte. Und sobald der Nachhall dieses Erlebnisses abflaute, sehnte man sich nach einer Wiederholung dieses chaotischen Katarakts. Hatten Renaissancekünstler nicht genau deshalb ständig den gekreuzigten Christus gemalt (ein Beispiel, das Alfred gern anführte), während Menschen nur im fernen Hintergrund zu sehen waren, vor Heuhaufen oder Felsbrocken kauernd? Die Leute wollen jemanden sehen, der den Tod überwindet – niemanden, der schwere Lasten schleppt! Alfred hatte herausgefunden, wie er diese Offenbarung erleben konnte, ohne sterben oder jemanden töten zu müssen!

Es gehe nichts über den ersten Schrei, meinte Alfred und verglich ihn mit dem ersten Schluck Wein, den ein Sommelier schmeckt. Der Abschluss war aber auch wichtig, und um dorthin zu gelangen, musste er weiterschreien. Er hatte nur eine Regel: *Nichts weiter tun.* Sein Job bestand darin, zu schreien und auf die Phase zu warten, in der etwas geschah – wobei dieses »etwas« meist in einer körperlichen Übergriffigkeit bestand. Man hatte Alfred geohrfeigt, geprügelt, aus der Tür auf den Bürgersteig befördert; hatte ihm einen Teppich über den Kopf geworfen, eine Apfelsine in den

Mund gestopft und ohne Einwilligung ein Beruhigungsmittel verabreicht. Man hatte ihn mit dem Taser malträtiert, mit Schlagstöcken traktiert und wegen öffentlicher Ruhestörung verhaftet. Er hatte insgesamt acht Nächte in einer Zelle verbracht.

Circa dreißig Sekunden nach Alfreds erstem Schrei hielt der Avis-Bus abrupt an der Bordsteinkante, und der Fahrer, ein großer Afroamerikaner, zwängte sich durch die hektische Menge nach hinten durch. Alfred machte sich auf eine Tätlichkeit gefasst, stufte männliche Schwarze also per se als gewalttätig ein, obwohl er felsenfest glaubte, keine Vorurteile zu haben. Der Fahrer, dessen Name laut eines Schildchens auf der Brust »Kinghorn« lautete, fixierte Alfred jedoch mit dem endoskopischen Blick eines Chirurgen, der vor der Entfernung eines Tumors einen Muskel vom Knochen zupft. Sein bohrender Blick bescherte Alfred eine Erkenntnis: Während des Schreiens gemustert zu werden, war viel unangenehmer als Stöße, Schläge oder Tritte. Und diese Erkenntnis sorgte für eine zweite: Physische Attacken taten weh, erlaubten es ihm aber, sein Schreien zu beenden. Was wiederum eine dritte Erkenntnis zur Folge hatte: Er konnte nicht ohne Unterbrechung schreien. Um schreien zu können, musste man Luft holen; um Luft holen zu können, musste man einatmen; und um einatmen zu können, musste man das Schreien unterbrechen.

»Hat man diesem Mann weh getan?«, fragte Mr. Kinghorn scharf, als die erste Unterbrechung eintrat. Die allgemeine Verneinung war zu spüren, und dann erblickte er direkt neben sich ein bleiches, elendes Gesicht – Kristens – und sprach sie leise an. »Sind Sie mit diesem Mann unterwegs?«

»Das war ich«, murmelte sie.

»Hat er psychische Probleme?«

»Ich weiß nicht«, sagte Kristen mit müder Stimme. »Ich glaube, er schreit einfach gern.«

Mr. Kinghorn zwängte folgende Ermahnungen in die Pausen, in denen Alfred Luft holte: »Sir, Sie krakeelen nun seit zwei Minuten ... Ich gebe Ihnen dreißig Sekunden ... danach hören Sie entweder auf zu schreien, oder Sie verlassen meinen Bus ... Haben Sie mich verstanden?«

Alfred ertappte sich bei einem Nicken, ein schwerer Verstoß gegen seine Nichts-weiter-tun-Regel. Mr. Kinghorn senkte den Blick auf seine Armbanduhr – die wuchtige Armbanduhr eines Tauchers oder Fallschirmspringers, eine Uhr, auf der man ein Omelett zubereiten konnte, eine Uhr, die einen in ein anderes Jahrtausend zu teleportieren vermochte. Dann wartete er. Alfred blieb stumm; Mr. Kinghorns Autorität hatte die schwer geprüften Fahrgäste beruhigt und die Wirkung von Alfreds Geschrei neutralisiert. Dieser hatte das Gefühl, als würde ein Zelt kollabieren; in Stoff schwimmend, verstummte er.

Mr. Kinghorn nickte knapp. »Vielen Dank, dass Sie den Schnabel halten, Sir«, sagte er. »Ich weiß Ihr Entgegenkommen zu schätzen. Lassen Sie uns weiterfahren.«

Bei den letzten Worten hob er die Stimme. Sein sonorer Bariton erfüllte den Bus und, wie es schien, auch die Herzen der Fahrgäste, denn sie spendeten Applaus. Der Bus schwang sich von der Bordsteinkante und brauste zum Ort der Autovermietung, getragen vom Jubilieren aller Passagiere, drei Personen ausgenommen: Alfred, der geknickt und todmüde an der Haltestange hing; Kristen, die voller Wut in die öde Flughafenlandschaft starrte; und Mr. Kinghorn, dessen gekonnter Umgang mit störenden Fahrgästen allen vor Augen geführt hatte, dass dieser Störenfried nichts Besonderes war.

»Wie ist Mr. Kinghorn wohl privat?«, sinnierte Kristen verträumt, als sie, im Mietwagen sitzend, im Verkehr des O'Hare Airport steckten.

»Du kannst ja bei Avis anrufen und ihn ans Telefon holen lassen«, entgegnete Alfred mürrisch.

»Du bist nicht besonders gut drauf«, sagte Kristen. »Du hast doch gerade in deinem Fetisch-Akt geschwelgt. Müsstest du nicht im siebten Himmel schweben und ein bisschen high sein?«

»Vergessen wir, was passiert ist.«

»Ich wünschte, das könnte ich!«

Alfred seufzte. »Du hast mein Schreien immer gemocht.«

»Von *mögen* würde ich nicht sprechen.«

»Du hast daran geglaubt.«

»Stimmt.«

»Was hat sich verändert?«

Kristen dachte nach. Schließlich sagte sie: »Ich finde es inzwischen langweilig.«

4

Die quälende Fahrt zu Miles' Haus in Winnetka wurde nur von der Qual übertroffen, dort zu sein: Sandwichs auf der Terrasse seines Bruders zu essen, die einen Blick auf den Michigansee bot, umgeben von Bäumen, deren Laub, gelb wie Staubblätter von Lilien, durch die Luft segelte und auf dem Wasser trieb. Seine Mutter hatte ihn in ihre nach Jasmin duftende Umarmung geschlossen. Kristen war vorgestellt worden (gefolgt von bedeutungsvollen, fragenden Blicken, die besagten: »Sie ist bezaubernd; ein Wunder, sie kennt ihn bestimmt erst seit kurzem; oder haben wir noch nicht gemerkt, dass sie auch eine Macke hat …?«). Die Frage, ob sie eine gute Anreise gehabt hatten, war (vage) beantwortet worden, und natürlich gab es das neue Baby, das natürlich winzig war und das natürlich jeder halten wollte, und obwohl Kristen der Begegnung mit Alfreds Familie nervös entgegengesehen hatte, schien sie froh zu sein, sich an einem Ort aufzuhalten, an dem niemand mehr schrie. Alfred hatte vergessen, dass sich Ames angekündigt hatte, aber da war er und brachte jene amorphe Spannung mit, die sich seinem rätselhaften beruflichen Werdegang verdankte. Einige Jahre nach 9/11, er war als Soldat in die Special Ops aufgestiegen, hatte sich dieses Rätsel weiter vertieft, proportional zur wachsenden Muskelmasse. Nun war er neununddreißig, aber noch muskulöser, angeblich im Ruhestand, aber meist in Übersee. Bei der Erwähnung Bin Ladens schien er kurz überlegen zu müssen, wer gemeint war.

Miles' stille Dominanz hatte sich im Lauf der Zeit zu einem Exoskelett versteift, das sich mit jeder Ehrung weiter verhärtete, bis er sich nicht mehr bewegen, geschweige denn spontan agieren zu können schien. Alfred fand seine Gesten aufgesetzt, hatte sogar den Eindruck, dass er etwas verbarg – wie war es sonst zu erklären, dass er nur aufrichtig lächelte, als Trudy mit dem iPhone Fotos machte? Trudy postete wie wild auf Facebook, drängte aller Welt Familienurlaube und Kunstwerke von Kleinkindern auf und brütete auf Facebook alberne Hashtags wie #muttertochterliebe und #dankseigottgibtsgroßeltern aus, die Alfred zu einem Einloggen veranlassten, wenn er sich so richtig ereifern wollte. Sein Mittel gegen derlei Affektiertheiten bestand darin, an sein letztes Schreien zu denken, nur rief ihm das heute den Avis-Bus und seine öffentliche Demütigung in Erinnerung. Schwer vorstellbar, dass er in Zukunft noch mal schreien würde. Das Projekt war urplötzlich gestorben und hinterließ – was? Was konnte Alfred sagen oder tun oder auch nur denken, um eine weitere Minute auf Miles' Terrasse zu ertragen?

Und dann fiel es ihm ein. Er konnte eine Frage stellen.

»Hey, Miles«, sagte er. »Hast du noch Kontakt zu Jack Stevens?«

Miles hielt für einen Sekundenbruchteil mit dem Kauen inne, es glich dem Aussetzer eines Videos. »Nein«, sagte er bedächtig. »Habe ich nicht.«

Es folgte ein eisiges Schweigen, das Kristen aufzulockern versuchte, indem sie fröhlich fragte: »Wer ist Jack Stevens?«

Miles' Mund straffte sich zu einem grimmigen Strich. Trudy starrte auf die Terrasse. Alfred spürte Kristens Erschrecken darüber, etwas Falsches gesagt zu haben.

»Ehrlich, Miles«, sagte ihre Mutter. »Können wir dieses Drama endlich mal abhaken?«

Susan (wie Miles und Alfred ihre Mutter jetzt nannten), schlank und aschblond, mit blauem Wickelrock und flauschigem, weißem Pullover, wirkte jünger als siebenundfünfzig – sogar jünger als in der Zeit, als sie Kinder gewesen waren. Damals war sie eine der gestressten Mütter gewesen, die zwischen Innings auf das Spielfeld rannten, um die Nase ihres Sprösslings mit Sonnencreme einzureiben. Solche Mütter wirkten stets etwas albern, wenn sie, bunte Kleider und überdimensionierte Bauchtaschen tragend, Wassermelonen für die Mannschaft zerteilten. Nach der Scheidung wurde sie still und wachsam, als wüsste sie nicht, welche Rolle sie spielen sollte. Nach geraumer Zeit hatte sie wieder selbstsicherer gewirkt und getan, was ihr gefiel. Sie hatte nichts Lustiges mehr an sich.

»Jack Stevens war Miles' Jugendfreund«, erklärte sie Kristen. »Sie waren unzertrennlich. Am College und danach.«

»Verstehe«, sagte Kristen ernst. »Ist ihm etwas … zugestoßen?«

»Könnte man so sagen«, sagte Miles mit einem freudlosen Lachen.

Ihre Mutter stellte das Glas energisch auf den Picknicktisch. »Tut mir leid, aber das ist lächerlich.«

»Oh. Es tut dir leid?«, fragte Miles mit gespielter Überraschung.

»Man könnte meinen, wir hätten jemanden ermordet, Jack und ich!«

»Ich habe dich missverstanden. Es tut dir *nicht* leid.«

»Rede nicht so mit Mom«, sagte Ames sehr leise. Er hielt das Neugeborene; in seinen massigen, geäderten Armen sah es aus wie eine Maus in den Schlingen einer Python.

»Oh. Nun bin ich der Übeltäter«, sagte Miles.

Alfred merkte, dass der Schmerz, der ihn gequält hatte, plötzlich abflaute. »Lebt er noch in Chicago? Jack?«

Miles sah auf die Uhr. »Wie lange bist du hier? Vierzig Minuten? Fünfundvierzig?«

»Siebenunddreißig«, sagte Trudy.

»Ihr habt die Zeit seit unserer Ankunft gestoppt?«, fragte Alfred.

Miles und Trudy tauschten einen Blick. »Wir haben uns gefragt, wie lange es dauert, bis du wieder provozierst«, sagte Miles.

»Siebenunddreißig Minuten sind doch ein Fortschritt«, sagte Ames, und alle außer Miles lachten.

»Ich finde ihn nicht witzig«, sagte Miles.

»*Ich* war witzig«, entgegnete Ames.

»Portia ist fast dreißig Jahre jünger als euer Vater«, sagte ihre Mutter zu Miles. »Deine Halbschwester Beatrice ist genauso alt wie deine Tochter. All das scheint kein Problem für dich zu sein. Ich wüsste wirklich gern, worin der Unterschied besteht.«

»Darin, dass wir Portia nicht kannten, bevor Dad sie geheiratet hat«, sagte Miles.

»Sei froh, dass ich Jack nicht geheiratet habe.«

»*Du* kannst froh sein, Jack nicht geheiratet zu haben. Sonst hättest du deine Enkelkinder nie kennengelernt.«

Ames kam mit kämpferischer Rasanz auf die Beine. »Rede. Nicht. So. Mit. Mom«, murmelte er fast unhörbar. Trudy pflückte den Säugling aus seinen Armen.

»Pass auf, was du sagst«, konterte Miles. »Wir könnten dich fragen, wie du deinen Lebensunterhalt verdienst.«

»Wer provoziert hier jetzt?«, warf ihre Mutter ein.

»Ich bin im Ruhestand«, sagte Ames lächelnd. »Und ich rede jederzeit gern darüber.«

Miles warf sein Sandwich über das Geländer und sagte: »Siebenunddreißig Minuten.« Er wirkte erschöpft und hatte dunkle Ränder unter den Augen, als würde ihm die Idiotie seiner Mitmenschen jegliche Lebenskraft rauben.

»Du hast meine Frage nicht beantwortet«, sagte Alfred. »Nach Jack.«

»Ja. Soweit ich weiß, lebt er noch in Chicago«, antwortete Miles bissig. »Wieso? Willst du ihn besuchen?«

»Ja, das werde ich tun«, sagte Alfred, indem er aufstand. »Und zwar jetzt gleich.«

Und da war sie: Die Verblüffung in den Mienen der Umstehenden, die es kalt erwischt hatte – als wäre eine Tür aufgestoßen worden, hinter der ein unerwartetes goldenes Licht aufschien.

Alfred griff nach seiner Tasche und sah zu Kristen, halb

in der Erwartung, sie würde bleiben. Doch sie holte ihn vor der Tür ein.

»Wow«, sagte sie, als sie das Haus verließen. »Läuft das immer so?«

5

Wieder im Mietwagen sitzend, versuchte Alfred, sich der weithin gerühmten Klugheit seines neuen Smartphones zu bedienen, aber es schien nur zu wissen, dass es den Namen Jack Stevens im Raum Chicago hundert- oder gar tausendfach gab. Diese Tatsache bremste seinen Elan.

Kristens Miene verdüsterte sich. »Und nun?«, fragte sie. »Unsere Sachen sind noch im Haus deines Bruders. Kehren wir überhaupt dorthin zurück?«

»Natürlich«, sagte Alfred. »Nachdem wir Jack Stevens besucht haben.« Er scrollte diverse Jack Stevens' durch, dicke und dünne, alte und junge, solche, die auf Webseiten von Immobilienfirmen grinsten, und solche, die auf Polizeifotos grollten. Er befürchtete, Jack könnte ein Spitzname für John sein.

Nach einer Weile schaute Kristen über seine Schulter, und ihre Neugier erfüllte ihn mit frischer Energie. »Da!«, sagte er nach weiteren Minuten unvermittelt. Sie betrachteten gemeinsam die Aufnahme eines Gesichts: spitzbübisch, breites Lächeln, auf eine Art verschwommen, die Bewegung oder Unentschlossenheit nahelegte. »Das ist Jack.«

Kristen sortierte Adressen durch, die mit diesem obskuren, selten fotografierten Jack Stevens in Verbindung standen, bis sich eine als die wahrscheinlichste herauskristallisierte: ein westlicher Vorort, der, wie Alfred dachte, als sie ihn fünfundvierzig Minuten später erreichten, eventuell kein Vorort, sondern ein Wurmfortsatz von Chicago war. Schlichte, frei stehende Häuser säumten die Straßen, die komplett identisch waren, bis hin zu den Haustüren mit jeweils drei rechteckigen Fenstern. Das gesuchte Haus stand in der Mitte des Blocks. Auf der quadratischen Rasenfläche lagen ein roter Spielzeugrasenmäher und ein kleiner, rosa Roller.

Als sie ausstiegen, schlug ihnen der Geruch von frisch gemähtem Rasen und Motoröl entgegen. Die Stille fühlte sich an, als hätten hier gerade noch Kinder gespielt. Alfred spürte eine prickelnde, vertraute Erwartung. Jack Stevens. Warum hatte er so lange damit gewartet, ihn ausfindig zu machen?

»Ich bin nervös«, sagte Kristen auf dem Weg zur Tür. »Was, wenn er wütend wird?«

»Warum sollte er wütend sein?«

»Manche Leute mögen es nicht, wenn man unangekündigt vor der Tür steht.«

»Nicht Jack.«

»Du kennst ihn doch gar nicht mehr«, beharrte sie. »Du hast ihn zuletzt gesehen, als du auf der High School warst.«

Die Haustürklingel hatte einen Dreiklang wie echte Glocken. Sie warteten, dann klingelte Alfred ein weiteres Mal. »Er ist nicht zu Hause«, sagte Kristen hörbar erleichtert.

»Er muss in der Nähe sein. Auf seinem Rasen liegen noch Sachen.«

Sie setzten sich auf die Eingangstreppe und warteten. Alfred war überrascht von der Uniformität des Wohnviertels; das hätte er mit dem erwachsenen Jack nicht in Verbindung gebracht. Als könnte sie seine Gedanken lesen, fragte Kristen: »Warum ist der Typ so besonders? Außer – du weißt schon. Die Sache mit deiner Mom.«

»Jack war legendär, könnte man sagen«, antwortete Alfred, obwohl diese Formulierung dem, was er ausdrücken wollte, nicht gerecht wurde. »Die Leute – man mochte ihn einfach. Er hat in jedem das Beste zum Vorschein gebracht und jede Situation … irgendwie zu einer runden Sache gemacht.« Er verstummte, weil es ihm komischerweise nicht gelang, Jacks Zauber in Worte zu fassen.

Kristen nickte, als hätte sie verstanden. »Ja, wahrscheinlich gibt es auf jeder High School einen solchen Typen.«

Alfred hätte das am liebsten bestritten – auf *keiner* High School gab es einen Typen wie Jack Stevens, nur auf ihrer High School und nur für ihn selbst –, aber da sie sich versöhnt hatten, wollte er nicht widersprechen. Sie würde schon sehen.

Eine halbe Stunde später fuhr ein alter, grauer Buick in die Einfahrt. Der Fahrer war kaum zu erkennen, Kindergesichter lugten aus den hinteren Fenstern. Auf dem Weg zur Garage hinter dem Haus rollte das Auto dicht an Alfred und Kristen vorbei. Sie hörten ein elektronisch gesteuertes Tor quietschen, danach Wortfetzen von Kindern und das Knarren einer Insektenschutztür. Die Familie hatte das Haus durch den Hintereingang betreten.

»Das ist doch peinlich«, sagte Kristen. »Warum hat er nicht angehalten?«

»Er wollte in die Garage«, meinte Alfred, der kurz gefröstelt hatte, als das Auto vorbeigefahren war. Er ergriff Kristens Hand und merkte, dass sie schwitzte. »Willst du im Auto warten?«

»Nein, bestimmt nicht.«

Eine etwas ältere, etwas gedrungenere, etwas kahlere, etwas zerfurchtere Version von Jack Stevens öffnete die Tür, die Augen verengt, als wäre er auf eine Auseinandersetzung gefasst. Er hielt einen blau-rosa Schwimmreifen. »Was kann ich für euch tun, Leute?«, fragte er angespannt hinter der geschlossenen Insektenschutztür.

»Hi, Jack. Ich bin's, Alfred.«

Jacks Mienenspiel begann mit Ratlosigkeit und mündete nach mehreren Zwischenstufen in Erleuchtung. »Heilige Scheiße«, sagte er, stieß die Insektenschutztür auf und starrte die zwei Besucher schmaläugig an. »Hollander?«

»Genau der«, sagte Alfred und streckte eine Hand aus. Jack übersah sie und schloss ihn stürmisch in die Arme. Um dies zu ermöglichen, nahm Kristen den Schwimmreifen an sich. »Was zum Teufel macht ihr hier?«

»Das ist Kristen«, sagte Alfred. »Wir besuchen Miles und haben uns gefragt, wie es dir so geht.«

Jack nahm Kristen den Schwimmreifen ab und gab ihr die Hand. »Kommt rein«, sagte er. »Mi casa tu casa, vorausgesetzt, es stört euch nicht, dass meine Ex gleich kommt, um die Kinder zu holen.«

Sie folgten ihm in ein dämmriges Wohnzimmer mit Teppichboden. Ein Junge und ein Mädchen saßen in Schwimmsachen auf einem Sofa und hantierten mit der Fernbedienung.

»Kein Fernsehen«, sagte Jack. »Das wisst ihr doch.«

»Aber wir sind geschwommen«, bettelte das Mädchen.

»Ihr seid toll geschwommen. Aber kein Fernsehen.«

»Zwillinge?«, fragte Kristen.

»Jawohl, Ma'am. Sally und Ricky. Kinder, begrüßt meine alten Freunde – einer alt und eine neu, um genau zu sein«, sagte er, Kristen zuzwinkernd.

»Guten Tag«, intonierten die Kinder mit einem argwöhnischen Blick auf die beiden.

»Sie sind traurig, weil sie bald gehen müssen. Stimmt's, Kinder?«

»Wir sind traurig, weil wir nicht fernsehen dürfen«, sagte der Junge.

»Immer das alte Lied«, sagte Jack lachend.

Er holte Alfred und Kristen ein Old Style, und sie setzen sich im gepflasterten Bereich zwischen Hintertür und Garage auf Klappstühle. Alfred erzählte kurz von der zweiten Ehe seines Vaters mit Portia, einer Kunstgeschichtskollegin, kaum älter als Miles, und ihrem kleinen Kind. Jack wusste von Miles' Aufstieg im Chicagoer Juristenmilieu. Als die Rede auf Alfreds Mutter kam, nickte er knapp und sagte: »Gute Frau.«

»Und Ames?«, fragte er, denn Alfred hatte ihn ausgelassen. »Immer noch beim Militär?« Er lachte glucksend, als Alfred erzählte, Ames sei bei den Special Ops ausgeschieden, angeblich im Ruhestand, aber ständig in geheimer Mission in Übersee unterwegs. »Schnapp sie dir, Ames«, sagte Jack.

Er selbst, erzählte er, könne nicht klagen. Nach einem Jahr Rezession sei ihm gekündigt worden, und nun mache er Teilzeitjobs, um die Rechnungen bezahlen zu können, immer mit Geldeintreibern im Nacken, doch er schätze die angenehmeren Arbeitszeiten, habe viel in den Bowlingsport investiert und spiele an drei Abenden pro Woche in einer Liga, aber vor allem liebe er seine Kinder, obwohl er um die Zeit mit ihnen kämpfen müsse – seine Ex sei in jeder Hinsicht gierig; auch untreu, aber das stehe auf einem anderen Blatt, und man schaue sich diese wunderbaren Kinder an, unglaublich, dass sie auch etwas von ihr hätten. Am liebsten würde er mit ihnen in den Norden Chicagos ziehen; Junge, er vermisse die Seen, der Michigansee gleiche einem Ozean mit Wracks auf dem Grund, doch er könne Chicago nicht verlassen, auf keinen Fall – er würde sogar vor dem Haus seiner Ex campen, um den Kindern nahe zu sein … und da ertönte der Dreiklang der Haustürklingel, und die Kinder schrien: »Mami!«, und man hörte sie durch das Haus poltern. Jack stellte die Dose Old Style in die dafür vorgesehene Halterung des Stuhls, erhob sich schwerfällig und ging hinein.

Alfred und Kristen saßen still da, während das Stimmengemurmel von der Haustür zur Hintertür wanderte. Er spürte Kristens Blick. Schließlich sagte sie: »Der Mann hat sein Leben absolut nicht im Griff, Alfred.«

Die Stimmen wurden schneidend. Alfred hörte: *Dan und ich wollen nächsten Monat wegfahren*, und er verspürte eine fast schmerzhafte Spannung in der Brust.

»Merkst du das nicht?«, fragte Kristen.

»Doch, klar.«

»Aha? Und warum brüllst du ihn dann nicht an? Oder forderst ihn auf, keinen Blödsinn zu erzählen, sondern zuzugeben, dass er ein Versager ist?«

Diese Aufforderung schockierte ihn. »Warum denn?«, sagte er. »Es ist doch offensichtlich.«

»Ist das nicht immer so?«

Die Auseinandersetzung eskalierte; dann trat plötzlich Stille ein. Die Haustür wurde zugeknallt, und im Haus blieb ein Vakuum zurück, als die Kinderstimmen draußen verhallten. Autotüren wurden geöffnet, geschlossen. Alfred stellte sich vor, wie Jack durch die schmalen, rechteckigen Haustürfenster zusah, wie sie abfuhren.

Nach einer Weile kehrte Jack mit drei neuen Old Style zurück. Sein Grinsen blitzte auf, und er ließ sich auf den Stuhl sinken und trank einen großen Schluck. Die Sonne stand tiefer, der Himmel war blassrosa. Der Mond stand schon am Himmel, licht und zart wie das Ei einer Meeresschildkröte.

»Die hiesigen Sonnenuntergänge sind öde«, sagte Jack halbherzig, »nichts im Vergleich zu den Seen.«

»Die Seen sind unvergleichlich«, bekräftigte Alfred energisch.

»Wie sind sie denn so? Die Seen im Norden Chicagos?«, fragte Kristen und sah Jack mit ihren großen Kükenaugen an.

Er trank noch einen großen Schluck, als müsste er den Willen für eine Antwort sammeln. »Tja, der Himmel dort ist hell«, sagte er schließlich, »aber jeder See ist von einem Ring dunkler Bäume umgeben. Und dieser hebt sich selbst bei Nacht vom Himmel ab.«

»Und die Gänse«, sagte Alfred.

»Ja, die Gänse!«, sagte Jack. »Mein Gott, diese Gänse.«

»Ich habe einen Film über Gänse gemacht«, sagte Alfred.

Jack drehte sich zu ihm um. »Du willst mich verarschen, oder?«

»Er heißt *Das Wanderverhalten nordamerikanischer Gänse.*«

Jack musste lachen. »Nicht im Ernst.«

»Ich habe fünf Jahre daran gearbeitet«, sagte Alfred. »Er hatte aber seine Schwächen. Das weiß ich inzwischen.«

Diese Enthüllung schien Jack zu beleben. Er beugte sich auf dem Klappstuhl nach vorn. »Okay. Erster Akt, erste Szene«, sagte er. »Erzähl mal.«

»Menschen mag es befremdlich erscheinen«, zitierte Alfred aus der Erinnerung, »denn sie müssen täglich eine Leistung erbringen, aber Tiere konzentrieren sich nur auf das Überleben.«

»Der Tonfall stimmt nicht«, sagte Kristen. »Du sprichst zu betont.«

»Sie hat recht«, sagte Alfred. Und er fuhr roboterhaft monoton fort: »Menschen mag der Wunsch einer Gans, in ihr heimisches Kanada zurückzukehren, sentimental erscheinen, aber für eine Gans sind ›Wunsch‹ und ›Zuhause‹ etwas anderes als für Menschen.«

Jack schüttete sich vor Lachen aus. »Und so ist der ganze Film?«

»Drei Stunden und sieben Minuten«, sagte Kristen.

Alfred erzählte tonlos weiter, bis Jack über seine Augen wischte und ihn bat, eine Pause einzulegen. »Ich muss mal – na, ihr wisst schon«, sagte er und ging hinein.

Alfred hatte intuitiv versucht, Jack aufzuheitern, doch als er seine Parodie fortsetzte, nachdem sein alter Freund mit einer Kühlbox voller Old Style zurückgekehrt war, kippte etwas. Alfred hatte das Gefühl, *Das Wanderverhalten nordamerikanischer Gänse* in Stücke zu schlagen und anzuzünden, damit Jack sich daran wärmen konnte, und er wusste, das war riskant.

Während er sein Lebenswerk parodierte, erzählte Alfred später, habe er beschlossen, mich zu kontaktieren. Vielleicht hatte er das stets im Hinterkopf gehabt; meine Visitenkarte steckte immer noch in seiner Brieftasche. Nun, da er sein Filmprojekt durch den Kakao zog, also gewissermaßen einem anderen Zweck zuführte, konnte er auch sein Schreiprojekt einem »abgehobenen akademischen Scheiß« zur Verfügung stellen.

Ich war genauso auf ihn angewiesen. Wenn ich zu Authentizität forschte, musste ich sie auch suchen – dem Begriff etwas Wahres abringen, bevor er zu einer Phrase verkam: zu einer Hülse ohne Geschoss; bevor man ihn nur noch in Anführungszeichen benutzen konnte. Ich war auf Alfred angewiesen, um keinen abgehobenen akademischen Scheiß zu schreiben. Und unsere Zusammenarbeit, im akademischen Kontext vermutlich unorthodox und hybrid, stand für dieses Bemühen.

Rückblickend betrachtet, saßen wir an jenem Herbstabend im Mittleren Westen also zu dritt mit Jack Stevens hinter dessen Haus. Die Dunkelheit brach rasant über uns herein, und der Mond ging auf, wurde klar und weiß. Das Rauschen auf dem Highway klang wie ein Wind oder das Meer. Alfred hätte am liebsten für immer dort gesessen. Er wollte möglichst lange für Heiterkeit sorgen, den Augenblick hinauszögern, wenn Jack sagte, er gehöre ins Bett, und die Party zu Ende war.

Eine Reise: Ein Fremder erscheint in der Stadt

Miles

Meine Cousine Sasha hatte zwanzig Jahre in der Wüste gelebt, als ich herausfand, dass sie Künstlerin geworden war. Wie im Falle aller Menschen, die ich von früher kenne, sah ich mir die Social-Media-Storys ihrer Kinder an, um herauszufinden, wie sie sich entwickelt hatten und ob sie glücklich wirkten, und stieß auf einen Post ihres Sohnes: »Stolz auf meine Mom«, mit einem Link zu einem ART*news*-Artikel über Sasha. Ein Foto zeigte Dutzende Heißluftballons, über der kalifornischen Wüste schwebend, die mit bunten, vielgestaltigen Skulpturen gesprenkelt war. Diese hatte Sasha laut des Artikels aus Plastikmüll geformt. Später schmolz sie alles ein und presste den Kunststoff zu Ziegeln, die mit Luftbildern der Skulpturen in Kunstgalerien ausgestellt und verkauft wurden.

Sasha! Unfassbar!

Sollte jemand einen Beweis dafür verlangen, dass das Leben unvorhersehbare Wendungen nehmen kann – dies wäre einer. Sasha war bis in ihre Dreißiger eine gescheiterte Existenz: eine Kleptomanin, die zig Leuten im Laufe von zig Jahren zig Dinge geklaut hatte. Wieso ich das weiß? Weil sie ihr Diebesgut 2008, unmittelbar vor ihrer Heirat mit Drew, zurückgab. Alle Verwandten erhielten jeweils zwei oder drei Dinge, teils so wertlos, dass man sich fragte, wie Sasha noch wissen konnte, wem sie gehört hatten. Mein Dad bekam einen Bic-Stift, wie er bei Staples in Tüten zu je zwanzig Stück verkauft wird. Ich bekam auch ein Schreibwerkzeug, allerdings einen Füller von Montblanc im Wert von mehreren hundert Dollar. Ich hätte fast einen Gehirnschlag erlitten, als er nach einem Familienessen in einem koreanischen Restaurant verschwunden war. Damals, ich war zu Besuch in New York, rief ich im Restaurant an, bei der Taxi-Zentrale, bei der MTA; ich verfolgte meine Strecke durch Korea-Town zurück, gebückt die Rinnsteine absuchend. Als der Füller dann Jahre später in meinem Briefkasten lag, ergänzt um eine handschriftliche Mitteilung, die mit den Worten begann: »Seit meiner Teenagerzeit werde ich von dem Drang gequält, Dinge zu klauen, für mich eine Quelle ständiger Belastung, für andere eine des Verlusts und der Frustration«, rief ich meinen Dad an.

»Ich weiß«, sagte er. »Ich habe einen Bic erhalten, bin mir aber nicht mal sicher, ob er tatsächlich mir gehört oder aus dem Restaurant stammt.«

»Können wir sie bitte abhaken, Dad?«, fragte ich. »Endgültig? Sie ist unverbesserlich.«

»Im Gegenteil. Sie betreibt Wiedergutmachung.«

»Ich will keine Wiedergutmachung. Ich will, dass sie aus meinem Leben verschwindet.«

»Warum sagst du so was, Miles?«

Ich weiß noch, wo ich mich während dieses Gesprächs befand: In Winnetka, auf der Terrasse des Hauses am See, erworben mit einem schwindelerregend hohen Darlehen. Wir betrieben eifrig Nestbau, denn es sollte das häusliche Idyll mit Kindern, Urlauben und Familientreffen werden, nach dem wir uns gesehnt hatten, seit wir uns als Jura-Studierende an der University of Chicago begegnet waren. Mein Handy haltend und auf den glitzernden Michigansee schauend, ging mir auf, dass es auf dieser Welt nichts bringt, das Richtige zu tun – *geradlinig* zu sein. Die Sünder sind es, die von allen geliebt werden: die Nieten, die Nullen, die Stümper. Es ist nicht besonders sexy, wenn alles immer auf Anhieb gelingt.

Scheiß auf Sasha, dachte ich.

Ich weiß, dass Sasha hier sympathisch wirkt, ich dagegen als blasierter Besserwisser rüberkomme. Und ich *war* ein blasierter Besserwisser, nicht nur gegenüber meiner Cousine, sondern auch gegenüber meinem Vater, der Sasha wie eine Tochter förderte; ebenso gegenüber meiner Mutter, die sich nach der Scheidung in schauderhafte Liebesabenteuer stürzte; und gegenüber meinen jüngeren Brüdern, Ames und Alfred, die ich bereits in ihren Mittzwanzigern als »Versager« einstufte – keiner entkam dem unbarmherzigen Suchscheinwerfer meines Urteils. Ich könnte diesen Quell zorniger Ungeduld mit den Schwachstellen anderer noch heute aktivieren, Jahrzehnte später. Wie war es der Gattung Mensch gelungen, all die Jahrtausende zu überdauern? Wie hatten wir Zivilisationen aufbauen und Antibiotika erfinden können, wenn praktisch niemand, ausgenommen Trudy und ich, den Durchblick hatte und *die Sachen in die Hand nahmen*?

Wenn ich irgendetwas zur Verteidigung des Menschen anführen kann, der ich im Jahr 2008 war, als Sasha Wiedergutmachung betrieb und Polly das Licht der Welt erblickte – das Jahr, in dem ich dreißig wurde –, dann höchstens, dass ich mit mir selbst am ungnädigsten war. Alles, was ich tat, diente der Selbstoptimierung. Gewisse Phänomene, etwa der Schlaf, entziehen sich jedoch der Kontrolle. Die Schlaflosigkeit ermöglichte es mir, auf der High School zu brillieren und zugleich drei Sportarten zu betreiben, für eine Baumpflegefirma zu arbeiten und einer anspruchsvollen Freundin gerecht zu werden. Ich überbrückte die Durchhänger mit

Erdnussbutter, die ich gläserweise futterte, und mit jugendlicher Energie. Polly litt aber an Koliken, ich war der jüngste Partner in der Geschichte meiner Kanzlei, und die Arbeitslast war erdrückend. Ich begann, abends Schlaftabletten zu nehmen und morgens, um in Schwung zu kommen, Adderall – nach einer Weile auch tagsüber, um einen klaren Kopf zu behalten. Wenn ich nachmittags zappelig wurde, schluckte ich Xanax oder Percocet, abends dann wieder Schlaftabletten. Diese Manipulationen meines Stoffwechsels gehörten in meinen Augen schlicht zu meinem Job, und die Problemlosigkeit, mit der ich meine Defizite chemisch ausglich, verbunden mit einer leichten, den Medikamenten geschuldeten Übelkeit, verdoppelte meine Ungeduld. Ich wurde, wie man so schön sagt, »gallig« – es war schwierig, unter mir zu arbeiten, und noch viel schwieriger, mit mir zusammenzuleben. Die hohen Ansprüche, die ich an mich selbst stellte, sorgten für zusätzlichen Druck, so dass ich nicht mehr genug Zeit für unsere Kinder hatte (drei innerhalb von fünf Jahren, Plansoll erfüllt) und Trudy – die ihre Karriere als Anwältin für das Mutterdasein zurückgestellt hatte – weder sexuell noch in anderer Hinsicht zufriedenstellen konnte. Als ich merkte, dass ich in der Ehe zu versagen begann, obwohl ich von Anfang an alles darangesetzt hatte, in jedem Bereich Erfolg zu haben, wurde ich noch galliger.

Die Fassade war damals noch intakt. Ich zog Fälle an Land und bearbeitete sie, was mich in der Kanzlei allerdings nicht beliebter machte. Zu Hause schienen alle glücklich zu sein, wie Trudys Facebook-Account – später ihr Instagram-Feed – bewies, den ich mir täglich zu Gemüte führte. Sie hatte ein Talent dafür, Momente der Unbefangenheit in ikonische Bilder zu verwandeln. Wenn ich mir die Bilder der Ausflüge zum Strand, in Parks oder zum Zoo anschaute, die sie (oft in

Begleitung unserer Nachbarin Janna und ihrer vier Kinder) unternahm – über das Kinn laufende Eiscreme; ein Video rotierender, mit Buntstiften angemalter Windrädchen –, dann entschleunigte sich mein Puls, kam mein Blut zur Ruhe. Ich investierte jede Minute, die ich der Arbeit abringen konnte, in die Familie und ergötzte mich an Fotos, auf denen Polly ihre Arme um mich schlang; auf denen mir Michael, unser älterer Sohn, einen Ball zuwarf; auf denen ich Timothy, unser Baby, mit Bananenbrei fütterte. Alles in Butter, redete ich mir ein und holte, an meinem Kirschholzschreibtisch im rundum verglasten Hochhausbüro sitzend, tief Luft. Sie waren da, sie waren glücklich und warteten darauf, dass ich nach Hause kam – wir waren glücklich, alle fünf, in unserem herrlichen Haus am See: Die Vision, in der Trudy und ich nach dem Sex zwischen Juraseminaren geschwelgt hatten, war Wirklichkeit geworden.

2013, als der allgemeine Medikamentenmissbrauch einen krisenhaften Höhepunkt erreichte, schob mein Arzt – der mir bis dahin bedenkenlos alles verschrieben hatte – plötzlich den Riegel vor. Die Vorstellung, ohne Medikamente auskommen zu müssen, erfüllte mich mit Entsetzen: Ein Leben ohne Tabletten war genauso undenkbar wie eines ohne Sauerstoff. Ob Konzentration, Schlaf, Arbeit oder Entspannung – mit alldem wäre es aus; mit *mir* wäre es aus. Ich hatte das Gefühl, eine Dynamitstange verschluckt zu haben, deren Lunte in Rekordgeschwindigkeit abbrannte, und legte ein Verhalten an den Tag, das mich selbst befremdete: Ich befahl meinem Arzt barsch, neue Rezepte auszustellen; ich drohte ihm mit der Faust und wurde der Praxis verwiesen; andere Ärzte beäugten mich skeptisch, wenn ich meine Medikamentenwünsche auflistete (zwei schickten mich mit Broschüren zu Entzugsprogrammen nach Hause); ich fuhr zu

Pill-Mills in Nachbarstädten, wo mir Ärzte, die noch fertiger aussahen als ich, mit zitternder Hand Rezepte ausstellten; und als bekannt wurde, dass der Staat Illinois ein Zentralregister für verschreibungspflichtige Medikamente einführen wollte, um zu verhindern, dass man bei unterschiedlichen Ärzten Rezepte einsammelte, zahlte ich dem Arzt einer Pill Mill mehrere hundert Dollar, damit er einen Kontakt zu einem vertrauenswürdigen Drogendealer herstellte.

Damon und ich verabredeten uns stets an einer Straßenecke und kurvten dann eine Weile umher, jeder in seinem Auto, bis wir im schützenden Schatten einer der vielen Hochbahntrassen vor einer roten Ampel standen. Wir ließen die Scheiben runter, und ich warf einen Umschlag mit Bargeld in sein Auto. Damon, der ebenso gut Prozessanwalt in meiner Kanzlei hätte sein können, warf einen Beutel mit Tabletten zurück, ließ ein Grinsen aufblitzen, und dann trennten wir uns. Ein Triumph der Effizienz! Warum hatte ich so viel Zeit mit renitenten Ärzten verplempert? Damon verkaufte die Originaltabletten, die ich seit jeher nahm, und da ich genug Geld hatte, musste ich diese weder zerkleinern noch schnupfen, um zu sparen, und auf grauenhafte Billigalternativen wie Crack oder Heroin war ich schon gar nicht angewiesen.

So hätte es bis in alle Ewigkeit weitergehen können, wäre nicht eine unerwartete Wendung eingetreten: Das heimliche Leben, zu dem ich mich gezwungen sah, schien eine ganz neue Ader in mir zu wecken. Nach einer Weile fieberte ich den Treffen mit Damon auf der verrottenden Schattenseite Chicagos entgegen; rostige Gleise und marode gelbe Ziegel schienen ein authentischeres Substrat zu sein als die Türme aus Stahl und Glas, in denen ich als Anwalt tätig war. Weder heuchelte Damon, noch urteilte er. Ich brauchte Tabletten; er verkaufte sie. Nicht mehr und nicht weniger – wie oft erlebt man das? Damon hatte reine Haut, blaue Augen, gute Zähne. Er fuhr einen nagelneuen Nissan Rogue. Er kam mir bekannt vor, und ich fragte mich, ob wir uns in einem anderen Zusammenhang begegnet waren. Ich fragte mich, wie sein Leben aussah, stellte mir sogar vor, ein Gespräch mit ihm anzuknüpfen, während unsere Autofenster offen standen. Seit meinem Zerwürfnis mit Jack Stevens hatte ich keinen engen Freund mehr gehabt, und mir ging auf, dass mir ein solcher fehlte.

Um die Geschäftsbeziehung aufzulockern, schrieb ich Damon eines Freitagsnachmittags: »Schon Pläne fürs WE?«

Er antwortete sofort: »Was immer du willst, Bro.«

»Ich meinte deine Pläne.«

»Ladys? Partys? Gib Laut & ich mach's wahr.«

»Danke«, schrieb ich. »Gut zu wissen.«

Mit einem Dealer konnte man offenbar nur geschäftlich in Verbindung stehen.

An jenem Abend gaben unsere Nachbarn eine Cocktailparty. Auf der Suche nach der Toilette öffnete ich aus Versehen die Tür eines Kinderzimmers. Janna, die Gastgeberin – Trudys Freundin – kuschelte mit dreien ihrer vier Kinder auf einem Stuhl und las *Paff, der Zauberdrache* vor. Sie grinste verlegen und sagte leise: »So schlafen sie besser ein.« Ich schloss die Tür, lehnte die Stirn dagegen und lauschte im Flur mit geschlossenen Augen ihrer rauchigen Stimme.

... Und dann fuhren sie alle auf einem Boot mit geblähtem Segel ...

Schon klar, dass meine Affäre mit Janna absolut klischeehaft ist – man kennt das so gut aus eigenem Erleben oder aus dem Privatfernsehen, dass man es in eine Formel fassen könnte. Wie soll ich den Rausch, den diese Affäre bedeutete, erklären? Familie und Job – bis dahin das Zentrum all dessen, was ich tat – wurden zu einer dünnen Humusschicht über einem tiefen Wurzelsystem, in dem sich mein wahres Leben abspielte. Nachdem ich es betreten hatte, gab es nichts anderes mehr. Wie bei Damon (den ich zunehmend von oben herab behandelte) gab es auch bei Janna weder Zwänge noch Heuchelei. Nur die Sache selbst. Wir hatten zusammen sieben Kinder und obendrein Ehepartner, aber das bremste unser Verlangen nicht, wir trieben es in Badezimmern, bei Dunkelheit im kalten Sand am See oder während der frühen Morgenstunden, wenn wir keinen Schlaf fanden, in ihrem Fitnessraum im Keller. Ich vergötterte Janna so vorbehaltlos, wie es die arme Trudy nie erlebt hatte; auch ich hatte dergleichen nie erlebt. Ich sagte zu Janna, ich würde für sie sterben, und ging wohl davon aus, dass es tatsächlich so kommen musste; unsere Leidenschaft, obwohl brennend, barg von Anfang an den Keim des Todes in sich.

Vier Monate nach dem Beginn der Affäre wurde ich abends, die Kinder lagen schon im Bett, von Trudy zur Rede gestellt. Sie erklärte nüchtern, meine Abwesenheit und Unaufmerksamkeit jahrelang in dem Glauben toleriert zu haben, all das diene unserem gemeinsamen Familienideal, aber sie habe sich in mir getäuscht. Es gebe keinen Verhandlungsspielraum mehr; sie habe schon die Scheidung eingereicht und wolle, dass ich bis Ende der Woche auszöge. Während ich zuhörte, loderte mein Entsetzen auf wie eine Fackel, und ich hatte ein Gefühl, als ginge die Welt unter. Meine Hände zitterten so stark, dass ich kein Glas mehr halten konnte, also steckte ich im Bad den Kopf unter den Wasserhahn und schluckte zur Beruhigung mehrere Xanax. Ich schrieb Janna eine SMS und wartete vor ihrem Haus in meinem Auto auf sie. Es war der 16. Oktober 2014. Während der Fahrt nach Chicago wollte ich Janna klarmachen, dass wir endlich gemeinsam durchbrennen mussten, sprach aber undeutlich, fuhr hektisch und viel zu schnell, und als sie mich schreiend bat, sie aussteigen zu lassen, lehnte ich ab. Das Ende vom Lied war, dass wir mit hundertvierzig Sachen auf dem Lake Shore Drive verunglückten. Mein Auto überschlug sich, sauste durch die Luft und landete in der flachen Lagune auf der Südseite des Diversey Harbor. Zum Glück reichte das Wasser nur bis zur Brust und verhinderte wahrscheinlich die Explosion des fast leeren Tanks. Jannas linkes Bein war zerschmettert, teils abgetrennt und nicht mehr zu retten, es musste unterhalb des Hüftgelenks amputiert werden.

Ein Teil meines Schädels besteht aus einer Metallplatte. Vor einem Gewitter platzt mir der Kopf, und ich habe einen Metallgeschmack im Mund, der eine Gänsehaut verursacht.

Ich habe nie versucht, mein altes Leben wieder aufzunehmen. Mit jedem Jahr – fünfzehn, bis Timothy aufs College ging – fiel es mir schwerer zu glauben, dass ich es je geführt hatte. Ich sah erstaunt zu den Glastürmen im Loop auf. Hatte ich sie tatsächlich jeden Tag betreten? Mein Auto in der Tiefgarage abgestellt? Zu Weihnachten Schecks an die Sicherheitsleute verteilt? Wenn ich auf der Straße früheren Partnern oder Teilhabern begegnete, denen ich die Hölle heißgemacht hatte, duckte ich mich weg, um nicht erkannt zu werden. Mit der Zeit merkte ich jedoch, dass ich mit den längeren Haaren, der legeren Kleidung und der Baseballkappe, die ich trug, um die Metallplatte zu verbergen, für meine einstigen Kollegen unsichtbar war. Niemand sah genauer hin, es war, als wäre ich durch eine Falltür in eine Parallelwelt gestürzt. Es schien kein Zurück zu geben. Nun war es Trudy, die täglich ins Loop fuhr und zur Partnerin einer der größten Steuerkanzleien Chicagos aufstieg. Sie heiratete rasch ein zweites Mal, und ich übernahm die Kinder. Sie unterstützte mich großzügig bei der Tilgung meiner Schulden; Janna hatte mich zunächst nicht verklagt, aber nachdem sie wieder mit ihrem Mann zusammengekommen war, tat sie es doch noch. Wir schlossen eine Vereinbarung, und ich gab ihnen alles, ja mehr als das, was ich besaß.

Ich arbeitete als Berater in einer Methadonambulanz, nicht weit von dem Ort, wo ich früher meine Drogen gekauft hatte. Mein kleines Apartment lag in der Nähe, und wenn ich unter den Hochbahnen, wo Damon und ich die Autofenster heruntergelassen hatten, im Halbdunkel zur Arbeit ging, fragte ich mich, was aus ihm geworden war. Im Grunde war die Antwort greifbar nahe – dank Besitze dein Unterbewusstes™ kann man jede Person ausfindig machen, selbst wenn man sie nur einmal kurz erblickt hat. Mein Dad war ein großer Befürworter von Besitze dein Unterbewusstes, als es 2016 Premiere feierte; er hatte den Erfinder, Bix Bouton, persönlich kennengelernt. Ich dagegen wollte mein Bewusstsein nicht in einem Mandala Cube externalisieren, um meine Erinnerungen erkunden zu können oder – schlimmer noch – aufzufrischen, was mir erfolgreich zu vergessen gelungen war. Trotzdem gewann die Neugier allmählich die Oberhand über meine Bedenken. Ist das nicht immer so? Neugier und Nützlichkeit üben eine schleichende, unerbittliche Macht aus – wenn ich im Leben irgendetwas gelernt habe, dann das. Man kann ihnen eine Minute widerstehen, hundert Minuten, sogar ein Jahr. Aber nicht für immer.

Dreizehn Jahre nach dem Release von Besitze dein Unterbewusstes hatte sich ein untergeordnetes Feature – das Kollektivbewusstsein – einen zentralen Platz erobert. Wenn man sein Bewusstsein ganz oder in Teilen in ein Online-»Kollektiv« hochlud, erhielt man Zugang zu den anonymen Gedanken und Erinnerungen aller Menschen auf Erden, ob lebendig oder tot, die dies auch getan hatten. Am Ende knickte ich ein und erwarb Mandalas Hey, was ist mit …?™. Es funktionierte so reibungslos wie versprochen: Ich schloss die Augen, Elektroden am Kopf, und stellte mir dreißig Minuten meine Geschäfte mit Damon vor (was diese bestimmten Erinnerungen im Kollektiv aufgehen ließ); anschließend wartete ich zwanzig Minuten, während die kollektiven Gehirnwindungen auf Grundlage meines »Content« nach einem passenden Gesicht durchforstet wurden. Das Rad betrachtend, das auf dem Bildschirm meines Desktops kreiste, wurde mir bewusst, dass ich mit den Zähnen knirschte; ich hoffte, Damon hätte Großes geleistet! Was genau, wusste ich nicht: Börsenmakler? Leitender Partner meiner ehemaligen Kanzlei? Gouverneur? (Ein Illinois-Witz.)

Schließlich hatte ich seine Geschichte in Gestalt verstreuter »Gray Grabs« aus dem Kollektivbewusstsein vor mir, anonyme Erinnerungen, in denen Damon auftauchte: Als Teenager in legerer Prep-School-Hose, in die Unterseite eines Tisches schnitzend; danach die gequälte, vom Feuerschein erhellte Miene des etwas älteren Damons, der bei einer Gruppentherapie Jugendlicher im Wald hyperventilierte; Damon als junger Erwachsener, aus dem Fenster eines Unterrichtsraums im College auf einen schmucken, weißen Kirchturm blickend, und, ungefähr zur selben Zeit (gleiche Frisur, gleiches Sweatshirt) Damon, der eine geklaute Stereoanlage aus dem Fließheck seines Autos verhökerte; Damon, wie ich ihn gekannt hatte, als junger Mann, der für einen Drogendealer arbeitete, um Schulden zu tilgen. Der letzte Gray Grab, aus dem vergangenen Jahr, zeigte Damon im orangenen Overall bei Liegestützen auf einem Gefängnishof. Die Art, wie er den anonymen Betrachter anlächelte, war die gleiche, auf die er mich damals durch das Autofenster angelächelt hatte:

noch ein Weißer, der zig Möglichkeiten und Vorteile verschenkt hatte und krachend gescheitert war. Es bedrückte mich, dass es ihm noch schlimmer ergangen war als mir. Ich versank in einer regelrechten Depression. Ich hatte nicht geahnt, wie sehr ich mir gewünscht hatte, er möge es zu etwas bringen.

In der Welt der Rekonvaleszenz spricht man viel von Resultaten: wer eine Behandlung erfolgreich abschließt; wer einen Rückfall erleidet, verschwindet oder stirbt. Ich war relativ immun gegen einen Rückfall, denn mein ACE-Score, also die Summe meiner ›Adverse Childhood Experiences‹, tendierte tatsächlich gegen null. Liebevolle Familie; keine Haftstrafen, kein Suchtverhalten, keine häusliche Gewalt – was natürlich die Frage aufwarf, warum ich überhaupt Medikamente missbraucht hatte. Gab es ein verdrängtes Trauma? Das war nicht ganz auszuschließen; Besitze dein Unterbewusstes hat eine Fülle von Gewalttaten ans Licht gebracht, und Tausende Missbrauchstäter konnten mit Hilfe der externalisierten Erinnerungen der Opfer, die vor Gericht als Film gezeigt wurden, verurteilt werden.

Ein bestimmter Mensch kam mir oft in den Sinn: meine Cousine Sasha. Sie hatte in ihrer Kindheit viele belastende Erfahrungen gemacht: Sie war sechs, als ihr Vater, der Unterschlagung schuldig, verschwand. Sie war als Teenager abgehauen und jahrelang durch Asien und Europa gezogen, bis sie von meinem Vater in Neapel aufgestöbert und zur Heimkehr überredet wurde. Ich begriff, dass das Stehlen ihre Form der Sucht war. Und trotzdem war sie bis heute mit Drew verheiratet, und ihren Kindern – sogar ihrem Sohn Lincoln, den ich als unmöglich in Erinnerung hatte – ging es offenbar gut. Wie hatte sie das geschafft? Neugier: Ich musste es wissen. Also bat ich meinen Dad um Sashas Adresse und fragte sie aus heiterem Himmel, ob ich mir im San Bernhardino County ihre Skulpturen anschauen dürfe. Sie antwortete freundlicher, als ich es verdient hatte, und lud mich ein, sie zu besuchen.

Drew

Während wir zum Flughafen fahren, um Miles abzuholen, fragen wir uns, wann und wo wir ihren ältesten Cousin zuletzt gesehen haben. Wir erinnern uns beide daran: bei Sashas Mutter in L. A., ein gutes Jahr vor Miles' Unfall. Ich mochte ihn nie. Er war das absolute Gegenteil seines Vaters, Sashas Onkel Ted, den wir beide lieben. Wenn ich Miles Hollanders Beziehung zur Welt mit einem Wort charakterisieren müsste, wäre es »angewidert«. Sashas schweres Leben widerte ihn an. Unser Sohn Lincoln, ein Problemkind, widerte ihn an, und ich brach auch wegen Lincoln mit ihm: Miles Hollander ist für uns erledigt. Im Nachhinein weiß ich, warum ich so drastisch war: Ich fand es furchtbar, einen »unnormalen« Sohn zu haben, einen Sohn, der andere anwiderte, weil ich glaubte, es wäre eine Strafe für meine schlimmste Sünde, die nämlich, den Tod eines anderen Menschen verursacht zu haben. Das geschah in meinem zweiten Jahr am College. Ich hatte einen Freund überredet, im East River zu schwimmen, und er wurde von der Strömung rausgezogen. Als ich das bemerkte – ich hatte ihn ignoriert, weil wir uns zuvor gestritten hatten –, war er schon so weit draußen, dass ich nichts mehr tun konnte, obwohl ich ein glänzender Schwimmer, sogar Rettungsschwimmer war.

Durchschnittsmenschen mag es erstaunen, wie sehr ich mich an dieser Tragödie festbeiße. Man könnte meinen, die Schuldgefühle wären nach sechsunddreißig Jahren verflogen, und das habe ich mir auch lange eingebildet, ohne zu bedenken, dass uns der Kreislauf des Lebens im reiferen Alter zum Anfang zurückführt. Ich träume davon, wie Rob ertrinkt, ich beweine ihn, würde alles tun, um diese quälenden Gedanken loszuwerden. Nur wie? Mandalas MemoryShop™ funktioniert nur bei frischen Traumata: Man externalisiert den Teil der Erinnerung, der den »Vorfall« beinhaltet, und internalisiert ihn danach wieder in bereinigter Form, die ursprüngliche Erinnerung wird also gelöscht. Nur: Wie soll ich ein Wissen löschen, das seit dem zugrundeliegenden Ereignis in jeder Minute meines Lebens präsent war? Das würde bedeuten, das Leben auszulöschen, das ich mir aufgebaut habe, und das will ich nicht. Ich liebe es viel zu sehr.

Robs Eltern fielen im Abstand weniger Wochen der Pandemie zum Opfer. Davor fuhren Sasha und ich alle paar Jahre nach Tampa, um sie zu besuchen. Rob war ihr einziger Sohn gewesen (seine ältere Schwester lebt in Michigan), und es schien ihnen ein Anliegen zu sein, den Lebensweg seiner Collegefreunde mitzuverfolgen. Sie glaubten, Rob und Sasha wären ein Paar gewesen, und wir beließen sie in diesem Glauben – wir wollten Trost spenden, was uns auch zu gelingen schien, wenn wir uns in ihrem Wohnzimmer aufhielten. Dieses blieb immer gleich: sauberer, weißer Flokati, Aschenbecher aus Kristallglas, Porzellankatzen, mit Garnknäueln aus Porzellan spielend. Gerahmte Fotos, auf Pappe gezogen, die den achtzehnjährigen Rob als High-School-Absolventen zeigten; auf einem Ball mit einem Mädchen, das ein hauchzartes rosa Kleid trug; in Football-Kluft, mit dunklen Fettstreifen unter den Augen. Nur seine Eltern alterten im Laufe der Jahre, ihre Haare wurden silbergrau, Robert Senior, einst Football-Coach an der High School, hing wegen eines Emphysems am Sauerstoffapparat, und je mehr beide schrumpften, desto größer wirkten die Sofakissen und der Nippes aus Kristall und Porzellan. Ich brauchte Tage, um mich von diesen Besuchen zu erholen – und Sasha und mir selbst nicht mehr die Frage zu stellen, wie das Leben der Freemans ausgesehen hätte, wenn ihr Sohn nicht ertrunken wäre.

»Du glaubst, es wäre besser, wenn er noch am Leben wäre«, meinte Sasha einmal. »Aber Robs Dad war total homophob.«

»Einen lebendigen Sohn zu haben, ist auf jeden Fall besser«, sagte ich.

Bix Bouton war der Letzte gewesen, der Rob und mich gesehen hatte, bevor wir in den East River gewatet waren. 2016, als Besitze dein Unterbewusstes zu einem Renner wurde, nahm er aus heiterem Himmel Kontakt zu mir auf. Bix schrieb, es seien die Erinnerungen an Rob, an jenen frühen Morgen und jene Jahre gewesen – genauer, sein Unvermögen, diese wachzurufen –, die ihn veranlasst hätten, der Öffentlichkeit eine Technik zur Verfügung zu stellen, die Erinnerungen externalisierte. Ich empfand es als tröstlich, dass Bix, den ich seit der NYU nicht mehr gesehen hatte und dessen Vorname in der Zwischenzeit mit Technik-Halbgott gleichgesetzt war, immer noch mit Robs Tod haderte.

Kurz darauf fuhren Sasha und ich nach New York, um Lizzie und Bix zu besuchen. Zu viert schauten wir seine Erinnerungen an den 6. April 1993, jeder mit eigenem Headset. Bix begann, als wir bei Sonnenaufgang den East River erreichten. »Guten Morgen, Gentlemen«, ertönte seine Stimme, und da waren Rob und ich, durch seine Augen gesehen: zwei Neunzehnjährige mit struppiger Mähne. *Kids*, war mein erster Gedanke. Als Vater durchschaute ich Rob mit seinem rötlichen Dreitagebart auf Anhieb: Ich sah seine

Erschöpfung und seinen Kummer, sein gereiztes, mühsam durch Ironie übertünchtes Bemühen zu gefallen. Irgendwann breitete er die Arme aus und zeigte seine Footballstatur, das rosige Narbengewebe auf der Innenseite der Handgelenke. Und danach etwas, das ich damals nicht bemerkt hatte, vielleicht auch nicht hatte bemerken wollen: die Zärtlichkeit in seinem Blick, eine vertrauensselige Bewunderung, eindeutig ein Ausdruck von Liebe. Ich wünschte kurz, Bix hätte die Gedanken und Gefühle, die seine Erinnerungen begleiteten, nicht auf stumm geschaltet; ich hätte gern gewusst, ob er es auch bemerkt hatte. Hatte er das Angebot, das Rob mir zwanzig Minuten später unbeholfen machte, kommen sehen?

Die wahre Qual bestand aber darin, mich als Neunzehnjährigen zu sehen: großspurig und optimistisch, nicht ahnend, dass *innerhalb der nächsten Stunde* mein »Nachleben« beginnen würde, in dem ich unaufhörlich, aber vergeblich versuchen würde, mein Versagen wiedergutzumachen. *Guten Morgen, Gentlemen.* Wir sahen diese Erinnerung mehrmals. Ich umklammerte Sashas Hand und spürte, dass sie weinte, aber die Wiederholungen ließen sie abstumpfen, und irgendwann nahmen sie und Lizzie die Headsets ab und gingen mit einer Flasche Wein auf die Dachterrasse. Ich schaute weiter, ich konnte nicht anders. Das Innehalten, der letzte Moment, bevor wir Bix zum Abschied winkten und im blendenden, metallischen Sonnenlicht am Fluss nach Süden gingen, barg etwas, das ich unbedingt erfassen wollte. Und dann waren wir außer Sicht; Bix hatte sich abgewandt und ging zur Überführung, um zu seiner Wohnung in der East Seventh Street zurückzukehren.

»Warte. Halt«, rief ich ihm unwillkürlich zu. »Dreh dich noch mal um! Ruf uns zurück – du musst es verhindern! Halt uns auf! Halt uns auf!«

Ich merkte erst, dass ich schrie, als Bix mein Headset ausschaltete und behutsam abnahm.

Wir warten vor einem Maschendrahtzaun darauf, dass Miles aus dem Flugzeug steigt. Nach über fünfzehn Jahren muss er sich verändert haben, aber sein Anblick, gebeugt, eine Baseballkappe der Cubs tragend, ist ein Schock. Während er nervös lächelnd auf uns zugeht, fällt mir eine leichte Rückgratverkrümmung auf, ein gelber Stich in den Augen. Ich versuche, es mir abzugewöhnen, ständig Diagnosen zu stellen, immerhin sind Sasha und ich jetzt Mitte fünfzig. Freunde und Bekannte entwickeln erste Zipperlein, und ich musste auf die harte Tour begreifen, dass ich in eine Zwickmühle geraten kann, wenn ich eine Erkrankung feststelle. »Wollen Sie etwa andeuten, dass ich scheiße aussehe, Doc?«, wurde ich nur halb im Scherz gefragt. Und da war mein enger Freund und Tennispartner, Chester, der erfolgreich behandelt wurde, nachdem ich sehr früh auf ein Lymphom getippt hatte. Trotzdem litt unsere Freundschaft aus rätselhaften Gründen darunter. Chester geht mir aus dem Weg und spielt jetzt mit anderen Leuten Tennis.

Auf der Fahrt unterhalten wir uns unbeschwert, Miles erkundigt sich nach der erweiterten Familie. Es überrascht mich, dass er mit den meisten kaum noch Kontakt hat. Als er hinten aus dem Fenster schaut, frage ich mich, ob er je eine amerikanische Wüste gesehen hat. Mir jedenfalls war sie unbekannt, als wir damals hierherzogen.

Zu Hause plaudern wir über die Verbesserungen, die wir in den zwanzig Jahren, die wir hier leben, am Haus vorgenommen haben. Miles richtet seine Fragen an mich, und wenn ich sie an Sasha weitergebe – er ist immerhin ihr Cousin –, antwortet sie eher mir als ihm. Ich komme mir vor wie ein

Dolmetscher in diplomatischen Diensten. Dieser verhaltene, scheue Miles hat mit dem angewiderten Arschloch von früher so wenig zu tun, dass ich das Gefühl habe, einen Fremden zu beherbergen. Was mich auf die Frage bringt: Was will er hier?

Es juckt mich in den Fingern, in die Klinik zurückzukehren, wo es stets etwas noch Wichtigeres zu tun gibt, habe aber gelernt, den Impuls zu unterdrücken. Vor Jahren, als wir uns mit Lincoln abmühten, kostete mich meine Angewohnheit, in die Klinik zu »fliehen«, fast meine Ehe. Seither habe ich den Impuls, mich in die Arbeit zu flüchten, durch einen Drei-Punkte-Katalog gebändigt: 1. Muss ich unbedingt sofort los? 2. Gibt es zu Hause etwas, dem ich ausweichen will? 3. Lasse ich jemanden im Stich, wenn ich sofort verschwinde?

Ich stelle mir rasch diese drei Fragen und beschließe daraufhin, erst morgen zur Klinik zu fahren.

Ich bringe Miles' Koffer, dessen Format glücklicherweise auf eine Stippvisite schließen lässt, ins Gästezimmer und suche in den Ecken und unter dem Bett nach Skorpionen. Ich finde Miles allein auf der hinteren Veranda vor, den Blick in die Ferne gerichtet. »Sie sind so reglos«, sagt er, und ich begreife, dass er die Heißluftballons meint, die einige Meilen weiter westlich schweben. »Dienen sie alle dazu, Sashas Kunstwerke zu betrachten?«

»Nicht nur«, antworte ich. »Die Kunstwerke sehen von oben toll aus, die Wüste aber auch.«

»Kann man die Werke auch so anschauen?«

»Na, klar«, sage ich und bin erleichtert, dass sich ein Zeitvertreib anbietet. »Wenn du nichts gegen einen Spaziergang hast, können wir gleich einen Blick darauf werfen, noch vor dem Essen.«

Miles

Wir ließen Sasha zurück, die in der Küche Gemüse schnippelte. Sie sah aus wie früher – gertenschlank, die Augen zum Schutz vor der Sonne verengt, nur waren ihre roten Haare von Grau durchsetzt. Ich fühlte mich in ihrer Gegenwart unwohl und spürte, dass es ihr ähnlich erging. Ich hatte mich wochenlang auf diese Reise gefreut, weil ich Sasha verstehen wollte, aber sobald ich aus dem Flugzeug gestiegen war, war der Anlass meines Besuches verpufft. Warum der weite Weg, um eine Cousine zu besuchen, die ich nie genauer gekannt und nie richtig gemocht hatte?

Sasha glaubte vermutlich, ich würde mich freuen, als sie erzählte, Beatrice, meine Halbschwester aus der zweiten Ehe meines Vaters, komme zum Abendessen. Beatrice hatte im Vorjahr ihren Abschluss an der UCLA gemacht und während ihres Studiums ein enges Verhältnis zu Sashas Familie entwickelt. Die Aussicht auf das Wiedersehen beschämte mich. Ich kannte meine Halbschwester kaum. Und was wusste sie, abgesehen von meinem spektakulären Scheitern, schon von mir?

Nachdem Drew und ich das Haus verlassen hatten, fand ich langsam zur Ruhe. Die Sonne stand tief, das Licht war rosig, die karge Flora schimmerte in einem matten Silberton. Die Leere der Wüste kam mir biblisch vor, als hätte sich hier nie etwas getan – als stünde die ganze Geschichte noch bevor. Zu meiner Erleichterung schien es Drew nichts auszumachen, unterwegs zu schweigen. Er war Herzchirurg, ich Suchtberater, vielleicht nervte ihn Smalltalk genauso wie mich. Der Körper und seine Bedürfnisse: nicht mehr und nicht weniger. Ich wusste kaum etwas über Drew, abgesehen von der Tragödie, die sich während seiner Collegezeit ereignet hatte, aber meine Unwissenheit war angenehm. Ich merkte, dass ich ihn besser kennenlernen wollte.

Als wir auf eine ausufernde Assemblage bunter Gartenstühle stießen, dachte ich zunächst, jemand hätte seinen Müll in der Wüste entsorgt. Dann kapierte ich. »Ist das ein … Kunstwerk?«

Drew lachte. »Ein Teil davon. Sie sind weiträumig miteinander verbunden.«

»Und alles ist … aus Plastik?«

»Richtig. Müll aus dem gesamten County.«

»Sasha arrangiert alles?«

»Sie entwirft vieles selbst«, sagte Drew voller Stolz. »Aber sie hat sich mit den anderen Kunstschaffenden zusammengeschlossen. Wenn Museen oder Sammler die Ziegel und Fotos erwerben, wird der Erlös unter allen aufgeteilt.«

Wir folgten einem Nebenfluss aus blauen Röhren, die in dieser Landschaft gespenstisch hervorstachen. Um meine Reaktion zu verbergen, fragte ich: »Was hat sie dazu gebracht?«

»Tja, sie hat immer gern gesammelt«, antwortete Drew, und als könnte er meine bissigen Gedanken hören: *Na, klar, sie hatte auch so einiges von mir*, setzte er hinzu: »Ich schätze du weißt, was ich meine.« Ich nickte reumütig.

»Als die Kinder klein waren, hat sie ihre abgelegten Spielzeuge zu Skulpturen verarbeitet«, sagte er. »Und Papierreste zu Collagen: Quittungen, abgerissene Eintrittskarten, Aufgabenlisten. Davon ausgehend, hat sich die Sache weiterentwickelt.«

Während wir der Fährte des Mülls folgten, brodelten bissige Kommentare in mir:

Recycling – wie originell!

Schöner als diese »Skulpturen« wäre nur eine Wüste ohne sie.

Wir erreichten einen Abschnitt mit Plastiktüten: Tüten in Tüten in Tüten in Tüten, Zehntausende zerknitterter Plastikmembranen, in große, rissige Plexiglasboxen gestopft, die an riesenhafte Eiswürfel erinnerten.

»Und alles wird eingeschmolzen?«, fragte ich.

»Alles. Währenddessen wird der Vorgang von Monitoren überwacht, um sicherzustellen, dass nichts leckt.«

Hey, ich habe da eine Idee: Wie wäre es, diesen ganzen Müll zu recyceln, OHNE ihn im Vorfeld in der Wüste auszubreiten?

Könnten wir eine Richtung einschlagen, in der ich diesen ganzen Krempel NICHT vor der Nase habe?

Die Ballons schwebten über uns wie stumme Wächter. Ich hatte das ungute Gefühl, dass sie meine Gedanken lesen konnten.

Und du bist dir sicher, dass sie nicht dazu dienen, dieser Kunst zu ENTKOMMEN?

Doch ich hielt den Mund.

Drew

Als wir wieder beim Haus anlangen, habe ich ein ungutes Gefühl. Ich musste mein Tempo wiederholt drosseln, damit Miles nicht zurückblieb, und er atmet immer noch schwer: beunruhigend im Falle einer ehemaligen Sportskanone. Schwer zu sagen, ob er die Kunst verabscheut oder nicht weiß, was er dazu sagen soll, und es ärgert mich, darüber nachdenken zu müssen. All das weckt in mir den Pawlow'schen Drang, in meine Klinik zu fliehen, gefolgt von dem Wissen, dass es nicht geht – dass mein Patient direkt hier vor Ort ist, keuchend nach schlappen zwei Meilen zu Fuß. Nur weiß ich nicht, woran er leidet oder wie es in Ordnung zu bringen wäre.

Beim Abendessen ist er in sich gekehrt, während alle anderen lachend die Feuergrube umringen. Ich hätte ihm gern Lincoln vorgestellt, der sein Studium in Stanford zügig abgeschlossen hat und nicht weit von hier als Informatiker arbeitet, und genauso Alison, nun im vorletzten Jahr an der UCLA und bei allen beliebt. Aber wenn ich sehe, wie scheu Miles ist, beschämt es mich, diese Triumphe ersehnt zu haben. Er lässt Beatrice, seine Halbschwester, links liegen, und ich frage mich, ob er zu schüchtern ist – ob Sasha und ich uns erkundigen sollten, wie es ihm geht. Angesichts seiner Vergangenheit könnten derlei Fragen aber heikel oder herablassend klingen, außerdem sind wir alle in den Fünfzigern – fragt man uns noch, was wir »so machen«? Das hat sich doch längst erledigt, oder?

Die jungen Leute zieht es ins Haus, und wir kommen auf eine Gruppe von Kunstsammlern zu sprechen, die morgen aus Virginia anreist. Sie gehören zu der Spezies, die ich als verwegene Reiche bezeichne – Typen, die den Kilimandscharo besteigen, teils sogar den Everest. Sie werden sicher den frühmorgendlichen Ballonflug machen wollen. Danach werden sie mit Sasha einen Rundgang unternehmen und entscheiden, wie viele Stücke sie erwerben.

»Ich würde gern mal eine Runde im Ballon drehen«, sagt Miles. »Gibt es noch einen Platz?«

»Sehr unwahrscheinlich«, antworte ich. »Die Plätze sind Monate im Voraus ausgebucht.«

Sasha ist perplex, das merke ich. »Die Leute erscheinen entweder trotz Buchung nicht, oder sie sind zu zweit«, erwidert sie.

»Das wusste ich nicht«, sage ich. »Ich war frühmorgens noch nie dabei.«

»Warum macht ihr das nicht zusammen?«, schlägt Sasha

vor, genau wie in alten Zeiten – sie will mich dazu bringen, mich um unseren Problemsohn zu kümmern, ich dagegen will bloß weg. Ich bin auf einmal tief frustriert, weil Miles all das wieder wachruft.

»Bitte nicht wegen mir, Drew«, beeilt er sich zu sagen, und ich ahne, dass er meinen Widerwillen spürt.

»Unsinn! Wir machen das zusammen«, sage ich mit einer Forschheit, die nur Sasha als aufgesetzt erkennt.

Später, im Bett, streicht sie mit einer kühlen Hand über meine Stirn. »Er hat viel durchgemacht, Drew«, sagt sie. »Ist es zu viel verlangt, Geduld mit ihm zu haben?«

»Er ist nicht unser Sohn. Ich kenne ihn nicht, und du genauso wenig.«

»Er gehört zur Familie«, sagt sie. »Genügt das nicht?«

Zwei Stunden vor Tagesanbruch treffe ich mich mit Miles im dunklen Wohnzimmer, und wir machen uns per Auto zur einstündigen Fahrt zum Startplatz der Ballons auf. Ich muss mir keinen Grund dafür aus den Rippen leiern, zur Klinik zu fahren; aufgrund der Nachrichten, die ich nachts erhalten habe, weiß ich, dass ich heute früh keine Zeit für eine Ballonfahrt habe. Ich sorge dafür, dass Miles abhebt, danach gehe ich an die Arbeit.

Unterwegs wird Miles immer aufgeregter. »Ich bin noch nie im Heißluftballon geflogen«, sagt er. »Muss man Angst haben?«

»Nein, es ist nicht mit Skydiving zu vergleichen.«

Er dreht sich abrupt zu mir um. »Ich habe seit Ewigkeiten nichts Neues mehr unternommen«, sagt er. »Ich war auch noch nie in Frankreich, unfassbar, oder?«

»Eins nach dem anderen.«

Wir parken auf einer weiten Kiesfläche. Hier hängen gut

zwanzig halb gefüllte »Hüllen« über dem Boden, schemenhaft von kleinen, fluoreszierenden Lichtern erhellt. Das Clubhaus ist sowohl karg als auch luxuriös – genau jene Mischung, die die verwegenen Reichen lieben. Mein Misstrauen gegenüber den Berühmten und Reichen beruht auf Vorurteilen, schon klar. Aber meine Patienten haben so geringe Mittel – wenn es eine Gerechtigkeit gäbe, würden sie noch heute die Erde erben. Es ist ein Gottesgeschenk, dass sich Sasha gern mit den Sammlern abgibt. Sie zieht sich schick an und legt Eyeliner auf wie damals, als sie in der Musikindustrie tätig war, erweckt jene Sasha, in die ich mich am College verliebte, wieder zum Leben. Sie ist unwiderstehlich.

Man sagt Miles, er sei als Erster dran, wenn ein Platz frei werde, und er gibt mir zum Abschied die Hand. »Vielen Dank für den Flug, Drew. Ich hoffe, ich habe dich nicht zu viel Schlaf gekostet.«

»Ach, was«, sage ich. Als ich das Clubhaus verlasse, um zum Auto zu gehen, frage ich mich aber, was wäre, wenn Miles keinen Platz bekäme. Zu Hause schlafen alle noch; wer würde ihn abholen?

Also warte ich mit ihm. Wir trinken exzellenten kolumbianischen Kaffee, während sich die verwegenen Reichen mit ihren teuren, kälteresistenten Hüllen und edlen Frisuren versammeln. Miles erfährt, dass alle erschienen sind – es ist kein Platz übrig. Er könnte es um dreizehn Uhr noch einmal versuchen. Er schüttelt sichtlich geknickt meine Hand und beteuert, mich nicht aufhalten zu wollen, ich solle unbedingt aufbrechen. Ich muss entscheiden, ob ich ihn nach Hause fahre, ein Riesenumweg, oder ihn stundenlang warten lasse.

Die Heißluftballons beginnen, sich aufzublähen, im matten Licht bestehen ihre bunten Muster nur aus Grau-Nuancen. Ich gehe zum Schalter . »Ich bin Drew Blake«, teile ich der dort sitzenden eleganten jungen Frau mit. »Der Mann von Sasha Blake. Ich bin mit ihrem Cousin aus Chicago hier. Gibt es eine Möglichkeit, ihm doch noch zu einem Flug zu verhelfen?«

Ihr Gesicht, anfangs abweisend, strahlt plötzlich zuvorkommend, und sie verspricht, es zu versuchen. Ich frage mich, was schlimmer ist: Leute zu kennen oder niemanden zu kennen.

»Gute Neuigkeiten, Dr. Blake«, verkündet meine neue Freundin kurz darauf. »Wir lassen einen zusätzlichen Ballon aufsteigen. Es gibt also Plätze für Sie beide!«

»Unmöglich«, entgegne ich knapp. »Ich muss zur Klinik.«

Angesichts ihrer Enttäuschung bereue ich den scharfen Ton. »Wie Sie wollen. Es ist Ballon fünf«, sagt sie. »Er hätte ihn für sich allein.«

Miles freut sich so sehr, dass ich angesteckt werde: eine plötzliche physische Erleichterung. Ich versetze ihn, aber er darf ein Abenteuer erleben. »Nummer fünf«, lasse ich ihn wissen. »Viel Spaß.«

Er gibt mir zum dritten Mal die Hand und eilt hinaus. Erstes Blau spielt auf den Bergkuppen. Ich folge Miles, um sicherzustellen, dass er den Ballon findet. In den meisten Körben stehen mehrere Passagiere, aber die Nummer fünf ist leer bis auf den Piloten, der Miles beim Einsteigen hilft.

Der Pilot wendet sich mir zu. »Ich komme nicht mit«, erkläre ich, und seine Überraschung, dazu die hängenden Schultern des einsam dastehenden Miles (er kehrt mir den Rücken zu), durchbohren mein Herz wie ein Speer. Obwohl ich mir eilig ins Bewusstsein rufe, meine Pflicht übererfüllt zu haben, ertappe ich mich dabei, so zu tun, als wäre ich von einer unwiderstehlichen Versuchung erfasst worden: Ich packe zwei Taue und hieve mich in den Korb, wobei ich den

Kopf des Piloten knapp mit dem Fuß verfehle. »Was soll's«, belle ich. »Man lebt nur einmal!«

Miles wirbelt herum, erschrocken und sichtlich verblüfft. Der gleichgültige Pilot wischt mit einer behandschuhten Hand Staub von seinem Mantel. Beiden ist egal, was ich tue; das ganze Drama hat nur in meiner Vorstellung existiert. Und dann heben wir ab.

Miles

Von unten gesehen, scheinen Heißluftballons reglos in der Luft zu hängen. Die erste Überraschung – nachdem sich Drew in den Korb gewuchtet hatte – war deshalb der schwankende Aufstieg. Mir wurde schlecht, als der Wind uns beutelte, und mir fiel ein, dass ich an diesem Morgen nur Kaffee getrunken hatte. Ich öffnete die Frühstücksbox, die ich im Clubhaus eingesteckt hatte, und schob mir einen Granola-Riegel in den Mund. Während wir schwankend aufstiegen, begann sich unser Verhältnis zum Licht zu ändern, und ich begriff, dass jede Form künstlicher Beleuchtung – in Filmen, auf der Bühne – versucht, diese erste Helle zu imitieren: der über der Erde heraufdämmernde Tag. Nicht mehr und nicht weniger. Einige Flecken der Wüste, noch farblos, wurden allmählich sichtbar. Ich aß einen Burrito mit Ei und schaute in die Tiefe, nahm das Gespräch zwischen Drew und dem Ballonführer kaum wahr. Ich fand es gut, dass Drew doch mitgekommen war: Die beiden quatschten, und ich konnte in Ruhe beobachten.

Als die Sonne die Bergkuppen streifte, waren wir schon hoch über der Wüste. Ich fand es sonderbar, in so großer Höhe an der frischen Luft zu sein; das gelegentliche Dröhnen des Brenners klang nicht wie Motorenlärm, und ich hörte unten Vögel zwitschern. Während ich aus der Wasserflasche trank, kam der obere Rand der Sonne hinter den Bergen zum Vorschein und goss sein Licht auf die Welt, die sich unter uns ausbreitete. In diesem Moment stach mir ein leuchtend bunter Strang ins Auge: Sashas Skulptur. Unten hatte sie chaotisch gewirkt, aber aus der Vogelperspektive gewann sie Logik und Struktur, als würden sich willkürliche Kritzeleien zu einem sinnvollen Text verbinden. Bunte Linien rasten durch die Wüste, wanden sich, schlängelten sich zurück, verdickten sich, schienen zu verschwinden: der jubilierende Ausdruck unbändiger Freude, die in die Höhe schoss und mich einhüllte. Wo die Skulptur endete, wirkte die Wüste einsam.

Tränen traten mir in die Augen, und ich zog meine Kappe tiefer in die Stirn. »Schau mal«, sagte ich zu Drew. »Sieh nur, was sie erschaffen hat.«

Auch Drew wirkte wie gebannt. »Unfassbar, dass ich das noch nie bei Sonnenaufgang gesehen habe.«

Während ich das atemberaubende Zeugnis von Sashas Euphorie betrachtete, löste sich mein Geist, wie sich unser Heißluftballon vom Erdboden gelöst hatte. In dieser Höhe trat mir mein Leben in brutaler Deutlichkeit vor Augen; mein überheblicher Stolz, meine Verächtlichkeit und mein Versagen, mein Versagen auf ganzer Linie – ja, ich hatte versagt, in jeder Hinsicht. Ich hatte mich bemüht, mein Gott, ich hatte mich bemüht. Nur hatte es nicht gereicht; nicht einmal annähernd. Meine Kinder waren erwachsen und selbständig und brauchten mich nicht mehr; ich hatte oft das Gefühl, dass ich ihnen ein Rätsel war. Ich war allein, verging seit Jahren in einem Fegefeuer, das mir, in dieser Höhe schwebend, schlimmer vorkam als der Tod. Ich hatte keinen Rückhalt.

Tränen trübten meinen Blick, Sashas Skulpturen verschwammen. Jedes Mal, wenn ich blinzelte, leuchteten die Farben wie ein Code: *Hier. Jetzt. Es reicht.* SPRING!

Ich packte ein Stahlkabel und hievte mich auf den Rand des Korbs. Luft, sowohl warm als auch kalt, umfloss meine Beine, während ich kurz balancierte. Mein Kopf war wie leergefegt, es gab nur diese eine hypnotische Absicht. Dann ließ ich los. Ein kurzer, schrecklicher Sturz, mein Körper beschleunigte, und dann fing mich etwas unter dem Kinn ab – offenbar eine Armbeuge – und presste mich gegen den Korb. Ich schrie auf, würgend und strampelnd. Die Schwerkraft zerrte an meinen Beinen, sie schien meinen Kopf vom Rumpf trennen zu wollen, und ich merkte, wie die Person, die mich hielt, über den Rand des Korbs gezogen zu werden drohte. In diesem Moment schob sich ein Metallhaken oder Bügel unter meine Achsel, und ich wurde rückwärts in den Korb gerissen und knallte kopfüber auf den Boden. Meine Schädelplatte vibrierte, etwas Metallisches brannte in Mund, Nase und Augen. Ich blinzelte, tanzende Sterne vor Augen, und erblickte Drew, der sich über mich beugte, schnaufend wie ein Wahnsinniger. Er gab mir eine Ohrfeige und setzte sich dann mit seinem ganzen Gewicht auf meine Brust.

»Nein, das tust du nicht, du Arschloch«, japste er und schlug mich ein zweites Mal. »Nein, das tust du nicht.«

»Runter von ihm«, schrie der Pilot. »Er wird ohnmächtig.«

»Soll er doch.«

»Sie haben ihm das Leben gerettet, und jetzt bringen Sie ihn um?«

Aus dem Fenster der psychiatrischen Station, in die man mich im Krankenwagen eingeliefert hatte, wirkten die struppigen Berge der Wüste wie eine Kulisse. Ich starrte sie an, um meine erschütterten Kinder und verstörten Eltern (beide in ihren Siebzigern) nicht anschauen zu müssen; meine Brüder, Ames und Alfred; Trudy, die meine Hand hielt und mich fragte, ob ich mehr Geld brauchte. Alle wollten helfen, und ihr Mitgefühl erfüllte mich mit Verzweiflung, weil ich für noch mehr Kummer und noch tiefere Enttäuschung gesorgt hatte. Versagen über Versagen. Ich heulte wie ein Schlosshund, und die Ärzte überlegten hektisch, wie sie mich stabilisieren sollten. Es dauerte drei Wochen.

Meine Gewissensbisse galten allen außer dem Mann, der mir das Leben gerettet hatte. Ich hasste Drew dafür, meine mutige Tat, deren Impuls nun erloschen war, vereitelt zu haben. Und Drew hasste mich, weil ich, wie er sagte, versucht hatte, ihn keine vierundzwanzig Stunden nach meiner Ankunft umzubringen. Nun teilten wir den läppischen Preis, den er für seine Heldentat erhalten hatte: eine Person, die niemand wollte, nicht mal ich selbst.

Unsere Feindseligkeiten begannen schon im Krankenhaus, aber als ich nach der Entlassung in das Gästezimmer von Drew und Sasha zurückkehrte (sie hatten zur Aufheiterung blühende Kakteen auf die Fensterbank gestellt), ließen wir unserem gegenseitigen Abscheu freien Lauf. Ich brüllte Drew in der Stille der Wüste an, und er brüllte auch. Sasha flehte uns an, damit aufzuhören, forderte uns auf, endlich Ruhe zu geben, und wenn wir sie ignorierten, stürmte sie aus dem Haus. Wir konnten nicht aufhören. Eines Abends, wir schrien uns quer über die Terrasse an, bespritzte sie uns mit dem Gartenschlauch wie Trudy damals in Winnetka die kämpfenden Katzen. Wir rissen erschrocken einen Arm vor das Gesicht und brachen dann, hilflos und klitschnass, in Lachen aus. Das war der Wendepunkt. »Soll ich den Schlauch holen?«, fragte Sasha, wenn sie merkte, dass wir auf einen Streit zusteuerten. Drew hatte im Krankenhaus begonnen, mir Vitamine aufzunötigen; zu Hause verschrieb er mir eine Diät aus frischen Nahrungsmitteln mit hohem Proteingehalt und meldete mich zu einer Physiotherapie an, eine wahre Strafe. Während ich mehr Farbe bekam und an meinem Hinken arbeitete, ertappte ich Drew hin und wieder bei einem Blick, auf den ich mir keinen Reim machen konnte. Schließlich begriff ich: Es war Neugier. Ich war einundfünfzig. Was auch immer ich noch täte, mein Leben wäre nicht nur meines, sondern auch seines. Was ich auch täte, es wäre von sofortiger und unmittelbarer Bedeutung. Diese Erkenntnis weckte meinen alten Ehrgeiz; ich spürte, wie ich mit dem Prickeln einer Extremität, die nach einem langen Schlaf in Vergessenheit geraten war, zu neuem Leben erwachte.

Neun Wochen nach meinem Aufbruch kehrte ich nach Chicago zurück. Auf der Fahrt vom O'Hare zu meiner Wohnung betrachtete ich die glitzernden Gebäude in Downtown und spürte, wie mich Scheitern und Vereinsamung wieder einholten. Nichts hatte sich verändert. Als ich mein kleines Apartment betrat, kam ich mir vor wie ein Forensiker, der einen Tatort aufsucht. Eine schwache toxische Süße hing in der abgestandenen Luft. Ich befürchtete, nie wieder aufzuwachen, wenn ich hier einschlafen würde. Also blieb ich wach, ordnete über Nacht meine Sachen und veranlasste, dass man sie, in Kartons verpackt, zu Sasha und Drew verfrachtete. Ich hinterließ dem Hausmeister die Schlüssel, Geld und Anweisungen in einem Umschlag und hoffte das Beste.

Die Morgendämmerung war just angebrochen, als ich in die Blue Line zum Flughafen stieg. Während ich beobachtete, wie sich der Himmel über Chicago langsam aufhellte, träumte ich von der Wüste. Ich wollte ihre Leere mit einer anderen Geschichte als jener füllen, die ich bis jetzt gelebt hatte. Wie Sasha.

Ich mietete ein Zimmer in der Stadt, und während ich büffelte, um in Kalifornien als Anwalt zugelassen zu werden, erwachte mein altes Vergnügen an Wortgefechten und Gesetzen. Nach wenigen Monaten war ich für einige mittellose Patienten Drews tätig. Gegen Ende meines ersten Jahres wurde ich zum Bürgermeister von San Bernadino gewählt. Sollten Ihnen diese Erfolge unwahrscheinlich vorkommen, dann sollten Sie die erzählerische Kraft von Storys über reumütige Sünder bedenken. Zu meinem Glück liebt Amerika seine Sünder.

Drew und ich sprachen nie über unsere bizarre gemeinsame Geschichte, aber ich glaube, mein »Erfolg« und alles Gute, das ich zu guter Letzt bewirkt habe, haben ihn gefreut. Wenn Sasha mich wieder mal lange umarmt, ein Trost, auf den ich inzwischen baue, erzählt sie, ich hätte ihm geholfen, loszulassen. Wir spielen zweimal pro Woche Tennis, und er rast danach nicht sofort zur Klinik, sondern trinkt ein Bier mit mir. Wenn die Heißluftballons wieder in der Luft sind, wie so oft, prosten wir ihnen zu, bevor wir trinken.

Reimschema

M hat vier große und circa vierundzwanzig kleinere Sommersprossen auf der Nase. »Circa« nicht etwa deshalb, weil die kleinen Sommersprossen nicht gezählt werden könnten – auf dieser Welt kann fast alles gezählt werden –, sondern weil M, würde ich ihre Nase anstarren, bis ich die kleineren Sommersprossen gezählt hätte, in Verlegenheit geraten würde. Sie hat kräftigere Haare als 40 und längere als 57 Prozent meiner Kolleginnen, sie benutzt 24 Prozent der Zeit ein Haarband, 28 Prozent der Zeit Klammern, und 48 Prozent der Zeit trägt sie die Haare offen. Sie ist eine Woche älter als ich – sie ist 25,56, ich bin 25,54 Jahre alt –, wie ich von unserem Teamleiter, O'Brien erfahren habe, als das neue Team bei ihm zu Hause eine Taco-Party feierte, um das Eis zu brechen. Jeder nannte Datum, Uhrzeit und Ort seiner Geburt, O'Brien speiste die Daten in ein dynamisches, dreidimensionales Modell der Erde ein, und wir konnten zusehen, wie alle dreiundvierzig Teammitglieder der Reihe nach auf diesem Planeten auftauchten. M und ich schienen gleichzeitig auf die Welt zu kommen.

Ich habe im erweiterten Team beiläufige Bemerkungen über die Schönheit von M gestreut, angeblich, um als heterosexueller Single herauszufinden, ob sie attraktiv sei oder nicht, in Wahrheit aber, um zu erfahren, ob es ernsthafte Nebenbuhler gibt. 64 von 81 Prozent all jener, die M als attraktiv einstufen, entfallen als Konkurrenten, darunter Männer oder Nichtbinäre, die an andere gebunden oder an anderen interessiert sind, sowie Frauen – von denen 15 Prozent, die als queer oder bisexuell gelten können, keine Gefahr darstellen, weil M »straight« ist. Mir ist natürlich klar, dass es zwischen queer und straight eine gewisse Grauzone gibt, aber um M genauer einordnen zu können, brauchte ich entweder handfeste Informationen über ihr sexuelles Vorleben, die ich nicht bekomme, oder Gray Grabs aus dem Kollektivbewusstsein, die mir M's sexuelle Erinnerungen und Phantasien zeigten – eine so grobe Verletzung ihrer Persönlichkeitsrechte, dass es legitim wäre, mich zu verdammen, was meinen Absichten zuwiderliefe.

Von den restlichen 36 Prozent, zusammengesetzt aus männlichen oder nichtbinären Befragten, die bezüglich einer Beziehung mit M eine Konkurrenz darstellen könnten, weist etwa die Hälfte mindestens eine Eigenart auf, die sie vermutlich / wahrscheinlich disqualifiziert: 14 Prozent = penetranter Körpergeruch oder andere Hygieneverstöße (popeln in der Nase, bohren im Ohr etc.); 11 Prozent = Gewaltspiele; 9 Prozent = alt (fünfunddreißig plus); 7 Prozent = radikal selbstbesessen; 6 Prozent = besessen von Bix Bouton; 3 Prozent = zu diversen Vergehen neigend, darunter das Nachspielen des Irakkriegs, das Erzählen sexistischer Witze, das Rauchen von Zigaretten oder das Tragen von Bandanas. Okay, dies ist meine spezielle Abneigung und nicht zwangsläufig die von M. Ich hasse Bandanas.

Nun zu den verbleibenden 18 Prozent der Befragten, die mir beim Ringen um M's Zuneigung in die Parade fahren könnten. Hier verlieren die Daten an Aussagekraft, denn wie berechnen, wer die besten Chancen hätte? Der Schlüssel zu M's Herz könnte in etwas Schrulligem liegen, aber auch etwas sein, das sich ohne detaillierte Informationen über ihren

Hintergrund, ihre Erinnerungen und ihre Psyche nicht vorhersagen ließe – derlei Informationen könnte ich mir zwar beschaffen, aber nur auf übergriffige Art. Vielleicht verliebt sich M in jemanden, der ihr ein blaues Plüschflusspferd schenkt, und wer wird das sein? *Ich* werde es sein. Ich entdecke im Walmart ein blaues Plüschflusspferd und denke: *Vielleicht ist dies die Unbekannte in der Rechnung – der Gegenwert für den Erwerb von M's Liebe.* Derselbe Gedanke kommt mir beim Anblick einer Spieluhr mit Ballerina. Oder beim Anblick superlanger Tulpen aus Seide. Oder bei dem einer Packung verschiedenfarbiger Gummibänder oder wenn ich irgendwas vom Boden aufhebe oder aus dem Müll fische, stets begleitet von dem Gedanken: *Vielleicht ist dies die Unbekannte in der Rechnung* – jenes überraschende, ungeahnte Detail, das eine Person in Liebe zu einer anderen Person entbrennen lässt.

Als Zählender – genauer, Seniorempiriker und Metrikexperte – könnte ich mich natürlich fragen, ob ich bei M bessere Chancen hätte, wenn ich die *Unbekannte* in der Rechnung auf gut Glück definieren würde. Die Antwort lautet »ja und nein«. Ja, weil man im Falle zweier Menschen, die einander vollkommen fremd sind, perfekte Knochenmarkübereinstimmungen finden kann, wenn man genügend Spenderdaten durchforstet. Nein, weil ich mein Leben (gemessen an der durchschnittlichen Lebenserwartung amerikanischer Männer) plus fünfundachtzig Jahre ausschließlich damit zubringen müsste, irgendwelche Zufallsobjekte zu erwerben, um die statistische Wahrscheinlichkeit, das »passende Objekt« zu finden, zu erhöhen, und wenn das gelänge, wären M und ich längst tot. Außerdem müsste die Unbekannte ein Objekt sein, was nicht gesagt ist!

Eine große Kiste mit willkürlich ausgewählten Objekten zu füllen, wie ich es getan habe, birgt auch Risiken. Vielleicht ist M ja eine Minimalistin, die die Akkumulierung von Objekten als abstoßende Eigenart ansieht, so wie ich das Tragen von Bandanas? Vielleicht reagiert sie wie meine Schwester Alison, die beim Anblick der in meinem Wohnzimmer stehenden Kiste mit Flusspferd etc. sagte: »Was soll der Quatsch, Lincoln, du bist ja wie Mom.« Obwohl wir unsere Mutter lieben, war dies nicht als Kompliment gemeint. Sondern als Kritik an meiner Anhäufung wahllos zusammengewürfelter, banaler Objekte – einerseits berechtigt, andererseits unberechtigt, weil jedes Objekt eine Geschichte und eine Beziehung zu anderen Objekten hat, also nur bedeutungslos ist, solange man ihm keine Bedeutung beimisst.

Um die Bedeutung meiner Objekte zu ermessen, müsste ich sie einzeln an M übergeben und mich bei ihr erkundigen, ob sie bei ihr Gefühle der Liebe zu mir wecken. Doch unanonymisiert sind ehrliche Antworten schwer zu bekommen, und eine Person, die sich Knall auf Fall in den schlaksigen (aber *extrem* fitten) bärtigen Empiriker und Metrikexperten verliebt, der ihr am laufenden Band Objekte aus einer Kiste überreicht, die in seinem Wohnzimmer steht, würde dies vielleicht nicht gleich gestehen – könnte den Gefühlssturm, den die Berührung eines blauen Plüschflusspferds (nur als Beispiel) in ihr auslöst, vielleicht nicht mal in Worte fassen.

Um M's Hemmungen zu neutralisieren, könnte ich mein Projekt als Studie ausgeben. Ich könnte sagen: »M, wie wäre es, wenn du bei einem Experiment mitmachst, das deine physischen Reaktionen auf scheinbar willkürliche Objekte mit Sensoren erfasst, die du ungestört und unbeobachtet in meinem blitzsauberen Bad anlegen könntest, das mich, statistisch gesehen, zur Ausnahme macht, weil Daten belegen, dass zwanzigirgendwasjährige Junggesellen Schmutzfinken sind: ein Sensor auf der Halsschlagader, drei Sensoren um das Herz, ein Sensor auf dem Bauch und einer in der Vagina, okay?«

Nein, das wäre ungehörig. Nicht tiefer als der Bauch.

»Sehr gern, Lincoln«, antwortet M (in meiner fiebrigen Vorstellung). Also legen wir los. Und die Unbekannte entpuppt sich als was? Die Gummibänder? Das Flusspferd? Die kleine Porzellankatze, die ich bei einem Garagenflohmarkt gekauft habe, weil alle Welt glaubt, Mädchen würden Katzen lieben? Vielleicht wirkt kein Objekt, vielleicht bleiben alle Ausschläge im normalen Bereich, und am Ende sage ich: »Okay, das war's. Möchtest du Kekse und Milch?« Die Kekse sind selbst gebacken, weil ich gern backe – noch etwas, das mich vom Klischeebild zwanzigirgendwasjähriger Junggesellen unterscheidet –, und ich schenke M ein Glas Milch ein und tue zwei Kekse auf einen Teller, Hafermehl-Chocolate-Chip, denn wenn man die Rosinen weglässt, kann man beides kombinieren, und ich bringe ihr Kekse und Milch, und sie knabbert und trinkt einen Schluck und sagt: »Danke, Lincoln, die sind superlecker«, aber ich höre sie kaum, weil mein Seismograph Alarm schlägt, obwohl es kein Seismograph wäre und diese keine Alarmfunktion haben, aber so ist die Vorstellung plastischer, und die Linien schlagen Volten bis über die Ränder, weil sich M *Knall auf Fall* in mich verliebt hat, Kekse und Milch haben das bewirkt! Und nun kann die Unbekannte benannt werden, und M ist mein, zum Teufel mit den restlichen 18 Prozent, zum Teufel mit der einen Person unter diesen 18 Prozent, die tatsächlich eine Bedrohung darstellt: M's Freund Marc.

Warum kommt es mir bedeutsam vor, dass beider Vornamen mit einem M beginnen?

M ist seit fünf Monaten, sechs Tagen und zweieinhalb

Stunden mit Marc zusammen, vorausgesetzt, die Beziehung begann, als Marc in ihren Arbeitsnische kam und sie erfolgreich zum Mittagessen einlud. Nach exakt sechs Monaten wird sich ihre Chance, einen Schritt zur Festigung der Beziehung zu tun, etwa zu heiraten, auf 32 Prozent belaufen, ich zähle die Tage also sorgfältig – zum Teil, weil es meinen sofortigen Tod bedeuten würde, wenn M und Marc dergleichen täten. Ich habe kein Datenmaterial, das dies untermauerte, bin mir dessen aber sicher.

Wissen ist Macht, heißt es, aber jeder Zählende wird bestätigen, dass der Besitz von Daten an sich weder nützlich ist noch Prognosen ermöglicht. Hilft es mir zu wissen, dass M und Marc im Laufe der 5,224 Monate, die sie nun zusammen sind, circa jede dritte Nacht miteinander verbracht haben, also 53,07 Nächte? Hätten sie in jeder dieser Nächte Sex gehabt und in der Hälfte zweimal, dann wären 79,6 Mal Sex die ungefähre Hausnummer. Bitte beachten Sie, dass ich nicht mehr beobachte, sondern schätze, und das, obwohl M's Arbeitsnische direkt an meine grenzt. Ich tue es, weil ich nicht mehr überprüfen will, ob M und Marc zusammen zur Arbeit kommen. Ich habe (mit Alisons Hilfe) beschlossen, diese bestimmten Daten nicht mehr zu sammeln, aus zwei Gründen: 1) Es lenkte mich von dem Datensammeln ab, das mein eigentlicher Job ist, und beeinträchtigte meine Leistung so stark, dass sich mein Teamleiter und Freund O'Brien zweimal veranlasst sah, mich darauf anzusprechen. 2) Weil mich das Sammeln dieser Daten allmählich in die Rolle eines perversen Voyeurs drängte.

Am letzten Halloween kam M als Teetasse zur Arbeit. Eine Verkleidung als Teetasse ist vielsagend, finde ich. Ich fragte mich, ob Marc in einem dazu passenden Kostüm zur Arbeit erscheinen würde, etwa als Teekanne. Ich war den ganzen

Morgen hektisch und nervös, brannte darauf, sein Kostüm zu sehen, und fürchtete mich zugleich davor. *Wenn er sich als Teekanne verkleidet hat,* dachte ich, *stelle ich den Kreuzzug zur Eroberung M's ein.* Aber wie sich zeigte, war Marc überhaupt nicht verkleidet. Ich war total aus dem Häuschen, als ich das feststellte. *Aus und vorbei,* dachte ich; *die Beziehung der beiden hat keine Zukunft. Marc wird diese Frau im Teetassenkostüm nie verstehen.*

Wäre ich mit M zusammen gewesen, dann wäre ich als Teekanne verkleidet zur Arbeit erschienen.

Ich will kein perverser Voyeur sein, sondern Schauspieler in meinem eigenen Drama, und gehe mit guten Gründen davon aus, dass mir dies gelingt. Die Auflistung dieser Gründe könnte unbescheiden wirken; ich mochte Mathematik zwar stets lieber als Sprachen, weiß jedoch, was Hybris bedeutet und wohin sie führen kann. Deshalb eine Liste meiner Vorzüge, die meine Schwester, Alison, angelegt hat, um mir an einem trüben Tag Hoffnung zu spenden, ergänzt um eigene Kommentare in Klammern:

- Gutaussehend (in den Augen jener, die folgende Details zu würdigen wissen: 183 Zentimeter, dunkelblonde Haare und dunkelblonder Bart, schlaksig, aber muskulös)
- Guter Sportler (Baseball, Fußball, Basketball)
- Beliebt (Angesichts der Schwammigkeit des Begriffs eine kecke Behauptung. In meinem Fall bedeutet es, dass ich zwei Freunde habe, einer davon O'Brien, mein Boss und Teamleiter, plus die üblichen zig »Freunde«, die ich nicht kenne und nie zu Gesicht bekomme.)
- Lieb (Ich liebe Eltern und Schwester, und sie lieben mich.)
- Sexy (Sie werden sagen: Wie kann eine Schwester das wissen! Tja – ich habe ihr erzählt, während meiner nun-

mehr zwei Jahre bei Harvest hätten Kolleginnen neunmal Interesse an mir signalisiert, unter anderem durch eine Einladung auf einen Kurzen, ein Gänseblümchenbukett zu meinem Geburtstag, eine Tüte Möhren zum Mittagessen [ich liebe Möhren] und, am eindeutigsten, mit einem anonymen, auf meinem Schreibtisch hinterlegten Zettel, auf dem es hieß: »Du hast einen super Hintern und eine super Persönlichkeit.«)

- Sagenhaft gut bei der Arbeit (Alison kann das eigentlich gar nicht wissen. Sie lässt sich von Emotionen leiten, neigt also zur Romantik. Mit anderen Worten: Sie ist das Gegenteil eines Empirikers, was unsere Eltern zu der nicht ganz ernst gemeinten Mutmaßung veranlasste, Alison und ich wären zwei Hälften ein und derselben Person. Alison ist jedoch ein eigenständiger, kompletter Mensch, ich dagegen habe das Gefühl, nur in Verbindung mit ihr halbwegs komplett zu sein. Ihre Ansicht, ich sei »sagenhaft gut bei der Arbeit«, basiert auf zwei Fakten: Beförderungen und Belohnungen, die ich tatsächlich früher erhalten habe als Kolleginnen und Kollegen. Meine Abteilung, genauer, die Teamleiter, Avery und O'Brien, erwägen sogar, mir ein eigenes Büro zu geben. Ich habe mich dagegen gesträubt, weil es mich räumlich von M entfernen und einen Rangunterschied herstellen würde. Alison beharrt darauf, es wäre eine gute Sache, jedenfalls keine schlechte – aber da sie nun mal Alison ist, kann sie dies nicht durch Fakten untermauern, sondern behauptet nur vage, »Leute verlieben sich immer in ihre Vorgesetzten«, und das Einzige, was diese Behauptung stützt, ist: sie selbst. Obwohl sie sich gern von ihren Eindrücken leiten lässt, sind ihre Vorhersagen verblüffend oft korrekt.)

Alisons heikelstes Lob habe ich bis zum Schluss aufgespart:

- Du bist witzig.

Humor ist das Schreckgespenst aller, die in meiner Branche tätig sind, also sind wir davon besessen. Humor lässt sich schlicht nicht quantifizieren. Deshalb ist Humor eines der wichtigsten Mittel, wenn es darum geht, Proxys zu entlarven: Platzhalteridentitäten, die von einem Dritten, der vertuschen will, dass die betreffende Person nicht mehr existiert, online aufrechterhalten werden. Lukrative »Marken«-Identitäten werden oft verkauft (der erste dokumentierte Fall war der des Models Charlotte Swenson), und manchmal besetzt ein Squatter ein obsoletes Identitäts-Chassis. Die meisten Proxys werden aber durch sogenannte »Hermit-Crab-Programme« am Leben erhalten, die das Muster der Online-Aktivitäten einer Person nachahmen – Kommunikation, Geschäftliches, soziale Medien –, um zu verbergen, dass sich die betreffende Person ihrer Identität entledigt hat. Die meisten Proxys werden von Mondrian konfiguriert, einem Non-Profit-Unternehmen mit Sitz in San Francisco. Mondrians perfekteste Proxys sind leibhaftige Profis – darunter viele Prosaschreibende, wie es heißt –, die mehrere Identitäten zugleich ausfüllen. Humor ist unser bestes Mittel zur Entlarvung; selbst einem menschlichen Proxy fällt es extrem schwer, den Humor eines ehemaligen Nutzers zu imitieren, und einem Hermit-Crab-Programm fällt es noch viel schwerer. Andererseits haben sogar unsere Programme Probleme damit, die Imitation eines bestimmten Humors zu entlarven, so dass die Enttarnung eines Proxys jede Menge Zeit und Mühe kostet. Es kann funktionieren, ist aber eine Arbeit für Typische. Der einzige Geschäftsbereich, in dem die Typischen uns etwas vorausshaben, dreht sich um die Enttarnung von Proxys und ihre Löschung aus den Statistiken.

Wie ist es möglich, dass sich Humor *nicht quantifizieren lässt*? Ganz einfach: Weil es keine allgemeingültige Definition dessen gibt, was witzig ist. Und trotzdem sind manche Leute witzig und andere nicht. Einige sind unfreiwillig komisch. Zu diesen gehören zweifellos ich und viele andere Zählende. Wir sind Quantifizierer. Als Kinder galten wir als Nervensägen. Ich kann bis heute die exakte Länge der Pausen eines jeden beliebigen Popsongs angeben, angefangen bei Elvis. Diese Fixation erhöhte meine Beliebtheit nicht gerade, außer bei meinen Eltern, und das auch nur, weil sie mich sowieso liebten. Meine Fixation war ein soziales Gift – das galt auch für meine Schicksalsgenossen, die die Zäune der Nachbarn vermaßen, Ritterrüstungen aus der Ära König Arturs katalogisierten oder Sonnenstürme kartierten und beschrieben. M hegte in ihrem Kinderzimmer 268 Zimmerpflanzen und einen im Teppichboden ausgesäten Rasen, der in den (wie sich herausstellte) morschen Dielenbrettern wurzelte, und das Ende vom Lied war, dass sich nach allzu üppiger Bewässerung ein großer Teil der Decke des Raums unter M's Zimmer (ausgerechnet die Küche) ablöste und auf den Esstisch krachte.

Das ist natürlich komisch, war es jedenfalls, als wir bei O'Briens Taco-Party Kindheitsanekdoten zum Besten gaben und M diese Story erzählte. Hinter der Komik verbergen sich jedoch sowohl Kummer als auch Triumph – Kummer, weil M einsam und allein war und Stress mit ihren Eltern hatte, weil das Küchendeckendebakel zum Verlust ihres Pflanzensystems und, als sie danach nichts mehr essen wollte, zu Hospitalisierung und künstlicher Ernährung führte. Triumph, weil sie jetzt M ist, bildschön, sexy und gut bezahlt – die Welt hat sich ihr gefügt. Die meisten Geschichten, die meine Kollegen und ich einander erzählen, haben mit Kummer, aber auch mit Triumphen zu tun, weil uns die Welt – unfassbarerweise, wie ich finde – inzwischen geneigter ist. Und obwohl unsere Reihen durch junge Typische ergänzt werden, die im Gegensatz zu uns beliebt waren und obendrein über fundiertes Fachwissen in anerkannten Bereichen wie Baseballstatistiken verfügen, steht fest, dass wir besser zählen können – in diesem Bereich sind wir Muttersprachler, wenn Sie so wollen. Viele von uns wussten schon mit Zahlen umzugehen, da konnten sie noch kein Wort sprechen.

Heute Morgen wird unsere gesamte Abteilung – insgesamt sechs Teams – außerplanmäßig in den Sand Garden beordert. Meine Erfahrungen mit ungeplanten Versammlungen sagen mir, dass mit 86-prozentiger Wahrscheinlichkeit ein Problem vorliegt, dass mit 9-prozentiger Wahrscheinlichkeit eine Belohnung winkt und dass sich mit 5-prozentiger Wahrscheinlichkeit eine private Tragödie in unseren Reihen ereignet hat. Alle 273 Mitarbeitenden defilieren in den Sand Garden und warten dort auf Avery. Als der Wasserfall, der über den Haufen kantiger, schwarzer Steine prasselt, abgestellt wird, wechseln meine Teammitglieder besorgte Blicke. Die Sache stinkt. O'Brien wirkt genauso verwirrt wie alle anderen.

Unsere Abteilungsleitung, Avery, eine nichtbinäre Person, habe ich in der Öffentlichkeit noch nie bei Gefühlsregungen ertappt. Nun zeigt Avery deutliche Anzeichen von Stress: die Haare fettig und ungewaschen, dunkle Ringe unter den Augen, Eigelb auf einem Sweatshirt-Ärmel; weder Mascara noch Lipgloss, Averys sonst einzig verwendeten Make-up-Produkten.

»Wir haben eine Tiefenanalyse der letzten Proxy-Vernebelungen abgeschlossen«, erklärt Avery, »und folgern daraus, dass man eine neue Generation von Hermit-Crab-Programmen entwickelt hat, die unseren Proxy-Filtern entgehen. Die Tatsachen legen nahe, dass eine oder mehrere dieser Abteilung angehörende Personen aktiv dazu beitragen, Proxys in unseren Statistiken nicht auftauchen zu lassen.«

Vernebelung meint Methoden, mit denen sich Proxys einer Enttarnung entziehen. Dieses Entziehen ist, wie Proxys selbst, keineswegs illegal, aber wenn bei Harvest jemand aktiv dazu beitragen, unsere Daten durch eine statistisch relevante Zahl leerer Identitäten entwerten, also Qualität und Exaktheit unserer Arbeit mindern würde, dann wäre das Industriekriminalität. Was erklärt, warum Phil und Patrice, unsere Ombudsleute, Avery flankieren und mehr denn je wie Cops wirken.

»Wir leiten eine Untersuchung ein«, sagt Avery. »Wir werden alle einzeln vernehmen und begrüßen jede vertrauliche Information. Ich will kein Misstrauen säen, bitte euch aber um Wachsamkeit. Solltet ihr Anlass haben, an der Loyalität oder dem Commitment einer Person in eurem Team zu zweifeln, dann teilt uns das bitte mit.«

Avery benutzt einen Code, den wahrscheinlich nur ich und die anderen Zählenden verstehen: Der Abtrünnige ist ein Typischer – und lässt sich wohl auch von Emotionen leiten –, berauscht von einer renitenten Vision von Freiheit und Entkommen. Diese Einstellung kann ich nur theoretisch nachvollziehen. Menschliches Verhalten ist in keiner Weise originell. Jede Idee, die ich habe, haben auch zig andere in meiner demographischen Kategorie. Wir leben ähnlich, denken ähnlich. Die Renegaten wollen vermutlich das Gefühl der Einzigartigkeit wiedererlangen, das sie hatten, bevor das von uns praktizierte Zählen enthüllte, dass sie im Grunde allen anderen gleichen. Sie irren sich aber, denn menschliches Leben ist durch die Quantifizierbarkeit weder weniger bemerkenswert noch (dies ist kontraintuitiv, schon klar) weniger geheimnisvoll – so wie kein Gedicht durch die Bestimmung des Reimschemas entwertet wird. Im Gegenteil!

Geheimnisse, die durch Berechnungen gelüftet werden können, waren nie wirklich geheimnisvoll; dieser Eindruck hat nur mit unserer Dummheit zu tun. Derlei Geheimnisse gleichen Krimis nach der Entlarvung des Täters. Liest man einen solchen Krimi ein zweites Mal? Der Kosmos dagegen war schon ein Rätsel, als wir noch keine astronomischen Kenntnisse oder entsprechendes Wissen über das Weltall besaßen – und dem gewachsenen Wissen zum Trotz ist er für uns noch rätselhafter.

Averys entschlüsselte Botschaft lautet im Kern: Eine Person, die sich von ihren Emotionen leiten lässt, verpfuscht unsere Daten, weil er oder sie dem romantischen Wahn erlegen ist, auf diese Weise eine Revolution anzuzetteln – obwohl die betreffende Person in Wahrheit nur unsere Zählung ruiniert und unsere Jobs gefährdet. Haltet also Ausschau nach Typischen, die uns schaden wollen, und lasst uns die Scheißhaufen feuern.

Vor 6,28 Monaten, etwa drei Wochen, bevor M und Marc ein Paar wurden, erhob sie sich langsam über die Trennwand zwischen unseren Arbeitsnischen. Zuerst erschienen ihre Augen, danach ihr restliches Gesicht. Ihre Augen erinnerten an die einer goldenen Katze. Während ich sie hingerissen anstarrte, ließ sie den Kopf in die Höhe schnellen, sagte »Kuckuck« und begann zu lachen, und ich musste auch lachen, und die Tatsache, dass sie lachte, ließ mich noch schallender lachen, und ich versuchte, den exponentiellen Effekt gemeinsamen Lachens zu berechnen, denn ich hatte das Gefühl zu ertrinken, und eine Portion Mathe hätte mich geerdet. Dummerweise lachten wir so laut, dass ich keine Berechnungen anstellen konnte. Das war der Anfang.

Marc, M's Freund, ist ein Typischer, eine irreführende Bezeichnung, weil Typische unter Zählenden untypisch und stets in der Minderheit sind. Manchmal heitert mich der Gedanke auf, dass M mit Marc auf keinen Fall so viel gemeinsam haben kann wie mit mir. Andererseits sind meine Eltern und meine Schwester Typische, und ich liebe sie nicht nur, sondern liebe vor allem *die Tatsache, dass sie Typische sind*! Letzten Monat, auf einer Wanderung mit meiner Schwester zu einem Wasserfall, genoss ich, während wir Seite an Seite auf einem Felsen saßen, das Wissen, dass Alison etwas so Simples dachte wie »ist das schön« und nicht die Dichte, die Geschwindigkeit, die Entfernung bis zu den unteren Felsen und das Volumen des hinabströmenden Wassers berechnete. Mein Gefühl der Zärtlichkeit schlug jedoch in Verzweiflung um, als mir der Gedanke kam, dass M ihrem Marc wahrscheinlich eine ähnliche Zärtlichkeit entgegenbringt! Sie denkt bestimmt: *Mit Marc ist es so einfach und so entspannend.* Sie denkt bestimmt: *Wenn ich mit Marc zusammen bin, fällt mir wieder ein, dass man die Welt mit ganz anderen Augen sehen kann.* Sie denkt bestimmt: *Wenn Marc mich anschaut, weiß ich, dass er denkt, ich sei schön, und nicht versucht, die kleineren Sommersprossen auf meiner Nase zu zählen.*

Diese Abfolge von Gedanken nahm mich so sehr mit, dass ich mich neben den Wasserfall legen und zur Kugel einrollen musste.

Daraufhin begann Alison, die Liste meiner Vorzüge anzulegen.

Später an dem Tag, der mit der ungeplanten Versammlung unter Averys Vorsitz begann, sehe ich M im Steingarten allein ihre Mittagsmahlzeit einnehmen. Normalerweise tut sie das mit Marc – ein gemeinsames Mittagessen markierte den Beginn ihrer Beziehung –, es bietet sich also eine seltene Chance.

Während ich M durch ein Fenster betrachte, plagen mich schlimmste Befürchtungen. Würde ich auf sie zugehen, dann läge die Wahrscheinlichkeit, dass ich das Gespräch ankurbeln müsste, bei 100 Prozent, und die Wahrscheinlichkeit, dass das Gespräch weder spontan noch interessant verliefe, wäre auch recht hoch – zumal die Nervosität, die in Gegenwart von M definitiv in mir erwachen würde, meine Fähigkeit, natürlich zu sprechen, um mindestens 50 Prozent mindern würde. Aber wie mein Dad immer sagt: »Wenn man etwas wirklich Interessantes machen will, muss man ins kalte Wasser springen«, soll heißen, Kühnheit setzt sich per Definition über die vorangegangenen Berechnungen hinweg. Und weil Dad ein Typischer mit Hang zur Mathematik und ein »Politik-Junkie« ist, der sich in die Metriken der Bewerbung des Cousins meiner Mutter, Miles Hollander, um das Senatorenamt vertieft hat, nehme ich seine Analyse ernst.

Die kleinen Steine, über die ich gehe, um zu M zu gelangen, sind zu etwa 35 Prozent scharfkantiger Schiefer mit weißen Streifen und zu 25 Prozent rundliche, lehmige Steine. Die verbleibenden 40 Prozent mag ich am liebsten: wuchtige, glatte, schwarze Steine, die die Sonnenwärme speichern. Die mächtigen, an Möbel erinnernden Felsbrocken, angeblich Meteorite, scheinen sich gerade erst verfestigt zu haben. M lehnt am größten und blickt zu einem Himmel auf, der zu etwa einem Drittel aus rasant dahinziehenden Wolken und zu zwei Dritteln aus Wüstenblau besteht.

»Hi«, sage ich.

»Hi«, sagt M.

Nach der mathematischen Analyse diverser früherer Interaktionen habe ich eine Prognoseformel aufgestellt, die sich bislang als unfehlbar erwiesen hat: Wenn ein Zwiegespräch acht Sprechzeilen lang stockt – jeweils vier Zeilen, Begrüßungen nicht mitgezählt –, dann liegt die Wahrscheinlichkeit, dass es weiter stockt, bei 80 Prozent. Nimmt ein Gespräch innerhalb dieser acht Zeilen aber einen natürlichen Verlauf, dann bleibt es auch so und hinterlässt rückblickend – überraschenderweise – selbst dann den Eindruck, es sei natürlich verlaufen, wenn es weitere zehn Zeilen stockt! Der Haken an dieser mathematischen Prognose besteht darin, dass ein Gespräch mühsamer in Gang zu bringen ist, wenn man sich nervös und gestresst fühlt, und die Aussicht auf ein unwiderruflich stockendes Gespräch mit einer Frau, in die man verliebt ist, ist belastend, zumal dann, wenn man ihm nur entrinnen kann, indem man über fünfzig Steine davontapert und ihr dadurch (während sie einem hinterherblickt) die Gelegenheit bietet, darüber nachzudenken, warum du so blöd warst, den ganzen Steingarten zu durchqueren, um mit ihr zu reden, obwohl du nichts zu sagen hattest, dass du offenbar in sie verknallt bist, ein Jammer, denn sie erwidert deine Gefühle nicht, obwohl ihr im Büro eine Trennwand teilt; dass sie sich vor 6,28 Monaten, als sie über diese Trennwand lugte und »Kuckuck« sagte und ihr beide schallend lachen musstet, vielleicht sogar in dich hätte verlieben können, nur warst du danach so distanziert, und dann kam Marc, und den liebt sie nun, und selbst wenn sich, sagen wir, 13 Prozent der Gedanken, die sie hat, während sie deine Rückseite entschwinden sieht, darum drehen, dass du sportlich topfit bist, sind diese 13 Prozent in dem Knapp-daneben-ist-auch-vorbei-System, das wirksam wird, wenn man sich für einen monogamen Liebespartner entscheiden muss, statistisch gesehen irrelevant.

Also. Stress.

Nach mehr als acht stockenden Zeilen stockt das ganze Gespräch, aber ein Schweigen wie jenes, das sich nun zwischen M und mir ausbreitet, ist noch schlimmer. Und ich bin Experte im Vermessen des Schweigens. In der Musik kann eine Pause vor dem Refrain für mehr Wucht und Intensität sorgen, Gesprächspausen haben jedoch die gegenteilige Wirkung, sie entwerten das, was folgt, so stark, dass jede noch so schlagfertige Entgegnung, der ein zu langes Schweigen vorangegangen ist, auf das verbale Äquivalent eines Schrumpfkopfs reduziert wird.

Was mich zu der Frage bringt: Wie lange ist es her, dass M und ich unser »Hi« ausgetauscht haben?

3,36 Sekunden.

Bitte? Wie ist es möglich, dass man in so kurzer Zeit so viel denkt und wahrnimmt? Eine Person, die sich von Eindrücken leiten lässt, würde wohl etwas antworten wie: »Unser persönliches Zeitempfinden ist nun mal verzerrt«, aber für uns Zählende ist die Zeit ein ödes Thema – und das nicht nur, weil zu diesem Thema zu viel geschrieben und gesagt wurde. Zeit ist für die Mathematik irrelevant. Beachten Sie, dass ich *nicht* gesagt habe: Mathematik ist für die Zeit irrelevant; in der vergeblichen Hoffnung, diese zu verstehen, traktieren wir sie mit Mathematik. Die Tatsache, dass innerhalb von 3,36 Sekunden so viele Gedanken durch meinen Kopf gerauscht sind, zeugt von der Unermesslichkeit des individuellen Bewusstseins. Es lässt sich nicht beziffern, es ist unendlich. Das Bewusstsein gleicht dem Kosmos, multipliziert mit der Zahl aller auf Erden lebenden Menschen (vorausgesetzt, das Bewusstsein erlischt mit dem Tod, was nicht gesagt ist), weil der Geist eines jeden Individuums ein eigener Kosmos ist: unergründlich sogar für uns selbst. Daher der unwiderstehliche Reiz von Mandalas *Besitze dein Unterbewusstes.* Wer wollte seine Erinnerungen, die man zum Großteil so gründlich vergessen hat, dass sie ebenso gut die eines anderen sein könnten, nicht bergen? Und wer würde anschließend der Verlockung widerstehen, Zugang zum Kollektivbewusstsein zu erhalten, dies für den geringen Preis, das eigene Bewusstsein anonym zugänglich zu machen? Das haben wir alle an unserem einundzwanzigsten Geburtstag getan, Mandalas Mindestalter, wie Angehörige früherer Generationen Musik teilten oder ihre DNA analysieren ließen, ohne uns im Klaren darüber zu sein, was wir, berauscht von den neuen Möglichkeiten, preisgaben, indem wir unsere Wahrnehmungen ins Netz luden – und Zählenden wie mir zugänglich machten. Die Verwendung von Gray Grabs durch Datensammelnde ist streng geregelt, aber manchmal sehe ich mich aus beruflichen Gründen gezwungen, die Psyche Fremder zu durchforsten. Ein fast unheimliches Erlebnis – als ginge man durch ein unbekanntes Haus, umringt von Objekten mit absolut rätselhaften Bedeutungen. Ich schnappe mir, was ich brauche, und verschwinde möglichst rasch wieder.

Die gute Nachricht angesichts von 3,36 (nun 3,76) verstrichenen Sekunden erhalte ich durch eine rückwirkende Berechnung: Eine Gesprächspause kann volle vier Sekunden währen, bis sie endet und ihren toxischen Inhalt entlässt. Bis zum Ablauf dieser vier Sekunden ist sie eine Blase voller Katastrophenpotenzial, die immer größer und straffer wird.

»Und?«, frage ich schließlich. »Was sagst du zu Averys Rede?«

»Warum fragst du das?«

M's aggressiver Ton überrascht mich. Zugleich ist mir bewusst, dass es sechs weiterer Dialogzeilen bedarf, um die sicheren acht zu erreichen, also schiebe ich hastig hinterher: »Na, ja, du und ich, wir arbeiten zusammen, und es war eine wichtige Ansage. Ich möchte mit jemandem darüber reden.«

»Glaubst du, Marc ist derjenige, welcher?«

»Den Gedanken hatte ich noch nicht«, sage ich, »bis jetzt.«

»Es ist nicht Marc.«

»Okay«, sage ich. »Also nicht Marc. Unsere Abteilung hat zweihundertdreiundsiebzig Mitarbeitende – warum sollte ich ausgerechnet ihn verdächtigen?«

Unser Gespräch ist nicht superfreundlich, aber wir haben immerhin schon sieben Zeilen gewechselt, ohne zu stocken, vorausgesetzt, ein stockendes Gespräch wäre eines, das aus diversen vergeblichen Anläufen besteht, die nächsten Worte zu finden.

»Hast du eine Ahnung, wer den Renegaten hilft?«, frage ich.

»Eine Person, die sich von ihren Eindrücken leiten lässt«, antwortet sie.

»Meine Schwester ist so jemand«, sage ich.

»Meine auch. Nur sind Geschwister nicht austauschbar.«

»Ich liebe meine Schwester«, sage ich.

»Vielleicht wäre das anders, wenn sie nicht deine Schwester wäre.«

»Vielleicht würde ich sie gar nicht kennen, wenn sie nicht meine Schwester wäre.«

»Korrekt«, sagt sie.

Ich setze mich neben M auf die Steine. »Darf ich mich zu dir setzen?«, frage ich.

»Hast du doch schon getan.«

»Ich kann wieder aufstehen.«

»Nur keine Umstände.«

»Es wäre kein Umstand«, sage ich. »Ich habe muskulöse Beine.«

»Du willst doch bloß angeben.«

»Aus dem Sitzen aufzustehen ist nichts Besonderes«, sage ich und stehe auf, um dies zu beweisen. »Glaubst du ernsthaft, das wäre Angeberei?«

»Ich kann deine Muskeln sehen.«

Ich senke den Blick auf Jeans und T-Shirt, kann aber keine Muskeln erkennen. »Wäre das ein Problem?«

»Nein«, sagt sie. »Setz dich wieder.«

Mein Herz rast, als ich mich setze. Dies ist ein Flirt, ganz klar. Und der Rausch, der mich erfasst, während ich mit M flirte, ist genau das, was fehlt, wenn ich Typische treffe: Ich weiß nie, was Sache ist, und weil meinem Bemühen, dies herauszufinden, der Takt fehlt, mit dem Typische ihre Worte und ihr Verhalten tarnen, um ihre wahren Absichten nicht preiszugeben, wirke ich unbeholfen und patzig.

»Ich mag dich«, sage ich zu M. »So war es von Anfang an.«

»Danke. Das wusste ich nicht.«

»Und Marc?«

»Ich liebe ihn«, sagt sie.

»Hätte er was dagegen, dass wir beide hier zusammen sitzen?«

»Nein. Er vertraut mir.«

»Vertraust du ihm?«

Sie zögert. »Ja und nein.«

»Das heißt, nein. Vertrauen kann keine halbe Sache sein.«

»Wie man's nimmt«, sagt sie. »Es ist ein System, in dem der Sieger alles einheimst. Manches daran ist allerdings relativ.«

»Zum Beispiel?«

»Ich vertraue dem, was er für mich empfindet«, sagt sie.

»Trotzdem könnte er mit den Renegaten unter einer Decke stecken.«

»Warum sagst du das?«

»Er scheint in Gedanken manchmal ganz woanders zu sein.«

»Die Tatsache, dass er in Gedanken woanders ist, bedeutet noch lange nicht, dass er zu einem geheimen Netzwerk übergelaufen ist, das unser Geschäftsmodell zerstören will.«

»Wäre aber denkbar«, sagt sie.

»›Wäre‹ und ›ist‹ liegen so weit auseinander, dass sie Gegensätze sein könnten.«

»Nein«, sagt sie, »›ist‹ und ›ist nicht‹ sind Gegensätze.«

»Ich habe da eine Idee«, sage ich. »Du findest mich attraktiv, und ich finde dich attraktiv – warum gehen wir also nicht zu mir, haben Sex und warten dann ab, wie sich die Sache weiterentwickelt?«

»Das wäre ein Verrat an Marc.«

»Ja, vielleicht. Du könntest es aber auch als Relativierung deiner Treue auffassen.«

»Wenn ich Sex mit dir hätte, wäre ich eindeutig untreu.«

»Nicht unbedingt«, sage ich. »Wenn wir zusammen schlafen würden, und wenn das nicht sensationell gut wäre, wärst du Marc noch treuer, denn wenn du beim Anblick der Muskeln unter meinem T-Shirt Lust auf mich bekämst, würdest du denken: *Ich hatte schon Sex mit Lincoln, und so toll war es nun auch wieder nicht, Muskeln hin oder her?*«

»Du gibst deine Lust als Logik aus.«

»Meine Lust ist logisch.«

»Lust ist nie logisch«, sagt sie. »Sondern biologisch.«

»Mein Verlangen nach dir ist absolut logisch«, sage ich. »Deine Mischung attraktiver Merkmale macht es mir nahezu unmöglich, dir zu widerstehen. Tatsache ist, dass ich permanent Energie aufwenden muss, um nicht über dein Haar zu streichen, so auch jetzt.«

»Tu das ja nicht«, sagt sie scharf.

»Keine Sorge. Ich werde weiter Energie aufwenden, um dem Drang zu widerstehen. Ist aber nicht einfach.«

»Du könntest auch gehen. Dann wäre es einfacher.«

»Stimmt. Nur arbeiten wir nebeneinander, und deshalb wird mir weiterhin bewusst sein, wie gern ich über dein Haar streichen würde.«

»Du beziehst bald ein eigenes Büro«, sagt sie. »Dann wird es einfacher.«

Das Tempo, mit dem sich die Dinge zum Schlechten gewendet haben, verdattert mich – obwohl sich M von mir angezogen fühlt und Marc misstraut, will sie ihm treu bleiben. Mir wird klar, dass zwischen M und mir nie etwas passieren wird, gerade weil es geknistert hat, ohne dass etwas passiert wäre. Das hat eindeutig mathematische Gründe, die man als dreidimensionales Modell darstellen könnte, nur bin ich, obwohl es mich selbst betrifft, gerade zu müde, um es anzuwenden.

»Ich kann nicht gehen«, sage ich, »weil mir die Energie, die ich aufbringen muss, um dem Drang zu widerstehen, über dein Haar zu streichen, zu wenig Energie lässt, um zu gehen oder auch nur aufzustehen. Vielleicht solltest du gehen.«

»Ja«, sagt sie. »Ich denke, das tue ich.«

Sie steht auf und geht zum Gebäude. Ich schaue ihr nach. Dann lege ich mich auf die kleinen, warmen, spitzen Steine, durchsetzt von heißen, glatten, schwarzen Steinen. Ich blicke zu den Wolken auf, jede eine Helix, die sich wie in Zeitlupe bewegt, und frage mich, ob die Tatsache, dass M mich nie lieben wird, das Resultat dieses Gesprächs ist, oder ob dieses Gespräch die längst feststehende Tatsache, dass M mich nie lieben wird, nur enthüllt hat. Lag unserem Gespräch eine kausale oder eine rein illustrative Mathematik zugrunde? Derlei Fragen sind die Domäne derjenigen, die sich von Eindrücken leiten lassen, und während ich die Wolken beobachte, spüre ich meine Mutter und meine Schwester in mir. Ich frage mich, ob ich einen anderen Menschen je so lieben werde, wie ich Alison liebe, mit allem drum und dran. Ich frage mich, ob ich ohne diese Liebe weiterleben könnte. Ich frage mich, ob das Elend meiner Kindheit und Jugend mich einholt und wieder in jenes tiefe Loch stürzt, dem ich durch keine mathematische Leiter entrinnen kann. Ich beobachte, wie sich die Wolken birnenförmig verdicken, sehe das Blau dahinter und begreife, dass das, was ich sehe, eine mathematische Leiter *ist*. Nur weiß ich nicht, wie ich sie erklimmen soll.

In der folgenden Woche geben M und Marc bei der morgendlichen Zusammenkunft unseres Teams ihre Verlobung bekannt. M wirkt schüchtern und überglücklich und trägt einen winzigen Diamanten am Finger wie eine nadelspitzengroße Flamme.

Nach Feierabend sause ich zu Alison, um ihr die Nachricht zu überbringen, dazu Fakten, die nahelegen, dass M und Marc tatsächlich heiraten werden – mit einer Wahrscheinlichkeit von 85 Prozent!

»Soll heißen … eine Verlobung erhöht die Wahrscheinlichkeit, dass man heiratet«, sagt Alison.

»Drastisch«, jaule ich. »Tödlich.« Und ich lege mich auf den Fußboden und beginne zu weinen.

Die nächsten paar Tage, ich bin krankgeschrieben, verbringe ich im Haus meiner Eltern, dem Haus, in dem ich aufgewachsen bin. Ich liege mit geschlossenen Augen in meinem alten Bett, und Dad nimmt sich in der Klinik zwei Tage frei und sitzt lesend neben mir. Es ist ein einstöckiges Haus, und ich kann hören, wie Mom draußen vor dem Fenster Objekte mit Nägeln und Klebstoff zu Skulpturen zusammenfügt. Ich beschäftige mich, indem ich die 273 Mitarbeitenden unserer Abteilung in Gedanken aufliste, geordnet nach Verräterpotenzial – genau genommen 272, denn ich weiß, dass ich *nicht* der Verräter bin, setze mich also an die letzte Stelle. Danach lösche ich die Liste und beginne von vorn, als würde ich die Karten neu mischen. Gleichzeitig taxiere ich den Schaden, den eine hohe Anzahl ungefilterter Hermit-Crab-Programme anrichten würde. Als Zählender will ich vor allem, dass meine Daten korrekt sind. Bei der Vorstellung, meine Analysen könnten durch falsche Daten, genauer eine hohe Anzahl unentdeckter Proxys, die sich als lebendige Menschen ausgeben, verzerrt werden, wird mir schwindelig und schlecht. Davon abgesehen bereiten mir die Renegaten keine Kopfschmerzen. Sollte ihre Zahl so stark anwachsen, dass ihre alternativen Netzwerke eine Konkurrenz für jene wären, aus denen wir unsere Daten beziehen, falls sie sich also heimlich von unserer Gesellschaft abspalten und eine neue gründen würden, mit eigener Wirtschaft und Währung oder Sprache (während sie online weiter den Eindruck erwecken, die Alten zu sein), dann würden in ihren Reihen rasch Zählende erwachsen, die ihre Daten sammeln. Anfangs wäre das nur ein Nebeneffekt ihrer Kontakte und Kommunikation und gegenseitigen Erreichbarkeit. Nach der Entdeckung, dass es unter den Renegaten auch Zählende gibt, würde man diese zunächst als neutrale, positive Entitäten auffassen. Mit der Zeit würde sich herauskristallisieren, dass die Zählenden die gesammelten Daten zwar nicht selbst verwenden, aber verleihen, verleasen oder an andere Entitäten verkaufen, die einen hochprofitablen Nutzen daraus ziehen. Die Renegaten würden also feststellen, dass man sie doch wieder erfasst – dass sie, anders gesagt, wieder dort sind, wo sie begonnen haben. Zu dem Zeitpunkt wären die Älteren sowohl zu erschöpft, um eine weitere Revolution anzuzetteln, als auch zu zynisch, um noch an ihr Gelingen zu glauben. Die Jüngeren dagegen würden – wie Sie sicher ahnen – versuchen, sich den Zählenden zu entziehen. Sie würden ihre Identität aufgeben und ein neues geheimes Netzwerk bilden, also eine weitere parallele, unsichtbare Nation, in der sie, so ihre Hoffnung, endlich frei wären. Und dann würde sich alles wiederholen. Und dann würde sich alles wiederholen. Und dann würde sich alles wiederholen.

Ich arbeite schon wieder geraume Zeit, als bekannt wird, dass O'Brien, mein direkter Vorgesetzter und einer meiner beiden Kumpel, mit den Renegaten im Bunde ist. Die Neuigkeit verbreitet sich bei Harvest wie der Soundtrack eines Horrorfilms. Bis dahin hatte die Frage, wer der Saboteur sein könnte, lediglich flirrende Aufregung ausgelöst, aber die Entlarvung des Übeltäters sorgt für einen derartigen Schock, dass des Rätsels Lösung nicht befreiend ist, sondern alle vor ein weiteres Rätsel stellt.

Warum?

O'Brien ist ein geborener Zählender – und hat doch zig Renegaten geholfen, sich unserer Zählung zu entziehen.

O'Brien wurde als Kind von seinem Wissen über Windströmungen gequält – ihre Geschwindigkeit, ihre Richtung, ihre jahreszeitliche Fluktuation – und hat trotzdem den Renegaten geholfen, sich zu entziehen.

O'Brien machte in der Windkraftindustrie als Manager Karriere, wechselte dann zu uns Zählenden und stieg wieder rasch auf, war allseits beliebt und ein unglaublich netter Kerl – und hat es dennoch einer neuen Generation von Hermit-Crab-Programmen ermöglicht, der Entlarvung zu entgehen.

O'Brien ist nur bei uns eingestiegen, um Sabotage zu betreiben. O'Brien war von Anfang an mit Mondrian im Bunde.

Und aufgrund seiner umfassenden Kenntnisse unserer Systeme hat O'Briens Bündnis mit den Renegaten katastrophale Folgen, denn wegen der mangelhaften Daten werden uns drei Viertel unserer Kunden verlassen.

Und das ist nicht das Allerschlimmste. Das Allerschlimmste ist, dass O'Brien, der kein Typischer und schon gar keiner ist, der sich von Eindrücken leiten lässt, so fest daran glaubt, die Renegaten unterstützen zu müssen, dass er Harvest infiltriert und uns zu Fall gebracht hat.

Was bedeutet, dass sich nicht nur Typische, die sich von ihren Eindrücken leiten lassen und die in der Vorstellung schwelgen, jemand anderer zu sein, von den Renegaten angezogen fühlen. Wenn O'Brien mitmacht, muss es auch *mathematisch* sinnvoll sein.

Am Tag seiner Entlarvung wird O'Brien von einer entgeisterten Menge zum Shinto-torii-Tor begleitet, dem Eingang unseres Campus. Avery ist in Tränen aufgelöst, für uns alle ein unerhörter Anblick. Bevor O'Brien das Tor durchschreitet, bleibt er stehen und wendet sich an uns alle:

»Hey, tut mir aufrichtig leid, euch reingeritten zu haben. Ihr seid meine Freunde und meine Familie, denn andere Freunde oder eine andere Familie habe ich nicht. Wenn ihr euch fragt, was ich davon hatte, so viele Proxys unentdeckt arbeiten zu lassen und es dadurch vielen Renegaten zu erlauben, sich erfolgreich zu entziehen – de facto nichts – verglichen mit dem, was ich verloren habe – alles –, dann begreift ihr vielleicht, dass es nur einen einzigen Grund für diese katastrophale Kosten-Nutzen-Rechnung geben kann. Und das ist der Glaube. Ich glaube an das, was die Renegaten tun, ich glaube an ihr gutes Recht, es zu tun, und die Kraft meines Glaubens tröstet mich mehr als vollständig darüber hinweg, dass es mich jeden und alles, was ich liebe, kostet, gemäß meinem Glauben zu handeln. Ich bereue nichts, auch jetzt nicht«, beschließt O'Brien seine Ansprache, »ganz gleich, wie sehr ich euch vermissen werde.«

Und er verschwindet durch das torii-Tor.

Das Chaos, das diese Enthüllung auslöst, ist vielgestaltig und wird zu einer Belastungsprobe. Manche fragen sich, ob der Mann, der die Rede gehalten hat, tatsächlich O'Brien war, oder ob der wahre O'Brien von Renegaten entführt und mit Hilfe von Gray Grabs aus dem Kollektivbewusstsein, mit denen man seine Stimme, seine Gesten und seine Redeweise bei der Arbeit imitiert hat, als Hologramm vor dem Tor animiert wurde. Eine andere Hypothese lautet, die Renegaten hätten ihm eine »Assel« implantiert – ein winziges Gerät, das sich durch die Schädeldecke fräst und Einfluss auf das Denken nimmt –, um sein Verhalten und seine Worte fernzusteuern. Beide Hypothesen sind schwer zu widerlegen, und ich habe es vertrauenswürdigen Typischen zu verdanken, von ihrer Unwahrscheinlichkeit überzeugt worden zu sein, dies durch zwei Argumente: 1) Derlei Aktionen bedürften genau jener invasiven Technologien, die Renitente verabscheuen und nach Möglichkeit meiden. 2) Eingriffe dieser Art übersteigen die technologischen Fähigkeiten der Renegaten; es würde ihnen nie gelingen.

Im Rahmen der Verkleinerungen und Umstrukturierungen, die der abtrünnige O'Brien auslöst, stellt Harvest

78 Prozent seiner Mitarbeiterschaft frei, auch M und Marc. Ich komme um Haaresbreite davon, vermutlich, weil Avery mich mag.

Acht Monate später werde ich Leiter eines neuen Teams: kleiner und schlanker als das von O'Brien und dennoch ein Team. Und obwohl O'Brien natürlich kein Boss ist, dem ich nacheifern gedenke, erinnere ich mich gern an die Taco-Party zurück, die er gab, als unser Team sich noch finden musste. Also zwinge ich mich, für mein neues Team bei mir zu Hause einen Grillabend zu organisieren – eigentlich ein Klacks, nur finde ich keinen Schlaf, weil ich mich frage: Werden sich die Leute amüsieren? Wäre es meine Schuld, wenn sie sich nicht amüsieren? Würden sie mir grollen, wenn sie sich nicht amüsieren? Würden sie anderen, die nicht dabei waren, erzählen, dass sie sich nicht amüsiert haben, und würde ich daraufhin dauerhaft in der Achtung dieser anderen sinken? Etc. Dad hat mir zu Weihnachten einen neuen Grill geschenkt, damit ich meine Angst vor Gästen überwinde, und Mom begleitet mich am Wochenende zum Supermarkt, um Vegetarisches und Fleisch zu kaufen. Am Abend der Grillfeier kommt Alison, um mich moralisch zu unterstützen. Ich stelle sie allen als »Alison« vor, nicht als »meine Schwester«, weil ich als Teamleiter nicht den Eindruck erwecken will, eine Party nicht ohne Unterstützung meiner Familie schmeißen zu können.

In Gegenwart Alisons bin ich so locker, als gäbe es einen Schutzzauber, als könnte nichts schiefgehen. Dieses Gefühl wird auf eine harte Probe gestellt, als Tom mit M erscheint. Vor einigen Monaten habe ich erfahren, dass M und Marc doch nicht geheiratet haben, aber damals hatte ich schon Abstand zu ihr gewonnen, und mein erster Gedanke war, dass ihr Verhalten nun von der Statistik abwich. Stets eine Überraschung, sogar für einen Zählenden wie mich.

Zu meiner Erleichterung gelingt es mir, weiter Distanz zu M zu halten, obwohl sie leibhaftig zugegen ist – oder liegt es am Schutzzauber meiner Schwester? Alison nimmt meinen Arm, und ich spüre, wie ihre Wärme, Kraft und Ruhe auf mich übergehen. Sie hat ein Fass Bier im Auto mitgebracht, und wir trinken alle viel. Ich entfache ein Feuer in der Grube, und wir umringen die Flammen, und Tom hält M's Hand und gibt ihr einen Kuss auf die Wange, aber das lässt mich kalt; die Erinnerungen an die Qualen, die ich wegen M gelitten habe, gleichen Gray Grabs aus dem Leben eines Fremden. Meine Schwester hält mich, während sie Bier ausschenkt und meine Gäste bei Laune hält – als ein Mensch, der sich von seinen Eindrücken leiten lässt, spürt sie auf den ersten Blick, ob sie zufrieden sind oder nicht, ich dagegen würde wahrscheinlich über die Anzahl der Haare in deren Augenbrauen spekulieren. Mir fällt auf, dass M nicht lächelt, während wir am Feuer sitzen, aber bedeutet das, dass sie unzufrieden ist? Zufriedenheit geht nicht immer mit einem Lächeln einher – man kann auch lächeln, um negative Gefühle zu verbergen. Das prozentuale Verhältnis zwischen aufrichtig zufrieden Lächelnden und aufgesetzt zufrieden Lächelnden ist mir unbekannt, und Selbstauskünfte wären unzuverlässig, weil eine Person, die ihre Unzufriedenheit hinter einem Lächeln verbirgt, nicht ohne weiteres zugeben würde, dass sie unzufrieden ist.

Zu später Stunde, es ist schon dunkel, ich hatte mehrere Biere, und mein Kopf schwirrt auch deshalb, weil es gut läuft – man amüsiert sich, und die Party ist ein Erfolg, obwohl sie noch nicht vorbei ist, ich muss mir also keine Sorgen mehr machen, kann durchatmen und mich auch amüsieren –, tritt M direkt vor mir aus dem Bad. Nicht dass wir zusammenstoßen würden oder so, aber es ist komisch, als wir uns im Flur gegenüberstehen.

»Ich mag deine Freundin«, sagt sie.

»Sie ist meine Schwester.«

»Oh«, sagt sie. »Tom und ich sind auch nicht zusammen.«

»Vielleicht ist ihm das nicht klar.«

Obwohl ich Abstand gewonnen habe, merke ich, wie seltsam es ist, dass M sich in meinem Haus aufhält – eine Situation, die ich mir lange sehnsüchtig ausgemalt habe. Hinten im Kleiderschrank steht noch der Karton mit möglichen *Unbekannten*, im letzten Jahr in der Hoffnung angelegt, M könnte sich in mich verlieben.

»Hey«, sage ich. »Darf ich dir was zeigen, einfach nur so?«

»Aber klar.«

Sie steht mitten in meinem Schlafzimmer, während ich den Karton hervorhole. »Hier«, sage ich. »Dieser Karton enthält scheinbar willkürliche Objekte. Es würde mich interessieren, ob es etwas in dir auslöst, wenn du sie betrachtest.«

Eigentlich sollte M die Dinge nacheinander zur Hand nehmen, damit ich sehe, ob eines die *Unbekannte* ist. Nicht, weil es so wichtig wäre, sondern weil ich es hasse, Rechnungen nicht zu Ende zu bringen. Da ich M nicht gebeten habe, die Sachen nacheinander aus dem Karton zu holen, beugt sie sich nur darüber und betrachtet das Durcheinander: das rosa Häkelhandtuch; die Porzellankatze; die regenbogenfarbene Garnskulptur auf einem Wassereisstiel; die riesige Murmel mit einem türkisen Klecks darin.

»Was ist das?«, fragt sie lachend.

»Nur Krimskrams.«

»Und was soll passieren, wenn ich ihn betrachte?«

»Das würdest du schon merken«, sage ich und muss auch lachen.

»Woher hast du die Sachen?«

»Ich habe die meisten auf gut Glück gekauft. Bei Walmart.«

»Du kannst sie nicht auf gut Glück gekauft haben«, sagt sie. »Sie stehen für eine Reihe von Entscheidungen, die eine bestimmte Person an einem bestimmten Ort getroffen hat. Man könnte sie mathematisch darstellen.«

»Willkürlichkeit genauso«, sage ich. »Im Nachhinein.«

»Das wäre rückwirkende Mathematik.«

»Geschichte ist rückwirkende Mathematik«, erwidere ich.

Aus irgendeinem Grund schauen wir beide zum Fenster, das sich neben meinem Bett befindet. Genauer gesagt, steht mein Bett am Fenster; ich habe das Haus vor allem gemietet, weil ich mein Bett vors Fenster stellen und die sternenhelle Wüste betrachten kann. In der Gleichung, die meine Liebe zu diesem Haus darstellt, ist das Schlafzimmerfenster die *Unbekannte.*

Der Partylärm ist gedämpft. Ich bin mit M allein im Schlafzimmer, und meine Schwester hält draußen alle bei Laune. Ich ergreife M's Hand und führe sie zum Bett. »Schauen wir uns die Sterne an«, sage ich, und wir legen uns nebeneinander und blicken zu den Sternen auf. All die Mathematik, die uns anglitzert.

»Ich bin neidisch auf O'Brien«, sagt M. »Ich hätte gern seinen Glauben.«

»Ich auch«, sage ich.

»War es der O'Brien, den wir gekannt haben, oder ein anderer?«

»Wahrscheinlich sowohl als auch«, sage ich.

Ich halte M's Hand, und ihr Puls verrät mit, dass ihr Herz in der ersten Minute im Bett fünfundsiebzigmal schlägt, in der zweiten fünfundachtzigmal, und in der dritten, die gerade läuft, hundertmal oder mehr. M's Körperfunktionen beschleunigen sich, und meine auch. Mein Herz saust mir in den Ohren, als würde jemand hektisch über meine Trommelfelle wischen. Ich zähle unsere Herzschläge mit, und tatsächlich stellt sich ein Gleichtakt ein, aber nur kurz, denn mein Puls geht schneller – statistisch gesehen einleuchtend, denn ich bin ein Mann. In der Stille merke ich, dass M auch zählt.

Sieht so aus, als dürfte ich doch einen Sensor in ihre Vagina einführen. Vielleicht war das die *Unbekannte*.

Oder es waren die Sterne, was hieße, dass das Fenster eine zweite *Unbekannte* gewesen wäre? Madeleine sagt, ihre *Unbekannte* sei es gewesen, mich mit Alison zu sehen. Für mich wird »Kuckuck« die *Unbekannte* bleiben.

Nicht dass dies wichtig wäre; es ist nur rückwirkende Mathematik. Das Torkeln eines Betrunkenen ist geometrisch gesehen interessant, nur lässt sich nicht vorhersagen, wohin er beim nächsten Schritt stolpert.

Bei unserer Trauung, die State Senator Miles Hollander vollzieht, lassen wir fünfhundert kompostierbare Luftballons zum Himmel aufsteigen, wo sie zwischen den Heißluftballons schweben. Meine Eltern und meine Schwester weinen vor Glück, aber da die Tränen nur so strömen, und da sie im Laufe vieler glücklicher Stunden wiederholt weinen müssen, kann ich sie unmöglich zählen.

ZERBRECHEN

Das Rätsel unserer Mutter

1

Vor langer Zeit, erzählte sie, als wir nur eine Hoffnung waren, die sie im Herzen barg, oder nicht einmal das, weil sie damals keine Kinder wollte (sich das jedenfalls einredete), wurde unsere Mutter von einer höheren Macht am Kopf berührt, die verkündete: *Halte inne! Zwei kleine Mädchen warten darauf, geboren zu werden, und du musst sie rasch bekommen, weil sich die Welt nach ihrer strahlenden Freude verzehrt.* Also brach sie ihr Anthropologiestudium ab, obwohl sie darin aufging, aber vielleicht würde sie es fortsetzen, *wenn ihr groß seid und mich nicht mehr braucht.*

Wir werden dich immer brauchen!

Ich werde euch zwei immer brauchen, das steht fest. Und ich werde mich bemühen, euch mit meinen Mami-Bedürfnissen nicht in den Wahnsinn zu treiben.

Erzähl uns den Schluss.

Tja, ich habe mein Anthropologiestudium abgebrochen und euren Daddy geheiratet, und dann seid ihr auf die Welt gekommen. Und da seid ihr nun! Alles lief wie am Schnürchen.

Wo ist Daddy?

Ihr seht ihn nächste Woche. Er fährt euch zum Ballett.

Letztes Mal ist er nicht gekommen.

Ich werde da sein. Nur für den Fall.

Er kann unsere Haare aber nicht hochstecken.
Das ist nicht so wichtig, mein Schatz.
Vor dem Ballett …?
Nicht quengeln, meine Süße.
Er hat Tam-Tam aus dem Autofenster geworfen. Er meinte, sie sei mottenzerfressen.
Das hätte er nicht tun dürfen.
Wie konntest du ihn bloß heiraten?
Die Liebe ist ein Rätsel.
Liebt Daddy dich denn?
Er liebt *euch*. Nur das zählt.
Er meint, wir seien kleine Verschwenderinnen.
Ach, wirklich?
Er meinte …
Wie wäre es, wenn wir nicht darüber reden, was er so meint?
Wir wollen dir doch nur sagen …
Das ist nicht nötig. Ich kenne euren Vater bestens.

Wie hat sie diese Gespräche nur ertragen? Natürlich haben unsere Eltern einander nicht geliebt. Er war fünfzehn Jahre älter als unsere Mutter, zweimal geschieden, als sie sich kennenlernten, und hatte vier Kinder – von jeder Ex-Frau zwei. Hätte sie angesichts dessen nicht ahnen können, dass er ein lausiger Ehemann wäre? Aber er war charmant, ein berühmter Musikproduzent und vor allem jemand (wie wir später mutmaßten), der ein Nein nicht akzeptierte. Warum unsere Mutter ja zu ihm sagte, ist ein weiteres Rätsel; sie hatten keine Gemeinsamkeiten, abgesehen von einer Vorliebe für Schönheit (seiner) und Schönheit (ihrer). Dennoch definierte sie sich niemals über ihre Schönheit – sie gehörte zu den Müttern, die sich selten schminkten, ihre Haare wuchern ließen und am Sonntag nicht extra duschten, obwohl dies für unsere Mutter, die in einem Reisebüro arbeitete, weil unser Vater keinen Unterhalt für uns zahlte, der einzige freie Tag in der Woche war.

Der von der Sonne zernagte Apartmentkomplex, in den wir in den späten 1970ern als Kleinkinder mit unserer Mutter zogen – das erste Zuhause, an das wir uns erinnern –, schien nur von Frauen bevölkert zu sein: alternde B-Movie-Schauspielerinnen, die Gallo-Weine in Gallonenflaschen anliefern ließen, und aufstrebende Starlets, deren wesentliche ältere Partner einen weißen Streifen um den Ringfinger hatten. Die Apartments gruppierten sich um einen »Garten« mit einer einzigen gewaltigen Palme – entweder ein Relikt der landwirtschaftlichen Vorgeschichte dieses Fleckchens Erde oder ein Deko-Element, das in einem grotesken Missverhältnis zu dem profanen Gebäudekomplex stand. Das Schlafzimmer, das wir mit unserer Mutter teilten, blickte auf einen Baldachin aus Palmwedeln, die aussahen wie die Finger Dutzender Hände. Von ihnen ging sogar an sonnigen Tagen ein Rauschen aus, als würde es regnen.

Am Sonntagmorgen kletterten wir zu unserer Mutter ins Bett, um »das Ungeheuer zu sein«, was hieß, bäuchlings auf ihr zu liegen, so dass wir unsere drei pochenden Herzen spürten. Unser aller Haare verwirrten sich, unser Atem verschmolz, bis wir zu einem Geschöpf wurden, das unter den sich regenden, raschelnden Händen eines weiteren Geschöpfs lag, der Palme. Der Baum, erzählten wir unserer Mutter, trage einen Namen: Herbert.

Und wenn der Baum nun ein Mädchen ist?

Ein Mädchen kann auch Herbert heißen.

Unsere Mutter stützte sich auf einen Ellbogen und betrachtete uns. Hier gibt's kaum Männer, stimmt's? Würdet ihr euren Daddy gern öfter sehen?

Nein!

Er liebt euch sehr.

Wir lieben *dich*.

Ihr könnt uns beide lieben, wisst ihr?

Nein, das können wir nicht.

Die Ehe unserer Eltern ging in die Brüche, als eine High-School-Schülerin aus San Francisco auf der Matte stand. Sie war von unserem geschäftsreisenden Vater verführt worden, anschließend zu Hause ausgerissen und bis zu uns nach Malibu getrampt. Wir waren damals drei und vier. Unserem Vater gelang es, sich auf dem Papier als mittellos darzustellen. Er gestand unserer Mutter nichts zu, außer uns – nach seiner Rechnung wahrscheinlich weniger als nichts. Doch für unsere Mutter, die kaum etwas besaß, waren wir alles. Sie liebte uns abgöttisch und schenkte uns die seltene Kostbarkeit einer glücklichen Kindheit. Sie erklärte uns nie, warum sie unseren Vater verlassen hatte. Das übernahm er, wenn auch viel später.

Wenn unser Vater kam, um uns zum Ballettunterricht zu fahren, stieg er grimmig die angeknackste Treppe hinab, die von unserem Apartment im ersten Stock zu einem seiner vielen Autos führte.

Hallo, Mädchen. Wer von beiden euch möchte vorn sitzen?

Wir schüttelten den Kopf. Es war gefährlich, vorn zu sitzen, das wusste jeder außer ihm.

Wollt ihr einen Happen essen? Bis zum Ballettunterricht ist ja noch Zeit.

Vor dem Unterricht essen wir nichts.

Ich kann euch beiden nichts recht machen, stimmt's?

Wir schüttelten den Kopf, und er lachte und fuhr los. Als wir vor der Einkaufszeile standen, in der sich das Ballettstudio befand, drehte er sich zur Rückbank um und musterte uns.

Ich bin euer Vater. Das ist euch klar, oder?

Wir nickten in ausdrucksloser Eintracht.

Das ist nicht nichts. Das bedeutet etwas. Er sah prüfend in unsere abweisenden Augen. Ihr mögt mich nicht. Warum?

Das war keineswegs eine rhetorische Frage. Er war neugierig, wollte eine Antwort hören.

Wir betrachteten unseren Vater forschend, vielleicht zum allerersten Mal: sein wettergegerbtes, gebräuntes Surfer-Gesicht, seine schiefen Vorderzähne. Er sah zu, wie wir ihn betrachteten, und dann lachte er.

Wie sollt ihr das auch wissen? Ihr seid noch kleine Kinder.

Manche Mädchen hätten einen Vater, der ab und zu in einem protzigen Auto vorfuhr, vielleicht angehimmelt – ihn herbeigesehnt und versucht, sich für ihn hübsch zu machen, um seine Freundinnen auszustechen, die uns vom Alter her näher waren als ihm; um dann Spielzeuge von Männern mit ähnlichen Vorlieben zu werden. Ungefähr so lief es bei unseren drei älteren Halbschwestern, Charlene, Roxy und Kiki. Roxy war diejenige, die wir als kleine Mädchen vergötterten: Schlank und kinetisch und für Dutzende von Musikvideos gecastet, war sie bereits mit siebzehn so berüchtigt, dass sich kaum sagen ließ, welche Zukunft ihr bevorstünde. Wie sich zeigte, stand ihr so gut wie nichts bevor: Verheißungsvoll zu sein, war Roxys wahre Bestimmung. Am Ende war sie methadonsüchtig und litt an Hepatitis C. Irgendwann sahen nur noch wir den flackernden Geist ihres jungen Selbst, strahlend und vogelgleich, ein groteskes Gespenst, das durch eine marode Villa spukte. Die Charakteristika des Heroinkonsums, stumpfe Augen, träge Bewegungen, wurden zu ihren Charakteristika. Die alte Roxy war für alle bis auf uns unsichtbar.

Eines Tages sagte unser Vater nach dem Ballettunterricht, wir würden nicht gleich nach Hause fahren.

Wir schauten grimmig drein. Weiß Mummy Bescheid?

Natürlich weiß eure Mutter Bescheid. Für wen haltet ihr mich? Für einen Kidnapper?

Während der Fahrt war er verstimmt, unsere fehlende Begeisterung ärgerte ihn. Wir spielten auf der Rückbank Schere-Stein-Papier und taten so, als wäre er Luft.

Hey. Seht euch zur Abwechslung mal um.

Wir fuhren auf Klippen entlang, unten wellte sich der endlose Ozean. Es war eine andere Welt als das ausgebleichte Gebäude, in dem wir mit unserer Mutter lebten, wo auf dem glühenden Asphalt glitzernde Autos standen.

Schließlich ging es bergab, und wir steuerten in die Einfahrt eines Hauses mit Ziegeldach und Mauern, bedeckt von magentafarbenen Blumen. Andere Häuser gab es rundherum nicht. Im Haus dröhnte Rock 'n' Roll, doch unser Vater führte uns schnurstracks zu einem Strand mit feinem, weißem Sand, ganz anders als der in Venice Beach, wo wir mit unserer Mutter oft am Sonntagnachmittag waren.

Warum sind hier keine Menschen?

Es ist ein Privatstrand. Wir sind die Einzigen, die sich hier aufhalten dürfen.

Gehört er dir?

Ja, er gehört mir. Na, los. Rennt rum. Amüsiert euch ein bisschen.

Wir standen da und starrten ihn an.

Kommt schon. Spielt.

Als wir uns nicht von der Stelle rührten, sagte er: Kinder, die nicht spielen wollen, habe ich noch nie erlebt.

Es ist dein Strand.

Ich bin euer Vater. Mein Strand ist euer Strand.

Wir mögen Strände mit Menschen.

Ihr seid harte Nüsse, ihr beiden. Hat eure Mutter euch das je gesagt?

Wir schüttelten den Kopf.

Ah. Ich sehe also das wahre Ich. Das wahre Ich, Plural.

Sie kennt uns.

Glaubt sie vielleicht. Aber ich weiß es besser.

Sichtlich ermuntert, knöpfte er sein Hawaii-Hemd auf. Unser Vater trug das ganze Jahr Shorts, Tag und Nacht, aber wir hatten ihn noch nie mit nacktem Oberkörper erlebt. Wie sich zeigte, war seine Shorts an diesem Tag – vielleicht auch grundsätzlich immer – zugleich eine Badehose.

Kommt schon, Kinder, sagte er, nahm uns bei den Händen und ging mit uns über den Pulversand zum Meer.

Wir haben keinen Badeanzug!

Ihr tragt Trikots. Das ist das Gleiche.

Das stimmte. Wir trugen jeweils einen Ballettanzug, darüber ein Tutu mit elastischem Bund und die weichen Lederschläppchen, die wir zu Weihnachten bekommen hatten.

Warte! Wir müssen das Tutu ausziehen!

Er wartete, während wir die Tutus abstreiften, die wir dann sauber gefaltet auf unsere Schuhe legten: zwei kleine, strahlend weiße Häufchen.

Finde ich gut. Ihr achtet auf eure Sachen.

Wir wateten mit unserem Vater ins glitzernde Wasser. Wir hatten das Gefühl, an einem Phantasiestrand zu sein, weil die Menschen fehlten, das Wummern der tragbaren

Kassettenradios, die Hunde und Leute auf Rollschuhen, die im Sand begrabenen Zigarettenkippen und Eisstiele.

Wir badeten mit unserem Vater. Wir waren damals sieben und acht, und in unserer Erinnerung war es der erste schöne Tag, den wir je mit ihm verbracht hatten.

Die Musik war verstummt, als er mit uns ins Haus ging. Dieses war groß und luftig und hatte warme Fußbodenfliesen, träge rotierende Deckenventilatoren, Vasen mit leuchtend bunten Blumen und im Zentrum einen Swimmingpool. In diesem Haus hatten wir einst gewohnt, und vielleicht war es uns deshalb vertraut, trotz seiner Pracht. Ein Hausmädchen zeigte uns, wie die edlen Duschen funktionierten, und reichte uns zum Abtrocknen riesige, flauschige Handtücher, in die wir uns einhüllten, weil unsere Ballettanzüge im Trockner waren.

Sagt Bescheid, wenn ihr angezogen seid, rief unser Vater vor der Badezimmertür. Er öffnete erst, nachdem wir gerufen hatten: »Fe-hertig!«

Während der Heimfahrt schauten wir von den Klippen in den staubig orangenen Sonnenuntergang. Wir fühlten uns frisch und sauber und so verzaubert, als würden wir aus einem Märchenreich zurückkehren.

Unten, wo sich unser Apartment befand, schien schon die Nacht angebrochen zu sein. Unsere Mutter erwartete uns draußen. Mensch, ihr kommt ja noch später als gedacht!, sagte sie.

Wir rannten zu ihr und schlangen unsere Arme um ihre Taille. Du hast uns gefehlt! Wir waren am Strand!

Unser Vater stand im Schatten, bis wir uns an ihn erinnerten und uns verabschiedeten.

Ich würde gern mehr Zeit mit ihnen verbringen, sagte er.

Er lernte, Zöpfe zu flechten und Pferdeschwänze zu binden, konnte die Haare am Ende sogar zum Ballerinadutt aufstecken. Dies tat er sorgfältig und bestand darauf, von vorn zu beginnen, wenn der Dutt zu struppig, zerzaust oder schief war. Andere Eltern lächelten, wenn sie ihn mit Haarklemmen zwischen den Lippen sahen. Jeder kannte ihn; er hatte so vielen Rockstars zu einer Karriere verholfen, dass er selbst ein Star war. Die Leute scherzten mit ihm und taten so, als wären sie gute Bekannte. Unser Vater ließ sie abblitzen. In unserem Beisein war er so formell, als wäre sein Ruhm ein störender Klotz am Bein, den er am liebsten abgeschüttelt hätte.

In benachbarten Apartmentkomplexen gab es Swimmingpools, grell und türkis, in denen Palmenunrat dümpelte. Nicht so der Pool unseres Vaters, der die Naturfarbe der Steine hatte, angenehm mildes Salzwasser enthielt und von fast allen Zimmern aus zugänglich war. Sein Pool entsprach der Palme, die bei uns stand.

Bei unserem zweiten Besuch begutachtete er unseren Schwimmstil, stufte ihn als eklatant mangelhaft ein und engagierte einen Lehrer, der uns zweimal die Woche im Pool trainierte. Manchmal blieben wir zum Abendessen. Eduardo, der Koch unseres Vaters, bereitete für alle Gäste Fajitas und Guacamole und Krüge mit Margaritas zu. Meist war eine Kombination unserer vier Halbgeschwister (die wir kaum kannten) und diverser Musiker anwesend, mit denen unser Vater arbeitete. Unter einem schmiedeeisernen Lüster mit dicken Kerzen, deren Wachs mitten auf die steinerne Tischplatte tropfte, verwandelte sich unser Vater in einen lauten, zügellosen Showman, den wir weder wiedererkannten noch mochten.

Schaut euch mal Lana und Melora an, sagte er eines Abends. Sie finden es scheußlich.

Alle drehten sich zu uns um, und wir spürten, dass wir rot anliefen.

Sie sind Sturköpfe, die beiden. Sie haben mich dazu gebracht, Zöpfe zu flechten. Und ihnen Dutts zu machen.

Ungläubiges Lachen. Das kaufe ich dir nicht ab, sagte Charlie, unsere älteste Schwester. Sie zog ihren Stuhl neben unseren Vater und bot ihm ihre goldblonden, fast bis zur Taille reichenden Haare dar. Mach mir einen Dutt, forderte sie ihn heraus.

Unser Vater schlang Charlies Haare um seine Hände, schien dann aber nicht weiterzuwissen. Mädchen, wies er uns an, holt Nadeln und Bürste.

Nicht im Ernst! Du Pedant!, wurde am Tisch gerufen.

Unser Vater bürstete Charlies Haare, bis sie im Kerzenschein knisterten. Danach fasste er sie zu einem schimmernden Bündel zusammen und wickelte sie anschließend fachmännisch auf, die Haarnadeln zwischen den Zähnen. Im Raum herrschte Stille, während alle zuschauten. Unser Vater schob die Nadeln in Charlies Haare, und so entstand ein herrlicher, glänzender Dutt. Charlie sah damit aus wie ein kleines Mädchen, obwohl sie damals schon über zwanzig gewesen sein muss. Am Tisch brandete Lachen auf, alle klatschten Beifall.

Charlies Augen wurden feucht, dann kamen ihr die Tränen. Ich weiß auch nicht, wieso ich heule, sagte sie, indem sie über ihre Augen wischte. Aber die Tränen versiegten nicht.

Wir wussten, warum. Wir erlebten ihn von seiner besten Seite.

2

Irgendwann im letzten Jahr, 2024, verschwand unsere Mutter. Diese Tatsache ist bisher kaum jemandem bekannt, abgesehen (wie man vermuten darf) dem Kreis jener Kollegen und Doktoranden, die in direktem Kontakt mit ihr standen. Sie ist vierundsiebzig und kerngesund. Vielleicht hält sie sich in einer anderen Hemisphäre auf oder verbirgt sich direkt vor unseren Augen.

Nun erledigt ein Proxy ihren Job. Der berufliche Einsatz von Proxys ist etwas Neues, aber den besten gelingt es, den Worten der Kundschaft so viel Spontaneität und Abwechslungsreichtum zu verleihen (und zugleich den »Charakter zu wahren«), dass sie sogar für jene, die die Person gut kennen, authentisch wirken. Falls Sie glauben, wir wären die Proxys unserer Mutter, dann denken Sie noch mal nach; wir bemerkten ihre Abwesenheit erst mit großer Verspätung. So weit hatte sie sich von uns entfernt.

Proxys sind so reaktionsschnell, können so gut parieren, dass man sogar während eines privaten Gesprächs mit mehreren Personen nicht immer weiß, ob man es mit einem zu tun hat.

Hi, Mom.
Mädchen!
Du fehlst uns.
Ihr fehlt mir auch. Hatte viel um die Ohren, sorry. Hoffe,
ich habe bald wieder mehr Luft.
Und wann?
Muss ein paar Konferenzen/Paper abarbeiten.
Wo?
Singapur, Reykjavik, Den Haag …

Konferenzen zu welchen Themen? Online finden wir nichts.
Alle privat. Schicke euch heute alles, auch Weblinks.
Vielleicht sehen wir uns bei einer!
Wie wäre es mit L. A.? Wo wir alle leben!
Nennt ein paar Termine. Ihr habt ja auch viel zu tun!
Wir brauchen dich, Mama.
Ich brauche euch auch, meine Schätzchen.
Wir wollen dich »sehen«.
Bald. Versprochen. Bis dahin bewahre ich euch im Herzen.
Ihr mich auch, oder?
Tun wir das, Mama? Du bist so weit weg.
Tun wir immer, werden wir immer tun.

Wenn man einer Person nie leibhaftig begegnet ist, kann es dauern, bis man die Gewissheit hat, an eine Platzhalteridentität geraten zu sein. Ein Proxy kann auf jede digitale Äußerung zugreifen, die man je getätigt hat, dazu auf Gray Grabs aus dem Kollektivbewusstsein – im Falle unserer Mutter wären diese aber spärlich. Wir haben unsere externalisierten Erinnerungen nicht mit dem Kollektiv geteilt, und sie hätte das sowieso nie getan. Dieser Allwissenheit des Kollektivbewusstseins wollen die Renegaten so verzweifelt entkommen, dass sie bereit sind, ihre Identitäten zu opfern. Manche vergleichen die Renegaten mit Tieren, die in einem Fangeisen feststecken und sich ein Bein abbeißen, um ihre Freiheit zurückzuerlangen.

Unter dem Strich hat ein Proxy nicht in erster Linie die Aufgabe, andere zu täuschen, sondern die, etwas hinauszuzögern. Er entspricht der aus Kissen geformten Attrappe, die ein Häftling vor dem Ausbruch im Bett platziert. Der Zweck besteht darin, Zeit zu gewinnen, bevor man aufgespürt wird (etwa durch Ermittlungstechniken wie Gesichtserkennung), um mit Recht behaupten zu können: Ich bin nicht mehr diese Person. Sie existiert nicht.

Proxys sind erfolgreich, weil man daran glauben möchte. Der Proxy unserer Mutter täuscht und narrt uns, und doch wünschen wir uns, ihr Verschwinden nur geträumt zu haben; wir sehnen uns danach, sie möge einen Terminvorschlag annehmen, damit wir zu einem unserer Lieblingsrestaurants fahren können, wo sie uns erwartet: unsere zauberhafte, wunderschöne Mutter.

3

Unser Vater muss den Entschluss unserer Mutter, ihr Anthropologiestudium fortzusetzen, unterstützt haben, denn als sie ihre Promotion erneut in Angriff nahm, kam er für unsere Lebenshaltungskosten auf und holte uns an drei Nachmittagen in der Woche von der Schule ab. Wir waren damals zehn und elf. Seine Angeberautos waren uns peinlich, und deshalb baten wir ihn, uns weiter unten in der Straße einzusammeln.

Schämt ihr euch für euren alten Herrn?

Für die Autos.

Beim nächsten Mal kam er in einem alten Plymouth Fury, das erste Auto, das er je besessen hatte. Unser Vater stieß kein einziges seiner Autos ab. Der Plymouth war weinrot und hatte ein Kabrioverdeck, das er auf unsere Bitte hin stets öffnen musste.

Eines Tages fuhr er mit uns zu seinem Büro, bretterte so schnell über den Highway, dass unsere Haare bei der Ankunft zerzaust waren. In der Lobby legte unser Vater jeweils einen Arm um uns und sagte zu jeder Person, der wir begegneten: meine Töchter, Lana und Melora. Dies sind meine Töchter. Er schien es zu lieben, diese Worte auszusprechen. Meine jüngsten Töchter, Lana und Melora, sind sie nicht umwerfend? Und hart im Nehmen!

Wir fuhren im Fahrstuhl bis ganz nach oben: ein sonnendurchflutetes Büro mit Blick auf die geduckte, öde Stadt und der graue Ozean, flirrend wie eine Bildstörung. Es war nur die zehnte Etage, aber wir waren noch nie in einem so hohen Gebäude gewesen. Wir waren auch noch nie geflogen. Das Glas reichte vom Boden bis zur Decke.

Können die Fenster kaputtgehen?

Ist noch nie passiert.

Die Wände waren mit gerahmten goldenen und silbernen Schallplatten gepflastert.

Dürfen wir die auflegen?

Die sind nicht echt, das sind Auszeichnungen.

Du hast aber viele Auszeichnungen gewonnen!

Überall hingen Fotos, die unseren Vater mit Musikerinnen und Musikern zeigten: bei Konzerten, in Aufnahmestudios, auf Partys. Sein Alter wechselte, die Surfermähne lichtete sich, aber er trug stets Shorts, war immer in Bewegung. Aus genau diesem Grund trug er Shorts, wie uns aufging – um sich freier bewegen zu können. Im Büro erkannten wir, dass zwischen dem rastlosen Bewegungsdrang unseres Vaters und den Schallplatten an den Wänden eine Verbindung bestand. Eines verdankte sich dem anderen.

Was unsere Halbgeschwister betraf, so erkundigte sich unsere Mutter nur nach Rolph. »Der süße Junge«, nannte sie ihn, dies mit einem Unterton, der uns verblüffte. War es Sympathie? Waren es Schuldgefühle? Wir fanden Rolph kein bisschen sympathisch; wir fürchteten ihn. Charlie und er waren leibliche Geschwister, glichen sich aber in keiner Weise. Charlie war locker und vergötterte unseren Vater, Rolphs prominente schwarze Augenbrauen dagegen vermittelten ständigen Zorn. Er teilte die Liebe unseres Vaters zu Autos, und wenn er vor dem Haus hielt, dann mit quietschenden Reifen, so dass manchmal Kieselsteine gegen die Fenster prasselten. Laut Roxy nahm Rolph an Autorennen in der Wüste teil, obwohl unser Vater dies verboten hatte.

Rolph sah uns selten an. Wenn sein Blick in unsere Nähe schweifte, wandte er sich sofort ab, wie um etwas auszuweichen, das ihm weh tat.

Einmal, wir warteten vor dem Haus unseres Vaters darauf, nach dem Schwimmen heimgefahren zu werden, ertönten irgendwo in der Flotte von Autos gequälte Schreie. Im Glauben, es wäre ein verletztes Tier, suchten wir zwischen den Fahrzeugen. Statt eines Tieres entdeckten wir Rolph, auf einer Rückbank kauernd und so hemmungslos schluchzend, dass die Scheiben beschlagen waren. Wir betrachteten ihn verdattert, bis er uns entdeckte und verstummte. Er war kreidebleich und wirkte so zart wie ein kleiner Junge. Jahre später, nach seinem Selbstmord, hatten wir immer wieder sein Gesicht hinter dem Autofenster vor Augen, sein tiefer Kummer und seine Überraschung. Wir betrachteten Rolph, und er betrachtete uns: drei empfindsame Lebewesen, die einander anschauten wie durch die Glaswand eines Aquariums.

Da rief unser Vater nach uns, und wir rannten davon.

Rolphs Kummer war eines von vielen Rätseln, deren Lösung unser Vater uns vorenthielt. Er wollte nicht, dass wir von den Drogen wussten, die bei ihm zu Hause konsumiert wurden; dass er selbst regelmäßig kokste; dass Roxy von der High School abgegangen und die sechzehnjährige Kiki mit ihrem

Jugendgruppenleiter durchgebrannt war; dass er Bewaffnete angeheuert hatte, um Charlie aus einer mexikanischen Sekte loszueisen; dass Rolph, sein einziger Sohn und Liebling nicht mal in seinem eigenen Haus mit ihm sprach. Und vor allem wollte er uns verheimlichen, dass Jocelyn, die bildschöne Asiatin, die oft mit uns zu Abend aß, genau jene Frau war, wegen der, als sie noch die High School besucht hatte, die Ehe unserer Eltern zerbrochen war. Außerdem gab es manches, was unser Vater vor sich selbst verbarg, etwa die Tatsache, dass Rolph, exakt so alt wie Jocelyn – am gleichen Tag geboren –, auch in sie verliebt war.

Nach den Abendessen fuhr unser Vater uns jedes Mal sofort nach Hause. Wir blieben nie über Nacht. Er kontrollierte, was wir von seinem Leben mitbekamen, und unser beschränkter Einblick schien ihm Erleichterung zu verschaffen.

Als der Wechsel zur High School näher rückte, bekamen wir mit, wie unser Vater unserer Mutter sagte, er würde uns gern auf ein Internat schicken. *Damit sie Abstand zu dem Irrsinn bekommen.*

In ihrem Leben gibt es keinen Irrsinn, außer du sorgst dafür, Lou. Tust du das?

Selbstverständlich nicht.

Ich schicke sie nicht weg, damit sie Abstand zu dir bekommen, falls das deine Absicht ist.

Ich will nur ihr Bestes.

Wenn du möchtest, dass sie einen erwachsenen Vater haben, dann werde erwachsen.

Wenn unser Vater mit unserer Mutter redete, war er dem enthemmten, berühmten Dad am unähnlichsten, in den er sich abends in seinem Haus nach einigen Margaritas verwandelte. Er sprach fast unterwürfig, und sie betrachtete ihn unverwandt mit ihren braungrünen Augen, die seltener zu blinzeln schienen als die Augen anderer Menschen. Und er wandte den Blick immer zuerst ab.

Einmal sagte er in ihrem Beisein zu uns: Der einzige Fehler, den eure Mutter je begangen hat, bestand darin, mich zu heiraten.

So ein Unsinn, Lou. Hätten wir nicht geheiratet, dann hätten wir jetzt nicht diese beiden perfekten Geschöpfe.

Das stimmt, sagte er. Gott sei Dank.

Also besuchten wir eine High School in Los Angeles. Nach zehn Jahren im Palmenapartment zogen wir mit unserer Mutter in eine größere Wohnung in der Nähe des UCLA-Campus, wo sie die letzten Seminare für ihre Promotion besuchte. Nun waren wir alle Studentinnen. Wenn wir nach Partys heimkehrten, saß sie stets in ihrer abgeschnittenen Jeans da, umgeben von Lehrbüchern: ein Pol ehrgeiziger Konzentration in dieser frivolen, wuchernden Stadt. Wir begriffen erst, dass unsere Mutter eine Schönheit gewesen war, als sie ihre Haare abschnitt. Damit war Schluss. Sie war nun eine ernsthafte Studentin.

Bevor sie unseren Vater kennengelernt hatte, wurde unsere Mutter an der UC Berkeley unter anderem von einem Anthropologieprofessor namens Nair Fortunata unterrichtet. Professor Fortunata hatte einen Ethnographieklassiker über die Jahre verfasst, die er in den 1960ern bei einem Stamm im brasilianischen Regenwald verlebt hatte – für diesen Stamm der erste Kontakt mit der Außenwelt. Später reisten mehrere seiner Studierenden nach Brasilien, um den Stamm zu finden. Alle kehrten enttäuscht heim, nur eine nicht, und diese – die sechsundzwanzigjährige Leslie Weiss – kehrte gar nicht zurück. Nach einigen Monaten ohne Lebenszeichen reiste Professor Fortunata nach Brasilien, um die junge Frau zu suchen, und verschwand gleichfalls. Das rief das Außenministerium auf den Plan, und die verzweifelte Familie Weiss initiierte eine private Suchaktion. Wie sich herausstellte, war ein Mann, auf den die Beschreibung Fortunatas passte, aus dem Regenwald in das winzige Dorf Albaís getorkelt, zu fieberkrank, um noch gerettet werden zu können. Er trug keine Papiere bei sich, und als Einheimische anboten, seine Familie zu benachrichtigen, schien er das nicht zu verstehen. Er wurde am Rand des Dorfes bestattet. Nach der Exhumierung seines Schädels wurde anhand der Zähne festgestellt, dass es tatsächlich Fortunata war.

All das könnte schlicht tragisch sein, wäre Albaís nicht ein Küstenort und Tausende Meilen von den Regenwaldbewohnern entfernt, die Fortunata beschreibt. Der verstorbene Professor stand plötzlich unter Verdacht. Hatte er den Ort, an dem der von ihm erforschte Stamm lebte, absichtlich falsch verortet – also zig Studierende, darunter die vermisste (und dann für tot erklärte) Leslie Weiss auf eine Suche geschickt, die von Beginn an zum Scheitern verurteilt gewesen war? Oder hatte es einen Stamm mit den Charakteristika und in der extremen Isolation lebend, wie Fortunata ihn in der seinen Ruf begründenden Studie beschrieb, nie gegeben?

Dies trug sich während unserer Palmenjahre zu, wie wir sie heute nennen, als unsere Mutter dem akademischen Treiben so fern war, dass sie die Kontroverse nicht mitbekam. Als sie ihr Studium wieder aufnahm, schmetterte sie jeden Verdacht, der gegen ihren Professor erhoben wurde, mit einer Vehemenz ab, die uns faszinierte. Das Schwarz-Weiß-Foto Fortunatas auf der hinteren Umschlagklappe zeugte von Verwegenheit: buschige Haare, spitze Zähne, eine Nase, die eindeutig mehrere Brüche hinter sich hatte. Er sah aus wie ein Mann, der versehentlich zu einem guten Aussehen gelangt war. Wir zogen unsere Mutter mit der Bemerkung auf, sie sei wohl in ihn verknallt gewesen, doch sie versicherte, ihn als Studentin kaum gekannt zu haben; Fortunata sei in der Öffentlichkeit charismatisch gewesen, sagte sie, privat jedoch entsetzlich schüchtern und unfähig zu Smalltalk. Was sie in Bann geschlagen habe, sei das *Rätsel* Professor Fortunatas. Sie hatte alles gelesen, was er geschrieben hatte, einschließlich der handschriftlichen Notizen seiner ursprünglichen Feldforschungen. Abends, umringt von Blättern mit der krakeligen, hektischen Handschrift des Professors, benutzte sie einen Rekorder für Acht-Spur-Kassetten, den unser Vater für sie ausgegraben hatte, um Fortunatas Aufnahmen der Liederzyklen des Stammes abzuspielen: tiefe, volle Stimmen vor einer vielfältigen Geräuschkulisse, die uns Bäume und Regen und knurrende Untiere vor Augen rief. Wir lauschten hingerissen, während wir das demolierte Gesicht des Professors betrachteten.

1991 vertiefte sich unsere Mutter weiter in dieses Rätsel. Sie war damals einundvierzig, meine Schwester und ich besuchten die High School. Sie habe (wie sie betonte) nicht vor, die Nachkommen der von Fortunata erforschten Indigenen ausfindig zu machen, sondern wolle eine Theorie auf die Probe stellen und ausbauen, die sich um menschliche Affinitäten drehe, genauer, um die Faktoren, die dazu führten, dass Menschen einander mögen und vertrauen. Sie müsse für gewisse Zeit in einer Gemeinschaft leben, in der die Geschichten aller Mitglieder zur Gänze Gemeingut seien, eine Gemeinschaft, die nie mit Massenmedien in Berührung gekommen sei.

Zwei Tage, bevor unsere Mutter nach Brasilien flog, um dort acht bis neun Monate lang Feldforschung zu betreiben, zogen wir in das Haus unseres Vaters. Wir waren aufgeregt und nervös, weil wir noch nie bei ihm übernachtet hatten, und unsere Mutter ließ uns ungern allein. Sie rief allabendlich aus São Paolo an, und wir versuchten, am Telefon unsere Tränen zu unterdrücken. Wir waren nie ohne sie gewesen. Sie glich der Palme in unserem ehemaligen Apartmentkomplex, und ihre Abwesenheit entsprach der gähnenden Leere, für die eine Entwurzelung des Baumes gesorgt hätte.

Ihr seid stark, wiederholte sie während der ersten Tage am Telefon. Stärker als ihr ahnt. Seid stark füreinander und für euren Vater.

Schließlich blieben die Anrufe aus, sie war weg – so fühlte es sich nach einer Woche, nach zwei Wochen ohne ihre Stimme an. Wir hatten sie verloren. Sie hatte unseren Kummer vorausgeahnt und deshalb fünfzig Briefe geschrieben, stets mit der Anrede »meine Zuckerschnuten«, die wir im Abstand von jeweils einer Woche öffnen sollten. Wir waren aber schon zu alt, um uns durch einen solchen Trick trösten zu lassen, und öffneten nach dem dritten Brief keine weiteren mehr. Die Briefe riefen uns die Wärme, die uns während all der Jahre mit unserer Mutter eingehüllt hatte, schmerzhaft in Erinnerung. Wenn wir sie lasen, wuchs unsere Sehnsucht nach ihr ins Unermessliche.

Rolphs Selbstmord hatte sich einige Monate vor dem Abflug unserer Mutter nach Brasilien zugetragen. Wir bekamen Wind davon, weil wir sie in unserem Apartment eines Abends unbeherrscht schluchzen hörten. Wochen vergingen, bis wir unseren Vater wiedersahen. Rolph starb mit achtundzwanzig. Ob es eine Beerdigung gab, eine Gedenkfeier – irgendetwas in der Art – erfuhren wir nie.

Während der Monate nach Rolphs Tod hatten wir unseren Vater seltener gesehen, und wenn, dann hatte er unverändert gewirkt. Doch er war nicht der Alte – nichts war wie zuvor, wie wir begriffen, nachdem wir bei ihm eingezogen waren. Keine Partys mehr, keine Gäste mehr, Jocelyn war endgültig abgezwitschert. Rolph hatte sich im Haus unseres Vaters erschossen. Schwer zu sagen, woher wir das wussten, zumal wir es gar nicht wissen wollten, aber seine gewalttätige Selbstauslöschung schwebte wie ein Fluch über dem Grundstück. Wir betrachteten das Wasser im grauen Swimmingpool (den unser Vater nicht mehr nutzte) und fragten einander: Ist es hier passiert? Oder in der Küche? Im Fernsehzimmer? Im Fitnessraum? In einem der Flure? In einem der Schlafzimmer? Im Zimmer, das wir teilten? In dieser dröhnenden, entsetzlichen Stille kamen die bitteren Wahrheiten, die unser Vater vor uns verborgen hatte, allmählich ans Licht.

Eines Abends schrie die betrunkene Charlie unseren Vater an, er sei schuld an Rolphs Tod. Sie schloss sich mit einer frisch geschliffenen Schere im Bad ein, und unser Vater, der befürchtete, sie könnte sich die Pulsadern aufschneiden, warf sich gegen die Tür, bis er sich die Schulter ausrenkte. Kreischend vor Entsetzen, wählten wir die 911. Vor dem Eintreffen der Polizei ging die Badezimmertür auf, und Charlie kam zum Vorschein, kahl geschoren wie ein Häftling, mit stellenweise blutendem Kopf. Ihre langen, goldblonden Haare, jene, die unser Vater vor Jahren zum schimmernden Dutt aufgesteckt hatte, lagen kreuz und quer verteilt auf dem Badezimmerfußboden.

»Ich heiße Charlene«, teilte sie uns tonlos mit. »Ich will ab jetzt nicht mehr Charlie genannt werden.«

Eines Nachmittags nickte Roxy am Pool ein, ihre Fingerspitzen und Lippen liefen blau an. Niemandem gelang es, sie zu wecken. Unser Vater wählte die 911 und begleitete sie im Rettungswagen. Im Totenhaus zurückgeblieben, brachen wir auf dem Bett zusammen und verzehrten uns nach unserer Mutter. Wenn es jemanden gab, die uns vor diesem Grauen bewahren konnte, dann sie. Und uns wurde bewusst, dass sie genau das getan hatte, seit wir auf der Welt waren.

Und dann, innerhalb eines Jahres, wurden wir erwachsen – vielleicht waren wir das längst, merkten es aber erst, als unsere Mutter nicht mehr da war, um für uns zu sorgen. Während ihres Aufenthalts in Brasilien wurden wir sechzehn und siebzehn und merkten, dass wir zu zweit gut zurechtkamen – besser als unserer gramgebeugter Vater und unsere gebrochenen Schwestern. Wir hatten einander und in der jeweils anderen die Mutter. Wir hatten das Gefühl, von ihrer entspannten Logik angeleitet zu werden, während wir Charlenes prachtvolle Haare auffegten, in einen Beutel taten und an einen Perückenmacher übergaben, der für Krebspatientinnen tätig war. Wir fuhren Roxy nach der Schule zu den Treffen ihrer Entzugsgruppe. Gegen den Willen unseres Vaters engagierten wir einen Familientherapeuten, der uns zu Hause aufsuchte. Dr. Kray, obgleich hochgelobt, erwies sich als profane, etwas alberne Person mit einer Clownsfrisur, die sich auf beiden Seiten seines Kopfes bauschte, und einer Sammlung von Strumpfpuppen, die dazu dienen sollten, uns miteinander ins Gespräch zu bringen. Die einzige stattfindende Sitzung mit Dr. Kray, ein absoluter Schuss in den Ofen, entlockte unserem Vater das erste Lachen seit Rolphs Tod. Er lachte buchstäblich Tränen. Und dieses Lachen läutete das allmähliche Heraufdämmern eines neuen Lebens ein.

Der erste und einzige echte Brief unserer Mutter, auf hauchdünnem Luftpostpapier geschrieben, erreichte uns sieben Monate nach ihrer Abreise. Sie hatte über Wochen, vielleicht sogar Monate daran geschrieben, in winziger Schrift und mit schwarzem Kugelschreiber, der den Einwirkungen von Wasser und diversen organischen Substanzen getrotzt hatte. Sie berichtete nichts Konkretes; stattdessen brachte jeder Satz einen Eindruck oder einen Gedanken zum Ausdruck:

Der Regenwald gleicht einem lebendigen Wesen, das ringsumher Atem schöpft.
Der Mondschein ist zu hören. Er lässt den Himmel summen.
Ich hatte Fieber, sogar ziemlich hohes, aber seit dem Abflauen ist mein Geist klarer als zuvor.
Es gibt eine andere Art, die Welt wahrzunehmen, so als würde man durch den Boden eines Glases schauen.

Wir lasen den Brief am Swimmingpool unseres Vaters. Der Sonnenschein war eine große Hilfe beim Entziffern der gedrängten Zeilen, die wahrscheinlich auch bei Sonnenschein geschrieben worden waren. Wir lasen die Absätze abwechselnd laut vor, und am Ende saßen wir stumm da und lauschten dem Plätschern des Wasserfalls auf den portugiesischen Kacheln. Dann sahen wir einander an und sagten: Sie hat sie gefunden.

Die Rückkehr unserer Mutter vollzog sich stufenweise: zuerst ihre Ferngesprächstimme aus Rio, danach eine Gravitationsverschiebung, während wir nachvollzogen, wo sie sich während des Fluges nach Los Angeles befand. Obwohl wir uns nach ihr gesehnt hatten, ging die Aussicht auf ihre Heimkehr mit einer unerwarteten Verhaltenheit einher. Diese war teils kleinlicher Natur; will man in ein verkehrsumtostes Apartment zurückkehren, nachdem man nachts dem Ozean gelauscht hat? Will man auf das mitternächtliche Baden verzichten? Außerdem blühte unser Vater endlich auf. Er zog morgens seine Bahnen im Pool. Er hörte wieder Musik – verkaufte wieder Musik. Nach der Schule fuhren wir zu seinem Büro und mussten uns dort nicht mehr bemühen, einer trauernden leeren Hülle Leben einzuhauchen, sondern halfen ihm. Hört euch das mal an; was meint ihr? Sie spielen heute Abend; sollen wir hinfahren? Was haltet ihr davon? Vielversprechend? Aussichtslos? Das Risiko wert?

Wenn wir mit unserem Vater Rockstars abholten, verließen diese das Flugzeug immer als Erste, unsere Mutter dagegen bildete beim Aussteigen das Schlusslicht. Rosa Heliumballons und ein Schild mit der Aufschrift »Willkommen daheim« haltend, wuchs unser Verlustgefühl.

Sie wirkte kleiner und älter, als wir sie in Erinnerung hatten. Sie war fast vollständig von einem bräunlichen Oliv: Kleidung, Haut, Haare, Augen – alles hatte nahezu dieselbe Farbe. Sie duftete dezent nach verkohltem Holz. Und diese kleine, monochrome Frau sollte unsere Mutter sein?

Dann schloss sie uns in ihre Arme, und wir drückten sie an uns und spürten ihre Körperwärme und waren wieder das dreiköpfige Ungeheuer mit den drei sehnsüchtigen Herzen. Wir hielten unsere Mutter, so lange wir konnten und noch länger, bis sie schließlich zu lachen begann.

Meine wunderschönen, erwachsenen Töchter, sagte sie.

Zu unserer Erleichterung war eine Rückkehr in das alte Apartment kein Thema; unsere Mutter verabscheute es nun.

Ich will nicht den ganzen Tag Verkehrslärm hören, sagte sie, und den Dreck in meinen Lungen spüren.

Sie bezog eine Einzimmerwohnung, weiter entfernt vom lärmenden Highway. Sie kaufte ein breites Schlafsofa und sagte: Für euch, falls ihr über Nacht bleiben wollt.

Wir hatten nicht den Wunsch, bei ihr zu übernachten, und sie schien das zu ahnen. Sie wirkte bekümmert.

Was hast du denn, Mama? Warum bist du so traurig?

Wer behauptet das?

Wir können es spüren.

Ich bin nicht traurig, sondern muss erst mal ankommen.

Und wie lange wird das dauern?

Schwer zu sagen. Ich habe das noch nie erlebt.

Die eine Kaffeetasse, der eine Teller und die eine Gabel auf dem Abtropfgestell neben der Spüle zeugten von Einsamkeit. Ein Weinglas mit dunkelrotem Ring. Eine Pflanze mit stacheligen Blättern. Im Fenster lehnte ein Futterspender für Vögel, den sie nicht aufhängen konnte, weil der Baum zu weit weg war.

Erzähl uns von dem Stamm, baten wir, die Pflanze befingernd, deren stachelige Blätter sich verblüffend weich anfühlten. Wie hast du mit den Leuten kommuniziert?

Anfangs mit Zeichensprache, danach allmählich mit Worten.

Waren sie nett?

Ich weiß nicht recht, was das heißt.

Waren sie nett zu *dir*?

Ja.

Warum magst du nicht von ihnen erzählen?

Weil ich das Gefühl habe, mir vom Grund eines Brunnens Gehör verschaffen zu müssen.

Wer bringt die Energie auf, mit einer kleinen, bekümmerten Frau zu sprechen, die unten in einem Brunnen steht? Wir brannten vor Ungeduld, was wir nicht verbergen konnten, zum Teil, weil unsere Mutter uns zu gut kannte. Zum Teil aber auch, weil sie unsere Blicke und Bewegungen – ja sogar (wie uns schien) unsere Gedanken – verfolgte. Sie war stets achtsam gewesen, aber jetzt hatte ihre Achtsamkeit etwas Übersteigertes, sie entsprach der von aufgeblähten Gliedmaßen. Unsere Mutter war das Gegenteil unseres Vaters, der willkürlich trickste und prahlte, ja sogar unverfroren log, zugleich aber durchschaubar und leicht zu kontrollieren war.

Die Heimkehr unserer Mutter lag drei oder vier Monate zurück, da legte sich ihre Betrübtheit, und sie war wie neu entflammt. Sie hatte mit ihrem Buch begonnen. Ihr Apartment ertrank in Notizen. Sie zog das Schlafsofa aus, um darauf Material ablegen zu können, spannte Leinen im Wohnzimmer und hängte mit Wäscheklammern Zettel daran auf. Diese waren von langen mathematischen Gleichungen bedeckt; es wäre definitiv ein Buch, das niemand lesen würde. Unsere Mutter hatte den Verstand verloren.

Nach einem Jahr begann sie zu reisen, um Ausschnitte ihres in Arbeit befindlichen Werks auf akademischen Konferenzen vorzustellen. Bevor sie aufbrach, rief sie jedes Mal bei unserem Vater an, denn während unserer Collegezeit wohnten wir lieber dort als in einem Uniwohnheim der USC.

Hi, Mom!, riefen wir mit der forcierten Fröhlichkeit, die wir uns angewöhnt hatten, weil wir hofften, so ihren Kummer und ihre Einsamkeit zu lindern – tatsächlich schien das Gegenteil der Fall zu sein. Inzwischen schlug sie den gleichen Ton an, wenn sie mit uns sprach.

Ich steige in den Flieger, Mädchen!

Wohin geht's?

Ann Arbor!

Schöne Grüße an den Schnee!

Wird gemacht! Liebe euch beide!

Wir lieben dich auch, Mama.

Hinter dieser Fröhlichkeit hallte eine Leere, die unsere tiefe Verbundenheit ersetzt hatte. Wie sich zeigte, hatten wir wenig von unserer Mutter. Wir waren Geschöpfe unseres Vaters. Wir liebten sein Musikimperium und die Charaktere, die es bevölkerten; wir hatten ein Büro neben dem seinen und wählten Uni-Seminare aus, in denen wir unser Wissen über die Musikindustrie vertieften. Wir liebten die chaotische Tragödie seines Lebens mit den vielen losen Fäden und seine Katastrophenkinder; seine Feinde und Sportwagen, seine Wutanfälle und spätnächtlichen Eingebungen; seine laute Art, die sich selbst dann bemerkbar machte, wenn er morgens seine Bahnen schwamm, schnaubend Luft holte und, wenn er aus dem Pool stieg, das Wasser aus den Haaren schüttelte wie ein Hund. Ohne uns funktionierte er nicht; er traf ohne unseren Rat keine wichtige Entscheidung mehr. Es war etwas Tiefergehenderes als Liebe, es war Bedürftigkeit. Wir hatten unser Leben lang unsere Mutter gebraucht; nun wurden wir von unserem Vater gebraucht.

Eines Abends, unsere Mutter hatte uns zum Abendessen eingeladen, waren in ihrem Apartment sämtliche Notizen verschwunden. Ihr Buch war seit über einem Jahr fertig, doch während sie auf das Erscheinen gewartet hatte, hatte sie sich mit den Relikten seiner Entstehung umgeben wie eine Rennmaus oder ein vergleichbares Lebewesen mit den Resten des Nestbaus.

Ziehst du um?, fragten wir.

Ich bekomme an der Uni ein neues Büro. Ich habe eine

Tenure-Track-Professur erhalten, und zwar aufgrund … dieses Buches!

Sie nahm zwei schmale Hardcover von der Fensterbank, auf der noch der Futterspender stand, und gab uns jeweils ein Exemplar. *Muster des Vertrauten*, von Miranda Kline. Das Cover zeigte ein sachliches geometrisches Muster. Wir waren baff.

Miranda.

So heiße ich.

Aber jeder nennt dich Mindy.

Als Autorin benutzt man keinen Kosenamen.

Kline?

Ich habe den Namen behalten. Wie ihr wisst.

Aber als Autorin?

Ich will keinen anderen Namen als ihr. Nicht mal auf einem Buch.

Unsere Mutter war nun die Autorin Miranda Kline. Wir nahmen die Bücher mit nach Hause, genauer in den Flügel, den unser Vater uns überlassen hatte, als wären sie rohe Eier. Als wir ihm die Bücher zeigten, teilte er auf Anhieb unsere Ehrfurcht.

Sie hat es also geschafft, sagte er. Er öffnete einen Champagner und schenkte allen ein Glas ein, an dem mit Wachs bekleckerten Tisch, an dem wir inzwischen ebenso oft wie er mit Freunden und Lovern Hof hielten. Auf eure Mutter, sagte er. Eine bemerkenswerte Frau. Sie hat verkündet, dieses Buch schreiben zu wollen, und, bei Gott, sie hat es getan.

Wir stießen auf Miranda Kline an und tranken einen Schluck. Ja, sie hatte es getan. Nur hatte keiner von uns dreien den leisesten Schimmer, *was* sie getan hatte.

Wir stellten die Bücher, ohne hineingeschaut zu haben, voller Stolz ins Regal.

4

Vier Jahre nach dem Erscheinen von *Muster des Vertrauten*, im Sommer 1999, kam Bennie Salazar, ein Freund und Schützling unseres Vaters, mit einer seiner Bands, den Conduits, aus New York zu Besuch. Wir hatten unser Studium abgeschlossen und arbeiteten in Vollzeit für unseren Vater. Im Büro wollte Bennie, dass wir einen Song spielten, den wir nicht auf CD hatten. Wir baten eine unserer Praktikantinnen, Keisha, zu Tower Records zu fahren und sie zu kaufen.

Das ist nicht nötig, sagte Keisha. Sie loggte sich in Napster ein und spielte uns den Song vor.

Mach das noch mal, sagte unser Vater.

Keisha spielte über Napster weitere Songs ab, zum Teil solche, deren Rechte bei uns lagen. Danke, Kleine, sagte unser Vater, scheinbar gelangweilt von der Vorführung. Das war lehrreich.

Später, wir hatten mit Benny und den Conduits bei uns zu Abend gegessen, wollte unser Vater einen Strandspaziergang mit uns machen. Das bedeutete meist, dass er eine Idee hatte.

Bei Dunkelheit konnte unser Strand sehr unterschiedlich aussehen; manchmal war das Wasser hell, der Sand dunkel, manchmal war es umgekehrt. In jener Nacht leuchtete der Strand im Mondschein, und die Abdrücke unserer bloßen Füße füllten sich mit tintenschwarzen Schatten.

Unser Vater sagte ohne Einleitung: In fünf Jahren bezahlt niemand mehr für Musik. Er sah zum Horizont, der in der trüben Dunkelheit nicht auszumachen war. Das wäre wie eine Flutwelle, sagte er. Die komplette Auslöschung meines Geschäfts.

Du übertreibst, Daddy.

Wenn ihr so denkt, habt ihr weniger gelernt, als ich dachte.

Nach dieser Rüge verstummten wir. Und in diesem Moment lernten wir etwas: Menschen übertragen ihre innere Verfassung auf die Landschaft. Unser Vater war fünfundsechzig. Er hatte einiges durchgemacht. Er besaß noch viel Energie, aber nicht genug, um sein Geschäft neu zu erfinden. Er hatte nur das Ende vor Augen.

Und wir? Wir waren dreiundzwanzig und vierundzwanzig, der Unizeit also noch nahe genug, um das Gefühl zu haben, Erwachsene nur zu mimen. Wir hatten dieselben Tatsachen vor Augen wie unser Vater, nur sahen wir sie anders, *wie durch den Boden eines Glases* – wir dachten beide an dieses Bild, wie wir später feststellten. Die Leute hörten mit ihren Computern über das Internet Songs, für die sie nicht bezahlt hatten, die ihnen also nicht gehörten. Eine beunruhigende Vorstellung; wir hatten das Gefühl, ein Fremder würde unser Haus durchsuchen – oder sogar unser Gehirn! Denn was käme, nachdem das Internet mit dem Durchkämmen der Musik auf dem Computer durch war?

Nein, dachten wir, unser Vater irrt. Irgendwann würde der Reiz des Neuen abflauen, und danach wäre niemand mehr so blöd, sich umsonst zu bedienen.

Das Renommee unserer Mutter war seit der Veröffentlichung von *Muster des Vertrauten* in der für uns (obwohl wir erst kürzlich den Abschluss gemacht hatten) unsichtbaren akademischen Welt gewachsen. Ihre Professur wurde rasch amtlich, und sie war bei den Studierenden sehr beliebt. In dem Bungalow, den sie mit Marco bewohnte, einem Kollegen, in den sie sich verliebt hatte, servierte sie ihnen Eintopf mit Rindfleisch und Linsen.

Kurz nachdem die Musikindustrie, genau wie von unserem Vater vorhergesagt, dramatisch abgestürzt war, erlitt er einen Schlaganfall und zog daraufhin sein rechtes Bein nach. Unsere Mutter teilte unseren Kummer darüber, ihn so zu erleben. Euer armer Vater, sagte sie. Wie kann ich helfen? Am Wochenende kam sie mit Marco und brachte Nüsse, Orangen und Cracked Crab mit – sowohl für uns als auch für unseren Vater.

Ihr seid zu jung, um all dies zu schultern, sagte sie wiederholt zu uns, aber wir mussten es versuchen, nicht wahr? Gemeinsam suchten wir hektisch nach Möglichkeiten, um dem »Teilen«, das sowohl unser Geschäft als auch unseren Vater zugrunde richtete, ein Ende zu setzen. Wir erwogen eine landesweite Plakataktion, um die Leute an das ewige Gesetz *Nichts ist umsonst!* zu erinnern. Nur Kinder haben da andere Erwartungen, obwohl Mythen und Märchen das Gegenteil nahelegen: Rumpelstilzchen, König Midas, Hänsel und Gretel. *Traue keinem Schlaraffenland!* Es wäre nur eine Frage der Zeit, bis sie für das bezahlen müssten, was sie für lau zu bekommen glaubten. Warum wollte das niemand sehen?

Die Schlaganfälle unseres Vaters – sechs an der Zahl – schienen den massenhaften Diebstahl, dem sich die von ihm mitgeprägte Industrie ausgesetzt sah, auf barbarische Art zu spiegeln. Zuerst hinkte er; dann war er halbseitig gelähmt; dann war er ans Bett gefesselt und konnte kaum noch sprechen. Unser Haus wurde zur Krankenstation und schließlich zum Hospiz mit Vollzeitpflege und Opiumtropf. Wir beauftragten Bennie Salazar, Menschen, die unserem Vater nah gewesen waren, an sein Bett zu rufen, um Abschied zu nehmen. Sogar Jocelyn kam. Sie schob seinen Rollstuhl mit einer High-School-Freundin an den Pool und blieb an seiner Seite, während er auf das graue Wasser starrte.

Irgendwann während dieser Zeit der Trauer und Frustration – in der wir zusehen mussten, wie unser Vater taumelte und zusammenbrach – wurde unsere Suche nach Möglichkeiten, die Menschen vor dem faustischen Pakt zu warnen, den sie schlossen, durch den brennenden Wunsch ersetzt, sie bestraft zu sehen.

Wir wussten nicht mehr, wer von uns beiden *Muster des Vertrauten* zuerst las. Vielleicht taten wir es gleichzeitig, denn so war es oft. Wir wussten auch nicht, was uns dazu brachte, die schmalen Bücher, die seit 1995 unberührt im Regal gestanden hatten, doch noch aufzuschlagen.

Muster des Vertrauten stellt mit schlichter Eleganz Formeln auf, die menschliche Affinitäten vorhersagen können. Die Anwendung der Algorithmen setzt jedoch ein fast lückenloses Wissen über die betreffenden Individuen voraus: eine Fülle von Informationen, die unsere Mutter nur in einer entlegenen, insularen Gemeinschaft sammeln konnte, deren Mitglieder alles übereinander wussten. Sie äußert abschließend die Vermutung, dass ihre Formeln – theoretisch gesehen – auch auf Menschen angewandt werden könnten, die in einem komplexen, mobilen Kontext zu Hause sind … *was allerdings umfassender privater Kenntnisse bedürfte, die in einem modernen Umfeld unmöglich zu erhalten sind, ohne zahllose intime Fragen zu stellen, die kaum jemand, vielleicht niemand, zu beantworten willens wäre.*

Irrtum, dachten wir. Das moderne Umfeld antwortet bedenkenlos.

Es sei gesagt, dass wir nichts ohne die ausdrückliche Genehmigung unserer Mutter unternahmen.

Alles, was mein ist, gehört euch, erklärte sie. Bitte verwendet es nach Belieben und helft unbedingt eurem Vater.

Der Fairness halber müssen wir zugeben, dass sie nicht ahnte, was wir tun würden.

Trotzdem änderte sie ihre Haltung nie – jedenfalls nicht in unserem Beisein –, nicht einmal nachdem wir ihre Algorithmen zum Patent angemeldet und an Social-Media-Giganten verkauft hatten, deren Namen der Allgemeinheit geläufig sind. Später lehnte sie die Anerkennung, die Bix Bouton und andere ihr zollten, zornig ab und benutzte ihren ungewollten Promi-Status, um gegen übergriffiges Datensammeln und Manipulation zu wettern und auf der zutiefst privaten Natur menschlichen Erlebens etc. pp. zu beharren. Trotzdem hielt sie uns aus allem heraus. Sie nannte unsere Namen kein einziges Mal in der Öffentlichkeit, warf uns auch nie vor, ihre Karriere in eine Tragödie verwandelt zu haben, weil wir es ihr durch die Pervertierung ihrer Theorien unmöglich gemacht hatten, eine Privatperson zu bleiben.

Doch wir entfremdeten uns voneinander.

Zu guter Letzt entwickelten die drei Herzen des Ungeheuers unterschiedliche Sehnsüchte. Ich selbst, Melora, die jüngere, widme mich dem Vermächtnis unseres Vaters. Die meiste Musik, die Sie hören, geht durch meine Hände, und ich habe im Laufe der Jahre unzählige Unternehmen geschluckt, auch dasjenige Bennie Salazars, obwohl ich ihn aus Gründen des Respekts als Partner bezeichne.

Lana zog 2025 einen Schlussstrich, ein Jahr, nachdem unsere Mutter dies getan hatte. Sie hat sich auch den Renegaten angeschlossen – dieser unsichtbaren Armee von Datenverweigerern. Vermutlich ist sie bei unserer Mutter, sosehr diese Vorstellung mich schmerzt.

Ein Sieg hat seinen Preis, wie alles andere auch.

Ich habe mich oft – wie besessen – gefragt, wann und wie

es dazu kam, dass Lana nach unserer langen gemeinsamen Geschichte begann, die Dinge anders zu sehen. Hätten wir unsere jeweiligen Erinnerungen ins Kollektivbewusstsein hochgeladen, dann könnte ich diesen Moment exakt bestimmen. Doch wir waren so klug, das nicht zu tun.

Das Büro unseres Vaters ist nun meines. Seine und meine Trophäen säumen die Wände, vor meinen Fenstern bricht sich der Sonnenschein auf dem Ozean. Während ich ihn betrachte, stelle ich mir vor, mich auch zu entziehen: Melora Kline loszuwerden oder durch einen Proxy zu ersetzen (ein hochspezialisiertes, boomendes Geschäft) und mit anderer Identität neu zu beginnen. Ich würde ganz in der Nähe bleiben. Einer meiner bevorzugten Tagträume beinhaltet eine Rückkehr nach Venice Beach, wo ich seit Jahren nicht mehr war. Ich stelle mir vor, mich sonntags zwischen Rollerskatern, tanzenden Leuten, Gaunern und zugedröhnten Teenagern durchzuschlängeln, vorbei an Massen von Sonnenhungrigen, die ihre Augen beschirmen, um das Display erkennen zu können, und im Gegenzug von unsichtbaren Entitäten beobachtet werden. Ich bahne mir einen Weg bis zu einer schlichten Bank, auf der zwei Frauen sitzen, vertraute Fremde, und lasse mich neben ihnen nieder.

Wo warst du so lange?, fragen sie in meiner Vorstellung, als ich sie in meine Arme schließe.

Genau hier, antworte ich. Ich habe auf euch gewartet.

Was der Wald erinnert

Es war einmal ein Wald in einem fernen Land. Heute ist er abgebrannt, und die vier Männer, die ihn durchstreiften, gibt es nicht mehr, was ihn noch weiter entrückt. Sowohl der Wald als auch die Männer sind für immer verschwunden.

Im Juni 1965 bieten die Mammutbäume einen samtigen, urzeitlichen Anblick, der an Kobolde, Dschinn oder Elfen denken lässt. Drei der vier Männer haben diesen uralten Wald, der so weit von ihrem Alltag mit Ehefrauen, Kindern und Büros entfernt ist, dass sie das Gefühl haben, sich in einer anderen Welt zu befinden, noch nie betreten. Der Älteste unter ihnen, Lou Kline, ist gerade mal einunddreißig; alle vier sind 1930er Jahrgänge, wuchsen ohne Antibiotika auf und leisteten vor dem College den Wehrdienst ab. Männer ihrer Generation wurden ad hoc ins Erwachsenenleben katapultiert.

Also: vier Männer zwischen Bäumen, deren äußere Struktur an die muskulösen Oberschenkel von Riesen erinnert. Wenn die Männer den Kopf in den Nacken legen, um zwischen den spitz zulaufenden Baumwipfeln nach der Sonne Ausschau zu halten, wird ihnen schwindelig. Was zum Teil daran liegt, dass sie gekifft haben; 1965 ist das nicht weit verbreitet, zumal unter bürgerlichen Typen, und um solche, da würde wohl jeder beipflichten, handelt es sich bei diesen vieren. Oder dreien. Es gibt einen Anführer – wie immer, wenn Männer ihr vertrautes Umfeld verlassen –, in diesem Fall Quinn Davies, ein braun gebrannter, offen wirkender Typ, geschmückt mit den Artefakten amerikanischer Ureinwohner, die er gern zu seinen Vorfahren zählen würde. Wie alle anderen trägt Quinn normalerweise einen Blazer, heute aber eine Kleidung, die seinen Freunden vorkommt wie ein Kostüm: lila Samtmantel und schwere Mokassins, die für diesen weichen Boden wesentlich besser geeignet sind als die Oxford-Schuhe, in denen die anderen herumschlittern. Lou ist der Einzige, der mit Quinn Schritt halten kann, obwohl dies bedeutet, dass er stelzen muss wie ein Rehkitz. Lou erweckt lieber den Eindruck, spastische Zuckungen zu haben, als hinterher zu hinken.

Alle vier sind erst kürzlich nach Kalifornien gezogen, angetrieben von einer Sehnsucht nach Weite, die die alten Städte mit ihrem europäischen Flair, den Pferdekutschen und ihrer Geschichte nicht stillen können. Kaliforniens Berge, Wüsten und die wilde Küste sorgen für ein Gefühl von Anarchie. Quinn Davies, der einzige Junggeselle unter den vieren, ist homosexuell und suchte früh nach einer eleganten Möglichkeit, aus Bridgeport, Connecticut, zu entkommen, Heimat seiner Familie seit Generationen. Nach dem Wehrdienst in der Navy zog es ihn nach San Francisco, aber die Beats, um die es ihm ging, sind so ungreifbar, dass er manchmal fast durchdreht. Zumindest gibt es immer Matrosen, die seine Auffassung teilen, ein Mann könne vieles sein, je nachdem. Einer der anderen drei, Ben Hobart aus Minnesota, verheiratet mit seiner High-School-Flamme und Vater dreier Kinder, gibt Anlass zu leisen Hoffnungen, aber noch hat Quinn keine Gewissheit.

Alle vier sind im Bankwesen tätig und tragen zu einer Expansion San Franciscos bei, die andere rastlose Menschen wie sie in die Stadt locken wird. Vor einigen Wochen kamen sie bei ein paar Drinks in der Montgomery Street auf

Marihuana zu sprechen, das selbst jene, die es noch nie zu Gesicht bekommen haben, »Gras« nennen. Sie wissen, dass es im Umlauf ist, aber was genau *ist* es? Wie wirkt es? Alle vier trinken gern einen. Quinn Davies trinkt, damit alle anderen auch etwas trinken – was ihm hin und wieder ein unerwartetes Abenteuer beschert. Ben Hobart trinkt, weil der Alkohol seine triebhafte Energie drosselt, die bei Frau und Kindern kein Ventil findet. Tim Breezely trinkt, weil er Depressionen hat, obwohl er diesen Begriff nie verwenden würde. Tim trinkt, um heiter zu sein. Er trinkt, weil er sich nach mehreren Bourbons so gelöst und leicht fühlt, als hätte er zwei schwere Koffer abgesetzt, die er unbewusst immer mit sich herumschleppt. Tim Breezely hat eine meckernde Frau und vier meckernde Töchter. In seinem kleinen Haus in der Clement Street treibt er in einem Strom kreischender weiblicher Unzufriedenheit, die ihm von Michigan bis hierher gefolgt ist und deren Spektrum von gekränkt und erschöpft (seine Frau) bis schreiend und sabbernd (das Baby) reicht. Mit einem Sohn wäre alles anders, davon ist Tim überzeugt, aber das Trinken hilft – o ja, es hilft und ist die beiden eingedellten Kotflügel, das kaputte Rücklicht und die zig Beulen, die er in seinen Cadillac gefahren hat, absolut wert.

Lou Kline kann viel trinken – und er bechert ordentlich –, und dennoch schaut ein Teil seiner Persönlichkeit stets distanziert zu, wenn sich die anderen besaufen. Lou wartet. Auf die Liebe, wie er glaubte, bis er die von ihm vergötterte Christine heiratete; auf ein Kind; auf den Westen, in den sie vor zwei Jahren gezogen sind. Das Gefühl, auf etwas zu warten, ist trotzdem geblieben: die Ahnung einer kurz bevorstehenden Veränderung, die nichts mit Christine, ihren Kindern oder dem Haus in Belvedere zu tun hat, an einem künstlichen See stehend, in dem Lou morgens immer eine

Meile schwimmt und in einer Jolle segelt. Inzwischen ist er der soziale Impresario ihrer Sackgasse, organisiert Grill- und Cocktailpartys, im letzten Sommer sogar einen Tanzabend, an dem Dutzende Paare aus der Nachbarschaft zur Musik der Beatles und Frank Sinatras ihre Haxen schwangen. Auf Drängen von Christine spielte er an dem Abend zum ersten Mal seit seinen Jazz-Combo-Tagen an der University of Iowa wieder Saxophon und war milde elektrisiert, als alle klatschten. Das Leben meint es gut mit ihm – ist sogar eine runde Sache –, und trotzdem sitzt Lou das Gefühl im Nacken, dass irgendetwas fehlt, knapp außer Reichweite ist.

Charlene, die sie Charlie nennen, ist sechs. Heute Morgen musterte sie Lou, kräuselte ihre sonnenverbrannte Nase und fragte: »Wohin willst du?«

»Kurzer Trip in den Norden«, sagte er. »Eine Runde angeln, ein paar Enten schießen, vielleicht auch …«

»Du hast doch kein Gewehr«, sagte Charlie. Sie sah ihn unverwandt an, ihre langen, wirren Haare ragten schimmernd ins Licht.

Lou ertappte sich dabei, ihrem Blick auszuweichen. »Aber die anderen«, sagte er.

Sein kleiner Sohn klammerte sich in der Tür an ihn. Rolph ist blass und dunkelhaarig; Christines Teint, ihre irisierenden Augen. Wenn Lou seinen Sohn hält, scheint sich ihr Fleisch miteinander zu verbinden, er muss sich gewissermaßen losreißen, ein verrücktes Gefühl. Er hat Gewissensbisse, weil er Rolph mehr Liebe entgegenbringt als Charlie. Ist das falsch? Andererseits geht das wohl allen Männern so, die das Glück haben, Vater eines Sohnes zu sein. Armer Tim Breezely!

Sie wollen weder angeln noch jagen. Als sie neulich in der Montgomery Street saßen, tranken, Parliament-Zigaretten rauchten und sich in dröhnendem Gelächter ergingen, bevor sie ihre dicken Autos am späteren Nachmittag wieder zu Frau und Kindern lenkten, erzählte Quinn von »Bohemiens«, die in der Nähe von Eureka, tief im Wald, ihr eigenes Gras anbauten. Sie würden Besucher mit offenen Armen empfangen. »Wir könnten dort am Wochenende übernachten, wenn ihr mögt«, schlug er vor.

Gesagt, getan.

Woher ich das weiß? Ich war ja erst sechs und musste zu Hause bleiben, obwohl ich mitkommen wollte – ich wollte meinen Vater jedes Mal begleiten, denn ich spürte (wie ich mir rückblickend einbilde) rasch, dass er mir nur dann Aufmerksamkeit schenkte, wenn ich mich physisch in seiner Nähe befand. Ich schildere also Ereignisse in einem Wald, der heute aus verkohlten, nach verbranntem Fleisch stinkenden Stümpfen besteht, obwohl ich damals nicht dabei war. Wie kann das angehen? Wie kann ich es wagen, über die Kluft von Alter, Geschlecht und kulturellem Kontext hinweg etwas zu erfinden? Das würde ich mir nie erlauben, glauben Sie mir. Alle Gedanken und Regungen, die ich hier beschreibe, beruhen auf konkreten Beobachtungen, obwohl es genau genommen anmaßender ist, sich diese Informationen zu beschaffen, als sie zu erfinden. Man wähle sein Gift – wenn man sich nichts mehr vorstellen darf, muss man auf Gray Grabs zurückgreifen.

Ich hatte Glück; die Erinnerungen aller vier Männer sind in Ausschnitten im Kollektivbewusstsein zu finden, was angesichts ihres Alters überrascht und im Fall meines Vaters an ein Wunder grenzt, weil er 2006 starb, zehn Jahre vor dem Release von Mandalas Besitze dein Unterbewusstes. Wie hatte er sein Bewusstsein hochladen können? Nun, Sie dürfen nicht vergessen: Bix Boutons Genie bestand darin, eine

Technologie, die schon rudimentär vorhanden war, zu verfeinern, zu komprimieren und als unwiderstehliches Angebot massenhaft zu produzieren. In Psychologieseminaren hatte man seit den frühen 2000ern hinter vorgehaltener Hand über die Externalisierung von Erinnerungen und ihr Potenzial zu einer Revolutionierung der Traumatherapie spekuliert. *Was ist tatsächlich geschehen? Wäre es hilfreich zu wissen, was man verdrängt?* Warum kehre ich in Gedanken (um ein Beispiel zu nennen) hartnäckig zu einer Familienfeier in San Francisco zurück, die in jener Zeit stattfand, als sich zutrug, was ich hier erzähle? Ich erinnere mich, mit anderen Kindern zwischen den Wurzeln eines alten Baumes zu toben; danach auf einem Dachboden allein neben einem Korbstuhl zu stehen. Immer wieder: mit den Kindern zu toben, danach auf einem fremden Dachboden allein zu sein. Vielleicht auch nicht allein, denn wer hatte mich dorthin geführt und wieso? Was geschah, während ich den Stuhl betrachtete? Ich habe mich oft gefragt, ob mein Leben unbeschwerter und weniger leidvoll verlaufen wäre, wenn ich die Antworten gekannt hätte. Eine Pflegerin meines Vaters erzählte von einem Psychologieprofessor am Pomona College, der im Rahmen eines Experiments die Erinnerungen von Menschen hochlud, aber ich traute mich damals nicht, daran teilzunehmen. Im Fall neuer Technologien geht ein Gewinn stets mit einem Verlust einher – das hatte mich das implodierende Geschäft meines Vaters gelehrt. Andererseits hatte mein Vater wenig zu verlieren; er hatte fünf Schlaganfälle erlitten und erlosch vor unseren Augen. Er wollte es.

Lana und Melora waren damit beschäftigt, das Musikimperium unseres Vaters zu retten, Roxy war nach San Francisco gezogen, und Kiki lebte in Connecticut. Rolph war seit Jahren tot. Also war ich es, die den jungen Professor aus Pomona, der knöchelhohe, rote Sneaker trug, seine zwei Promovenden und einen Umzugslaster mit der Ausrüstung an einem frühen Morgen des Jahres 2006 vor dem Haus in Empfang nahm. Ich schob die spärlichen Reste der Surfermähne meines Vaters beiseite und befestigte zwei Elektroden auf seinem Kopf. Danach musste er elf Stunden liegen – wach oder schlafend, ganz egal, er dämmerte ja sowieso nur noch vor sich hin. Ich hatte sein Krankenhausbett an den Pool geschoben, damit er den künstlichen Wasserfall hören konnte. Ich saß die meiste Zeit neben ihm; der Vorgang kam mir so intim vor, dass ich ihn keinen Fremden überlassen wollte. Ich hielt seine schlaffe Hand, während neben uns ein Apparat von den Ausmaßen eines Kleiderschranks rumpelte. Nach elf Stunden enthielt dieser Schrank eine Kopie des kompletten Bewusstseins meines Vaters: alle Wahrnehmungen, alle Gefühle, und das von Geburt an.

»Das Ding ist viel größer als ein Kopf«, bemerkte ich, als einer der Promovenden mit einer Sackkarre erschien, um den Kleiderschrank abzutransportieren. Mein Vater trug noch die Elektroden.

»Das Gehirn ist ein Wunder der Komprimierung«, erwiderte der Professor.

Ich kann mich an diesen Wortwechsel übrigens nicht erinnern. Ich hörte und sah ihn erst, als ich den Tag aus dem Blickwinkel meines Vaters Revue passieren ließ. Durch seine Augen sehend, bemerkte ich – vielmehr *er* – meine spießige Kurzhaarfrisur und das Bäuchlein, das ich im mittleren Alter anzusetzen begann, und hörte (obwohl »hörte« nicht ganz korrekt ist; unsere Gedanken sind nicht laut zu hören) ihn sinnieren: *Wie kommt es, dass das hübsche, kleine Mädchen jetzt so durchschnittlich aussieht?*

Als Besitze dein Unterbewusstes 2006 herauskam, konnte

ich die Daten des Kleiderschranks auf einen knallgelben, dreißig Zentimeter hohen Bewusstseins-Cube von Mandala überspielen lassen. Ich entschied mich für gelb, die Farbe der Sonne, die mich daran erinnerte, wie gern mein Vater geschwommen war. Nun konnte ich seine Erinnerungen endlich anschauen. Anfangs fiel mir nicht ein, sie mit anderen zu teilen, ich wusste auch nicht, dass dies möglich war. Das Kollektivbewusstsein spielte eine Nebenrolle in Mandalas frühem Marketing, die damaligen Slogans lauteten: »Erobere deine Erinnerungen zurück« und »Wisse um dein Wissen«. Das Bewusstsein meines Vaters genügte mir völlig – war geradezu überwältigend –, und vielleicht lag es daran, dass ich irgendwann das Bedürfnis entwickelte, andere Sichtweisen kennenzulernen. Der Preis dafür war das Teilen. Als offizielle Verwalterin des Bewusstseins meines Vaters autorisierte ich das komplette, anonyme Hochladen ins Kollektiv. Im Gegenzug kann ich auf Datums- und Zeitangaben, Breitengrade und Längengrade zurückgreifen, um die Erinnerungen jener zu durchstöbern, die 1965 im Wald dabei waren, muss also nichts erfinden.

Wenden wir uns wieder den Männern zu, die hinter oder (im Fall meines Vaters) neben Quinn Davies, ihrem Anführer, durch den Wald stolpern. Sie machten am Ausgangspunkt ihrer Wanderung mit Gras Bekanntschaft, denn Quinn ließ eine Pfeife herumgehen, die er mehrmals stopfte. Die meisten Menschen merken nach dem ersten Konsum nichts (es war gutes, altmodisches Hasch, müssen Sie wissen, durchsetzt von Stängeln und Samen, lange vor der Ära hydroponisch gezüchteter Sinsemilla). Quinn wollte vorab etwas rauchen, damit seine Kumpel – vor allem Ben Hobart – später so richtig schön benebelt wären.

Tief unten blitzt in Abständen ein Fluss auf, der sich wie eine Schlange durchs Laub windet. Anfangs wird viel gelacht, aber während des Aufstiegs schnaufen und keuchen die vier, die Angelegenheit wird zur Schufterei. Alle sind Raucher, und keiner macht Sport, wie es heute üblich ist. Sogar Ben Hobart, einer dieser wundersam fitten Typen, die niemals Fett ansetzen, ist außer Puste, als sie oben auf dem Hügel stehen und das A-Frame genannte Haus erblicken. Auf eine Lichtung zwischen Mammutbäume gekuschelt und aus dem Holz gefällter Bäume erbaut, ist A-Frame eines jener schrulligen Gebilde aus Holz und Glas, die später das Klischeebild kalifornischer Architektur der 1970er prägen. Die Männer glauben, ein Bild aus einem Märchen zu sehen: *Ist das echt? Wer wohnt da?* Das Gefühl der Unwirklichkeit wird durch Simon and Garfunkels »Sound of Silence« weiter gesteigert, der Song ertönt auf der Terrasse aus Hi-Fi-Boxen, die nach außen weisen. Das Oberhaupt von A-Frame, Tor, hat es irgendwie geschafft, ein tief im Wald gelegenes Haus, das nur zu Fuß erreichbar ist, mit dem Stromnetz zu verbinden.

Hello, darkness, my old friend …

Die vier nähern sich in ehrfürchtigem Schweigen. Lou bleibt zurück und überlässt es Quinn, sie in einen kathedralenartigen, weiten und hohen Raum zu führen, dessen riesige, dreieckige Fenster bis zum Satteldach reichen. Der Duft des Mammutbaumholzes ist überwältigend. Quinn stellt ihnen Tor vor, eine gestrenge Eminenz, Mitte vierzig, aber schon mit weißen Haaren. Tors »old lady«, Bari, ist eine warmherzigere, mollige Person. Diverse junge Leute wuseln im Hauptraum und auf der Terrasse herum, ohne Interesse an den Neuankömmlingen erkennen zu lassen.

An diesem sonderbaren Ort sind die drei Neuen erst mal

aufgeschmissen. Lou, der es hasst, ein Anhängsel zu sein, ärgert sich über Quinn, der unter vier Augen leise mit Tor plaudert. Was für ein beschissener Empfang! Heute zückt man das Handy, wenn man sich unwohl fühlt, bittet um das WLAN-Passwort und betritt einen virtuellen Raum, in dem die eigene Identität umgehend bestätigt wird. Führen wir uns kurz die umfassende Isolation von damals vor Augen! Wenn Lou und seine Kumpel verschwinden wollten, müssten sie durch den Wald zurückirren, und das ohne Brotkrumenfährte. Also irrt Lou unruhig durch A-Frame (obwohl er spürt, dass er stört), und bellt Tor, der auf einem hohen, ungut an einen Thron erinnernden Stuhl sitzt, in Abständen Fragen zu: »Nette Bude, Tor. Was arbeitet ihr hier denn so? Muss ja ein irrer Aufriss gewesen sein, Rohre bis hierher zu verlegen …«

Lou öffnet Türen und späht in holzduftende Kabuffs, die an diesem bizarren Ort als Zimmer zu gelten scheinen. In einem bleibt er beim Anblick einer dunkelhaarigen, splitternackten jungen Frau, die mit geschlossenen Augen unter einer Fensterluke sitzt, wie angewurzelt stehen. Durch das Laub fallendes Licht sprenkelt ihre Haut und das dunkle Büschel ihrer Schamhaare. Sie öffnet träge die Augen, als sie ihn bemerkt. Lou stößt hervor: »Bitte um Verzeihung, tut mir schrecklich leid«, und huscht davon.

Am Ende schart sich die ratlose Gruppe um Tor, vielleicht wird man ja doch noch high. Die Yardbirds erklingen, aber ihre Musik hat wenig mit Lous Leben zu tun, er kann sie also nicht genießen. Immerhin gut, dass sich eine gewisse Kohärenz einzustellen scheint, eine sinnstiftende Struktur. Tor besitzt Organisationstalent. Als Intimus von Kerouac, sporadischer Geliebter Cassadys und künftiger Heroinlieferant von Kesey, Wavy, Stone und so fort ist er eine jener unabdingbaren Personen, die andere zu Taten antreiben und danach aus dem Bild verschwinden, also nie in die Geschichte eingehen.

Ich zähle siebzehn Konsumierende: Tor und Bari, unsere vier, die junge Frau, nun nicht mehr nackt, sondern in einem weiten Kleid mit Blumenmuster, die Lous Blick ohne Verlegenheit begegnet, sowie diverse andere, alle knapp unter oder über zwanzig, die in den zahlreichen Nebengebäuden von A-Frame wohnen und Tors Marihuanapflanzungen bestellen.

Lou findet Tors totemartige Bong viel besser als die winzige Pfeife, die sie mit Quinn geraucht haben. Nach einer Stunde gemeinsamen Qualmens und ständig wechselnder Musik verfällt die Gruppe in einen Zustand blinzelnder Versunkenheit, der für Lou, Tim und Ben, die als bewusstseinsveränderndes Mittel nur den Alkohol kannten, absolut neu ist. Einfachste Wortwechsel dehnen sich aus wie träge reifende Zeitsprungfrüchte, die schließlich in ausgestreckte Hände plumpsen.

»Wurde … dies … Gras … hier … angebaut …?« (So Ben Hobart zu Tor.)

»Ja, die … Pflanzen … sind … zu Fuß … erreichbar …« (So Tor zu Ben Hobart.)

»Lebst … du … hier … die … ganze … Zeit …?« (So Lou zu Tor.)

»Das … Haus … wurde … vor … einem … Jahr … fertig …« (So Bari zu Lou.)

Wie Sie vielleicht merken, sagt Tor so gut wie nichts. Auch er hat eine Geschichte, nur kann ich sie nicht erzählen – Bari und er sind kinderlos, und im Kollektiv finden sich keine Erinnerungen nahestehender Menschen, die ich hätte plündern können. Und weil Tor lange vor der Ära von Besitze dein

Unterbewusstes versterben wird, gibt es nur diese wenigen Blicke seines Umfelds auf ihn.

Nicht alle Geheimnisse können gelüftet werden.

Sobald der Rausch intensiv genug ist, versammelt sich die Gruppe an einem langen Tisch. Genauer die Männer. Bari und die anderen Frauen wechseln zwischen Küche und Wohnraum hin und her und kredenzen in Schüsseln und auf Platten ein üppiges vegetarisches Mahl. Für Männer des Mittleren Westens beginnt ein solches Essen damals mit Bratwurst und endet mit Bœuf Stroganoff oder Rinderhackfleisch (besser noch mit Steak oder Braten), die Bezeichnung »vegetarische Mahlzeit« ist ein Oxymoron. Was soll das sein? Für Lou ist es die köstlichste Mahlzeit, die er je zu sich genommen hat – wenngleich warmes Wasser und Schiffszwieback, bedenkt man seinen rauschhaften Appetit, vermutlich eine ähnliche Verzückung ausgelöst hätten. Bari serviert Kürbis und Rüben und Tomaten aus ihrem Garten, dazu »Tahini-Sauce«, die keiner unserer vier Gäste je gekostet hat, nach ihrem Dafürhalten aber den Elysischen Feldern entstammen könnte. Es folgen ganze Berge von Sorghum und Buchweizen, feucht und warm und zäh, die sie in sich hineinschaufeln, mit Alfalfa-Sprossen und zerteilten Avocados und Baris frischgebackenem Vollkorn-Weizenbrot.

Während ich all dies durch die Augen meines Vaters beobachtete, stellte ich mir eine Frage, auf die er in seiner rauschhaften Verwirrung offenbar nicht gekommen war: warum? Wieso rollen Tor und Bari – und auch Quinn – diesen drei bürgerlichen Typen, die ja nur Konsumenten sind, den roten Teppich aus? Tja, wie viele Gründe kann es geben? Geld oder Sex: Man wähle sein Gift! Für Quinn ist es der Sex mit Männern, den er in A-Frame bereits hatte (einmal mit Tor) und heute Abend, wie er hofft, mit Ben Hobart haben wird, obwohl sich diese Hoffnung nur auf eine Ahnung gründet. Tor wiederum geht es um Geld. Er hat sein Erbe fast vollständig für die Errichtung dieses Ortes und die zehn Hektar Hanf ausgegeben; er könnte ein paar Investoren gebrauchen. Und es gibt noch einen entscheidenderen Grund: Tor hat sich der Erschaffung einer alternativen Welt geweiht, die bisher kaum jemand zu Gesicht bekommen hat. Als jemand, der sich am lebendigsten fühlt, wenn er andere erweckt, sehnt er sich nach Menschen, deren Augen beim Anblick seiner Vision erstrahlen.

Gegen Ende des Essens versinkt die Sonne hinter den Bergen, die Silhouetten der Mammutbäume zeichnen sich vor dem Himmel ab wie aus Eisen gestanzt. Wie auf ein Zeichen erheben sich die jüngeren Schlemmer vom Tisch und holen Instrumente aus der Nische, in der sie von Tor und Bari verstaut wurden: Bongos und Kastagnetten, Rasseln, Blockflöten und Ukulelen, eine Fülle von Möglichkeiten für jene ohne musikalisches Talent. Die nun nicht mehr nackte junge Frau erscheint mit einer Klarinette, ihrer eigenen, wie es scheint. Mehrere Leute haben Gitarren, Tor eine Flöte. Sie verlassen das Haus und folgen zu zweit oder zu dritt einem Pfad, der zwischen den Mammutbäumen bergauf führt. Lou und seine Freunde werden im Schlepptau in den kühlen, würzig duftenden Wald gezogen. Quinn wagt es, Ben Hobart einen Arm über die Schultern zu legen, was diesem einen elektrisierenden Schauder über den Rücken jagt. Er wirft Quinn einen tief verdutzten Blick zu, entzieht sich aber nicht.

Tim Breezely bildet das Schlusslicht. Er hätte jetzt gern einen Drink. Nach dem Kiffen fühlt er sich schlapp, und irgendjemand hat den unsichtbaren Koffern, die er mit sich herumschleppt, eine Mandoline hinzugefügt. Er erreicht die Hügelkuppe als Letzter. Dort oben weichen die Mammutbäume einer freien Fläche, die noch im Schein der Sonne liegt, ihre letzten Strahlen schlängeln sich träge durch hüfthohe Hanfpflanzen. Helligkeit und Weite heben die Laune Tim Breezelys. Die Luft ist trocken, fast scharf. Man hat eine kreisrunde Fläche frei geräumt, um an kalten Abenden ein Lagerfeuer entfachen zu können, und dort versammeln sich alle, als wäre es ein Ritual, jeder legt das Instrument ab und ergreift vor dem Setzen die Nebenstehenden bei den Händen. Durch den ersten Erfolg ermutigt, umschließt Quinn die Hand Ben Hobarts, was in diesem ein Gefühl auslöst, das einem Orgasmus beim Sex mit seiner Frau entspricht. Lou findet sich – rein zufällig – neben der Klarinettistin wieder, schafft es aber nicht, die Beine ganz zu überkreuzen; er hat seit seiner Kindheit nicht mehr wie ein Indianer gesessen.

Nachdem sich alle gesetzt haben, schließen sie die Augen, als wollten sie meditieren. Ich habe diese stille Phase bei jedem Mitglied der Vierergruppe nachvollzogen, weiß also in Umrissen, was ihnen durch den Kopf ging, während sie im schwindenden Sonnenlicht saßen: Erstkommunion an einem regnerischen Vormittag; schwarze Goldfische mit dem Kescher aus einem Teich fischen; ein Klingeln in den Ohren; das Gefühl, einen Rückwärtssalto zu schlagen ... Wie alle anderen, die Informationen sammeln, stehe ich aber vor einem Problem: Was kann ich damit anfangen? Wie soll ich das Wissen ordnen, verarbeiten, verwenden? Wie kann ich verhindern, darin zu ertrinken?

Nicht jede Geschichte lohnt das Erzählen.

Tor bricht das Schweigen durch den ersten und einzigen längeren Satz, den die Gäste heute von ihm hören werden. Mit dünner Stimme fordert er sie auf, die höhere Macht zu erspüren, die dem Essen innewohnt, das sie zu sich genommen haben, dem Erdboden unter und dem Himmel über ihnen; diesen einzigartigen Augenblick im zwanzigsten Jahrhundert zu genießen – Geißeln wie Kriege und apokalyptische Waffen kurz zu vergessen und diese Schönheit, diese Friedlichkeit in sich aufzunehmen. »Ich hoffe, ihr spürt es, meine Freunde«, sagt Tor, »und seid dankbar für die Gunst, dass wir hier beisammen sein dürfen.«

Eine Vibration scheint von der warmen Erde auszugehen. Als die Sonne hinter den Bergen versinkt, wird es schlagartig kühl, ein Hauch des Pazifiks, der wenige Kilometer weiter westlich gegen die Klippen brandet. Tim Breezely merkt, dass er feuchte Augen hat. Er wischt diskret darüber, während die anderen beginnen, ihre Instrumente zu spielen, und zupft schließlich probehalber an der Mandoline. Ein Gitarrist mit Milchbart gibt den Takt vor, unterstützt von der Klarinettistin, beide improvisieren zur Melodie von »Michael, Row the Boat Ashore«. Dieses Lied kennen beide von den Kirchgängen ihrer Kindheit. Sie sind Geschwister wie Rolph und ich, die Schwester ist die Ältere.

Das Zusammenspiel der Instrumente und die Harmonie der Stimmen haben eine erhebende Wirkung. Bari kommt gleitend auf die Beine und beginnt zu tanzen. Die anderen tun es ihr gleich, weiter ihre Instrumente spielend. Quinn und Ben Hobart tanzen zusammen, die Hände innig verschränkt; Tim Breezely tanzt mit seiner Mandoline. Alle schwanken und tanzen im verblassenden Licht, ob gemeinsam oder allein.

Nur Lou und Tor bleiben sitzen. In Lou, meinem Vater, lösen Musik und Tanz ein Erschrecken aus, als wäre ihm eingefallen, dass zu Hause eine Kerze brennt, dass eine Tür offen ist, dass ein Auto mit laufendem Motor am Rand einer Klippe steht. Er spürt mit einer Intuition, die ihn bis an sein Lebensende auszeichnen wird, dass er sich am lang ersehnten Wendepunkt befindet. Er hat die Quelle gefunden, das spürt er in den Fußsohlen. Und weiß dennoch, dass er nicht mehr jung genug ist, um mitzutanzen. Er ist einunddreißig, das heißt, ein alter Mann! Auf der Überraschungsparty, die er vor einigen Monaten für Christine organisiert hatte, bekam sie von einer Freundin einen Stock mit Punktmuster! Aber ein Lou Kline wird zu verhindern wissen, dass man ihn abhängt. Er muss sich zu einem Produzenten aufschwingen wie Tor – der noch älter ist, verflucht! Nicht mit Hanfanbau; die Landwirtschaft erinnert ihn zu stark an Iowa, und das hat er abgehakt. Aber die Musik bietet Chancen. Er erinnert sich an den Abend daheim, als alle am Seeufer tanzten. Eine andere Art zu tanzen, eine andere Art von Musik; die Yardbirds und ihresgleichen haben mit dem Leben, wie es Lou Kline vorschwebte, wie er es inzwischen führt, nichts zu tun. Diese Bands werden für das Leben stehen, das er als Nächstes zu führen gedenkt. Er beobachtet die musizierenden Geschwister und stellt sich vor, sie würden auf der Bühne stehen. Er denkt: *Ich kann sie dorthin bringen.* Und genau das wird er tun. Heute kennt alle Welt deren Musik.

Später am Abend, Tor und Bari sind im Bett, Quinn und Ben Hobart haben sich verkrümelt und andere sind auf die freie Fläche zurückgekehrt, um ein Feuer zu machen (Waldbrände waren schon damals eine Gefahr), gehen Lou, Tim Breezely und ihre jungen Freunde den Berg hinunter, um bei Dunkelheit im Fluss zu baden. Lou geht voran – Wasser hat ihn stets verlockt. Er läuft barfuß, eine Wohltat nach den Oxford-Schuhen und ein sinnlicher Genuss auf diesem samtigen Teppich aus vermoderndem Laub.

Der Fluss, zwischen Mauern aus Mammutbäumen gezwängt, ist still und spiegelglatt und so kalt, dass die Finger kribbeln, wenn man sie eintaucht. Wäre es riskant zu baden? Lou hat gehört, dass eisiges Wasser einen Herzinfarkt auslösen kann, und weil er die Idee hatte, fühlt er sich verantwortlich. Sie grübeln noch, da reißt sich Tim Breezely die Kleider vom Leib und springt von einem Baumstumpf im Adamskostüm in den Fluss. Die Kälte verschlägt ihm den Atem; ihm wird schwarz vor Augen, als müsste er gleich sterben. Als er auftaucht, ist es aber seine Bedrückung, die gestorben ist – sie ist auf dem Grund des Flusses geblieben. Freiheit! Freude! Tim Breezely wird sich bald scheiden lassen – alle lassen sich scheiden – jede Person wird geschieden. Eine ganze Generation wird die Fesseln der Bürgerlichkeit zugunsten von Hoffnung und Wagemut abstreifen – und wir, ihre Kinder, werden versuchen, den Moment zu verorten, in dem wir unsere Eltern verloren haben, und uns mit dem Gefühl herumplagen, es wäre unsere Schuld. Tim Breezely wird sich zu einem leidenschaftlichen Jogger entwickeln, lange bevor jemand joggt, der sich nicht auf der Flucht befindet. Er wird Bücher über Fitnesstraining und geistige Gesundheit schreiben, sein Name wird in aller Munde sein, und er wird Tausende Briefe von Menschen erhalten, deren Leben von ihm verändert oder gar gerettet wurden.

Lou, der sich verflucht, weil er nicht als Erster hineingesprungen ist, schält sich aus den Klamotten und wirft sich ins Wasser, das so kalt ist, dass ihm die Eier bis in den Hals schießen. Platschen und Schreie, als die anderen folgen. Nach ein paar Schwimmzügen, als der erste Schmerz abflaut, verwandelt sich die Kälte in kribbelnde Hitze. Sie steigen euphorisch aus dem Fluss, zusammengeschweißt durch ihr Abenteuer, und kraxeln bergauf zu A-Frame, nackt und ohne jede Scham.

Rolph und ich warteten am Fenster auf unseren Vater. Irgendwann gingen wir raus auf die Sackgasse, barfuß, obwohl wir gebadet hatten, unsere Mutter hatte es erlaubt. Der Abend dämmerte, aber es war Sommer, und es war warm. Ich trug einen Bademantel, orange-braun und mit Paisleymuster, aber ich bezweifle, dass ich mich daran erinnert hätte. Manche meiner »Erinnerungen« beruhen auf Bildern aus den Alben, in denen unsere Mutter die Geschichte unserer Familie mit kleinen, quadratischen, Schwarz-Weiß-Fotos dokumentierte. Die wenigen Farbfotos gaben mir das Gefühl, plötzlich im Land Oz erwacht zu sein. Der Bademantel mit Paisleymuster fiel mir erst wieder ein, als ich mit den Augen meines Vaters sah, wie er sich dem Haus näherte. Ich spürte, wie er die blaue Schönheit der späten Stunde in sich aufnahm, spürte auch die Liebe, die ihn bei Rolphs Anblick erfüllte, der auf seinen drei Jahre alten Beinchen und mit seiner Stoffwindel auf ihn zulief.

Wir umklammerten die Beine unseres Vaters, und er legte uns eine Hand auf den Scheitel, zog Rolphs Kopf zu sich heran. Danach sah er zu unserer Mutter auf, Christine, die im dunkelblauen Sweater neben der Haustür stand und ihn anlächelte. Ihre dunklen Haare lösten sich aus der Klammer, sie war umgeben von den Setzlingen, die sie gemeinsam in einer Gärtnerei ausgesucht und vor dem nagelneuen kalifornischen Haus eingepflanzt hatten, in der Annahme, für immer dort zu leben.

Bright Day

In ihren letzten Lebensmonaten – sie sollte 2025, mit siebenundfünfzig, an einer Überdosis sterben – wurde Roxy Kline philosophisch. Das hatte niemand erwartet. Innerhalb des Familiensystems, das allen, meist auf Grundlage von Eigenarten aus der Kindheit, eine Rolle zuweist, war Roxy früh als »wild« etikettiert worden – zumal im Kontrast zu ihrer kleinen Schwester Kiki, die Rosenkränze sammelte und sich bekreuzigte, wenn die Freunde ihrer Mutter über Nacht blieben. Roxy hatte ihren »Typus« exzessiv ausgelebt; und sie hatte das Wort – »wild« – während ihrer Entzugstherapie so oft benutzt, dass es jede Bedeutung verloren hatte.

Während der Dungeons-&-Dragons-Runden, die in Bright Day, ihrem Suchttherapiezentrum, an jedem Donnerstagmorgen gespielt werden, beobachtet Roxy immer voller Faszination, wie Charaktere entstehen: Ein Spieler würfelt, um Eigenschaften wie Charisma, Geschicklichkeit und Intelligenz einen Wert zuzuordnen und danach Fertigkeiten wie Heimlichkeit oder ein Talent für den Umgang mit Tieren zu erwerben. Ein paarmal würfeln, eine Aufgabenliste, und schon hat man einen Schurken, Magier oder Kämpfer mit Kräften, Fertigkeiten und Schwächen, genau wie bei Menschen. Roxy fragte Chris Salazar, der die Dungeons-&-Dragons-Gruppe mit seiner Freundin Molly Cooke leitet, ob er echte Menschen auch so bewerte: anhand von Großzügigkeit, Koordination, Stärke des Immunsystems, Sexappeal …

»Ich nicht«, antwortete Chris, »die Zählenden aber schon. Und die Unternehmen, die ihre Zahlen kaufen. Und Leute, die ihren eigenen Wert nach Klicks und Usern bemessen.«

»Klingt schrecklich«, sagte Roxy beklommen.

Chris ergriff ihre Hände und drückte sie. Er ist dreißig Jahre jünger als Roxy, also Mitte zwanzig, und behandelt sie stets mit liebevoller Zärtlichkeit. »Keine Bange«, sagte er und gab ihr einen Kuss auf die Wange. »Jedes Labyrinth hat einen Ausweg.«

Sie führten dieses Gespräch in der kleinen Wohnung, die Chris mit seiner Freundin, Samantha, teilt. Roxy war über das Passah-Fest dort. Sie hat zu Chris Salazar ein engeres Verhältnis als zu ihrer Familie, und an Feiertagen ist sie bei ihm. Chris ist der Sohn von Bennie Salazar, den ihr Vater bereits zu High-School-Zeiten in sein Herz schloss und unter seine Fittiche nahm. Chris sieht mit seinen dunklen Augen und dem olivbraunen Teint genauso gut aus wie sein nun silbergrauer Vater. Bennie hat Roxy vor zehn Jahren mit Chris bekannt gemacht, als dieser zum Studium an die Westküste zog. Wirklich eng sind beide aber erst, seit Chris vor drei Jahren seine Dungeons-&-Dragons-Gruppe gründete.

D&D wird in Bright Day frühmorgens gespielt, damit berufstätige Leute nach der morgendlichen Dosis eine Stunde spielen können. Für gewöhnlich spiele man es abends, meint Chris, nach Feierabend, aber in Suchttherapiezentren sei das nicht möglich. Bright Day schließt am Nachmittag.

Mit Ausnahme von Roxy, die allerdings nicht mitmacht, sondern bloß zuschaut, sind alle Stammspieler männlich. Chris fordert sie jedes Mal auf, einen Charakter zu erschaffen und mitzuspielen. Es ist nie zu spät – während einer Entwöhnung gibt es, so lange man noch atmet, kein »zu spät«. Roxy befürchtet aber, etwas falsch zu machen oder nicht zu kapieren. Eines ihrer »wäre ich doch bloß« – Auslöser dafür, sich auszumalen, wie ihr Leben verlaufen wäre, wenn sich bestimmte Katastrophen nicht ereignet hätten (*wäre ich doch bloß ins Auto gestiegen, wäre meine Mom doch bloß ins Zimmer gekommen, wäre es mir doch bloß nicht so wichtig gewesen, cool zu sein)* – lautet: *Wäre ich doch bloß nicht legasthenisch*, anders gesagt: *Wäre ich doch bloß 1998 geboren worden und nicht* 1968. Wenn die Videos stimmen, die sie geschaut hat, dann haben Kinder mit Legasthenie heute kaum noch Probleme – sie schreiben Bücher und leiten Schulen! Für Roxy war die Schulzeit eine endlos lange Zeit des Nicht-Verstehens: Sätze, Absätze, Kapitel. Mathematische Gleichungen zerbröselten vor ihren Augen. Hätte sie gelernt, richtig zu lesen, dann wäre sie auf Carson McCullers' *Das Mädchen Frankie* gestoßen, das Molly Cooke in Bright Day in drei Teilen vorlas – dann hätte sie entdeckt, dass das, was sie mit sechzehn nach der London-Reise mit ihrem Vater, eine Reise, die sie in den Abgrund stürzte, empfunden hatte, auch von anderen empfunden worden war. Sie war nicht einzigartig, aber auch nicht allein. Das Lesen hätte sie retten können.

»Du wirkst glücklich, Rox«, bemerkt Chris, der sie umarmt, bevor sie im kleinen Besprechungsraum von Bright Day auf einen der Stühle am Spieltisch gleitet. Sie hat am Fensterchen gerade ihre Dosis eingenommen und das leere Becherchen zurückgegeben und lässt Wasser im Mund herumgehen, damit der Methadonrest ihre Kronen nicht angreift. »Wie lautet dein Geheimnis?«

»Meinst du mich?« Roxy hebt gespielt unschuldig die Hände. Alle wissen, dass sie eine unverbesserliche Dilettantin ist, die versucht, nach einer abermals kontaminierten Urinprobe wieder das Recht darauf zu verdienen, ihre Ration mit nach Hause zu nehmen.

Chris betrachtet sie forschend. Seine Empathie grenzt an Telepathie. Roxy hat tatsächlich ein Geheimnis: Ihr Bewusstseins-Cube von Mandala – Geschenk ihrer Schwestern zu ihrem achtundfünfzigsten Geburtstag nächste Woche – soll heute ankommen. Im Gegensatz zu Leuten aus ihrem Umfeld will sie das Kollektivbewusstsein nicht nutzen, um ein Geheimnis zu lüften: *Wer war der Junge, der mich verkloppt hat? Wo ist der Lehrer, der mich betatscht hat? Wer hat meine Freundin umgebracht?* Oder, positiver: *Was ist aus dem Typen geworden, mit dem ich in den 1990ern im Café Trieste ein Bier geteilt habe? Wer hat mir beim Green-Day-Konzert im Golden Gate Park den Rücken massiert?* Die Geschichten über wiederentdeckte Lieben rühren Roxy zu Tränen, können aber Chris' Überzeugung, dass die Externalisierung des Bewusstseins – selbst als Vorsorge gegen Demenz – ein schwerer Fehler ist, nicht ins Wanken bringen.

»Wenn sich die Sache damit hätte«, hörte sie ihn sagen, »aber damit hat es sich nicht. Das Kollektiv gleicht der Schwerkraft: So gut wie niemand kann ihm widerstehen. Am Ende gibt man alles preis. Und dann ist das Kollektiv erst recht allwissend.«

Fast niemand widersteht dem Kollektiv; Roxy wird die Ausnahme sein. Sie interessiert sich nicht für die Erinnerungen anderer. Sie will ihre schönsten Zeiten noch einmal erleben – Zeiten, an die nichts, was die Zukunft noch bereithält, heranreichen wird.

Heute sind vier D&D-Stammspieler da, aber auch ein neuer, ein tätowiertes Muskelpaket mit eingefallenem Meth-Gesicht. Chris zeigt ihm, wie man würfelt und die Charakterblätter ausfüllt. Roxy ist nicht überrascht, als der neue Mitspieler beschließt, eine Elfin zu werden; viele Leute entscheiden sich für Rollen, die im Gegensatz zu ihrem alltäglichen Selbst stehen. Vierschrate spielen Zwerge, zarte Männer Barbarenkrieger, was Roxy auf die für sie untypisch philosophische Frage brachte, wer die Typen *tatsächlich* sind.

»Hängt davon ab, welche Welt man für die echte hält«, meinte Chris grinsend, als sie ihn mal dazu befragte.

Nun winkt er mit einem leeren Charakterblatt und sagt: »Na, Rox? Heute vielleicht?« Sie schüttelt den Kopf. Sie würde sich auch für ihr Gegenteil entscheiden: Eine D&D-Version ihres sechzehnjährigen Selbst, ein Mädchen mit brodelnder Energie in Brust, Bauch und Unterleib, dem Blick aller Männer trotzend, eine Reaktion herausfordernd. Wer wäre das bei D&D, und wie konnte sie das in Erfahrung bringen, ohne sich zu blamieren? Roxy wurde mit dreizehn von ihrem Freund Terrence Chen entjungfert, ein High-School-Frischling. Danach schoss sie ihn in den Wind und suchte Männer in den Zwanzigern und Dreißigern, die ihr gewachsen waren. Sie war stolz auf ihre Katastrophen. Sie war geschlagen worden! Hatte sich den Magen auspumpen lassen! Und trotzdem wirkte ihr Gesicht im Spiegel elfenhaft unschuldig, ihre vogelgleichen Züge bezauberten sie selbst. Sie sei knabenhaft, meinte ihre Mutter. Sie hatte kein Gramm Fett zu viel.

Roxy hatte Terrence Chen – genauer seine Internetversion – entdeckt, nachdem sie mit Anfang dreißig, das neue Jahrtausend war taufrisch, nach Kalifornien gezogen war. Damals fanden sich im Internet alle wieder. Wie sich herausstellte, war Terrence auch in die Bay Area gezogen und als Tierarzt im Marin County tätig. Auf seiner Website sah er gut und braun gebrannt aus, lächelte über flauschige Golden Retriever hinweg, schien auch mehrere Kinder und eine Frau zu haben, deren Haare so goldblond waren wie das Fell der Hunde. Roxy erwog, ihr neues Kätzchen aus dem Tierheim zu Terrence zu bringen, obwohl sie dazu über die Bay hätte schippern müssen, entschied sich aber dagegen. Noch nicht. Wenn sie durch die Tür von Terrences Klinik spazierte, dann als Siegerin auf ganzer Linie. Damals war sie noch hübsch; Lana und Melora hatten sie, nach dem Verlust mehrerer Zähne, bei der Restaurierung ihres Lächelns und bei der Begradigung ihrer gebrochenen Nase finanziell unterstützt. Mit Mitte dreißig war sie immer noch schlank und elegant und eine glänzende Tänzerin. Zugleich kämpfte sie mit einem Heroinproblem und hatte ein Dutzend Jahre hinter sich, die Terrence sicher als vertan bewerten würde. Sie musste ihm mindestens ebenbürtig sein, besser noch seinen Lebensstandard übertreffen, bevor sie als nicht-mehr-ganz-so-hübsche-und-doch-unbestreitbar-hübsche Person seinen Weg kreuzte. Ruhm wäre hilfreich. Roxy war immer der Überzeugung gewesen, eines Tages berühmt zu werden, und andere hatten das auch geglaubt. Als sie damals nach San Francisco zog und Terrence ausfindig machte – vor gut fünfundzwanzig Jahren –, wäre es durchaus drin gewesen, noch Ruhm zu ernten.

Dungeons & Dragons entfaltet sich langsam. Roxy staunt über die Hingabe der Spieler, die nie Ungeduld zeigen. Das Leben scheint sich zu verlangsamen und dem Tempo der Spielenden anzupassen. Die neue Elfin setzt ein paar Tricks und magische Objekte ein, um die anderen in einem uralten Wald vor einer Räuberbande zu retten. Es gibt keine Bilder des Waldes; er wird durch eine Karte dargestellt, mit der Hand auf einen Bogen altmodischen Millimeterpapiers gezeichnet, wie Roxy es aus dem Matheunterricht kennt. Andere Zeichnungen stellen Verliese, Schenken, Städte, Katakomben, ja sogar das All dar: ein weitgespanntes Netz miteinander verbundener Welten, die zwischen zwei Spielen in einem großen Briefumschlag aufbewahrt werden.

Manchmal verlässt ein Spieler eine Welt durch ein »Portal« und erscheint auf einem anderen Blatt Millimeterpapier, ein Wechsel, den Roxy als elektrisierend empfindet. Von einer Welt in eine andere, *schwuppdiwupp*! Immer wenn ein Spieler auf einem neuen Blatt auftaucht, tauschen Chris und Molly die Leitungsrolle. Das Spiel ist unendlich.

Chris und Molly machen keine Therapie. Sie sind auch kein Paar; Chris ist mit Samantha zusammen, Molly mit Iris. Chris leitete die Gruppe ursprünglich mit Colin Bingham, seinem besten Freund seit der Kindheit. Er starb vor acht Monaten an einer Überdosis, und Chris hat die alte Unbeschwertheit noch nicht wiedererlangt. Roxy war auch erschüttert; Colin war in seinen Zwanzigern gewesen, jung genug, um fast nahtlos in ein normales Leben zurückzukehren. Seine Haut war rein, er hatte noch alle Zähne. Er und Chris wuchsen in Crandale, New York, auf, wo sie schon als Jungen D&D spielten. Molly ist auch eine Freundin von damals. Sie füllte die Lücke, die Colin hinterlassen hatte, ist aber scheu und zögerlich und will es allen recht machen, und Roxy muss sich zusammenreißen, um sie nicht zu hassen.

Kein Spieler will aufhören, so ist es immer, vielleicht ist die Langsamkeit des Spiels eine Verzögerungstaktik. Um neun Uhr müssen sie allerdings gehen, weil das wöchentliche Treffen der schwangeren Patientinnen von Bright Day ansteht. Mehrere Frauen mit kugelrunden Bäuchen warten im Flur, als die Spieler den Raum verlassen, wobei sie über den Kampf gegen die Räuber diskutieren, als hätte er sich im wahren Leben zugetragen.

Chris und Molly nehmen Bücher und Landkarten mit ins Büro im Obergeschoss des Gebäudes, das nicht nur Bright Day, sondern auch Chris' Firma Mondrian beherbergt. Diese hostet Gaming-Sessions in allen Suchttherapiezentren der

Bay Area. Die Wände seines kleinen Büros sind mit Postern feuerspeiender Drachen und vermummter Meuchelmörder tapeziert, es gibt Regale mit Büchern über magische Untiere und die eiserne Statue eines Orks, die Chris in einem vergessenen Gepäckstück entdeckt hat. Roxy wittert aber, dass das Gaming eine Tarnung für andere Geschäfte ist. Magier und Barbaren haben spezielle Fertigkeiten, Ex-Junkies aber auch – und eine ist der Riecher für Verborgenes. Roxy *durchschaut* alles. In ihrem Viertel wimmelt es von Doppelspielen: Der Zeitungsstand um die Ecke von Bright Day verkauft Oxycodon-Tabletten, der Blumenladen dient als Observierungsposten, und bei Betty's, einem nahen Imbiss, kann man nach Absprache bei den Kellnern Heroin kaufen. Und weil Roxy die Gabe hat, die Weggetretene zu spielen, noch eine Fertigkeit von Ex-Junkies, achten die Leute in ihrem Beisein nicht auf ihre Worte. Zerstreutheit vortäuschend und einen leeren Blick aufsetzend, bekam sie mit, wie Chris am Telefon über *Verträge*, *Personifikation* und *Mimesis* diskutierte. Sie hörte ihn sagen »Die Nachfrage ist überwältigend« und »Sie hat ein Ohr für Dialoge«. Roxys Fähigkeiten versagen jedoch, wenn es darum geht, all das zu deuten. Ist das die Legasthenie? Roxy kennt die wahre Arbeit von Chris und Molly genauso wenig wie die Frau, die ihren Mercedes im Parkhaus in der O'Farrell Street abstellt und im fließenden, türkisgrünen Kleid zum Opernhaus klackert, die lokalen Drogenumschlagplätze kennt. Außer der Gewissheit, dass Mondrians wahres Geschäft sowohl legal (weder Waffen noch Angst vor der Polizei) als auch unprofitabel ist (Chris' Wohnung ist winzig), tappt Roxy im Dunkeln. Was auch immer er tut, er tut es aus Liebe.

Sie verlässt das Bright-Day-Gebäude, um eine zu rauchen. Wind und Sonne zerstreuen den Nebel. Das Summen unterirdischer Kabel, die ganz Downtown durchziehen, ist leise zu hören. Weiß-graue Möwen suchen den Bürgersteig nach Partyabfällen ab (hier wird jede Nacht gefeiert) und picken mit den langen, gelben Schnäbeln Pizzareste und Kartoffelchips auf.

Um sich die fünfundvierzig Minuten zu vertreiben, die es dauert, bis Roxy ihre Drogenberaterin sprechen kann, geht sie ins Betty's. Sie hört schlurfende Schritte hinter sich, dreht sich aber nicht um, weil sie ahnt, dass es Molly ist. Und tatsächlich hört sie: »Trinkst du einen Kaffee?«, und nickt genervt. Sie mag Molly nicht, weil diese ihren geliebten Colin ersetzt hat, vor allem aber, weil Molly Cooke mit ihren krausen Haaren und dem arglosen Lächeln weder zu Bright Day noch in dieses Viertel passt. Sie hat keine harte Schale, sie ist nicht cool – als Teenager hätte Roxy eine solche Person verachtet, vielleicht sogar gequält. Wenn Molly nicht erwünscht ist, merkt sie das, ignoriert es aber. Roxy mag sie vor allem nicht, weil sie ihre fiese Seite weckt.

Sie sitzen am Tresen und trinken säuerlichen, wässerigen Kaffee, der sogar Leuten mit einem schwachen Riecher für Verborgenes verraten müsste, dass man im Betty's auf etwas anderes aus ist. Die Übertragung des Bewusstseins auf einen Mandala-Cube dauert vier Stunden, und Roxy meint, nicht so lange durchhalten zu können (Gerechtfertigte Rationalisierung), ohne chemische Unterstützung in Gestalt einiger Tütchen in petto zu haben, die sie aber nur dann benutzen wird, wenn ihr keine andere Wahl bleibt (Selbstbetrug). Molly Cooke süffelt ahnungslos den lausigen Kaffee. Ihr Riecher für Verborgenes scheint gegen null zu tendieren.

»Wie war Chris als Kind?«, fragt Roxy. Sie spricht gern über Chris – stellt sich manchmal vor, er wäre ihr Sohn, nicht der von Bennie.

»Oh, ich war in ihn verknallt«, sagt Molly. »Er ist ein Jahr älter als ich, deshalb hat er mir umso mehr imponiert.«

»Habt ihr D&D gespielt?«

»Wir haben mit Chris' Onkel gespielt«, antwortet Molly. »Und mit einer Lulu. Sie war auf der Gedenkfeier für Colin.«

»Ich kenne Lulu!«, sagt Roxy aufgeregt. »Sie arbeitet für Bennie.«

»Lulu war eine exotische Außenseiterin, die weiter im Norden lebte und selten da war. Wir waren alle in sie verliebt.«

»Du warst in alle verliebt«, sagt Roxy listig. »War denn auch jemand in dich verliebt?«

»Nein«, sagt Molly. Sie scheint mit ihren Gedanken kurz woanders zu sein.

»Ich wette, du warst ein braves Mädchen.«

»Wir waren alle brav, sogar Colin – und er war ein ›Halbstarker‹. Im Crandale Country Club konnte man keinen Ärger bekommen.«

»Ihr habt in einem Country Club abgehangen?« Roxy empfindet so etwas wie Verachtung.

»Ja, haben wir«, sagt Molly. »Wir haben dort ganze Leben verbracht.«

»Ich hätte den Laden aufgemischt.«

Molly lacht – ein ehrliches Lachen voll diebischer Freude. »Du wärst die Königin des Clubs gewesen, Roxy.«

Roxy lächelt zufrieden. Sie findet Molly allmählich sympathischer. »Ich war eine gute Tänzerin«, sagt sie.

Auf dem Weg zur Toilette kann sie einem Kellner etwas abkaufen. Molly wartet nur wenige Meter entfernt, und doch ist dies Geschäft kein Verrat. Die Welt der Junkies steht auf einem anderen Blatt Millimeterpapier als jene, in der Molly sich aufhält, Mondrians geheimes Treiben wiederum auf einem anderen Blatt, und genauso das Leben von Terrence, dem Tierarzt, nun weißhaarig und zum ersten Mal Großvater (Roxy hat sein Leben jahrelang im Netz verfolgt, ohne ihn je besucht zu haben). Und trotzdem befinden sich alle diese unvereinbaren Welten in *einem* physischen Raum – genau wie die im Umschlag steckenden D&D-Karten. Wie ist das möglich? Philosophie!

Nach dem Treffen mit ihrer Beraterin wird Roxy von Chris zu Fuß nach Hause begleitet. Ihr Apartmentgebäude ist zwei Blocks von Bright Day entfernt, der Weg geht steil bergauf. Sie muss auf halber Strecke verschnaufen. »Die Raucherei«, japst sie.

Chris wirkt besorgt. Seit Colins Tod bereitet sie ihm noch größere Sorgen, und sein Riecher für Verborgenes, dem von Roxy in nichts nachstehend, wurde morgens aktiviert. Ob er wittern kann, dass sie Pergamin in der Tasche hat? Als sie weitergehen, fragt er: »Gehst du heute zur Gärtnerei?« Sie nickt stumm, immer noch außer Puste.

Nachdem sie ihr Apartmentgebäude erreicht haben, scheint er sich nicht trennen zu können. »Kommst du am Wochenende zum Abendessen vorbei?«, fragt er. »Sam würde sich bestimmt freuen, dich wiederzusehen – ich könnte dich abholen.«

Roxy ist wegen Besitze dein Unterbewusstes (und der Pergamin-Tütchen) zu hibbelig, um sich entscheiden zu können. Sie umarmt Chris zum Abschied.

Das Paket von Mandala liegt schon vor ihrer Tür. Wahrscheinlich wurde es von ihrem Nachbarn Piers angenommen. Roxy wohnt seit fast fünfundzwanzig Jahren in diesem Einzimmer-Apartment (ihre Schwestern überweisen die Miete direkt; sie soll kein Geld in die Hand bekommen), und Piers ist seit siebzehn Jahren ihr Nachbar. Sie schätzt ihn auf Mitte sechzig, er ist schwul und sexuell aktiv – sie hat Männer aus seinem Apartment kommen sehen –, aber genauso einsam wie sie, nur seine Schwester besucht ihn hin und wieder mit ihren zwei Enkelkindern. Sie sind gute Nachbarn, eilen nach unten, wenn sie draußen einen Lieferwagen sehen und mitbekommen, dass der andere den Summer nicht betätigt, haben ihre Wohnungen aber gegenseitig nie betreten. Wenn Roxy, im Bett liegend, den lavendelfarbenen Nebel beobachtet, hört oder spürt sie manchmal, wie er hinter der Wand entlang geht. In diesen Momenten wird ihr schlagartig bewusst, dass er, obgleich unsichtbar, existiert. Kaum zu glauben, dass Piers real ist – voller Gedanken, Erinnerungen und Gefühle. Trotzdem muss es so sein, und das gilt auch für alle anderen Bewohner der beengten, billigen Apartments dieses Kaninchenbaus, teils Tech-Boom-Flüchtlinge, teils »Lebenslängliche« wie Piers und sie selbst. Wie kann das Gebäude all diese Leben beinhalten? Eigentlich müsste es durch den Druck explodieren.

Chris fragt sich besorgt, warum Roxy so isoliert ist. Warum hat sie nach zweieinhalb Jahrzehnten mit pandemiebedingten Lockdowns kein engeres Verhältnis zu ihren Nachbarn – keine *Freunde*? Aber gut, Freundschaften bergen stets die Gefahr eines Endes in sich, und Roxy hatte definitiv zu viele Freunde, und wenn man als Lebenslänglicher in einem Apartmentgebäude in der O'Farrell Street wohnt, dann vielleicht nur, weil man zahllose in die Brüche gegangene Freundschaften hinter sich hat. Vielleicht sollte sie es nicht riskieren, sich den nebenan wohnenden Piers zu ihrem Feind zu machen, vielleicht sollten die beiden einander freundlich gesonnene Fremde bleiben.

Während sie das Mandala-Paket mit der unverkennbaren

Glyphe auspackt, tollt Artie im Verpackungsmaterial herum. Sie hat das rote Kätzchen vor drei Wochen von einem Bright-Day-Patienten übernommen, der gleich drei dieser Tiere in den Taschen seines Hoodies bei sich trug. Sie breitet den Inhalt des Pakets auf dem blanken Holzfußboden aus, den sie mit Fensterputzmittel wischt, als bestünde er aus Glas. Nach längerem Überlegen hat sie sich für einen anthrazitfarbenen Bewusstseins-Cube entschieden: dreißig Kubikzentimeter glitzernden Materials, das aussieht wie auf dem Mond geschürft.

Roxy hat ein Händchen für Technik – sie hätte ein weiblicher Bix Bouton werden können, *wenn sie doch bloß* … Das redet sich zwar die halbe Welt ein, aber man muss festhalten, dass es ihr gelungen ist, sich das Bewusstsein ihres Vaters anzuschauen, obwohl Charlene die Passwörter in der falschen Reihenfolge übermittelt hatte. Roxy wollte die mit ihrem Vater unternommene Londonreise durch *seine* Augen sehen, also sich selbst als sechzehnjährige Filmheldin. Sie riss die Kopfhörer aber schon ab, da war ihr Vater noch nicht einmal aufgebrochen, um sie abzuholen. Bei seinem intimen Gedankenfluss wurde ihr übel: Jocelyn, seine überspannte Freundin, die sich im Bett räkelte; einige Akkorde einer E-Gitarre; seine Eier juckten; irgendwo brummte ein Rasenmäher; Appetit auf ein Sandwich mit Avocado und Monterey Jack; der Wunsch, ohne Roxy nach London zu fliegen; seine Reue, sie dazu eingeladen zu haben – alles überlagert von seiner Wut auf Bowser, der einen Haufen neben dem Pool absetzte.

Nachdem sie die Kopfhörer in die Ecke gepfeffert hatte, saß Roxy bestürzt und wie betäubt da und glaubte, gleich kotzen zu müssen. Sie hatte das Gefühl, sich auf allen vieren von einem Abgrund zu entfernen, bis ihr einfiel, dass die Londonreise ihren Zauber erst entfaltet hatte, als sie, in der ersten Klasse sitzend, mit Erlaubnis ihres Vaters Champagner getrunken hatte. Sie war die Tochter seiner zweiten Frau und hatte ihn bis dahin nicht wirklich gekannt. Ihre verbitterte Mutter hatte oft geklagt, sie habe nur dazu gedient, ihn aus seiner ersten Ehe zu befreien, jener mit Christine, einer Frau, die er wirklich geliebt habe.

Roxy hatte stets geglaubt, ihr Vater hätte sie nach London eingeladen, um sich mit ihr zu schmücken; sie war in zwei MTV-Musikvideos zu sehen gewesen, 1984 eine sensationelle Neuheit, doch die quälenden kurzen Einblicke in die Gedanken ihres Vaters ließen einen anderen Grund erkennen: Bildung. Was erklärte, dass sie zunächst eine Kathedrale und diverse Museen besichtigten. Ihr Vater führte sie zu einem Altargemälde, und nachdem er dieses eine Weile ratlos betrachtet hatte, sah er sie so erwartungsvoll an, als könnte es jene Wirkung auf sie ausüben, die bei ihm ausblieb. Am dritten Tag sagte er: »Scheiß auf die Museen.« Ihr kulturelles Versagen brachte sie einander näher.

Roxy teilt ihre Haare, um die Sensoren auf die Kopfhaut setzen zu können. Sie hat plötzlich Angst und erwägt, die Sache aufzuschieben, möchte aber vor ihrer Schicht in der Gärtnerei, die um fünfzehn Uhr beginnt, fertig sein. Sie stellt den Bewusstseins-Cube neben ihren Futon und streckt sich langsam aus, damit die Sensoren nicht verrutschen. Artie klettert auf ihre Brust und schmiegt den winzigen Kopf wie einen Türstopper unter ihr Kinn. Sie hat gehört, dass man die Externalisierung nicht spürt – sowohl wach sein als auch schlafen kann –, doch als der Cube zu summen beginnt, stieben Erinnerungen auf wie Staub beim Putzen. Am letzten Tag in London aßen sie in einem schicken französischen Restaurant zu Mittag, das sich in einem Viertel mit vielen Secondhand-Klamottenläden befand. Sie saßen draußen, in der Sonne war das Tischtuch blendend weiß. Ihr Vater lieh ihr seine Sonnenbrille. Sie waren dort mit einer Band: vier langhaarige englische Jungs, kaum älter als Roxy, alle mit unverständlichem Akzent. Ihr Vater und der Manager der Band schlossen einen Deal, alle waren in Feierlaune. Alle tranken Champagner. Der Drummer stupste unter dem Tisch Roxys Wade an und fing sie, eine Koksampulle schwenkend, vor der Damentoilette ab. Roxy schnupfte zwei Lines. Der Drummer wollte sie küssen, aber sein dürftiger Schnurrbart war unattraktiv, sein Atem roch nach Pâté. An einem anderen Tag, einem anderen Ort hätte Roxy alles Mögliche getan – in einer Klokabine mit ihm gefickt wie schon zweimal in Punkclubs in L. A. Nicht so hier. Sie kehrte an den Tisch zurück, genoss die Erleichterung ihres Vaters, der froh war, sie wieder bei sich zu haben. Er legte einen Arm um sie und schenkte ihr nach. Die Sonne brannte, aber der Champagner, in einem Kübel voller Eis stehend, knisterte kalt in ihrer Brust.

Nach dem Essen gingen alle spazieren. Ihr Vater hielt ihre Hand. London war wuchtig, kompakt, grün. Sie fühlte sich erwachsen mit ihren sechzehn Jahren, in Begleitung der beiden Männer, gefolgt von den teils verdrossenen, teils herumalbernden vier Musikern. Koks und Champagner ließen ihr Blut brodeln, und sie schwang den Arm ihres Vaters. In einem Park standen sie an einem See mit Schwänen und Miniatursegelbooten. Während die Musiker versuchten, sich gegenseitig ins Wasser zu stoßen, wandte sich ihr Manager an Roxy und fragte: »Was willst du mal werden?« Normalerweise hätte sie geantwortet: *Tänzerin oder Schauspielerin*, oder schlicht: *Berühmt!* (wie jedes andere Kind in L. A.), oder sie hätte die MTV-Videos erwähnt, in denen sie aufgetreten war und bald auftreten würde. Stattdessen sagte sie: »Ich will etwas hinterlassen.« Sie sagte das so entschieden, dass beide

Männer überrascht auflachten. Sie spürte den Stolz ihres Vaters, eine ganz neue Erfahrung, die sie euphorisierte. Die Musiker hatten sich längst abgesetzt, da lief sie immer noch mit ihrem Vater und dem Bandmanager durch London, sie redeten bis in den Abend. Um zweiundzwanzig Uhr war die Sonne immer noch nicht untergegangen. Es war der glücklichste Tag ihres Lebens.

»Ich möchte bei dir wohnen«, sagte sie auf dem Rückflug nach Los Angeles zu ihrem Vater. Sie trank Champagner, er nicht mehr.

»Das würde nicht funktionieren, Rox«, sagte er. »Ich bin zu viel unterwegs. Und Kiki würde dich vermissen.«

»Sie wäre froh, mich los zu sein.«

»Es ist gut Geschwister zu haben, denen man nahesteht.«

»Ich könnte dich auf Reisen begleiten. Wie jetzt.«

»Wäre lustig, oder?«

Er trug die Lesebrille. Auf dem Klapptisch lagen Papiere und ein Stapel Kassetten, in die er mit dem Walkman »reinhören« musste. Sie begriff, dass die gemeinsame Reise zu Ende war. Die Eintracht mit ihrem Vater, eine Symbiose, die ihr früheres Leben überflüssig zu machen schien, war nur ein vorübergehendes Phänomen gewesen. Sie begann zu weinen.

»Du bist müde«, sagte er. »Ich habe dich überstrapaziert. Wir haben einen langen Flug vor uns, schlaf eine Runde.«

Das tat sie, an seine Schulter gelehnt, während er arbeitete. Als sie erwachte, kreiste der Flieger über Los Angeles, ihr Vater packte die Kassetten ein. Roxy hatte das Gefühl zu ertrinken, während sie ihm zusah, straffte aber ihre Züge und presste ihre Arme an die Seiten. Es sollten fünf Monate vergehen, bis sie ihn wiedersah.

Zu Hause bei Mutter und Schwester fühlte sie sich bedrückt und fehl am Platz. Kiki begrüßte sie gleichgültig; sie wollte nicht mal ihren Vater sehen, in ihren Augen ein »gottloser Mann«, weil sie von Charlie wusste, dass er Jocelyn verführt hatte, als diese noch auf der High School gewesen war. Kiki verbrachte ihre ganze Zeit mit einer christlichen Jugendgruppe; sie war so reizlos, dass ihr, so Roxys Vermutung, keine andere Wahl blieb. Gott liebt jeden, oder? Ein gutes Jahr nach Roxys Rückkehr aus London brannte Kiki aber mit ihrem sechsundzwanzigjährigen Jugendgruppenleiter durch. Roxy weiß noch, wie sehr es sie überraschte, ja verletzte, von ihrer biederen Schwester in Sachen Skandal übertrumpft worden zu sein. Ihr Vater engagierte Detektive, denen es aber nicht gelang, Kiki vor ihrem achtzehnten Geburtstag aufzuspüren. Jahre später tauchte sie aus der Versenkung auf und schrieb ihrer Mutter Briefe aus dem Fernen Osten, wo sie als Missionarin tätig war. Schließlich heiratete sie den Manager einer Versicherungsfirma, ließ sich in Connecticut nieder und bekam vier Kinder, inzwischen alle erwachsen. Sie lässt sich mit ihrem richtigen Namen anreden, Krysanne. Roxy ist ihr als Erwachsene nur zweimal begegnet, bei der Beerdigung ihres Vaters und neulich bei der ihrer Mutter. Da sie nur ihre Kindheit gemeinsam haben, über die Krysanne stets sagt: »Gott sei Dank, dass ich entkommen bin«, haben sie einander wenig zu sagen.

Während sie high wird, mit Methadon eine zähe Sache (es bedarf einer hohen Dosis, Roxy muss aufpassen), fühlt sie sich mächtig und wird von einer fast transzendenten Gewissheit erfüllt, die über alles hinausgeht, was sie sich damals bei den Worten *Ich will etwas hinterlassen* vorgestellt hat. Sie hat etwas anderes hinterlassen als das, was sie ursprünglich im Sinn hatte – dies hatte mit dem Tanzen, ihrer Schönheit, ihrem sexuellen Selbstbewusstsein zu tun, doch all das ging flöten. Ihre große Liebe, ihre Lebensleistung ist das Heroin, dafür hat sie alles aufgegeben, sei es durch Verzicht, sei es durch Vernachlässigung. Soll ja niemand behaupten, sie wäre nicht zielstrebig genug gewesen – gut, das behaupten natürlich alle, aber nur, weil sie nicht kapieren, dass ihre vernarbten Arme und geschwollenen Finger, ihre grauen Zähne, ihr schütteres Haar und ihr krummer, stolpernder Gang Beweise ihrer inbrünstigen Hingabe sind. Sie hat Jocelyn, mit der sie im Haus ihres Vaters oft eingeschlummert ist, übertrumpft. Jocelyn machte in ihren Vierzigern sogar einen Abschluss als Sozialarbeiterin und ist seither mit einem berühmten Gitarristen zusammen, der schon zu High-School-Zeiten in sie verliebt war. Nicht so Roxy. Sie wird mit leeren Händen von dieser Welt abtreten: ein Opfer, das vielleicht nur Kiki, die frühere religiöse Eiferin, zu würdigen weiß.

Der Cube klingelt früher als erwartet. Roxy richtet sich auf, erfrischt und mit Harndrang, als hätte sie geschlafen. Vielleicht hat sie ja auch geschlafen, denn es fühlt sich anders an, sonderbar, durch das Zimmer zu gehen. Gut. Der neben ihrem Futon stehende Bewusstseins-Cube ist warm wie ein frisch gelegtes Ei, Artie schläft oben darauf. Roxy legt das Kätzchen aufs Bett und hebt den Cube an. Er scheint schwerer geworden zu sein – das Gewicht ihrer Vergangenheit –, und als sie die Sensoren abzupft, fühlt sie sich tatsächlich leichter, als wäre ein innerer Druck gewichen. Sie hat einmal ein Video über eine Frau gesehen, die aus einem Fenster im vierten Stock gestürzt war. Ärzte entnahmen ihr Gehirn und legten es in eine Schale mit Gehirnflüssigkeit, um zu verhindern, dass es beim Aufquellen innen gegen den Schädel drückte. So fühlt Roxy sich jetzt: als wäre ihr Gehirn aus einer Zelle befreit worden, die zu klein geworden war.

Sie schreibt den Leuten in der Gärtnerei, sie fühle sich unwohl, könne nicht kommen. Mühelose Ausflüchte sind eine weitere Gabe von Ex-Junkies. Der Job ist Teil des Bright-Day-Programms, sie muss morgens also eine Urinprobe abgeben. Und wenn schon – sie ist clean! Sie möchte den Nachhall der Externalisierung genießen, verstehen, was sich verändert hat. Sie hat den Cube gerade hingestellt, da springt Artie wieder darauf. Man könnte sagen, sie *ist* dieser Cube. Er enthält ihren gesamten Geistesinhalt, alles, was sie erinnert oder nicht erinnert, alle Gedanken und Gefühle, die sie je hatte. Endlich besitzt sie ihr Unterbewusstes. Sie weiß, wo alles zu finden ist.

Alles bis zum Klingelton, um genau zu sein. Die zwanzig Minuten, die seither vergangen sind, hat der Cube nicht gespeichert, dazu müsste sie ihre Externalisierungen mit Hilfe der Sensoren updaten. Diese Minuten existieren nur in ihrem Kopf. Roxy hat sich nach einem Bewusstseins-Cube gesehnt, um die Vergangenheit aufsuchen zu können, was sie eigentlich fasziniert, ist jedoch die transparente Gegenwart mit ihren frisch geborenen Minuten. Sie fasst an ihr Gesicht, spürt die warme Haut unter den Fingern. Sie öffnet das Fenster. Blauer Himmel. Böiger San-Francisco-Wind. Eine Ahnung des Ozeans, obwohl er nicht zu sehen ist. Ein wohltuend tiefer Atemzug. Sie holt ein zweites Mal Luft, tiefer noch, und denkt: *Ich bin ein Glückskind.*

Sie hat den Film, den sie ersehnt hatte, jenen, der sie als Mädchen in London zeigt, just im Erinnerungsgestöber gesehen, das der Cube ausgelöst hat. Was will sie mehr? Würde die Story gewinnen, wenn sie die Reise noch einmal ungefiltert Revue passieren ließe? Was, wenn die Wahrheit so enttäuschend wäre wie die galligen Gedankenblitze ihres Vaters?

Roxy begreift, warum Chris Salazar selbst gegen jede

noch so vorsichtige private Verwendung von Besitze dein Unterbewusstes ist. Die Logik des Ganzen drängt nach *außen.* Roxy kommt es vor wie eine Naturgewalt, eine Strömung, die ihr Bewusstsein über die Grenzen ihres Selbst in eine unendlich größere Sphäre zieht. Sich darin aufzulösen und mit allem zu vermischen – das ist ihre Sehnsucht! Eine himmlische Aussicht: die Erfüllung all dessen, was sie im Leben erreichen wollte. *Etwas hinterlassen.*

Um ihrer Angst zuvorzukommen, gibt Roxy ihr WLAN-Passwort in den Cube ein und lässt sich im Schneidersitz davor nieder. Nachdem sie wie verlangt den DNA-Abstrich von ihrer Wange eingegeben hat, beginnt der Cube zu summen, und Artie schnurrt wohlig, weil noch mehr Wärme erzeugt wird. Roxy spürt eine Vibration in ihrem tiefsten Inneren, während sich ihr Bewusstsein in das Internet ergießt: ein Sturzbach von Erinnerungen und Augenblicken, manche schmerzhaft – teils auch Erinnerungen an echten Schmerz –, in einen Kosmos strudelnd, der sich windet und schlängelt wie eine unaufhörlich sich ausdehnende Galaxie. Irgendwo dort draußen ist ihr Vater. Roxy spürt, dass sich ihre Erinnerungen vereinen wie die Arme, die sie damals, an dem langen, lichten Abend, Hand in Hand geschwungen haben. Ihre komplette Vergangenheit rauscht durch ein Portal in eine unsichtbare Landschaft, verschwindet in einem anderen Blatt Millimeterpapier.

Und im stillen Bewusstsein dieses neuen Lebens wird Roxy beim nächsten D&D-Treffen zu Chris und Molly sagen: »Ich bin bereit, einen Charakter zu konzipieren. Helft ihr mir?«

i, der Protagonist

Chris Salazar wusste nicht mehr, welcher Job ihm vorgeschwebt hatte, als er während eines Zoom-Interviews unter den Bann Sid Stocktons, des verstörend charismatischen CEOs von SweetSpot Networks, geraten war und seinen Redaktionsjob damals, zu Pandemiezeiten, zugunsten von Sids Entertainment-Startup an den Nagel gehängt hatte. Er hätte nie erwartet, ganze Wände mit Formeln bedecken zu müssen, und trotzdem stand er nun, zwei Jahre später, mit schmerzendem Arm und pochendem Herzen da, nachdem er mehrere Whiteboard-Marker verbraucht hatte, um seine Liste von »Algebrasierungen« zu verteidigen – ein Begriff, den er vor zwei Jahren kaum hätte definieren können, nun aber bis zu achtzigmal pro Tag benutzte (er hatte gezählt).

Wieso, wollten die Profi-Zählenden wissen (vor allem Jarred, wie Chris ein 2019er Stanford-Absolvent, wenn auch mit Hauptfach Kalkulation), habe Chris *Drink ins Gesicht* so algebrasiert –

a (+ Drink) × (Ausschütten des Drinks) = **a** (– Drink) + *i*/2

– dass **i**, der Protagonist, das Ziel des geschleuderten Drinks sei und nicht derjenige, der ihn jemandem ins Gesicht pfefferte?

Ohne Jarred, den er bewusst ignorierte, eines Blickes zu

würdigen, erklärte Chris der Runde, ein Protagonist, der jemandem einen Drink ins Gesicht schütte, gehöre zum Standardmotiv *Held zahlt es ewigem Idioten heim*, das er schon vor Monaten algebrasiert habe.

Jarred stellte dies nicht zufrieden; Jarred war nie zufrieden mit Chris, was auf Gegenseitigkeit beruhte. »Müsste **i** nicht quadriert werden, nachdem er den Drink ins Gesicht bekommen hat?«, beharrte er.

»Einen Drink ins Gesicht zu bekommen, ist demütigend«, sagte Chris entschieden. »Es ist also wahrscheinlicher, dass **i** sich reduziert oder halbiert fühlt.«

»Stimmt«, brummte Aaron, ihr Boss, der so wortkarg war, dass das, was er gelegentlich von sich gab, etwas von der Endgültigkeit eines Axthiebs hatte, der ein Holzscheit spaltet.

Chris wurde von manischer Euphorie durchzuckt. Er zermalmte, er zerstörte, er killte dieses Treffen; er vernichtete Jarred, nachdem er rasant eine ganze Reihe von Algebrasierungen durchgeführt hatte, ohne mathematisch viel daran ändern zu müssen. Neben *Drink ins Gesicht*, aufgelistet unter dem Kürzel 3Aim, waren dies:

- Schlag ins Gesicht [3A*ii*r]
- »Du hast mich nie geliebt.« (Gebrüllt) [3A*viii*y]
- »Wie kannst du es wagen?« (Geflüstert) [3A*viii*z]
- Protagonist erreicht einsam Tiefpunkt, bei Nacht, auf Straße in Stadt (untermalt von gefühlvoller Musik) [2A*ix*b]
- Protagonist, betrunken, unter Drogen, torkelt durch verzerrte Landschaft [3A*ix*d]
- Nächtliches Geschrei, gefolgt von lethargischer Morgen-danach-Stille [3A*xii*w]

- Verschwommene Gesichter, allmählich klarer werdend, beugen sich über Protagonisten [3A*x*ip]
- Hand fummelt sich durch Bettzeug zum klingelnden Telefon [3A*y*iiin]

Als Chris die Aufgabe erhalten hatte, Filme und Fernsehshows nach Standardmotiven zu durchforsten, diese zu katalogisieren (Standard-Blocks) und in ein Algebrasystem zu übertragen, hatte er zunächst geglaubt, überfordert zu sein. Sein Hauptfach in Stanford war Englisch gewesen; er las für sein Leben gern und widmete dem Lesen bis heute seine spärliche Freizeit. Wie sich herausstellte, war es aber einfacher als gedacht, Standardmotive algebraisch darzustellen:

Protagonist hochgestimmt: i^2
Protagonist bekümmert: $i/2$
Protagonist, von anderen ausgegrenzt, bekümmert:
$i < (a, b, c \ldots) = i/2$

i, der Protagonist, hatte inzwischen etwas von einem großspurigen Helden:

$i!$

a, ***b*** und ***c*** wirkten vergleichsweise blass – Randgestalten, die nicht schnallten, dass sie nicht im Mittelpunkt der Story standen und dass ***i*** stets triumphierte. In der Welt der Standardmotive war Erlösung garantiert.

»SweetSpot wird für das Entertainment sein, was MK für die Sozialen Medien war!«, hatte Sid Stockton während jenes ersten Zoom-Interviews gepredigt, und Chris hatte heftig genickt, »MK« im Anschluss aber recherchieren müssen. Hinter dem Kürzel verbarg sich die Anthropologin Miranda Kline, die vor gut dreißig Jahren »das Genom menschlicher Affinitäten« kartiert und Algorithmen zur Verhaltensvorhersage aufgestellt hatte. Sie war berühmt dafür, den Social-Media-Unternehmen ermöglicht zu haben, ihr Geschäft zu Geld zu machen, dies zu einer Zeit, als dergleichen neu gewesen war. Sie war nicht stolz darauf. Die Interviews, die Chris geschaut hatte, verrieten, dass Kline im Lauf der Jahre ein immer tieferes Gefühl der Sinnlosigkeit entwickelt hatte. Im aktuellsten Interview hieß es: »Sie scheinen endlich darüber hinweg zu sein.« Woraufhin Kline, eine Zweiundsiebzigjähre mit silbergrauen Haaren und roter Satinbluse, den Kopf in den Nacken warf und lachte. »Ich lebe nach wie vor gern, wenn Sie das meinen«, sagte sie. Und dann: »Aber ich bin meiner eigenen Geschichte überdrüssig«, ein Satz, der bei Chris haften blieb.

Chris verließ die morgendliche Runde in einem rauschhaften Triumphgefühl, und zugleich war ihm zum Heulen. Es waren vorschnelle Triumphgefühle; morgen früh müsste er weitere Algebrasierungen präsentieren, und seine Arbeit war längst nicht abgeschlossen. Wenn er sich in einem Zustand künstlicher Euphorie befand (in seinem Job war das oft der Fall), mied er den Dachgarten von SweetSpot – wo die firmeneigenen Bienenvölker auf Lavendelbetten dösten – und stieß stattdessen zu der rauchenden Belegschaft, die sich draußen, hinter der zehn Meter vom Eingang entfernten gelben Linie, eine anzündete. Die Geringschätzung der Raucher für ihren Arbeitgeber sowie ihre antisoziale Aura entsprachen beängstigend genau dem Standardmotiv 1Küp, *Ordinäre Außenseiter*. Derlei Bezüge, die die ganze Welt in ein Spiel der Parallelen verwandelten, fielen Chris immer öfter auf. Zugleich war er beunruhigt; was bedeutete es, dass sich ein Großteil seines Lebens anhand von Formeln und Klischees beschreiben ließ?

Chris rauchte nicht; dass er sich von Rauchern angezogen fühlte, lag an seiner eigenen erzählerischen Rolle – *Unterstützender Sidekick* –, die ihm während seiner nunmehr zweijährigen Kodifizierung von Standardmotiven ungut bewusst geworden war. Er hatte sein Leben lang die Unterstützerrolle in den Dramen anderer gespielt (außer bei D&D, dort war er der bullige Anführer), angefangen mit Colin, seinem besten Freund, den er seit der Kindheit kannte, bis zu Pamela, seiner letzten Ex-Freundin, die er nicht von ihrer Heroinsucht hatte heilen können.

Der ordinärste Außenseiter unter den Rauchern, Comstock, schien nichts anderes zu tun als zu qualmen; Chris hatte ihn noch nie im Inneren des Gebäudes gesehen. Der heisere, ganz in Leder gewandete Comstock bekämpfte seinen Hustenreiz mit tiefen Schlucken aus einer Flasche Robitussin-Saft, die er zwischen Lederhüllen verbarg (nach der Pandemie wurde ein Husten nicht mal von ordinären Außenseitern toleriert). Während eines raren Gesprächs hatte Comstock erzählt, er sei bei SweetSpot für Diagnose zuständig, »eine Werkstatt, in der sich alle, die nicht in Stanford waren, die Hände schmutzig machen«, wie er bildhaft sagte. Worauf Chris in einem ähnlichen Geist erwidert hatte: »Und wir sind die Vollblüter, die nichts gebacken kriegen.« Die richtige Antwort. Er wurde mit einem Grinsen und einem Blick belohnt, der einem Augenkontakt nahekam.

»Salve«, grüßte Comstock wie üblich. Dann fügte er hinzu: *»¿Qué pasa, hombre?«*

Chris war verdattert – war das Spanisch eine Anspielung auf seine Wurzeln? Er ähnelte seinem Dad, tatsächlich ein

Latino – der sich *selbst hasste*, wie Chris oft stichelte, obwohl das übertrieben war. Immerhin konnte man mit einiger Berechtigung sagen, dass Bennie Salazar seine honduranischen Wurzeln schon auf der High School, hier in San Francisco, in einer *Konterkulturellen Miene* (1Aiiip) aufgelöst hatte. Chris' Vater, Punkrocker und Leader einer Band mit dem absolut unverzeihlichen Namen Flaming Dildos, hatte sich zu sehr geschämt, um Freunde nach Dale City mitzunehmen, wo er mit Chris' Großmutter (die immer noch dort lebte) und einer der vier Tanten von Chris gewohnt hatte, die als High-School-Schülerin Mutter geworden war.

Chris hätte auf Comstocks *¿Qué pasa?* gern mit einem spanischen Sturzbach geantwortet, aber sein Vater hatte darauf bestanden, dass er Französisch lernte. »Wie lange bist du schon bei SweetSpot?«, fragte er stattdessen.

»Zu lange.«

»Bedeutet – eine Woche?«

»Fünf Jahre.«

Chris spürte leise Zweifel. »Gibt es uns nicht erst seit drei …?«

»Ich war schon vor SweetSpot dabei«, sagte Comstock. »Sid und ich kennen uns seit einer Ewigkeit.«

Chris war bisher niemandem begegnet, der Sid Stockton persönlich kannte; nur Leuten, die von ihm fasziniert waren. »Wieso bist du in der Diagnose, wenn du so eng mit Sid bist?«, fragte er.

»Ich bin *kein Teamplayer*«, sagte Comstock. »Aber Sid kann mich nicht feuern – ich kenne die Leichen im Keller.«

Chris horchte auf; er hatte das Gefühl, dass eine neue Erfahrung bevorstand. So wie damals, als er Pamela bei Colins Entlassung aus Sylvan Shires, einem Suchttherapiezentrum in der East Bay, zum ersten Mal erblickt hatte: das Gefühl, dieses temperamentvolle Mädchen mit den langen, herzförmigen Ohrringen böte ganz neue Perspektiven. Chris hatte sie anfangs für eine Freundin oder Verwandte gehalten, nicht für eine Suchtkranke. Er hatte sich getäuscht. So tief hatte er noch nie geliebt. Und Pamela liebte ihn, jedenfalls bis zu ihrem Rückfall. Wenn sie, wie üblich im Rausch, bei *Yu-Gi-Oh!*-Filmen einnickte und orangener Karamellbonbonspeichel aus ihrem Mund sickerte, konnte Chris' Toben nur ohne Effekt bleiben. Er konnte sie weder mit Gebrüll noch Flehen noch gelegentlichen Tränen erreichen; sie befand sich in einem Zustand blinder, taubstummer Euphorie.

Comstock redete – was bei ihm hieß, dass er Wörter in Richtung Chris streute, ohne diesen anzuschauen. »… fahre mit dem Motorrad kurz zu … Kommst du mit …?«

»Gern«, sagte Chris, der wusste, dass *Ordinäre Außenseiter* ein Angebot selten wiederholten. In Wahrheit konnte er nicht weg – er musste seine Algebrasierungen bis zum nächsten Morgen im Kasten haben. Etwas Zeit hatte er aber noch. Er entfernte sich mit Comstock von der Lobby von SweetSpots, hoch und mit hellem Holz gestaltet, die hinter dem mattierten Glas zum Betreten einlud. Der Block gegenüber wurde von der »Junkie Alley« durchschnitten, wo sich Leute Spritzen in Hals oder Unterleib setzten. SweetSpot hatte erklärt, nicht ändern zu können, was sich auf der anderen Straßenseite tat, aber die Raucher hatten eine andere Theorie: Das Management duldete das düstere Spiegelbild, weil es die SweetSpotters davon abhielt, ihre kuschelige Zitadelle zu verlassen.

Comstocks verbeulte Harley-Davidson stand in einem Schwarm von Fahrrädern, die im Vergleich wie geduckte Rehkitze wirkten. Höchste Zeit, umzukehren – Chris hätte das längst tun können, nur war es ihm verfrüht erschienen.

Comstock tippte auf den Motorradsattel, als sollte Chris den nagelneuen Lederbezug betasten. Chris stieg auf, obwohl die Arbeit rief, und war verdutzt, als sich Comstock, erstaunlich agil für seine stämmige Statur, vor ihm auf den Sattel schwang und ihre Oberkörper in eine entwaffnende Nähe zueinander brachte. Comstock warf den Motor an, und die Maschine schoss los, was Chris zwang, die Arme um den Oberkörper seines Bekannten zu schlingen, um keinen Salto rückwärts auf die Straße zu schlagen. Sie holperten einen Hügel hinauf und sausten auf der anderen Seite wieder hinab, gebeutelt vom Wind und von den ächzenden, kreischenden Vibrationen der Maschine. Chris bebte vor Angst. Er hatte kaum Erfahrung mit Gefahren für Leib und Leben; seine Eltern hatten ihn in ernster Eintracht gelehrt, sein junges Leben sei kostbar, und er hatte diese Lektion verinnerlicht.

Als er sich endlich entspannte – die Zähne nicht mehr zusammenbiss, Bizeps und Bauch-, Bein- und Fußmuskulatur nicht mehr anspannte – und sich auf die Fahrt einließ, deren dröhnende Gewalt jedes Gebäude, das sie passierten, in qualmende Trümmer hätte legen müssen, wurde Chris von einer bestürzend tiefen Freude erfüllt. Er gab sich der Fahrt hin – windgepeitscht, wenn es bergauf ging, im freien Fall bergab, und in den Kurven schien seine Schulter den Asphalt zu küssen. Die Euphorie, die ihn erfüllte, war absolut rein, himmelweit entfernt von den billigen Triumphen der Arbeit, etwas ganz Neues. War er denn bedrückt gewesen? Vor fünf Monaten war Pam nach einer Überdosis in einer Starbucks-Toilette mit Narcan wiederbelebt worden, und seither plagte ihn das Gefühl, versagt zu haben. Pamelas Mutter kam nach San Francisco, half ihrer Tochter beim Packen und kehrte mit ihr nach Nebraska zurück. Pamela schrieb, sie brauche Ruhe: »Muss mich auf Heilung konzentrieren …« Wer hätte das nicht respektiert? Nur dass sie, laut ihrer Social-Media-Storys (die Chris wichtiger waren als die eigenen), inzwischen eine neuerliche Therapie absolviert und sich mit einem Ultimate-Frisbee-Spieler namens Skyler identische Ringtattoos hatte stechen lassen.

Er hatte versagt, aber warum? Weil er Pamela nicht hatte heilen können? Weil er im Alltag und im Bett nicht gut genug gewesen war, um einen Rückfall zu verhüten? Er ahnte, dass die Wahrheit tiefer lag, widersinniger war: Er hatte nicht gemeinsam mit ihr in den Abgrund schlittern können. Im Gegensatz zu Pamela, als Kind von einem Onkel missbraucht, der nun im Knast saß, hatte er eine absurd glückliche Kindheit genossen. Sein einziger Kummer – die Scheidung seiner Eltern, er war acht gewesen – war verflogen, nachdem sein Onkel Jules bei ihnen eingezogen war. Jules, ein Schriftsteller mit Schreibblockade, hatte viel Zeit und baute, während Chris in der Schule war, eine Yeti-Enklave aus LEGO; alle zwei Wochen organisierte er D&D-Spiele für Chris und Colin und fuhr die beiden, als sie älter waren, nach New Jersey zu einem ehemaligen Girl-Scout-Camp, wo sich Normalos in Warlords, Dunkelelben und knallblaue Najaden verwandelten; wo Chris und Colin abwechselnd verängstigte Stadtbewohner, Hausierer oder (unschlagbar!) blutbesudelte Monster mimten, die auf Landstraßen über ahnungslose Reisende herfielen und Fontänen künstlichen Blutes auf echten Schnee spritzten.

Deshalb war Chris unwiderruflich, unerschütterlich stabil, immun gegen jede Zumutung wie die SweetSpotters gegen das Elend in der Gasse. Das Aus der Beziehung mit Pamela hatte für eine leise Trauer gesorgt, die er so gewohnt war, dass er sie nicht mehr wahrnahm. Und nun war sie verpufft.

Dass sie auf einem Highway unterwegs waren, dämmerte

ihm mit Verspätung, und ein Schreck fuhr ihm in die Glieder. Er musste umkehren! Er reckte den Kopf, um Comstock zuzubrüllen: »Hey, Kumpel, wohin geht die Reise?«, doch der Fahrtwind verschloss ihm den Mund, drohte, ihm die Haut vom Gesicht zu fetzen und wie einen Kopfkissenbezug in die Hügellandschaft flattern zu lassen. Er wollte sich erheben, um die Frage in Comstocks Ohr zu schreien, nur ging das nicht, weil dieser einen Helm trug – Chris dagegen nicht! Also klammerte er sich fest, litt still weiter und beruhigte sich mit der Tatsache, dass seine missliche Lage *Unbescholten, von Gesetzlosen entführt, überraschend euphorisch* [2Pvii] entsprach, ein Standardmotiv, fest verankert im Bereich der Komödie. Sie befanden sich auf dem Highway 101; linkerhand das opalartige Glitzern der East Bay, rechterhand die Gebirgsausläufer mit nebelumspielten Kuppen. Chris kannte den Highway-Abschnitt von Fahrten zum Flughafen.

Kurz darauf schlängelten sie sich tatsächlich zwischen Terminals des SFO durch. »Was machen wir hier?«, konnte Chris rufen, als Comstock, der mit dem Handy hantierte, das Tempo drosselte.

»Ihr Flieger ist vor Stunden gelandet. Sie ist stinksauer.«

Kurz darauf erspähte Chris *sie* an der Bordsteinkante, unübersehbar im schwarzen Leder, mit schwarzem Lippenstift und lodernder Wut in den Augen. Comstock lenkte das Motorrad zu ihr, sprang ab und begann, sie offenen Mundes zu küssen, was Chris veranlasste, den Blick wohlerzogen abzuwenden. Anschließend brüllte sie Comstock in einer Sprache an, die Chris nicht kannte – Russisch? Am Straßenrand hielten Autos, er hörte Trillerpfeifen der Polizei. Das Motorrad tuckerte vor sich hin.

»Fahr die Karre näher ran«, sagte Comstock, und Chris drehte sich in dem Glauben zu ihm um, dass er jemanden meinte, der Motorrad fahren konnte [1Ziiip] – aber nein, er meinte Chris.

»Ich kann das nicht«, stotterte Chris.

»Dann runter mit dir.«

Chris stieg erleichtert ab, hatte aber sogleich das Gefühl, zu einer Salzsäule zu erstarren. Anspannung und Frust, von der rasenden Fahrt verdrängt, holten ihn ein. Was hatte er am Flughafen zu suchen, verdammt? Wie viel Zeit hatte er vergeudet? Als er daran dachte, dass Jarred ihn wegen jeder noch so kleinen Ungenauigkeit anpampen würde, wurde ihm ganz anders.

Comstock half seiner Freundin auf das Motorrad, und sie warf den Motor an und raste bis zum Rand des Terminals. Comstock folgte ihr mit einem monströsen, zerkratzten, grauen Hartplastikkoffer, dessen Räder zu blockieren schienen, er musste ihn über den Boden schleifen. Chris wurde sich eines logistischen Problems bewusst: auf Comstocks Bock ließ sich keine dritte Person transportieren, schon gar kein überdimensionierter Koffer.

»Sorry, sie will unbedingt fahren«, murmelte Comstock auf seine ausweichende Art. »Ich sollte sie wohl begleiten, du kannst ja mit dem Koffer im Taxi nachkommen.«

Chris stand auf dem Schlauch, wusste nicht, wie er diesen absurden Vorschlag abschmettern sollte: *Ich nehme gern ein Taxi, aber der Koffer bleibt hier …? Kommt nicht in Frage, ich würde lieber mit einer Unbekannten auf deinem Motorrad mitfahren …?* Die eigentliche Absurdität bestand natürlich darin, dass er sich überhaupt hierher hatte verschleppen lassen.

Chris brodelte, während er in der Taxischlange stand. Schließlich hievte ein Fahrer den Koffer in den Kofferraum, und Chris knallte beim Einsteigen die Tür zu, um seine Erbostheit zu demonstrieren. Daraufhin sprach Comstock, nun in der Rolle des Erwachsenen, mit dem Fahrer, während er hinten im Taxi schmollte. Dann setzten sich Auto und Motorrad in Bewegung. Die Frau, den Helm tragend, saß am Lenker, Comstock ohne Kopfschutz hinter ihr, die Arme um ihren Bauch geschlungen. Als sie auf der 280 nach Norden fuhren, der Flughafen lag hinter ihnen, wurde Chris ruhiger. Er konnte die Präsentation notfalls über Nacht vorbereiten, Colin, dessen Drogenkontakte selbst von der Entzugsklinik aus funktionierten, hatte ihn mit reichlich Adderall versorgt.

Chris ging den Standardblock 3B*i* bis 3B*xii* durch, der unter anderem folgende Motive enthielt:

- *Lustiger bester Freund wird ernst, um Protagonisten zur Vernunft zu bringen*
- *Makeover-Montage, gefolgt von Einstellungen, die blankes Erstaunen zeigen*
- *Partner eilt abgewiesenem Protagonisten in kritischem Moment zu Hilfe*
- *Menge spendet unerwartet stehende Ovationen …*

»Ja, glaubt die, ich fahre mit Bleifuß, verdammt?«, sagte der Taxifahrer.

Chris blickte auf und nahm den Mann zum ersten Mal richtig wahr: lange, graue Haare, gebräunt, am Rückspiegel baumelnder Nippes, Räucherstäbchen auf dem Armaturenbrett. Eine *Type*. »Ihr Freund hält sich offenbar für James Bond«, bemerkte er. Chris lachte höflich und wandte sich wieder der Liste zu, doch der Fahrer redete weiter, nun verstimmt. »Die hängen mich ab. Wissen Sie, wohin es gehen soll?«

»Ich … nein, weiß ich nicht. Hat er nichts gesagt?«

»Meinte nur, ich solle dem Motorrad folgen.«

Chris war davon ausgegangen, dass es zu SweetSpot ginge, aber bei genauerem Nachdenken war das unwahrscheinlich. »Vielleicht könnten Sie … ein bisschen mehr Gas geben?«, fragte er. »Ich bin mir nicht ganz sicher, wohin es gehen soll.«

»Das würde meine Stoßdämpfer strapazieren. Und der Kühler könnte überhitzen.«

»Sie hätten ein fettes Trinkgeld zu erwarten«, sagte Chris, doch die Erwähnung von Geld sorgte für die ernüchternde Erkenntnis, dass er am Ende auf der exorbitanten Taxirechnung sitzen bliebe.

»Spüren Sie die Vibration?«, fragte der Taxifahrer. »Das ist der Motor, er ist am Limit. Ein Ölwechsel ist fällig, und letzte Woche habe ich einhundertzwanzig Dollar für neue Stoßdämpfer hingeblättert.«

Chris nickte, genervt von dieser Automobilhypochondrie. Der Fahrer war, wie er nun begriff, ein ***a***: ein Nebendarsteller, der sich irrtümlich einbildet, die Hauptrolle zu spielen. Chris richtete den Blick auf Comstocks Lederjacke und schickte ihm in Gedanken mehrmals den wütenden Befehl, sich umzudrehen. Aber Comstock drehte sich nicht um – konnte das vielleicht auch gar nicht; verließ sich vielleicht darauf, dass *sie* das Taxi nicht abhängte. Wusste der Geier, was sie dachten – die beiden waren ihm vollkommen fremd! Comstock und er hatten noch nie Blickkontakt gehabt!

»Hören Sie das Klackern? Das dumpfe Brummen?«

»Ich brauche keine detaillierte Analyse Ihres Autos«, sagte Chris. »Sie sollen es nur fahren. Wenn wir von dem Motorrad abgehängt werden, sitzen wir in der Patsche.«

»Ich nicht. Ich säße nicht in der Patsche.«

»Ich habe kein Geld dabei. Wenn wir die Maschine aus den Augen verlieren, werden Sie nicht bezahlt.«

Selbst wenn dies gestimmte hätte, und es stimmte nicht, wäre es eine leere Drohung gewesen; er könnte jederzeit mit dem Handy zahlen, auch wenn dieser Babyboomer-Fahrer das vielleicht nicht wusste. Chris wollte den Mann nur daran erinnern, dass er kein **i**, sondern ein ***a*** war, also die Klappe zu halten und seinen Job zu machen hatte. Das verstimmte Schweigen, das eintrat, beruhigte Chris zunächst, aber dann blinkte ***a***, wechselte die Spur und verließ den Highway. »Was soll das, verflucht?«, brüllte er. Das Motorrad war schon fast außer Sicht.

»Kein Geld, keine Fahrt.«

»Ich kann bezahlen. Ich will nicht, aber ich kann.«

Doch zwischen ***a*** und **i** war es zu einem Zerwürfnis gekommen.

a ≠ i
a ← → i
i

Also fand sich Chris, die güldene Sonne stand tief, mit dem Koffer einer Fremden auf einem Bürgersteig an einem Ort wieder, den er als Dale City identifizierte. Er erlaubte sich ein Jaulen, um seinem Frust Luft zu machen, was für argwöhnische Blicke unter den Pendlern sorgte, die die BART-Station verließen. Danach beruhigte er sich: schließlich war es nicht sein Problem, sondern *ihres*. Chris hatte keinen Cent ausgegeben, der Koffer war intakt, und laut seines Handys war er acht Blocks vom Haus seiner Großmutter entfernt. Sie hatte ihn mehrfach zum Essen eingeladen, und sein Magen hing in den Kniekehlen. Abuela spielte abends oft Schach, aber ein kurzer Austausch von SMS zeigte, dass sie daheim war und Chris' Cousine Gabriella, aus Fresno zu Besuch, in ein paar Minuten einen Hühnereintopf servieren würde. Dies dämpfte sein Triumphgefühl, denn Cousine Gabby mochte ihn nicht. Dennoch trug ihn die Erleichterung über sein Glück im Unglück über acht Blocks hügelauf und hügelab, wobei er den lädierten Koffer an Häusern vorbeischleifte, die sich ähnelten wie ein Ei dem anderen. Nur die Farben – Knallrosa, eisiges Blau –, deren psychedelische Wirkung durch den Sonnenuntergang noch erhöht wurde, waren unterschiedlich.

Abuela empfing ihn in der Tür ihres graugrünen Hauses und schloss ihn in eine brüchige, nach den Mentholzigaretten duftende Umarmung, die sie mit ihren sechsundachtzig Jahren immer noch rauchte, obwohl Chris' Vater stets dagegen stänkerte. Schlank und zart, wie sie war, trug sie nur Céline, elegante Strickwaren in Blau und Beige und dünne, goldene Halsketten. Sie hatte ihre nunmehr schlohweißen Haare aufgewickelt und hinten zusammengesteckt. Sie spielte täglich Schach, meist von früh bis spät, und ließ sich stets im vollen Ornat zum Wettstreit nieder. In Honduras war sie als Jugendliche Schachmeisterin gewesen, aber als Mutter von fünfen, die mit fünfunddreißig Witwe wurde und in einem feindseligen Land lebte, hatte sie das Spiel aufgeben müssen. Erst als Chris' Vater, ihr Nesthäkchen, auf die High School ging und sich, wie Abuela oft klagte, »schämte, nach Hause zu kommen«, nahm sie es wieder auf, und die Prämien für Turniersiege ermöglichten es ihr schließlich, den Job bei der Stadt zu quittieren und ihr kleines Haus zu kaufen. Bei einem Wasseryogakurs für Senioren im YMCA freundete sich Abuela mit einer Frau an, deren Sohn mit alternativen Währungen handelte, und sie begann, einen Teil ihrer Schachprämien – am Ende ihr gesamtes Nettovermögen – mit seiner Hilfe in Bitcoin anzulegen. Auf dem Höchststand stieß sie alles ab und strich ungezählte Millionen ein, die sie zum Teil in ein anonym ersteigertes Gemälde von Piet Mondrian steckte. Chris fand das Bild nicht umwerfend: weiße Quadrate und Blöcke in Primärfarben. Für Abuela dagegen war diese Geometrie ein unerschöpflicher Quell meditativer Erneuerung. »Wenn ich mich hier verloren fühle, finde ich mich dort wieder«, pflegte sie zu sagen. »In der zweidimensionalen Welt werden Probleme kleiner.« Der nicht versicherte Mondrian hing im Wohnzimmer; die Versicherungen, die sie konsultiert hatte, hatten ihr Haus trotz Alarmanlage als nicht sicher genug eingestuft. Abuela wollte nicht umziehen. »Diese Leute können einen Mondrian nicht von Meringue unterscheiden«, hatte Chris sie über ihre Nachbarn sagen hören. »Seht euch bloß mal an, wie sie ihre Häuser gestrichen haben!«

Chris' Vater weigerte sich, in einem Zimmer mit einem nicht versicherten Mondrian zu sitzen, und dieser seit zwei Jahren schwelende Mutter-Sohn-Zwist hatte zur Folge, dass sie, wenn sein Vater aus New York zu Besuch kam, ihre Mahlzeiten ausschließlich im Restaurant einnahmen, oft mit Chris' Stiefmutter, Lupa, einer auf Insekten spezialisierten Tierfotografin.

»Warum genießt du nicht die Schönheit meines Mondrian …« – Abuela sprach den Namen mit französischem Zungenschlag aus – »anstatt dich so anzustellen?«

Das hatte sie Chris' Vater gefragt, als sie vor einigen Monaten zu viert in einem Restaurant in North Beach gesessen hatten, in der Nähe des Mabuhay Gardens, einem früheren Punkertreff, wo die Band seines Vaters, die Flaming Dildos, 1979 einen Auftritt gehabt hatte.

»Welche Schönheit? Ich sehe nur einen kahlen Fleck und Gott weiß wie viele Millionen, die du zum Fenster rausgeworfen haben wirst, sobald irgendwelche Hooligans den Schinken von der Wand reißen«, entgegnete sein Vater. Chris und Lupa sahen sich an und verdrehten die Augen.

»Benicio«, rügte Abuela ihn, »du beklagst etwas, das sich noch nicht zugetragen hat. Was könnte dümmer sein?«

»Einen nicht versicherten Mondrian aufhängen!«

Diese Keiferei hatte durchaus etwas Aufgesetztes, einen Hauch von *Wutentbrannter Sprössling tobt gegen unerschütterliches Elternteil* [2Pxixl], und Chris bezweifelte, dass die beiden streiten würden, wenn sie kein Publikum hätten.

»Wisst ihr was?«, sagte Abuela mit einem Seitenblick auf Chris. »*Ich* habe seinen Mohawk gebügelt. Für den Punkrock.«

»Das schon wieder«, sagte sein Vater.

»Auf meinem Bügelbrett. Mit meinem Haarspray. Er hätte sich sonst den Kopf verbrannt.«

»Ja, ich weiß noch«, sagte Chris.

»Das weiß jeder«, brummte sein Vater. »Weil du dafür sorgst, dass es niemand vergisst.«

»Er sah aus wie … wie ein Monster, ein Kinderschreck«, sagte Abuela und sah Chris' Vater liebevoll an. »Trotzdem habe ich es getan. Warum nur?«

»Um ihn glücklich zu machen«, ergänzte Lupa.

Nach dem Abendessen waren sie am alten Mabuhay Gardens vorbeigefahren. Die Flaming Dildos waren als erste mehrerer Vorgruppen aufgetreten, und zu ihrer Begrüßung hatte man Müll auf die Bühne geschmissen. Chris hatte vergeblich nach Videoaufnahmen gesucht (was für eine Welt war das damals, mit so wenigen Kameras!). Hätte er sich ins Kollektivbewusstsein gewagt, dann könnte er das Konzert gewiss aus zig Perspektiven verfolgen. Doch Chris schreckte vor Besitze dein Unterbewusstes zurück – eine Einstellung, mit der er in seinem Umfeld komplett aus der Reihe tanzte. In Chris' Welt war Bix Bouton ein Gott, aber Chris hatte sich (in aller Heimlichkeit) auf die Seite der Boomer geschlagen, die Mandalas »Memorevolution« mit existenzieller Bestürzung zur Kenntnis nahmen. Vermutlich war dies der einzige Punkt, in dem er mit seinem Vater übereinstimmte.

Obwohl der Auftritt der Dildos ein weißer Fleck blieb, wirkte er seit vierunddreißig Jahren nach: Scotty Hausmann, der Folkmusikheld, der die Karriere seines Vaters vor einigen Jahren neu angekurbelt hatte, war Sänger der Flaming Dildos gewesen. Lou Kline, der verstorbene Musikproduzent, war auf dem Konzert der Dildos gewesen und hatte Chris' Vater anschließend unter seine Fittiche genommen. Lous Tochter Roxy, eine gefährdete Person, die in San Francisco lebte, aß gelegentlich mit Chris und dessen Vater zu Abend. Die verrückteste Verbindung aber war jene, die sich ergeben hatte, als Miranda Kline, die Anthropologin, ohne Vorwarnung in sein Bewusstsein getreten war. Chris, der sich in ihre Biographie vertieft hatte, hatte festgestellt, dass sie in den 1970ern *mit Lou Kline verheiratet gewesen war*! Diese Tatsache sorgte für einen gespenstischen Widerhall – ja, sogar für eine Art Begegnung –, als würde Miranda Kline ihm aus der Ferne winken oder zuzwinkern.

Abuela band eine Schürze mit Mondrian-Muster über ihr Kleid und löffelte Hühnereintopf in Schälchen mit Mondrian-Muster. Ihre Mondrian-Merchandising-Artikel umfassten Kerzenhalter, Vasen, Regenschirme, Tabletts, Platzdeckchen, Handtücher, Zierkissen, gerahmte Poster, Coffee-Table-Books und einen bestickten Hocker – alles zusammen eine geniale Tarnung, wie sie fand. »Wer einen echten Mondrian besitzt, würde sich nie diesen Schund kaufen«, pflegte sie zu sagen.

»Warst du auf Reisen?«, rief Gabriella, am Esstisch lümmelnd und darauf wartend, dass Chris ihr auftat. Sie beäugte den Koffer, den er – unauffällig, wie er hoffte – im Eingangsflur abgestellt hatte.

»Gehört nicht mir«, antwortete er.

»Ist das nicht ein Unding? Das Gepäck anderer schleppen zu müssen?« Sie sagte das mit deutlichem Vergnügen.

»Ich steige in kein Flugzeug.«

Obwohl gedrungen, hatte Gabriella ein schönes, nachdenkliches Gesicht. Ihre Mutter, Chris' Tante Laura, hatte es seinem Vater übel genommen, vergöttertes Baby und einziger Sohn zu sein und nach Strich und Faden verwöhnt zu werden, bis zu dem Punkt, dass man seinen Mohawk bügelte. Im Gegensatz dazu hatte Laura, schon als Teenager Mutter geworden, lange Zeit zu kämpfen. Inzwischen war sie zu Wohlstand gelangt, hatte in Schottland ein Time-Share-Apartment und verbrachte dort jeden halben Sommer, um Golf zu spielen. Sie hatte ihren Groll an Gabriella weitergegeben, die ihn bei jeder sich bietenden Gelegenheit an Chris ausließ.

»Worin besteht dein Job?«, wollte sie von ihm wissen, als alle saßen. »Entwickelst du Apps?«

»Nein, das nicht.«

»Tun das nicht alle Stanford-Absolventen? Apps entwickeln?«

»Wenn du das sagst.«

»Ich habe keine Ahnung. Ich war auf der Chico State.«

»Und was machen Chico-State-Absolventen?«

»Sie werden Gefängniswärter. Ist nur ein Witz, ein Witz«, schwächte sie ihre Worte ab, weil Abuela null Toleranz für

Selbstmitleid hatte. Außerdem war Gabriella eine erfolgreiche Apothekerin.

»Was produziert ihr in eurer Firma noch gleich, Christopher?«, fragte ihre Großmutter und musterte ihn mit ihrem klugen, ruhigen Blick.

»Da bin ich mir … selbst nicht ganz sicher«, sagte Chris. Er hatte seine Abuela nie belügen, nicht einmal necken können. »Klar, wir sind ein Entertainment-Unternehmen. Aber ich bin überwiegend damit beschäftigt, Storys auf vertraute Bestandteile zu reduzieren und diese in noch kleinere Teile zu zerlegen, die ich dann …« – er konnte sich nicht dazu durchringen, »algebrasiere« zu sagen – »… in gewisser Weise tabellarisch erfasse. Was dahintersteht, denke ich, ist …«

Was stand dahinter? Kunst zu produzieren – oder eine Möglichkeit zu schaffen, Kunst zu produzieren? Soweit Chris wusste, war noch kein Produkt in Sicht. Er hatte Aaron, seinen Boss, gefragt, worin das Ziel ihrer Arbeit bestehe, und Aaron hatte mit einer axthiebartigen Endgültigkeit geantwortet: »DNA.«

»Und wie gefällt dir die Arbeit, Christopher?«, fragte Abuela.

»Ich finde sie toll«, stieß er hervor.

Während dieses Gesprächs hatte sich Gabby mit der Begründung entschuldigt, sie müsse aufs Klo. Nun beäugte sie argwöhnisch den Koffer. »Was ist da drin, Chris?«, rief sie. »Es riecht nach Hydrochlorid.«

Chris verdrehte die Augen, aber seine Großmutter erhob sich eilig von ihrem Stuhl.

»Oooh, die würde ich lieber ausmachen«, sagte Gabby, denn ihre Großmutter hatte ihre winzige Portion Hühnereintopf verspeist und genoss eine der dünnen Mentholzigaretten, die sie, seit sie von der FDA verboten worden waren, auf dem Schwarzmarkt kaufte. »Es könnte eine Explosion geben.«

Abuela ging flugs in die Küche und löschte ihre Zigarette unter dem Wasserhahn. »Der Koffer muss raus«, sagte sie.

»Wir sollten die Polizei rufen«, schlug Gabby vor.

»Nein!« Das erwiderten Chris und seine Großmutter wie aus einem Mund. Abuela wollte die Anonymität nicht gefährden, in der sie einen Schutz für ihren Schatz sah, und Chris hatte wenig Lust, Gesetzeshütern den Inhalt des Koffers zu präsentieren.

»Ich nehme ihn mit in die Stadt«, sagte er seufzend. »Ich kann gleich ein Uber rufen.« Das war ein Bluff, er spekulierte darauf, dass Abuela sagte, er solle erst mal aufessen. Doch er hatte sich verrechnet.

»Ja, das wäre am besten«, sagte sie zögernd. »Wir können draußen gemeinsam auf das Taxi warten. Mit dem Koffer.«

»Ich esse noch auf«, sagte Gabby. »Schön, dich wiedergesehen zu haben, Chris.« Sie grinste, und wieso auch nicht? Sie hatte es geschafft, ihn aus dem Haus zu verbannen.

Es war schon dunkel, als Chris' Uber vor SweetSpot Networks hielt. Er sah sich nach Comstock um, aber draußen rauchte niemand – hatte er bei Dunkelheit jemals Raucher gesehen? Unterwegs hatte er sich vorgestellt, den Koffer einfach hinten im Uber zu lassen, nun scheute er davor zurück, mochte das Monstrum aber auch nicht in sein Apartment im Richmond District mitnehmen. Er würde sowieso nicht dorthin zurückkehren – er musste die Nacht durcharbeiten, wenn er seine Präsentation bis morgen früh fertigstellen wollte. Für derlei Gelegenheiten hatte er eine Kleidergarnitur und Adderall in seiner Arbeitsecke deponiert.

Er stieg aus, ohne nachzuprüfen, wie viel er für das Uber

bezahlte – er wollte es lieber nicht wissen. Während er den Koffer zu den automatischen Glastüren von SweetSpot schleifte, fiel ihm auf, dass die Räder auf dem Bürgersteig Funken schlugen. Verdammter Mist! Er wuchtete den Koffer auf beide Arme, spürte zum ersten Mal das wahre, unnatürliche Gewicht. Ein ausgewachsener Mann hätte in embryonaler Haltung hineingepasst.

»Oha«, sagte Dieter, einer der Sicherheitsleute, als Chris mit seiner sperrigen Last durch die Glastüren torkelte.

»Kennen Sie Comstock?«, japste Chris, dem Schweiß von der Stirn in die Augen rann, als er den Koffer absetzte. »Einen Angestellten namens Comstock? Fährt eine Harley? Raucht oft draußen?«

»Wir müssen das Teil öffnen«, sagte Frank, der *Bad Cop*.

»Können Sie es nicht einfach … durch Ihr Gerät laufen lassen?«

»Das Gerät registriert nicht alles«, sagte Dieter, der *Good Cop*. »Außerdem passt der Koffer nicht durch.«

»Was ist da drin?«, fragte Frank.

»Das Teil gehört Comstocks Freundin«, sagte Chris. »Eine Ausländerin, Russin, glaube ich. Ich bin auf Comstocks Motorrad zum Flughafen mitgefahren, um sie abzuholen, und dann mit ihrem Gepäck im Taxi zurückgekehrt.«

Die Wachmänner lauschten aufmerksam, aber so ratlos, als würden sie auf etwas warten, das ihnen auf die Sprünge half.

»Ich würde ungern einen fremden Koffer öffnen«, sagte Chris, eine glatte Untertreibung: Bei dem Gedanken daran schwirrte ihm vor Furcht der Kopf. »Kann ich einfach … hochgehen? Und das Teil für Comstock dalassen?«

»Wir kennen keinen Comstock«, sagte Frank.

»Vielleicht schauen Sie im Verzeichnis nach?«, fragte

Chris mit wachsender Ungeduld. »Es kann nicht viele Comstocks geben.«

»Gibt kein Verzeichnis«, sagte Dieter. »Das Unternehmen ist zu schnell gewachsen. Schreiben Sie diesem Comstock doch eine Nachricht. Oder rufen Sie ihn an.«

»Ich habe seine Nummer nicht.«

Ein Schweigen trat ein, es wurde immer hartnäckiger. Chris spürte, wie die sonderbar missliche Situation auf allen lastete.

»Ich muss Sie bitten, den Koffer aus dem Gebäude zu entfernen«, sagte Frank amtlich.

»Bis außerhalb der Sperrzone«, sagte Dieter entschuldigend. »Das ist Vorschrift.«

Chris schleppte den Koffer ohne ein weiteres Wort durch die Glastüren ins Dunkel. Die See entsandte Nebelstreifen in die Straßen, die um die Laternen waberten. Als die automatischen Türen zischend zugingen, hatte Chris das Gefühl, nicht nur von *Good Cop / Bad Cop* abgeschnitten worden zu sein, sondern auch vom Universum des Geschichtenerzählens, in dem die beiden sich befanden. Seiner Eskapade war kein lustiges Ende beschieden gewesen. Stattdessen war ein Genrewechsel vollzogen worden, das wilde Abenteuer war plötzlich eine ernste Angelegenheit. Oder war diese Ernüchterung von Anfang an in der Eskapade angelegt gewesen?

Ohne auf den Funkenschlag zu achten, zerrte Chris den Koffer bis über die gelbe Linie vor dem Gebäude und blieb dort stehen. Frank warf einen Blick nach draußen, um zu schauen, ob Chris gehorcht hatte, und ging danach wieder zu Dieter. Chris konnte sie lachen hören.

$i < (a + b) = i/2$

Bei dem Gedanken daran, was ihm sein Pflichtgefühl eingebrockt hatte, durchzuckte ihn Selbsthass: Dieser beschissene Koffer war der Beweis. Er konnte sich weder überwinden, ihn stehen zu lassen, noch ihn zu öffnen oder mit nach Hause zu nehmen. Er musste hier auf Comstock warten.

Gelegentlich gingen Gruppen von SweetSpottern zum Gebäude. »Kommst du mit rauf?«, fragten jene, die Chris kannten.

»Ja, gleich«, antwortete er stets, und sie gingen hinein, ohne sich noch einmal umzudrehen.

$i < (a, b, c \ldots)$

In der langen Stille, die eintrat, glaubte Chris, der sich sehnsüchtig wünschte, ein Motorrad möge sich nähern, mehrmals ein Röhren zu hören. Reine Einbildung. Seine Beine taten weh. Er erwog, sich auf den Koffer zu setzen, aber der Gedanke, dass er Sprengstoff enthielt, ließ ihn davor zurückschrecken. Frank würde es ohnehin spitzkriegen. Oder Dieter? Vielleicht war Dieter der Tonangebende und Frank das Sprachrohr. Vielleicht waren sie gar keine Menschen, sondern Roboter, Verkörperungen jener Standardblocks, die Chris während der letzten zwei Jahre algebrasiert hatte. Diesem Laden war jeder Grad an Schäbigkeit zuzutrauen.

Chris schüttelte die düsteren Gedanken ab und begann, logisch zu denken: Comstock existierte. Irgendwo, in diesem Augenblick – schlief zweifellos mit *ihr*. Sie würden zwangsläufig aufkreuzen und den Koffer beanspruchen. Morgen um diese Zeit würden sich alle losen Fäden der Geschichte verknüpfen – bestimmt mit einem Lachen, vielleicht sogar mit einer neuen Nähe, einer knospenden Freundschaft. So war es bei *Befähigenden Sidekicks*, wie Chris aus Erfahrung wusste.

Am Ende schleifte er den Koffer aus schierer Erschöpfung über die Straße und bog in die stockfinstere Gasse ein. Im Schutz der Dunkelheit lehnte er sich gegen eine Mauer, ließ sich auf den Bürgersteig rutschen. Mein Gott, wie gut, endlich zu sitzen. Er kippte den Koffer auf die Seite und lehnte sich daran, bürdete dem Hartplastik sein Gewicht auf. Er hatte einen prima Blick auf den Eingang von SweetSpot, würde Comstock also sehen. Aber je länger Chris wartete, den Blick auf die automatischen Glastüren geheftet, die sich hin und wieder öffneten, um einen Angestellten, der ebenso gut er selbst hätte sein können, zu verschlucken oder auszuspeien, desto fremder kam ihm die glitzernde Welt hinter den Türen vor. Chris war verbannt worden, vielleicht hatte er sich auch selbst verbannt. *Ich habe die Schnauze voll von meiner Geschichte.* Er würde nie wieder dorthin zurückkehren.

$i \neq (a, b, c \ldots)$

$i \leftarrow \rightarrow (a, b, c \ldots)$

i

Die Nacht war erfüllt vom Klang der Nebelhörner. Chris hatte gehört, dass sie kein Muss mehr waren, sondern eine nostalgische maritime Referenz. Er schloss die Augen, um zu klären, ob die Töne nur Klangkulisse waren oder doch noch einen Zweck erfüllten. Er wünschte, es wäre so! Die Ohren spitzend, vernahm er ringsumher leises Rascheln, Murmeln, Seufzen und, dicht neben sich, wie jemand den Körper verlagerte. Er riss die Augen auf. Nun, da sich diese an die Dunkelheit in der Gasse gewöhnt hatten, sah er Dutzende Gestalten an den Mauern lehnen, einzeln oder zu zweit, und manche lagen so auf dem Bürgersteig, wie sie gestürzt oder fallen gelassen worden waren. Die Angst, die ihn packte, flaute rasch wieder ab, er entspannte sich. Die Mienen seiner neuen Gefährten zeugten von tiefer Seligkeit. Chris legte den Kopf zurück und sah zum Himmel auf – dessen unruhige Schönheit vom Nebel lind verhüllt wurde – und glaubte erkennen zu können, wie die Drogenträume in die Nacht aufstiegen.

STURZ

Der Umkreis: Danach

Wenn ich mich ausheulen will, verziehe ich mich in die Damenumkleide, die über die Woche verwaist ist, weil die Tennis-Moms Tennis und die Golf-Moms Golf spielen und weil die Moms ihre Kinder nicht in die Damenumkleide mitnehmen dürfen, das geht erst ab dreizehn, es ist also mein erster Sommer im richtigen Alter, und der Raum ist irgendwie beruhigend, vielleicht wegen des flauschigen Teppichs oder wegen der vielen Lotionen und Cremes vor den Spiegeln oder wegen des Geräuschs, das klingt, als würde jemand unaufhörlich summen, *mmmmmmmmmmmmm*, und all das tröstet mich darüber hinweg, dass Stella, meine beste Freundin, mich WIEDER MAL AUSGEGRENZT HAT, so ist das seit der Vierten, um es zu vermeiden, müsste ich so tun, als wäre mir alles egal, nur ist es mir NICHT EGAL, und neue Freundinnen finde ich nicht, die anderen Cliquen wollen mich nicht, weil Stella so fies ist, und weil ich auf fiese Art versucht habe, ihre Freundin zu bleiben, schlicht BELIEBT und ANGESAGT zu sein, denn anders geht's nicht, wenn man nicht ständig das ungute Gefühl haben will, dass hinterrücks etwas gegen einen ausgeheckt wird, wie eben im Snack Shack, als Chris Salazar und Colin Bingham vorbeikamen, während ich mit Stella und Iona auf Grillkäse-Sandwichs wartete. Iona LÄCHELTE DIE BEIDEN VERSTOHLEN AN, und als ich sie auch anlächeln wollte, sahen sie weg und VERKNIFFEN SICH EIN LACHEN, was heißt, dass Stella OHNE

MEIN WISSEN AUF FACEBOOK CHATTET, und zwar geht es um Chris Salazar, in den sie seit einer Ewigkeit verknallt ist.

Im Zuvor, als meine Familie direkt neben den Salazars wohnte, wollte Stella oft von mir wissen: *Molly, siehst du Chris Salazar manchmal in seinem Haus?*, und ich antwortete so was wie: *Nein, zwischen den Häusern stehen Bäume*, und sie sagte: *Aber weißt du zufällig, wo sein Zimmer ist?*, und aus irgendeinem Grund verneinte ich, obwohl ich es von einer Cocktailparty wusste, zu der ich im Zuvor, als wir Tür an Tür wohnten, eingeladen gewesen war. Chris' Zimmer geht nach vorn raus, im Fenster steht eine grüne Lampe, und ich gehe mit Biscuit, unserem neuen Welsh Corgie, an manchen Abenden an unserem Ex-Haus vorbei, das wir nicht mehr bewohnen, weil Mom und Dad geschieden sind, und schaue nach, ob die grüne Lampe brennt, weil es mir verraten könnte, ob Chris Salazar noch wach ist und ob ich auch in ihn verknallt bin.

Stella, Iona und ich gingen mit den Grillkäse-Sandwichs zum Kräutergarten, weil Stella dort am liebsten isst, und ich musste anhalten, um eine Sandale zu richten, und Stella und Iona GINGEN WEITER, OHNE AUF MICH ZU WARTEN, und als ich mich aufrichtete, waren sie schon weit weg, ich hätte rennen müssen, um sie einzuholen, was mit einem Grillkäse-Sandwich in der Hand nicht ganz einfach ist, und sie hätten bestimmt so was gesagt wie: *Oh. Hi, Molly*, obwohl sie mich eigentlich loswerden wollten, also ging ich in die entgegengesetzte Richtung, zur Damenumkleide, um dort zu heulen.

Man könnte sich fragen, warum Stella so beliebt ist, aber wer weiß schon, wie Beliebtheit funktioniert, obwohl das an den Unis bestimmt erforscht wurde. Stellas Familie ist stinkreich, aber seien wir ehrlich, hier ist keiner arm, und sie ist superschön, mit dichten, braunen Haaren und grünen Augen, aber daran liegt's nicht, denn die anderen Mädchen sind genauso hübsch, wenn auch nicht so faszinierend. Wenn Stella dir Aufmerksamkeit schenkt, sind die Farben intensiver, und du hast ein Gefühl der Ruhe, als müsstest du nicht mehr kämpfen, dich abstrampeln oder versuchen, irgendwas zu erreichen, weil du einfach DA bist, aber gut, vielleicht sind das gar nicht die Gründe für Stellas Beliebtheit, vielleicht entspringt diese Wirkung der Tatsache, DASS sie beliebt ist, wahrscheinlich ist es eine »Huhn-oder-Ei-Frage«.

Als ich kleiner war, meinte Mom oft: »Weißt du, Molly, du hast zwei Möglichkeiten: Entweder lässt du Stella sausen, oder du sorgst dafür, dass sie angekrochen kommt, und wenn du dich für Letzteres entscheidest, helfe ich gern.« Mir fehlte die Kraft, Stella sausen zu lassen, und deshalb organisierte Mom in der Vierten eine Kätzchenkappen-Party, auf der sie den Gästen bei der Herstellung einer Kätzchenkappe helfen wollte, sie kann nämlich gut nähen, und ich lud alle Mädchen ein, die wichtig waren, Stella ABER NICHT, und sie erfuhr natürlich davon und war wieder nett, aber Mom meinte, LASS DICH NICHT ERWEICHEN, sie muss erst heulend angekrochen kommen, und am Vormittag der Kätzchenkappen-Party erschien Stella mit ihrer Mutter, »um darüber zu reden«, und Mom schenkte Stellas Mutter einen Kaffee ein, obwohl sie diese im Stillen eine »Flachbrettbohrerin« nennt, und Stella und ich gingen nach oben in mein Zimmer, und sie weinte und entschuldigte sich, sagte, ich sei ihre beste Freundin, sie habe nur manchmal Lust, mir weh zu tun, aber es sei das letzte Mal gewesen, und dürfe sie BITTE zu meiner Kätzchenkappen-Party kommen? Ich war also am Ziel, sie kam heulend angekrochen, und wir gingen Hand in Hand nach unten, und ich sagte: *Mom, ich will Stella auch einladen, sie kann das Material für meine Kätzchenkappe haben*, aber Mom sagte: »Ich glaube, wir haben sogar noch eine!«

So funktionierte es auch mit Häkeldecken und mit einer Schatzsuche, all das, BEVOR Dad zu Mom sagte, er wolle die Scheidung. Brian und ich ahnten nichts davon, wir machten abends Hausaufgaben, aber nachdem Dad gesagt hatte, er wolle sich scheiden lassen, ging Mom ins Bastelzimmer, schrieb mit einem Edding »HAUS ZU VERKAUFEN« auf eine Pappe und nagelte sie an einen Pflanzstab, den sie im Dunkeln vor dem Haus in den Rasen schlug, und als Brian und ich den Krach hörten, rannten wir nach draußen, wo Dad flehte: »Muss das denn sein, Noreen?«, und Mom entgegnete: »Entscheidungen haben Folgen, Bruce.« Das ist über ein Jahr her, und ich weiß nicht, welche Entscheidungen sie meinte. Brian und ich wohnen jetzt bei Mom, und Hannah ist in den Semesterferien bei Dad, und als ich Hannah nach den Folgen von Dads Entscheidungen fragte, meinte sie: »Mom ist total unmöglich, Molly, ist dir das nie aufgefallen?«

Nachdem ich aufgehört habe zu heulen, tunke ich Wattebäusche in Hamamelis und tupfe meine Wangen ab, bürste meine Haare und fische einen Jolly-Rancher-Bonbon mit Apfelgeschmack aus einem Glas. Als ich zwei Frauen in die Damenumkleide kommen höre, husche ich hinter die letzte Reihe der polierten Holzschränke und erkenne die Stimmen von Stephanie Salazar, Chris Salazars Mutter, und von Kathy Bingham, ihre Partnerin beim Tennis-Doppel. Kathy ist eine der hübschesten Mütter des Clubs, vielleicht DIE hübscheste, und Clay, ihr Mann, ist einer der reichsten Dads, und sie haben fünf Kinder, darunter Colin, Chris' bestem Freund, der neulich erwischt wurde, als er im Home Depot Werkzeuge klauen wollte. Ich kann hören, wie Stephanie und Kathy ihre Schränke öffnen, und Kathy, die glaubt, sie wären unter sich, sagt, Harriets Rückhand werde immer schlechter, der Unterricht lohne sich nicht mehr.

Stephanie: Oder sie sucht sich einen neuen Trainer. Ich weiß nicht, ob Henri so gut ist.
Kathy: Henri ist die totale Katastrophe.
Stephanie: Er ist neu. Und wer weiß, vielleicht funktioniert Tennisunterricht in Frankreich anders.
Kathy: Diese kleine Blondine, Marisol, geht so sehr über den großen Onkel, dass sie eigentlich ständig auf die Nase fallen müsste.
Stephanie: Sie hat deine Schläge mehrmals gut pariert.
Kathy: Ich habe zum ersten Mal gegen sie gespielt.
Stephanie: Wir haben jedenfalls gewonnen.
Kathy: Ich wünschte, mit größerem Abstand.
Stephanie: Ich gehe jetzt zum Pool.
Kathy: Tut es sehr weh, sich ein Tattoo machen zu lassen?
Stephanie: Denkst du darüber nach?
Kathy: Ja, irgendwie schon.
Stephanie: Und welches Motiv?
Kathy: Weiß nicht, irgendwas Symbolisches. Wofür steht deines?
Stephanie: Das Bild stammt von einer Vase, die während der Bronzezeit auf Kreta angefertigt wurde. Die Minoer hatten diesen atemberaubend schönen Stil für Meerestiere, in den ich mich im Kunstgeschichtsstudium verliebt habe, und das Tattoo habe ich mir in meinen Zwanzigern machen lassen, kurz nach meinem Umzug nach New York, es symbolisiert also vor allem ein fettes Ihr-könnt-mich-mal hinsichtlich meiner Eltern, die Tattoos hassten und total entsetzt waren.
Langes Schweigen.
Kathy: An welchem College warst du noch mal?
Stephanie: University of Illinois Champaign. Und du?

Kathy: Harvard. Schon erstaunlich, dass wir befreundet sind, oder?
Stephanie: Wir sind Partnerinnen beim Tennis-Doppel, würde ich sagen.
Kathy: Wie nett von dir.
Stephanie: Du kannst damit umgehen.
Kathy: Du besorgst die Liegen, ich hole den Eistee.

Sie verlassen die Damenumkleide, und ich hocke da und versuche zu verstehen, was ich gehört habe, ob Kathy und Stephanie befreundet sind oder nicht, ob sie gescherzt oder gestritten haben. Dann dämmert mir, dass ich Stella und Iona TOTAL VERGESSEN HABE, während ich die Tennis-Moms belauscht habe, und es geht mir auf einmal viel besser, und weil ein Gefühl der Stärke die beste Voraussetzung dafür ist, bei Stella, die Klatsch und Tratsch über Erwachsene liebt, zu punkten, stürme ich aus der Damenumkleide und renne über den Rasen zum Kräutergarten, bereit, *Hey, Leute!* zu jodeln, aber IM KRÄUTERGARTEN IST KEINER, und ich komme mir vor wie ein Schafskopf, um ein Wort von Dad zu benutzen, und bücke mich, als wollte ich im Kräutergarten an den Kräutern schnuppern, was natürlich totaler Quatsch ist, Pflanzen sind mir egal, sie sind Moms Ding, obwohl ihr Garten nun den Dunns gehört, die unser Haus erworben haben, Mom nennt sie »Besatzer« und weigert sich, am Haus vorbeizugehen.

Ein Zypressenspalier trennt den Kräutergarten vom Bereich des Schwimmbeckens, und ich stelle mich zwischen zwei Bäume und beobachte die Kinder, die für den Sprungturm anstehen. Chris Salazar kann ich sogar von hinten am dunklen Teint erkennen, sein Dad ist Lateinamerikaner, unwichtig, klar, nur weiß es jeder, Mr. Salazar ist Musikproduzent, er hat die Conduits entdeckt, Dads Lieblingsband, und er und Stephanie Salazar sind geschieden. Tatum und Oriole sind mit ihrer Clique am Becken, aber wir sind nicht befreundet, und ohne Stella kann ich schlecht zu ihnen gehen, sie wären vielleicht nett, vielleicht würden sie mich abblitzen lassen, wie Stella und ich es bei einer von ihnen tun würden, die uneingeladen zu uns käme. Ich bin also allein und weiß nicht wohin, habe keine Ahnung, wo Stella und Iona sind, und das gibt mir ein Gefühl, als würde ich mich auflösen, so ist es oft, wenn ich glaube, Stella hätte mich endgültig abgehakt, dann fühle ich mich wie ein Teilchen, das durchs All treibt, so weit weg, dass ich selbst an meiner Existenz zweifele. Und wie zurückkehren? Ich brauche einen Ort, AN dem ich, und einen Menschen, BEI dem ich SEIN kann, aber Hannah ist in Berkeley, und Brian spielt Baseball, und Mom, die früher oft in den Club kam, sagt jetzt: »Da wimmelt es von Idiotinnen«, und ihre Ausbildung zur Gerichtsstenografin raubt viel Zeit, denn sie wurde abgelegt, braucht also einen Job. Ich bin also TOTAL ALLEIN, sehe auch eher durchschnittlich aus, bin keine Elfe, habe blassblaue, sonnenempfindliche Augen und dünne, lockige Haare wie ein Baby, und meine Beinbehaarung ist laut Brian fast so dicht wie die von Tarzan, aber neben Stella sehe ich besser aus, das beweisen Fotos, man sollte meinen, ich würde neben ihr verblassen, aber das Gegenteil ist der Fall, als würde sie Feenstaub verströmen, der an mir haften bleibt.

Ich kehre langsam zum Snack Shack zurück und stelle mich in die Essensschlange, denn das ist die einzige Möglichkeit, um innerlich wieder ins Lot zu kommen, nicht mehr in Frage gestellt oder verhöhnt zu werden. Kathy Bingham steht vorn in der Schlange, sie wirkt super ungeduldig und bedrängt das Mädchen vor ihr, das etwa in meinem Alter ist und mir vage bekannt vorkommt, sie ist wahrscheinlich kein Mitglied. Sie schert aus, als hätte sie was vergessen, und stellt sich direkt hinter mir wieder an, und ich sage zu ihr: *Bist du wegen der Frau hinter dir abgehauen?*, und sie sagt so was wie: *Ja, die hat echt genervt*, und ich sage: *Dann stell dich doch vor mir an*, und sie sagt: *Danke*, und dann fällt mir ein, dass sie auf meine Schule gegangen ist, eine Klasse unter mir, und ich frage: *Wohnst du in Crandale?*, und sie meint: *Nein, meine Mom hat mich für heute hier abgesetzt, wir sind mit den Salazars befreundet*, und da fällt mir ein, dass sie BEI DEN SALAZARS GEWOHNT HAT, als ich neun war, und drei Monate auf unsere Schule ging, weil sie KEINEN DAD HAT und ihre MOM IM GEFÄNGNIS WAR, unfassbare Umstände in dieser Gegend, selbst einzeln genommen.

Also bin ich verlegen, klappe mein Handy auf und bete um eine Nachricht von Stella, aber es gibt keine, Punkt, und ich starre auf mein Klapp-Handy, im Jahr 2011 ein echt peinliches Teil, aber Dad meint, ein iPhone gibt es erst mit vierzehn, und als das Mädchen am Tresen steht, dreht sie sich um und fragt: *Was willst du? Ich kann für dich bestellen*, was supernett ist, weil das Anstehen so lange dauert, und ich sage: *Wow, danke, ich möchte einen Burger und eine Cola*, und sie bestellt zwei Hamburger und zwei Colas, mein zweites Mittagessen, ich habe ja schon das Sandwich gekauft, ohne es gegessen zu haben, es liegt wahrscheinlich noch in der Umkleide, wo kein Essen erlaubt ist! Wir schlendern mit unserem Burger zum Poolbereich, und sie heißt Lulu und ist auch innerlich aus dem Lot, und zum Glück ist Stella nicht da, denn sie hätte lauthals über meine *neue Freundin* gelacht.

Das Schwimmbecken unseres Clubs hat ein Sprungbrett und einen Sprungturm, und es gibt ein großes Nichtschwimmerbecken, wo sich die Teenager treffen, dahinter erstreckt sich eine Rasenfläche, wo Erwachsene auf gepolsterten Liegen abhängen. Stephanie Salazar und Kathy Bingham trinken Eistee auf ihren Liegen, beide tragen einen Bikini, schon irre, dass Kathy nach fünf Kindern noch solche Bauchmuskeln hat, aber ihre Haut ist schlaff, wenn ich sie wäre, würde ich einen Badeanzug tragen. Stephanie Salazar dagegen sieht toll aus, sie ist braungebrannt und hat ein Tintenfisch-Tattoo auf einer Wade, im Crandale Country Club kein alltäglicher Anblick, sie liegt auf dem Rücken und liest den *New Yorker*, und in der Achselhöhle ihres ausgestreckten Arms kann ich kleine schwarze Stacheln erkennen, sie hat sich also ein oder zwei Tage nicht rasiert. Fremde Körper faszinieren mich, komisch, oder? Wenn Erwachsene Badesachen tragen, gibt es keine Geheimnisse mehr, sie könnten genauso gut nackt sein, auf der Decke liegend, habe ich mehrmals Hoden unter Badehosen baumeln sehen, wenn Daddys an mir vorbeikamen, die Dinger sehen aus wie dicke, rosa Trauben, und ich werde nie Sex mit einem Mann haben, dessen Hoden so aussehen, das würde das sofortige Aus bedeuten, aber vielleicht habe ich sowieso nie Sex, ich finde die Vorstellung widerwärtig.

Ich setze mich neben Lulu ins Gras und sage so was wie: *Das Geld für den Burger kriegst du zurück*, und sie erwidert: *Ich hab's in Rechnung gestellt, keine Sorge*, und natürlich bezahlt in unserem Club keiner für irgendwas, wir unterschreiben nur Zettel mit kleinen, grünen Golf-Stiften, andererseits ist Lulu kein Mitglied, ich weiß also nicht, wer bezahlt. Während wir essen, beobachten wir den Turm, Chris Salazar und Colin Bingham springen immer noch, Colin ist total furchtlos, ich habe mal erlebt, wie er einen Bauchklatscher machte, was den Rettungsschwimmer in Aktion treten ließ, aber Colin tauchte lachend auf, er will den Thrill. Ich frage Lulu, wo sie wohnt, und sie sagt, nördlich von New York, ihre Mom habe einen Delikatessenladen, dort gebe es viele Seen, sie könne ohne Pause meilenweit schwimmen. Ich erzähle, ich sei vor drei Wochen aus einem Feriencamp in Maine zurückgekehrt, meine Aktivität Nummer eins sei Bogenschießen, die Nummer zwei, aus bunten Filzbällchen Körbe zu knüpfen. Lulu zeigt auf den bleichen Mond, der über den Bäumen am taghellen Himmel steht, und sagt: *Ich liebe den Mond, ich halte tagsüber immer Ausschau danach*, und ich stelle mir vor, wie Stella diese Worte höhnisch wiederholt, was mir bewusst macht, dass ich Lulu abhängen muss, bevor Stella auftaucht.

Ich stehe auf und nehme die Pappteller mit, um sie in den Müll zu tun, und danach gehe ich pinkeln und lasse mir Zeit, damit Lulu kapiert, dass uns der gemeinsame Verzehr von Burgern nicht zu Ganztagsfreundinnen macht, sie soll sich verkrümeln, weil ich in mein Stella-Drama zurückkehren will, ich darf nicht zu lange warten, das wäre riskant. Als ich mich nach dem Verlassen der Mädchentoilette in der Hoffnung umschaue, Lulu wäre weg, sitzt sie noch da, und CHRIS SALAZAR UND COLIN BINGHAM SITZEN NEBEN IHR. Ich bin so baff, dass ich wie angewurzelt stehen bleibe, Lulu ist zwei Jahre jünger als diese Vierzehnjährigen und angehenden Erstsemester, aber dann laufe ich doch hin und setze mich schüchtern daneben, die Jungs tragen jetzt ein T-Shirt zur Badehose, und Colin bespritzt Lulu mit Wasser, sie weicht den Tropfen lachend aus, und mir fällt auf, dass sie Grübchen hat und kleine, goldene Ohrringe trägt und süß lacht, und ich sage: *Hi*, was alle erwidern, und Lulu sagt: *Colin will uns seinen Lieblingsplatz im Club zeigen, aber ich wollte auf dich warten, Molly*, und ich bin echt erstaunt, weil das nett ist, Nettigkeit kenne ich nicht, Nettigkeit und Coolness passen nicht zusammen, cool sein heißt, dass man andere ausgrenzt, so funktioniert das, weil man sich mit jemandem, der immer nett ist, nicht wichtig fühlt, warum sollte dir jemand, der dir NICHT nahe ist, nahe sein WOLLEN, wenn du immer nett bist, warum sollte jemand davon ausgehen, die Zeit ohne dich wäre öder als die Zeit mit dir?

Kommst du mit, Molly?, fragt Chris, eine blöde Frage, denn seit wir keine Nachbarn mehr sind, sehe ich Chris Salazar nur noch selten. Beim Verlassen des Poolbereichs geht Chris an der Liege seiner Mom, Stephanie, vorbei und streicht über ihre Hand, sie tauschen keinen Blick, aber es ist eine schöne Geste, Colin dagegen ignoriert seine Mom, aber ich sehe, dass sie ihn betrachtet und sich danach seufzend auf den Bauch wälzt. Colin ist mager und hat struppige Haare, sein Blick zuckt hin und her, als würde er stets erwarten, dass etwas passiert. Er geht an der Spitze, aber rückwärts, und fuchtelt mit den Händen, als wollte er uns hypnotisieren, damit wir ihm folgen, und wir gehen am Fuß des grasigen Hügels entlang, der vor der Speiseterrasse abfällt, und als ich aufblicke, STOCKT MIR DAS HERZ, weil STELLA UND IONA VOM SANDPLATZ AUF UNS ZU KOMMEN. Yvette begleitet sie in Tenniskluft, noch eine Jüngerin von Stella, die ihre Handlangerin ist, wenn ich ausgeschlossen oder bestraft werden soll. Stella ruft: *Molly, wo warst du? Wir haben auf dich gewartet!*, und Iona zirpt zustimmend, und ich ahne, dass ich durch diese Lüge besänftigt werden soll. Angenommen, ich würde allein oder nur mit einem jüngeren Nicht-Mitglied umherirren, das noch dazu einen bizarren Hintergrund hat, dann wäre das ein Grund zur Ausgrenzung, aber ich werde ja auch von zwei coolen angehenden Studenten begleitet. Ich habe Stella dank puren Glücks und Lulus Nettigkeit übertrumpft, darf es aber nicht übertreiben, sonst würde mir ewiges Exil drohen. Um auf Nummer sicher zu gehen, müsste ich zu Lulu, Chris und Colin sagen: *Sorry, ich muss los, bis bald*, damit ich meinen Platz als Stellas Favoritin wieder einnehmen könnte, und dann würden wir Iona und Yvette abschütteln und viel Spaß zusammen haben, denn Stellas Zauber ist am stärksten, wenn wir uns wieder versöhnt haben, dann sind stinknormale Sachen wie Shuffleboard, Bocciabahnen oder Reifenschaukeln prickelnde Überraschungen. Meine neuen Freunde zu verlassen, wäre im Hinblick auf Stella also die richtige Maßnahme, aber ich kann mich nicht dazu durchringen, entscheide mich spontan dagegen – NEIN –, lächele Stella nur an und gehe mit den anderen weiter, obwohl ich weiß, dass ich später dafür büßen muss.

Ich war von klein auf im CCC, habe hier Geburtstag gefeiert und im Winter auf der Eisbahn Schlittschuhlaufen gelernt, habe Tennis und Padel-Tennis gespielt, Schwimm- und Tauchunterricht genommen und beim Day Camp mitgemacht, ich war bei Mutter-Tochter-Teekränzchen, bei Vater-Tochter-Bällen, drei Hochzeiten, einem Leichenschmaus und einer Party (zum sechzehnten Geburtstag meiner Schwester Hannah), habe Verstecken, Fahnenraub und Blindekuh gespielt und an Schatzsuchen, Ostereiersuchen, Weihnachtsliedersingen und Grillabenden teilgenommen, war auch beim Feuerwerk am vierten Juli. Der Club hat sich seit meiner Geburt kaum verändert, er kennt kein Zuvor oder Danach, im Sommer hört man das dumpfe Ploppen der Tennisbälle und den Kinderlärm, untermalt von Plantschen, unser Country Club ist ein Paradies, vorausgesetzt, ich muss nicht um mein Leben kämpfen. Trotzdem war ich noch nie an Colins Lieblingsort, der sich an der bräunlichen Außenmauer des Clubs befindet, bei den Generatoren, wuchtige, schwere Metallkästen, die rumpeln und brummen und wahrscheinlich den ganzen Club am Laufen halten, aber in der glühenden Augustsonne sehen sie scheußlich aus.

Colin holt eine Schachtel Merit-Zigaretten heraus und bietet sie an, Lulu und ich schütteln ablehnend den Kopf, und Chris sagt: *Alter, die Mädchen rauchen nicht*, und Colin sagt so was wie: *Gibt immer ein erstes Mal*, und er zündet sich eine an und nimmt einen tiefen Zug, und Lulu erklärt: *Ich werde nie rauchen und nie ein Tattoo haben*, und Colin meint: *Ich habe schon eines, habe ich selbst gemacht*, und er zieht die Badehose auf einer Seite hoch, und auf dem Oberschenkel sehen wir das Wort HA in ungelenken, verschmierten, blauen Blockbuchstaben, und ich frage: *Weiß deine Mom davon?*, und Colin sagt: *Seit ich mit Tennis aufgehört habe, ist ihr alles egal, ich hatte genug davon, Weiß zu tragen*, und Lulu sagt: *An öffentlichen Orten muss man kein Weiß tragen*, und Colin sagt: *Glaub mir, Lulu, wir sind hier in einer Blase, es ist nicht das echte Leben*, und Chris meint: *Genau das IST ein Country Club, Alter, eine Blase, deshalb wollen die Leute Mitglied werden*, und Lulu sagt: *Ich werde bei Ärzte ohne Grenzen zu viel zu tun haben, um Mitglied eines Country Clubs zu werden*, und Chris fragt: *Sind Ärzte ohne Grenzen unsichtbar? Verschmelzen sie wie Geister mit ihrer Umgebung?*, und alle lachen, und Colin sagt: *Mal eine ernste Frage: Willst du mich heiraten, Lulu?*, und Lulu sieht aus, als hätte sie plötzlich einen ganz üblen Sonnenbrand gekriegt, und ich ahne, dass LULU UND COLIN SICH MÖGEN, obwohl Lulu nicht raucht, keine Tattoos hat und Langstreckenschwimmerin ist, Colin dagegen ein rauchender, amateurhaft tätowierter Ladendieb und tölpelhafter Turmspringer, und Lulu sagt: *Nein, ich finde, du lebst zu ungesund*, und Colin fragt: *Können Yelatin und Gwenisphere jetzt endlich heiraten?*, und ich: *Häh?*, und Chris meint: *Das sind ihre D&D-Charaktere, Yelatin und Gwenisphere*, und Colin drückt seine Zigarette an der Mauer aus, schaut sich um und fragt: *Seid ihr mit dem Fahrrad hier, Mädels? Ich schlage vor, wir drehen eine Runde*, und er geht zum Fahrradparkplatz des Clubs, und auf dem Weg dorthin frage ich Lulu, ob sie Dungeons & Dragons mag, ich habe es noch nie gespielt, und sie sagt ja und ergänzt, es sei, als würde man in eine andere Welt eintauchen, und Gwenisphere, ihr Charakter, sei eine Spionin, die sich jeder Situation anverwandeln und andere ausforschen könne.

Ich zögere, bevor ich auf mein Rad steige, weil ich Stella im Club zurücklasse, was böse Folgen haben könnte, aber was soll's, ich will mit diesen Leuten zusammen sein, also brechen wir auf, angeführt von Colin. Ich bin natürlich ständig mit dem Fahrrad unterwegs, das machen alle, bis sie mit sechzehn Auto fahren dürfen, aber in diesem Fall kommt es mir vor, als wären wir ein Vogelschwarm, der in unbekannte Regionen aufbricht, andererseits: Was sollte in Crandale, New York, schon unbekannt sein? Wir kommen durch ein Viertel, das man »die andere Seite der Gleise« nennen könnte, es ist schmuddelig und irgendwie städtischer, hier bin ich selten, außer zum Pizza-Holen, wenn ich mit Brian bei Dad bin, und wir rumpeln über die Gleise und biegen auf den neuen Uferweg am Muskaheegee River ab, auf dem Fahrradfahren verboten ist, wir nehmen ihn trotzdem, echt schnell, mit dem heißen Wind im Gesicht und Colin an der Spitze.

Schließlich hält Colin, und wir legen die Räder auf die Seite und gehen zwischen Bäumen zu einem Steg, der in den Muskaheegee River ragt, ein Fluss, der so mit Chemikalien verseucht ist, dass man eine Impfung bracht, wenn man Wasserski fahren will. Chris erzählt, Colin und er würden hier kiffen, weil es so abgelegen ist, und ich sage: *Ich lieber nicht*, illegale Aktivitäten beunruhigen mich, weil Dad als Anwalt ständig mit Gesetzesverstößen zu tun hat, meine Schwester Hannah, die auch Anwältin werden will, sagte an Weihnachten zu mir: »Vergehen bleiben kleben, Molly, selbst solche aus den jungen Jahren«, und Lulu meint: *Ich auch nicht*, was nicht weiter verwundert, sie ist ja auch gegen Zigaretten und Tattoos, obwohl ich sie nicht superbrav nennen würde, weil sie ihre Überzeugungen stolz und entschieden vertritt, und die Jungs fragen: *Ist es okay, wenn wir rauchen?*

Wir ziehen die Schuhe aus, setzen uns auf den Rand des Stegs und lassen die nackten Füße über dem weißlich-braunen Wasser baumeln, Lulu und ich in der Mitte, flankiert von den Jungs, Lulu neben Colin, ich neben Chris, und die Jungs reichen sich den Joint hinter unseren Rücken, damit wir ihn nicht anfassen müssen, und ich war noch nie mit Leuten zusammen, die kiffen, es ist etwas total Neues für mich, vielleicht auch für Lulu. Flussabwärts lassen Bäume ihre Zweige ins Wasser hängen wie in den Zeiten, als hier nur Eingeborene lebten, die Augen der Jungs röten sich, sie klingen immer träger, und ich frage: *Hey, sagt mal, sind eure Mütter befreundet?*, damit meine ich Stephanie und Kathy, die ich vor einer gefühlten Ewigkeit in der Umkleide belauscht habe, und die Jungs sagen: *Sie sind Partnerinnen beim Tennis-Doppel*, also genau das, was Stephanie zu Kathy gesagt hat, und ich muss laut lachen, und die Jungs sagen: *Du bist indirekt high*, und vielleicht stimmt das ja!

Schließlich legen sich die Jungs auf den Steg und starren in den Himmel, und Lulu und ich müssen jetzt beide lachen, weil die beiden so richtig breit wirken, und Colin meint: *Nutzt uns ja nicht aus, Mädels*, und Chris sagt mit geschlossenen Augen: *Ich schlafe nicht, ich schaue einen Film über einen riesigen, roten Feuerball, der sich abwechselnd ausdehnt und schrumpft*, und Colin sagt: *Alter, den Film habe ich schon oft gesehen*, und Lulu bittet: *Erzähl uns, was in dem Film passiert*, und Colin sagt: *Am Ende küsse ich dich, Lulu*, und Lulu meint: *Das kannst du vergessen, aber ich lege mich neben dich*, und Colin fragt: *Darf ich wenigstens deine Hand halten?* Lulu legte sich hin und hält Händchen mit Colin, nur ich sitze noch, und Chris Salazar hat die Augen geschlossen, ich kann ihn also genau betrachten, seine schönen Schlüsselbeine, und ich frage mich, wie es wäre, wenn ich ihn jetzt küssen würde, nur habe ich das noch nie gemacht und würde vielleicht schlecht küssen, also lege ich mich auch hin, die warme Brise streichelt uns, und ich beobachte die schwankenden Bäume und bin froh, mitgekommen zu sein, weil ich das, was während der letzten Stunde passiert ist, andernfalls nie erlebt hätte, im Club wäre so was undenkbar, und mir wird plötzlich klar, wieso Lulu keinem Country Club beitreten will: Ein Leben, wie es ihr vorschwebt, lässt sich in einem Club nicht verwirklichen. Ich ergreife Lulus Hand, und sie erwidert den Druck, und ich flüstere ihr ins Ohr: *Lulu, lass uns Freundinnen sein, heimlich, ohne dass man davon weiß*, und sie flüstert leise: *Freundinnen ohne Grenzen*, und wir drücken einander fest die Hand, das ist unser Schwur. Und ich frage mich, ob ich in Lulu verliebt bin, nicht in Chris, oder ob ich beide liebe, was auf einem Steg im Muskaheegee River eventuell denkbar wäre, anderswo aber nicht. Ich würde mich gern an Lulu schmiegen, habe aber Schiss und rücke näher an Chris heran, der die Arme auf den warmen Steg zurückgelegt hat, meine Wange berührt das T-Shirt über seinen Rippen, und ich spüre, wie sich seine Brust hebt und senkt, höre sein Herz schlagen, ein stetes Pochen wie Laufschritte beim Jogging, und ich denke, es müsste mal eine Pause einlegen, aber es pocht immer weiter.

Dieses herrliche Erlebnis endet abrupt, als ich merke, dass Lulus Handy permanent vibriert, und als ich mich aufrichte, sehe ich, dass ALLE DREI PENNEN, vielleicht habe ICH AUCH GEPENNT, der Fluss ist blauschwarz, der Himmel rauchig orange, und ich sage: *Lulu, dein Handy*, und sie richtet sich ruckartig auf und sagt: *Mist! Meine Mom will mich nach ihren Terminen in der Stadt abholen!*, und wir steigen beduselt auf die Fahrräder, Lulu ist besorgt, weil ihre Mom nicht im Dunkeln fahren will, und wir rasen zum Club, der viel näher zu sein scheint als auf der Fahrt zum Steg. Vor dem Eingang steht ein silberfarbiger Minivan, und jemand ruft: »Leg dein Rad hinten rein, Süße«, und die Heckklappe schwingt auf, und Lulu hievt ihr Rad rein und klettert auf den Rücksitz, und ihre Mom winkt uns, sie sieht total normal aus, nicht wie ein Sträfling oder so, und sie fahren los, ohne dass ich Lulu umarmt oder mich verabschiedet hätte, was ich nach den heutigen Erlebnissen unbedingt hätte tun müssen, es kommt mir vor wie ein schlimmes Versäumnis.

Ich stehe neben Chris und Colin und fühle mich ihnen nahe, aber uns verbindet nur, dass wir Lulu vermissen, ohne sie herrscht eine Leere zwischen uns, denn obwohl sie jünger ist, weiter im Norden wohnt und komische Lebensumstände hat, ist sie wie durch ein Wunder während eines Nachmittags unser Mittelpunkt geworden. Wie hat sie das geschafft?

Ich frage: *Wann kommt sie wieder?*, und Colin sagt bedrückt: *Das kann dauern*, und Chris sagt: *Molly, du solltest mal D&D mit uns spielen, mein Onkel Jules ist der GM, er ist super*, und ich zögere, weil er direkt neben unserem ehemaligen Haus wohnt, es könnte also passieren, dass ich die Dunns, die *Besatzer*, sehe, sage aber: *Ja, total gern.*

Colin und Chris radeln davon. Ich muss bleiben, denn ich esse hier heute Abend mit Dad und Brian und meiner Großtante Francine, die Springreiterin war, als dies noch ein richtiger Country Club war, kein Vorortverein, sie ist jetzt dreiundneunzig und geht mit Rollator. Ich bitte Mom, mir ein Sommerkleid mitzubringen, wenn sie Brian absetzt, parke mein Rad und gehe durch das große Tor mit den goldenen

Lettern CCC, und dahinter ist es gleich kühler, der Rasen nass von den Sprinklern, die in der Ferne laufen, ich sehe ihre glitzernden Strahlen, höre ihr Pulsieren.

Die Kinder sind um diese Zeit aus dem Club verschwunden, und jene, die zum Essen wiederkommen, ziehen sich zu Hause um, was heißt, dass ich nirgendwo sein und mit niemandem ZUSAMMEN sein muss, dass ich nicht ausgegrenzt werden kann, weil es nichts gibt, WOVON ich ausgegrenzt werden könnte. Ich bin ALLEIN, ABER ENTSPANNT, eine total neue Mischung, es kommt mir vor wie eine erste Begegnung. Ich schlüpfe aus den Sandalen und laufe barfuß über den nassen Rasen, am Nichtschwimmerbecken vorbei, wo ich, unterstützt von Mom, mit Schwimmflügeln paddelte, am Spielplatz vorbei, wo ich rutschen lernte, all das im Zuvor, und dann husche ich in das Gehölz am Rand des Golfplatzes, den man aus Sicherheitsgründen nicht betreten darf, aber zum Golfen ist es zu dunkel. Als ich aus dem Gehölz ins Freie trete, scheint sich ein neues Land vor mir auszubreiten, und es kommt mir vor, als würde ich rasant aus dem Zuvor ins Danach wechseln, die Sandbunker schimmern rosig im Sonnenuntergang, der Rasen des Golfplatzes federt unter meinen Füßen, und ich setze mich ins Gras und sage: *Hallo, Molly, wie schön, hier neben dir zu sitzen*, das sage ich laut, aber nicht zu laut, schlinge meine Arme um die Knie und blicke zum Himmel auf, und da ist der Mond, den Lulu mir gezeigt hat, nur dass er größer ist und so zerbrechlich wirkt, als wäre er aus Zucker oder Papier und könnte jederzeit zerbrechen oder reißen, und obwohl es noch nicht dunkel ist, leuchtet er richtig hell.

Lulu, die Spionin, 2032

1

Menschen sehen selten aus
wie erwartet, selbst wenn
man sie von Fotos kennt.

Entscheidend sind die ersten
dreißig Sekunden einer
Begegnung.

Fällt es dir schwer, Signale
sowohl zu empfangen als
auch zu senden, beschränke
dich auf das Senden.

Notwendige Zutaten
erfolgreichen Sendens:
Kichern; nackte Beine;
Schüchternheit.

Ziel ist es, sowohl unwider-
stehlich als auch unsichtbar
zu sein.

Im Erfolgsfall wird eine
gewisse Schärfe aus seinem
Blick weichen.

2

Mächtige Männer reden ihre
Schönheiten manchmal tat-
sächlich mit »Schönheit« an.

Im Gegensatz zum land-
läufigen Vorurteil besteht
zwischen Schönheiten eine
tiefe Verbundenheit.

Ist dein Designierter Partner
allseits gefürchtet, dann
werden die Schönheiten bei
ihm zu Hause auf der Party,
an der du inkognito teil-
nimmst, um ihn kennenzu-
lernen,
ganz besonders freundlich
sein.

Freundlichkeit sorgt für
Wohlgefühl, selbst wenn sie
irrtümlichen Vorstellungen
hinsichtlich deiner Identität
und deiner Absichten
entspringt.

3

Sich als Schönheit zu inszenieren bedeutet, dass man nicht liest, was man an einem felsigen Ufer in Südfrankreich normalerweise lesen würde.

Sonnenschein auf nackter Haut kann so nahrhaft sein wie Essen.

Sogar ein mächtiger Mann kann in Verlegenheit geraten, wenn er sich zum ersten Mal bis auf die Badesachen entkleidet.

Männern ist es de facto unmöglich, in einem Speedo besser auszusehen als in einer Badeshorts.

Liebt man jemanden mit dunkler Haut, dann wirkt helle Haut, als wäre ihr ein Lebenselixier entzogen worden.

4

Weiß man, dass jemand gewalttätig und gewissenlos ist, dann lässt sich diese gewalttätige Gewissenlosigkeit an so banalen Details wie seinen Schwimmzügen ablesen.

Wenn dein Designierter Partner dir ins raue Meer folgt und fragt: »Was machst du?«, könnte das auf Argwohn hindeuten, vielleicht aber auch nicht.

Deine Antwort – »Ich schwimme« – könnte als sarkastisch aufgefasst werden, vielleicht aber auch nicht.

»Wie wär's, wenn wir gemeinsam bis zu den Felsen schwimmen?«, könnte eine Frage sein, vielleicht aber auch nicht.

»Wie? So weit?«, wird hoffentlich witzig klingen.

»Dort wären wir unter uns«, könnte sich unerwartet bedrohlich anhören.

5

Dreißig Meter blauschwarzen Mittelmeers geben dir genug Zeit, um dir selbst einen Vortrag zu halten.

In derlei Momenten kann es sinnvoll sein, dir deine Ausbildung in Erinnerung zu rufen:

»Du wirst dich in das Leben von Kriminellen einschleusen.

Du wirst ständig in Gefahr schweben.

Manche von euch werden sterben, aber jene, die überleben, werden Helden und Heldinnen sein.

Einige von euch werden Leben retten, vielleicht sogar den Lauf der Geschichte verändern.

Ihr müsst euch durch eine extrem widersinnige Kombination von Eigenschaften auszeichnen: eingefleischte moralische Bedenken sowie die Bereitschaft, sie über Bord zu werfen;

eine brennende Liebe zu eurem Land und die Bereitschaft, euch Individuen anzuschließen, die alles daransetzen, es zu zerstören;

Instinkt und Intuition von Experten und zugleich eine kindliche Unbefangenheit und ein untadeliger Leumund.

Ihr werdet nur ein einziges Mal eingesetzt, danach nehmt ihr euer jeweiliges Leben wieder auf.

Wir können euch nicht versprechen, dass ihr bei eurem Ausscheiden ganz die Alten sein werdet.«

6

Vorfreude und Bereitwilligkeit können auch durch die Art zum Ausdruck gebracht werden, wie jemand aus dem Meer auf helle Kalkfelsen klettert.

»Du schwimmst wie ein Fisch«, geäußert von einem Mann, der noch im Wasser ist, muss nicht unbedingt ein Lob sein.

Manchmal ist ein Kichern einer Antwort vorzuziehen.

»Du bist ein wunderbares Mädchen« könnte aufrichtig gemeint sein.

Ebenso: »Ich will dich, und zwar gleich.«

»Und? Was meinst du?« legt nahe, dass er klare Antworten einem Kichern vorzieht.

»Oh, ja« muss mit genug Nachdruck gesagt werden, um den Mangel an Begeisterung zu übertünchen.

»Du klingst nicht überzeugt« verrät ungenügenden Nachdruck.

»Ich bin *nicht* nicht überzeugt« ist nur dann akzeptabel, wenn man kokett ergänzt: »Du musst mich halt überzeugen.«

Den Kopf in den Nacken zu legen und die Augen zu schließen, signalisiert die Bereitschaft zum Sex und verbirgt zugleich die Abscheu.

7

Ist man mit einem gewalttätigen, gewissenlosen Mann mitten im Meer allein, dann scheint das Ufer sehr weit weg zu sein.

In derlei Situationen kann man ein Gefühl der Solidarität mit den Schönheiten empfinden, die nur an ihren bunten Bikinis zu erkennen sind.

In derlei Situationen kann einleuchten, warum man für diese Arbeit nicht bezahlt wird.

Dein freiwilliger Dienst ist die höchste Form von Patriotismus.

Denk daran, dass du nicht bezahlt wirst, wenn er aus dem Wasser steigt und zu dir stapft.

Denk daran, dass du nicht bezahlt wird, wenn er dich hinter einen Felsen führt und dich auf seinen Schoß zieht.

Die Dissoziationstechnik gleicht einem Fallschirm – du musst die Reißleine im richtigen Moment ziehen.

Verfrüht, und du beeinträchtigst dein Vermögen, in einem entscheidenden Moment zu funktionieren.

Verspätet, und du verstrickst dich so tief in die Aktion, dass du dich nicht mehr freistrampeln kannst.

Du wirst versucht sein, die Reißleine zu ziehen, wenn er dich in seine Arme schließt, deren fleischige Muskulosität eine flüchtige Erinnerung an deinen Mann weckt.

Du wirst versucht sein, die Reißleine zu ziehen, wenn du spürst, wie er sich unter dir aufzubäumen beginnt.

Du wirst versucht sein, die Reißleine zu ziehen, wenn sein Duft dich einhüllt: metallisch, wie Kleingeld in einer warmen Hand.

Die Aufforderung »Entspann dich« bedeutet, dass dein Unbehagen spürbar ist.

»Hier kann uns niemand sehen« bedeutet, dass er dein Unbehagen als Angst davor versteht, man könnte euch sehen.

»Entspann dich, entspann dich«, rhythmisch und kehlig geäußert, legt nahe, dass dein Unbehagen nicht ganz unerwünscht ist.

8

Setze die Dissoziationstechnik erst ein, wenn die physische Gewalt gegen dich akut wird.

Schließe die Augen und zähle langsam von zehn an rückwärts.

Stell dir vor, du würdest deinem Körper entgleiten und dich bei jeder Zahl ein weiteres Stück davon entfernen.

Bei acht solltest du dich unmittelbar außerhalb deines Körpers befinden.

Bei fünf solltest du einen guten halben Meter über deinem Körper schweben und, im Hinblick auf das, was ihm widerfährt, nur noch leise Angst empfinden.

Bei drei solltest du von deinem physischen Selbst vollständig losgelöst sein.

Bei zwei sollte dein Körper ohne deine Beteiligung agieren und reagieren können.

Bei eins sollte dein Geist so losgelöst sein, dass du nicht mehr merkst, was sich unten abspielt.

Weiße Wolken wabern, sie wandeln ihre Form.

Ein blauer Himmel ist so unergründlich wie das Meer.

Das Geräusch, mit dem sich Wellen an Felsen brechen, ertönte schon Jahrmillionen vor dem Erscheinen von Geschöpfen, die es hören konnten.

Klüfte und Narben im Gestein erzählen von Gewalten, die die Erde selbst längst vergessen hat.

Dein Geist wird in den Körper zurückkehren, sobald dies gefahrlos möglich ist.

9

Kehre so behutsam in deinen Körper zurück wie nach einem Orkan in dein Haus.

Widerstehe dem Impuls zu rekonstruieren, was gerade geschehen ist.

Bemühe dich stattdessen, die Reaktion deines Designierten Partners auf eure neu gewonnene Intimität hin zu taxieren.

Bei manchen Männern wird diese Intimität eine stumpfe Gleichgültigkeit auslösen.

Bei anderen könnte die Intimität eine nicht ganz ungefährliche Neugier wecken.

»Wo hast du gelernt, so zu schwimmen?«, beiläufig gefragt, während ihr noch daliegt, er mit zwei Fingern in deinem Haar, lässt auf Neugier schließen.

Antworte wahrheitsgemäß, aber unverbindlich.

»Ich bin in der Nähe eines Sees aufgewachsen«, ist sowohl korrekt als auch unverbindlich.

»Und wo liegt dieser See?« signalisiert Unzufriedenheit mit dieser Unverbindlichkeit.

»Im Norden von New York« ist konkret, ohne zu konkret zu sein.

»Manhattan?« verrät eine mangelhafte Vertrautheit mit der Geographie des Staates New York.

Widersprich deinem Designierten Partner nie.

»Und wo bist *du* aufgewachsen?« ist eine sogenannte »Spiegelung«, weil die Frage jemandem gilt, der just das gleiche gefragt hat.

Spiegele die Einstellungen, Interessen, Wünsche und Vorlieben deines Designierten Partners wider.

Ziel ist es, Bestandteil seiner Atmosphäre zu werden:
eine Quelle von Wonne und Behaglichkeit.

Erst wenn das erreicht ist, wird er in deiner Gegenwart nicht mehr auf der Hut sein.

Erst dann wird er in deiner Hörweite wichtige Gespräche führen.

Erst dann wird er seine Sachen offen und unbeaufsichtigt herumliegen lassen.

Erst dann kannst du beginnen, systematisch Informationen zu sammeln.

10

»Komm, wir schwimmen zurück«, brüsk geäußert, deutet an, dass dein Designierter Partner genauso wenig Lust dazu hat, von sich zu erzählen, wie du von dir.

Erliege nicht der Versuchung, seine Stimmungsschwankungen und Launen zu analysieren.

Salzwasser hat eine reinigende Wirkung.

11

Du wirst an den Augen aller Schönheiten am Strand ablesen können, dass die neu gewonnene Intimität mit deinem Designierten Partner ihnen nicht entgangen ist.

»Wir haben Essen für euch übrig gelassen«, könnte einen Anspielung auf den Grund eurer Verspätung sein.

Kalter Fisch schmeckt nicht besonders, selbst wenn er mit exzellenter Zitronensauce serviert wird.

Sei freundlich zu den anderen Schönheiten, aber nicht anbiedernd.

Während eines Gesprächs mit einer Schönheit musst du unbedingt den Eindruck vermitteln, nicht mehr, aber auch nicht weniger wert zu sein als sie.

Berichte wahrheitsgemäß von jedem Aspekt deines Lebens, Ehe ausgenommen (sofern es eine gibt).

Falls verheiratet, behaupte, du seiest geschieden, um den Eindruck vollkommener Ungebundenheit zu vermitteln.

»Ach, wie schade!« legt nahe, dass deine Gesprächspartnerin gern heiraten würde.

12

Wenn dein Designierter Partner plötzlich zur Villa will, folge ihm.

Lächelnd seine Hand zu ergreifen, wird für ein Gefühl verhaltener Kameradschaft sorgen.

Sein zerstreutes Lächeln könnte auf dringende Angelegenheiten hindeuten.

Die Angelegenheiten deines Designierten Partners sind auch deine Angelegenheiten.

13

Das Zimmer eines mächtigen Mannes ist luxuriöser als jenes, das du bewohnt hast, solange er noch nicht da war.

Nie nach verborgenen Kameras suchen: Wenn du es tätest, würde es dich verraten.

Finde heraus, ob dein Designierter Partner körperliche Intimität wünscht; wenn nicht, täusche das Bedürfnis vor, etwas zu schlafen.

Dein angebliches Schlafbedürfnis sorgt dafür, dass er sich ungestört fühlt.

Sich in ein Bett zu kuscheln, kann beruhigend sein, selbst wenn es das einer gegnerischen Zielperson ist.

Mit geschlossenen Augen wirst du das Vibrieren seines Handsets eher hören.

14

Das Geräusch einer aufgleitenden Tür bedeutet, dass er das Gespräch lieber auf dem Balkon entgegennimmt.

Dein Designierter Partner wird wichtige Gespräche stets im Freien führen.

Wenn du dich in Hörweite eines Gesprächs aufhältst, zeichne es auf.

Da Schönheiten weder Notizbücher noch Uhren mit sich führen, hast du kein Aufnahmegerät zur Hand.

Direkt hinter der ersten Biegung des Gehörgangs deines rechten Ohrs wurde ein Mikrophon implantiert.

Das Mikro wird aktiviert, wenn du auf den Ohrknorpel drückst.

Wenn die Aufzeichnung beginnt, ertönt ein leises Pfeifen.

Bei extremer Stille kann dieses Pfeifen für andere vernehmbar sein, ebenso für jemanden, dessen Kopf neben deinem liegt.

Sollte jemand das Pfeifen hören, schlage auf dein Ohr, als wolltest du eine Mücke verscheuchen, und schalte das Mikro über den Knorpel aus.

Die Sprache, die deine Zielperson benutzt, musst du weder erkennen noch verstehen.

Dein Job ist die Nähe; du bist erfolgreich, wenn du bei deinem Designierten Partner bist und seine Privatgespräche aufzeichnest.

15

Flüche klingen in jeder Sprache ähnlich.

Eine zornige Zielperson achtet nicht genau auf ihre Worte.

Wenn die Zielperson zornig ist, solltest du die Hintergrundposition verlassen und näher an ihn heranrücken, um die Aufnahmequalität zu erhöhen.

Währenddessen könntest du Angst haben.

Dein rasender Puls wird nicht aufgezeichnet.

Falls dein Designierter Partner auf dem Balkon steht, platziere dich direkt hinter ihm in der Tür.

Sollte er herumfahren und dich entdecken, tue so, als wolltest du gerade auf ihn zugehen.

Zorn überlagert für gewöhnlich den Argwohn.

Wenn sich deine Zielperson an dir vorbeidrängt und, die Tür hinter sich zuknallend, aus dem Zimmer stürmt, kannst du davon ausgehen, nicht entdeckt worden zu sein.

16

Wenn dein Designierter Partner dich ein zweites Mal stehen lässt, folge ihm nicht.

Deaktiviere dein Mikro und setze dein »Nickerchen« fort.

Eine kurze Ruhepause kann genutzt werden, um geliebten

Menschen Gewissheit zu verschaffen.

Ausführliche Kommunikation kann vom Gegner zu leicht überwacht werden.

Dein subkutanes Pulssystem sendet so unverfängliche Signale aus, dass seine Entdeckung weder die Quelle noch die damit verbundenen Absichten preisgeben würde.

Hinter dem Innenband deines rechten Knies wurde ein Schalter eingesetzt (falls Rechtshänderin).

Zweimal drücken, um geliebten Menschen zu signalisieren, dass du wohlauf bist und an sie denkst.

Dieses Signal darfst du nur einmal täglich versenden.

Längeres Drücken des Schalters signalisiert eine Notlage.

Du wirst täglich den besten Zeitpunkt für dein Signal auswählen.

Du wirst über die Tatsache nachdenken, dass dein Mann, in einer Kultur der Stammesloyalität aufgewachsen, deinen Patriotismus versteht und begrüßt.

Du wirst über die Tatsache nachdenken, wie innig und glücklich euer Leben seit eurer Promotionszeit ist.

Du wirst über die Tatsache nachdenken, dass Amerika das von deinem Mann erwählte, also geliebte Land ist.

Du wirst über die Tatsache nachdenken, dass du diese Aufgabe vor der Geburt eigener Kinder erfüllst.

Du wirst über die Tatsache nachdenken, dass du dreiunddreißig bist und bis zu diesem Punkt in deinem Berufsleben Musiktrends gepusht hast.

Du wirst über die Tatsache nachdenken, dass du stets den Wunsch hattest, etwas Sinnvolleres zu tun.

Du wirst über die Tatsache nachdenken, dass zu viel Nachdenken sinnlos ist.

Du wirst über die Tatsache nachdenken, dass die Außendienstanweisungen zunehmend unergiebig sind.

Die in deinem Schädel implantierte Assel mit deinen Außendienstanweisungen wird deine Vorgehensweise speichern und später der Anleitung deiner Nachfolger:innen dienen.

Die Aufnahme beginnt, wenn du den linken Daumen gegen die Kuppe des linken Mittelfingers drückst (bei Rechtshändern).

Um ein optimales Ergebnis zu erzielen, formuliere den Gedanken im Geist deutlich aus.

Beobachtungen im Vorfeld stets auf ihren späteren Nutzen prüfen.

Die Ausbildung geht weiter; du musst aus jedem deiner Schritte lernen.

Nach der Erfüllung deiner Mission und nach der Entfernung der Assel darfst du, bevor du die Außendienstanweisungen deiner Akte hinzufügst, deren Inhalt überprüfen.

Persönliche oder zufällige Gedanken, die sich hineinverirrt haben, dürfen gelöscht werden.

Aufgrund deiner vertraulichen Tätigkeit ist es dir lebenslang streng untersagt, dein Bewusstsein hochzuladen, ob in Teilen oder als Ganzes.

17

Vorgetäuschter Schlaf kann in echten Schlaf münden.

Duschgeräusche weisen auf die Rückkehr deines Designierten Partners hin.

Man erwartet von Schönheiten, dass sie sich zum Umkleiden auf ihr Zimmer begeben; bei den Mahlzeiten ist eine frische Erscheinung unabdingbar.

Ziel ist es, bezaubernd und harmlos zu sein und für angenehme Überraschungen zu sorgen.

Ein elegantes, weißes Strandkleid über gebräunter Haut gilt weithin als attraktiv.

Vermeide allzu schrille Farben; sie ziehen Aufmerksamkeit auf sich und beeinträchtigen deine Legende.

Weiß ist de facto keine schrille Farbe.

Weiß ist dennoch leuchtend.

Elegante, goldene Sandaletten könnten dich beim Rennen oder Springen behindern, machen sich aber gut an gebräunten Füßen.

Dreiunddreißig ist noch jung genug, um als »jung« zu gelten.

Als »jung« zu gelten ist besonders schön für jene, die wahrscheinlich nicht mehr lange als »jung« gelten.

Wenn dein Designierter Partner einen Arm um deine Taille legt, um dich zum Abendessen zu führen, kannst du davon ausgehen, dass dein Kleiderwechsel erfolgreich war.

18

Wenn Männer ernsthafte Gespräche führen, bleiben Schönheiten sich selbst überlassen.

»Wie lange bist du schon geschieden?« deutet den Wunsch an, ein früheres Gespräch fortzusetzen.

»Seit einigen Monaten« sollte, falls unzutreffend, ohne Blickkontakt gesagt werden.

»Wie war dein Ex-Mann so?« darf ehrlich beantwortet werden.

»Er stammt aus Afrika. Kenia« könnte dem Wunsch genügen, über deinen Mann zu sprechen.

»Schwarz?«, mit hochgezogenen Augenbrauen gefragt, könnte auf Rassismus hindeuten.

»Ja. Schwarz« kann, in gemessenem Tonfall, eine milde Rüge zum Ausdruck bringen.

»Und wie schwarz?« beweist, dass die Rüge nicht ankam.

»Tiefschwarz« ist nicht ganz so milde, zumal flankiert durch einen schneidenden Blick.

»Ah, wie schön«, deutet eigene Erfahrungen an.

»Ja, das ist tatsächlich schön« widerspricht einer Scheidung und sollte rasch um ein »*War* schön« ergänzt werden.

»So schön dann auch wieder nicht, hm?«, begleitet durch ein Lachen, signalisiert freundliche Vertrautheit. Zumal wenn gefolgt von: »Oder vielleicht zu schön!«

19

Leute, die zu einer Party einladen, legen stets Wert darauf, dass ihre Gäste etwas essen.

Für die meisten Schönheiten stellt die Verlockung des Essens eine Gefahr dar; als vorübergehende Schönheit darf man dagegen essen, was man will.

Tauben kann man essen, indem man sie auseinanderreißt und das Fleisch von den Knochen lutscht.

Die Verblüffung verrät, dass dein Gastgeber den Gebrauch von Besteck erwartet hat.

Die Tatsache, dass er direkt neben dir sitzt, könnte einen geheimen Austausch ermöglichen.

Wenn du deinem Gastgeber das Ohr zuwendest, bleibst

du von seinem Mundgeruch verschont.

Deine Ohren müssen stets sauber sein.

Sollte dein Gastgeber erklären, dein Designierter Partner stelle eine Bedrohung für dich dar, kannst du davon ausgehen, dass dieser den Raum verlassen hat.

20

Nicht zur Toilette hasten, du könntest dich dadurch verraten.

Niemals Anzeichen von Eile an den Tag legen, nicht einmal in einem verwaisten Flur.

Wenn du nicht weißt, wohin sich dein Designierter Partner begeben hat, warte ab.

Solltest du zufälligerweise vor Glastüren stehen, darfst du sie öffnen und dich kurz umschauen.

Die Nächte in Südfrankreich sind von einem verstörend dunklen, intensiven Blau.

Ein leuchtender Mond kann Erstaunen auslösen, egal, wie oft man ihn schon gesehen hat.

Wenn du als Kind den Mond geliebt hast, wirst du dich bei der Betrachtung des Mondes an deine Kindheit erinnern.

Vaterlose Mädchen schreiben dem Mond gern etwas Väterliches zu.

Jeder und jede hat einen Vater.

Eine fadenscheinige Geschichte wie: »Dein Vater ist vor deiner Geburt gestorben«, kann sogar ein kluges Kind erstaunlich viele Jahre zufriedenstellen.

Wenn du als Erwachsene die Wahrheit über deinen Vater erfährst, wirst du diese Lüge rückblickend als absurd empfinden.

PR-Managerinnen haben manchmal kurze Affären mit ihren Filmstarkunden.

Die Feststellung, dass du die Tochter eines Filmstars bist, ist nicht unbedingt tröstlich.

Vor allem dann nicht, wenn der betreffende Filmstar sechs weitere Kinder aus vier Ehen hat.

Die Feststellung, dass du die Tochter eines Filmstars bist, könnte zur Folge haben, dass du an die sechzig Filme schaust, angefangen mit seinen ersten Rollen.

Während du diese Filme schaust, denkst du vielleicht: *Du weißt nicht, dass es mich gibt, aber es gibt mich.*

Während du diese Filme schaust, denkst du vielleicht: *Ich bin für dich unsichtbar, aber es gibt mich.*

Eine unerwartet neue Sicht auf deine Vergangenheit kann dein Lebensgefühl als Erwachsene stark verändern.

Sie kann dich deiner Mutter entfremden, die immer nur dein Glück im Sinn hatte.

Wenn dein Mann in seinem Leben tiefgreifende Veränderungen erlebt hat, wird er Verständnis für deine Veränderung haben.

Vermeide übertriebene Selbstreflektion; dein Job besteht nicht darin, nach innen zu schauen, sondern nach außen.

21

»Da bist du ja«, hinter deinem Rücken von deinem Designierten Partner geflüstert, verrät, dass er dich gesucht hat.

»Komm mit«, leise ausgesprochen, vermittelt eventuell den Wunsch nach weiteren Intimitäten.

Das stille Antlitz des Mondes wird dir im Vorfeld das Gefühl geben, dass man dich versteht und dir verziehen hat.

Man kann das Meer hören, lange bevor man es sieht.

Das Mittelmeer ist sogar bei Nacht eher blau denn schwarz.

Solltest du körperliche Intimität vermeiden wollen, dann könnte der Anblick eines Speedboots trotz der unzähligen Probleme, die damit verbunden sind, für eine leise Erleichterung sorgen.

Wenn dein Designierter Partner mit dem Speedbootführer keine Worte wechselt, ist davon auszugehen, dass die Sache geplant ist.

Ein Mann, der für seine Grausamkeit berüchtigt ist, kann seine Schönheit dennoch sehr behutsam auf ein schwankendes Speedboot führen.

Er wird ihr Zaudern, an Bord zu gehen, als Furcht davor deuten, ins Wasser zu fallen.

Unterdrücke den Impuls zu fragen, wohin es geht.

Solltest du aufgewühlt sein, bemühe dich um ein albernes Kichern.

Lokalisiere deine Private Beruhigungsquelle, nutze sie.

Ist der Mond deine Private Beruhigungsquelle, dann sei froh und dankbar, dass er besonders hell leuchtet.

Denke an die vielen guten Gründe dafür, jetzt noch nicht sterben zu können:

Du musst deinen Mann wiedersehen.

Du musst Kinder bekommen.

Du musst dem Filmstar mitteilen, dass er ein siebtes Kind hat, eine Tochter, die eine Heldin ist.

22

Du könntest den Eindruck gewinnen, der Mond würde sich bewegen, tatsächlich bewegt ihr euch.

Bei hoher Geschwindigkeit prallt das Speedboot gegen Wellenkämme.

Angst und Aufregung sind manchmal schwer auseinanderzuhalten.

Wenn der Bootsführer auf ein Kommando deines Designierten Partners hin den Kurs ändert, weiß er vermutlich auch nicht, wohin es geht.

Wenn dein Designierter Partner permanent zum Himmel aufschaut, benutzt er wahrscheinlich die Sterne als Navigationshilfe.

Das Mittelmeer ist groß genug, um früher als unendlich gegolten zu haben.

Eine Schönheit sollte über ihren Designierten Partner hinaus keiner weiteren Orientierung bedürfen.

Sie muss den Eindruck erwecken, jeden Ausflug zu genießen, den er mit ihr unternimmt.

Täusche diesen Genuss vor, indem du liebevoll einen Arm um ihn legst und deinen Kopf an den seinen schmiegst.

Kopf an Kopf mit ihm sitzend, kannst du seine Navigation nachvollziehen und auf den Kurs schließen.

Bei Nacht, weit vom Ufer entfernt, leuchten die Sterne mit einer Intensität, die in der Nähe künstlicher Lichtquellen undenkbar wäre.

Dein Aufenthaltsort bleibt uns nie verborgen; du bist als Lichtpunkt auf den Bildschirmen jener zu erkennen, die auf dich achtgeben.

Du bist eine von Hunderten, alle potenzielle Heldinnen und Helden.

Technologie bietet gewöhnlichen Menschen die Möglichkeit, Glanzleistungen zu vollbringen.

Die Tatsache, dass du keine ausgebildete Spionin bist, sorgt für einen einwandfreien und unverfänglichen Leumund.

Du bist eine gewöhnliche Person, die eine außergewöhnliche Aufgabe übernommen hat.

Du musst dich nicht
durch besondere Fähigkeiten
auszeichnen, sondern nur
durch Mut und Besonnenheit.

Die Tatsache, eine von
Hunderten zu sein, schmälert
nicht deinen Wert.

Ziel des neuen Heroismus
ist es, in etwas aufzugehen,
das größer ist als man selbst.

Ziel des neuen Heroismus ist
es, die Geißel innerer Beteili-
gung zu bannen.

Ziel des neuen Heroismus ist
es, die Besessenheit davon,
gesehen und erkannt zu
werden, abzuschütteln.

Ziel des neuen Heroismus ist
es, unter die Hochglanzober-
fläche deiner Persönlichkeit
zu gelangen.

Was darunterliegt, wird dich
überraschen: eine Welt,
die ungeahnt viele reiche
Möglichkeiten birgt.

Manche vergleichen diese
Entdeckung mit einem Traum,
in dem ein vertrautes Zuhause
um neue Wohntrakte und
Zimmer ergänzt wird.

Die Macht individueller
Anziehungskraft ist nichts im
Vergleich mit der Macht einer
im Verbund unternommenen
selbstlosen Anstrengung.

Möglicherweise vollbringst
du verblüffende Großtaten,
doch Bürgeragenten
sind nicht auf individuelle
Anerkennung aus.

Das Bedürfnis nach privatem
Ruhm gleicht der Nikotin-
sucht: eine Angewohnheit, die
sich lebenswichtig anfühlt, in
Wahrheit aber tödlich ist.

Der kindische Wunsch nach
Aufmerksamkeit wird in der
Regel auf Kosten echter
Macht befriedigt.

Ein Staatsfeind hätte keine
bessere Methode ersinnen
können, um uns abzulenken
und zu entwaffnen.

Unser notorischer Narzissmus
ist nun unsere Tarnung.

23

Nach stundenlanger, rüttelnder Fahrt merkst du vielleicht nicht gleich, dass sich das Boot einem Ufer nähert.

Auf dem einsamen Küstenstreifen sticht ein einzelnes, erleuchtetes Gebäude hervor.

Nach dem Dröhnen des Motors ist die Stille ein ganz eigenes Geräusch.

Die umgehende Abfahrt des Speedboots legt nahe, dass ihr nicht so bald zurückkehren werdet.

Breitengrad und Längengrad zu kennen heißt nicht, dass man weiß, wo man sich befindet.

Ein zweiter unbekannter, entlegener Ort kann zur Folge haben, dass sich der erste unbekannte, entlegene Ort anfühlt wie ein Zuhause.

Die Vorstellung, ein Lichtpunkt auf einem Bildschirm zu sein, kann verblüffend tröstlich sein.

Dein Mann, ein Visionär im Bereich der nationalen Sicherheit, hat gelegentlich Zugang zu diesem Bildschirm.

Sollte es dich beruhigen, dir vorzustellen, wie dein Mann deinen Lichtpunkt beobachtet, dann stelle es dir vor.

Schließe aber nicht deine Augen, während du bei Dunkelheit in Sandaletten einen felsigen Pfad erklimmst.

Auf x Grad Breite und y Grad Länge ist die Flora ausgedörrt und zerbröselt unter deinen Füßen.

Eine weiter oben ertönende Stimme bedeutet, dass eure Ankunft beobachtet und erwartet wurde.

Ein Uferstreifen mag einsam gelegen sein, trotzdem kann es Patrouillen geben.

Die besten Patrouillen bleiben unsichtbar.

24

Ein formelles Händeschütteln zwischen eurem Gastgeber und deinem Designierten Partner könnte bedeuten, dass sie sich zum ersten Mal begegnen.

Im Falle bestimmter reicher, mächtiger Männer kann physische Unscheinbarkeit wie ein Kraftquell wirken.

Wenn euer Gastgeber dich nicht begrüßt, verrät dies, dass Frauen für ihn nicht zählen.

Unsichtbar zu sein, heißt nicht, dass du nicht mit Argusaugen beobachtet wirst.

Dein Job ist es, vergessen zu werden und doch präsent zu sein.

Eine weiße, schimmernde Villa inmitten der dunklen, zerklüfteten Landschaft kann einem Trugbild gleichen.

Ein Mann, für den Frauen nicht zählen, kann sich dennoch mit vielen Schönheiten umgeben.

Diese vernachlässigten Schönheiten werden um seine selten gewährte Aufmerksamkeit buhlen.

Unter vernachlässigten Schönheiten gibt es meist eine Alpha-Schönheit, die das Kommando führt.

Wenn du die Villa betrittst, wird sie dich prüfend fixieren, was unter den anderen Schönheiten ein leises Beben auslöst, Blicke werden dich umschließen.

Du fühlst dich wie damals als Kind, wenn du auf eine neue Schule kamst oder einen Country Club besuchtest, wo du kaum jemanden kanntest.

Das Gefühl, deinen Mitmenschen auf Gedeih und Verderb ausgeliefert zu sein, löst eine tiefe emotionale Reaktion aus.

Der Wille, dich zu integrieren und unter Fremden einzurichten, ist seit jeher tief in dir verankert.

Du warst nie kindisch, nicht einmal als Kind.

Dein Mann hat dich stets dafür geliebt, nicht kindsköpfisch zu sein.

Nachdem die fremden Kinder deine Verbündeten geworden waren, war es herzzerreißend für dich, sie zu verlassen.

25

Stühle und Tischchen auf einem schmalen Felsen, der dem oberen Rand einer Klippe entspringt, sollen definitiv privaten Gesprächen dienen.

Nimmt dich dein Designierter Partner dorthin mit, dann könnte das heißen, dass er euren Gastgeber nicht gut genug kennt.

Entlässt der Gastgeber seine Alpha-Schönheit, dann bahnt sich wahrscheinlich ein wichtiges Geschäft an.

Eine Alpha-Schönheit wird es nicht hinnehmen, dass sie ausgeschlossen, eine andere Schönheit aber einbezogen wird.

Sollte euer Gastgeber deine Gegenwart erstmals zur Kenntnis nehmen, indem er dich wegwedelt, dann sieh deinen Designierten Partner an.

Niemandem außer deinem Designierten Partner darf dir Anweisungen erteilen.

Legt dein Designierter Partner einen Arm um dich, obwohl euer Gastgeber dich wegschicken will, dann bist du zum Gegenstand eines Machtspiels geworden.

Spricht euer Gastgeber dich direkt und aus nächster Nähe an, dann will er womöglich herausfinden, ob du seine Sprache tatsächlich nicht verstehst.

Wenn dein Designierter Partner daraufhin erstarrt, waren die Worte eures

Gastgebers wahrscheinlich beleidigend.

Ratloses Kichern ist das wirksamste Werkzeug einer Schönheit, wenn es darum geht, einen Konflikt zu entschärfen.

Wenn sich die Männer entspannt auf ihren Stühlen zurücklehnen, ist die Entschärfung gelungen.

Euer Gastgeber hat dich und damit auch deinen Designierten Partner beleidigt.

Dein Designierter Partner, der erklärt hat, es lohne sich nicht, dich wegzuschicken, du seiest zu harmlos, hat sich durchgesetzt.

Beglückwünsche dich selbst zu dem Erfolg, bleiben zu dürfen, und aktiviere das Mikro in deinem Ohr.

26

Demonstriere während geschäftlicher Diskussionen einen absoluten Mangel an Interesse und Neugier.

Behalte stets im Kopf, wo du dich befindest.

Auf einem schmalen Felsvorsprung in großer Höhe, auf x Grad Breite, y Grad Länge, ringsumher glitzern Himmel und Meer.

Während deiner Mission können Augenblicke eintreten, in denen du spürst, dass gleich entscheidende Informationen preisgegeben werden.

Dieses Gespür kann unbändige Freude auslösen.

Diese Freude kann deiner Entdeckung entspringen, dass der Mond, leuchtend und klar, immer noch hoch am Himmel steht.

Sie kann deinem Gefühl entspringen, in das phantastische Reich von Kindergeschichten eingetreten zu sein.

Sie kann der Gewissheit entspringen, nach dem erfolgreichen Abschluss deiner Mission zu deinem Mann zurückzukehren.

Sie kann der überwältigen Schönheit der Natur entspringen, die dich umgibt, und dem Bewusstsein, in diesem Moment lebendig zu sein.

Sie kann der Gewissheit entspringen, jene Ziele, die du dir während deiner Kindheit gesetzt hast, samt und sonders erreicht zu haben.

Sie kann der Gewissheit entspringen, dass du endlich ein Ziel gefunden hast, das deiner überbordenden Energien würdig ist.

Sie kann der Gewissheit entspringen, durch das Erreichen dieses Ziels zur Erhaltung der amerikanischen Lebensweise, wie du sie kennst, beigetragen zu haben.

27

Unbändige Freude kann das Stillsitzen erschweren.

Achte darauf, dass Gefühlsaufwallungen – positive oder negative – nicht verschleiern, was sich ringsumher abspielt.

Wenn zwei Zielpersonen Skizzen anzufertigen beginnen, sind sie zur konkreten Planung übergegangen.

Die in dein linkes Auge implantierte Kamera wird bedient, indem du auf den linken Tränenkanal drückst.

Bei trüben Lichtverhältnissen kannst du ein Blitzlicht aktivieren, indem du auf das äußere Ende der linken Augenbraue drückst.

Stets das kameralose Auge mit einer Hand beschirmen, wenn du das Blitzlicht einsetzt, um nicht vorübergehend geblendet zu sein.

Niemals mit Blitzlicht in Anwesenheit anderer fotografieren.

28

Keuchend vom Stuhl aufzuspringen und zur Villa zu starren, sorgt dafür, dass die anderen ihre Aufmerksamkeit in dieselbe Richtung lenken.

»Was denn? Hast du irgendwas gehört?«, dicht neben dir von deinem Designierten Partner hervorgestoßen, beweist, dass dein Ablenkungsmanöver erfolgreich ist.

Warte, bis ihre Ungeduld zu erfahren, was los ist, an Zorn grenzt; dann sag leise zu ihnen: »Ich habe einen Schrei gehört.«

Gewalttätige Männer leben in Furcht vor Rache.

Euer Gastgeber wird als Erster zu seiner Villa spurten.

Der Blick, den dein Designierter Partner über den Rand der Klippe auf den Anleger wirft, deutet an, dass sich seine Interessen nicht ganz mit jenen eures Gastgebers decken.

Sein sofortiger Griff zum Handy könnte bedeuten, dass er das Speedboot herbeiruft.

Gewalttätige Männer haben stets einen Fluchtplan parat.

29

Das Leuchten des Handys wird dessen Benutzer hoffentlich vom Blitzlicht in seiner Nähe ablenken.

Nähere dich den Skizzen, die du fotografieren willst, bis sie dein Blickfeld ausfüllen.

Stillhalten.

Im Stockdunkeln ist ein Blitz umso greller.

Ein Ausruf, gefolgt von: »Was zum Teufel war das?«, bedeutet, dass dein Designierter Partner nicht ganz so intensiv mit seinem Handy beschäftigt war wie gedacht.

Eine grelle, pulsierende Blindheit lässt vermuten, dass du es versäumt hast, das kameralose Auge zu beschirmen.

Ziehe dich aus der Affäre, indem du wahrheitsgemäß schreist: »Ich kann nichts mehr sehen!«

Von einer Klippe hinabzusteigen, wenn man nichts sieht, ist nicht ganz ungefährlich.

Du kannst den Abstieg schwerlich hinauszögern, wenn dich dein Designierter Partner hinter sich herzerrt.

Ein Röhren kündigt ein Speedboot an.

Ist man geblendet und trägt hohe Absätze, dann führt ein Abstieg über morsche Holzplanken unweigerlich dazu, dass man stolpert und stürzt.

Verhallende Schritte legen nahe, dass du deinen Wert für deinen Designierten Partner stark überschätzt hast.

Geblendet und orientierungslos wie du bist, kannst du vermutlich kaum mehr tun, als an dem Ort, wo du gestürzt bist, nach ihm zu rufen.

Ein mit Höchstgeschwindigkeit davonrasendes Boot lässt den Boden vibrieren.

30

Eine vorübergehende Blendung sorgt dafür, dass man sein Augenlicht zu schätzen weiß.

Nach dem Abflauen einer Blendung können Ansammlungen von Objekten eine beinahe sinnliche Qualität annehmen.

Dich beschleicht die eisige Erkenntnis, von deinem Designierten Mann im Stich gelassen worden zu sein.

Das wachsende Gefühl des Alleinseins führt dir vor Augen, dass du zuvor nicht so allein warst wie gedacht.

Das noch tiefere Gefühl des Alleinseins kann anfangs in Erstarrung münden.

Wenn es dich beruhigt, dich im Dreck auf den Rücken zu legen, dann lege dich in den Dreck.

Der Mond scheint überall auf Erden.

Der Mond kann so ausdrucksstark sein wie ein Gesicht.

Menschliche Wesen waren von Anfang an auf ursprüngliche Art unverwüstlich.

Die mythischen Taten, von denen du als Kind gern gelesen hast, sind ein Klacks verglichen mit dem, was Menschen auf Erden vollbringen.

31

Die Entdeckung, dass jemand in der Nähe ist, obwohl du geglaubt hast, allein zu sein, könnte Angst auslösen.

Abruptes Aufstehen aus dem Liegen wird zu Schwindel führen.

»Ich kann dich sehen. Zeig dich« muss ruhig und in Abwehrhaltung geäußert werden.

Hat man einen Mann erwartet, dann kann das Auftauchen einer Frau trotz allem, was man weiß und ist, für Erleichterung sorgen.

»Warum bist du noch hier?« hat, da die Alpha-Schönheit des Gastgebers fragt, vermutlich einen feindseligen Unterton.

Beantworte unkonkrete Fragen möglichst konkret: »Er ist ohne mich abgehauen.«

»Mistkerl«, verbittert gemurmelt, legt nahe, dass ihr das Phänomen, zurückgelassen zu werden, vertraut ist.

Unerwartetes Mitgefühl kann eine Welle von Gefühlen auslösen.

Erwäge die Glaubwürdigkeit von Tränen, bevor du sie vergießt.

Über die duftenden Arme einer Schönheit kann deine Haut unmittelbar Kraft und Hoffnung tanken.

32

Geht man ein zweites Mal zu einer Prachtvilla, die oben auf einer Klippe steht, dann empfindet man sie vielleicht noch stärker als Trugbild.

Um an einem entlegenen Ort eine luxuriöse Atmosphäre aufrechtzuerhalten, muss man extrem vermögend sein.

Ebenso, um koordinierte Gewalt auszuüben.

Dein Job ist es, die Quelle dieses Vermögens zu finden.

Ein mächtiger Mann, dessen Geschäftspartner das Anwesen nach einem falschen Alarm fluchtartig verlassen hat, kann nicht gut gelaunt sein.

Wenn die gestrandete Schönheit eines geflohenen Geschäftspartners vor ihm steht, ist er vermutlich überrascht.

Es ist befriedigend, ein Erstaunen wahrzunehmen.

»Wo ist er hin, verdammte Scheiße?« versteht man sogar in einer Sprache, die man nicht beherrscht.

Ein Schulterzucken ist universell verständlich.

Die gleichgültige Reaktion einer Alpha-Schönheit auf die Bestürzung ihres Partners könnte bedeuten, dass er gern mal bestürzt ist.

Es könnte auch bedeuten, dass er nicht ihr Partner ist.

33

Eine Schönheit muss damit rechnen, gelegentlich in andere Hände überzugehen.

In der Regel wirst du aus den Händen eines mächtigen Mannes in die Hände eines noch mächtigeren Mannes übergehen.

Dein Job bleibt derselbe, ganz gleich, in wessen Hände du gerätst.

Näher an die Quelle des Geldes und zum Zentrum der Kontrolle vorzurücken, bedeutet einen Fortschritt.

Sollten deine Hilflosigkeit und Verletzlichkeit das Interesse einer feindlichen Zielperson geweckt haben, dann setze weiter auf diese Karte.

Schmutzige, blutende Knie können den Eindruck deiner Verletzlichkeit bis zur Ekelgrenze steigern.

Vielleicht gönnt man dir trotzdem eine heiße Dusche.

34

Wohnhäuser gewalttätiger Reicher verfügen über erstklassig ausgestattete Medizinschränke.

Wenn man dich nach der Verarztung deiner Blessuren in einen Badebereich mit Schwalldusche führt, kann als sicher gelten, dass du nicht lange allein bleibst.

Die Tatsache, dass du von einem Mann ignoriert und beleidigt wurdest, heißt nicht, dass er keinen Sex will.

Schmal gebaute, mächtige Männer bewegen sich häufig mit katzengleicher Geschmeidigkeit.

Beginne rechtzeitig, rückwärts zu zählen – sobald er sich ins Wasser gleiten lässt.

Wenn er deinen Arm ergreift, solltest du bei fünf sein.

Wenn deine Stirn gegen einen Felsen gepresst wird, nimmst du deinen Körper am besten nur noch vage von außen wahr.

35

Solltest du bei der Rückkehr in deinen Körper den Eindruck haben, dass viel Zeit verstrichen ist, dann denke nicht weiter darüber nach.

Ist deine Stirn aufgeschürft und fühlen sich Arme und Beine wund an, dann frage dich nicht, warum.

Wenn du nach einem undefinierbaren Zeitraum aus einem heißen, blubbernden Bad steigst, wirst du schwach und zitterig sein.

Führe dir vor Augen, dass du weder für diese Aktion noch für andere Aktionen bezahlt wirst, ob in Geld oder Sachwerten.

Deine Aktionen sind gewissermaßen Opfer.

Die Fülle durchsichtiger Baderoben lässt darauf schließen, dass dieser Badebereich oft von Frauen aufgesucht wird.

Ein schmutziges, zerrissenes, weißes Sommerkleid kann einer Kostbarkeit gleichkommen, wenn es alles ist, was man besitzt.

Halte dich an das, was wichtig ist – du wirst später keine Gelegenheit haben, Dinge einzusammeln.

36

Führt man dich in ein winziges Zimmer mit einem riesigen Bett, so ist anzunehmen, dass dein Gastgeber weiteren Gebrauch von dir zu machen gedenkt.

Gelegentlich kann dich der Wunsch überkommen, dem Mond auszuweichen.

Du hast möglicherweise den Eindruck, dass der Mond dich überwacht, jede deiner Bewegungen ausspäht.

Schlafe, wann immer dies gefahrlos möglich ist.

37

Wenn du aus dem Schlaf auffährst, könntest du meinen, durch ein Geräusch geweckt worden zu sein.

In Augenblicken tiefster Einsamkeit kann es passieren, dass du dir einbildest, deinen Namen zu hören.

Zwecks innerer Festigung beschwören wir in unseren Träumen Menschen herauf, die wir lieben und vermissen.

Merken wir beim Erwachen, dass sie nicht da sind, haben wir trotzdem das Gefühl, mit ihnen gesprochen zu haben.

Sogar extrem gut gesicherte Häuser versinken in tiefster Nacht in einen vergleichsweise komatösen Zustand.

Eine Schönheit im durchsichtigen, lavendelfarbigen Badegewand kann sich überall hinbegeben, immer vorausgesetzt sie erweckt den Anschein, sich jemandem hingeben zu wollen.

Die Tür eines geschlossenen Wäscheschranks kann durchaus mit der eines Hauptschlafzimmers verwechselt werden.

Gleiches gilt für Badezimmertüren.

Auf Steinfußböden sind die Schritte bloßer Füße nicht zu hören.

Ein Mann kann selbst dann schnarchen, wenn er schmal und katzengleich gebaut ist.

Dringst du in das Zimmer eines schlafenden Mannes ein, dann gehe auf sein Bett zu, als würdest du dich nach ihm verzehren.

38

Eine Alpha-Schönheit, die keine enge Bindung an den Gastgeber zu haben scheint, kann sich dennoch als Favoritin erweisen.

Beide können so eng umschlugen schlafen, dass alles, was du zuvor beobachtet hast, ad absurdum geführt wird.

Menschliche Geschöpfe sind unergründlich; daher die faustische Verlockung der Teilhabe am Bewusstsein anderer.

Eine kleine Wiege neben dem Bett lässt auf ein Baby schließen.

Verdränge deine Verblüffung; du vergeudest nur Zeit.

39

Feindliche Zielpersonen deponieren ihr Handy nicht direkt neben dem Bett.

Der Kleiderschrank einer Schönheit ist so unübersehbar wie flackernde, leuchtende Pfeile.

Hast du den Bereich entdeckt, wo ein Mann seine privaten Sachen aufbewahrt, dann suche die Stelle, wo er allabendlich die Taschen ausleert.

Sollte sich sein Handy an dieser Stelle befinden, dann erwäge den Einsatz des Data-Surge, um den Inhalt zu kopieren.

Der Data-Surge darf nur eingesetzt werden, wenn als sicher gelten kann, dass die zu erwartende Ausbeute außergewöhnlich ist.

Es bedeutet enorm viel Arbeit, eine Unmenge erbeuteter Daten zu sortieren und zu verarbeiten.

Ein feindliches Überwachungssystem würde ihre Übertragung registrieren.

Wir können die Effektivität nur für eine Anwendung garantieren.

40

Falls Rechtshänderin, löse den Stecker in der Mulde neben deinem rechten kleinen Zeh aus dem Universalanschluss.

Verbinde das magnetische Kabel des Steckers mit einem beliebigen Anschluss des Handys der Zielperson.

Setz dich in sicherem Abstand zu Ecken und Kanten auf den Fußboden und lehne den Rücken gegen die Wand.

Dein Universalanschluss enthält einen roten Faden; diesen presst du gegen eine Handfläche.

Zehen spreizen und den Stecker, der über das Kabel mit dem Handy der Zielperson verbunden ist, behutsam wieder in deinen Universalanschluss einstöpseln.

Die Daten werden mit Wucht in deinen Körper strömen.

Diese Wucht kann Erinnerungen wecken, Gefühle von Hitze oder Kälte, Sehnsucht, Schmerz oder gar Freude auslösen.

Obwohl es fremde Daten sind, werden eigene Erinnerungen geweckt:

Wie du sonntags im Bett eine Orange für deinen Mann schälst, während die Sonne auf zerwühltes Bettzeug fällt;

Der erdige, rauchige Duft des Fells der Katze in deiner Kindheit;

Der Geschmack der Pfefferminzbonbons, die deine Mutter in ihrem Schreibtisch für dich aufbewahrt hat.

Die Wucht der Datenübertragung kann Bewusstlosigkeit oder einen vorübergehenden Gedächtnisverlust verursachen.

Der rote Faden dient deiner Orientierung; wenn du zu dir kommst und merkst, dass du ihn hältst, schaue auf deinen Fuß.

Ist dein Körper zur Ruhe gekommen, dann löse das Kabel aus dem Handy und lege dieses wieder an den angestammten Platz.

41

Die Datenübertragung sorgt für Ohrensausen; deshalb überhörst du vielleicht, dass sich jemand nähert.

Ein Gesicht, das dich schon einmal getröstet hat, kann auch ein zweites Mal trösten.

Wenn du von einer Alpha-Schönheit in einer fremden Sprache angeschrien wirst, kann das bedeuten, dass sie dich in ihrer Verschlafenheit nicht wiedererkennt.

Es kann auch bedeuten, dass ihre Schreie jemand anderem gelten.

Der Status als Schönheit ist keine Entschuldigung dafür, sich an einem Ort aufzuhalten, der tabu ist.

Beim ersten Anzeichen für eine physische Attacke auf Selbstverteidigung umschalten.

Stürmt dein Gastgeber mit dem Schrei auf dich zu: »Was machst du hier, scheiße noch mal?«, dann ist das eine physische Attacke.

Wenn du den Ellbogen in die Mulde unter dem Unterkiefer rammst, geht er zu Boden.

Schreie eines Neugeborenen veranlassen die Mutter, dorthin zu eilen, obwohl ihr Partner am Boden liegt.

Ein Mann, durch einen Ellbogenhieb niedergestreckt, kann auf die Schreie eines Neugeborenen schwerlich reagieren.

42

Wenn ein Mann, der nur eine Schönheit in dir sah, entdeckt, dass du Kampfsportarten beherrschst, wird er dich in einem neuen Licht sehen.

Umgehende Flucht ist angeraten.

Ein schlanker, katzengleicher Mann vermag sehr wohl aufzuspringen, bevor du entkommen bist.

Achte auf seine Augen:
Er wird die Entfernung zur nächsten Schusswaffe abschätzen.

Ein Tritt gegen den Hals, selbst mit bloßem Fuß, schnürt ihm vorübergehend die Luft ab.

Die Alpha-Schönheit eines gewalttätigen Mannes wird wissen, wo sich die Schusswaffe befindet und wie man sie handhabt.

Eine Frau, die ein Baby und eine Schusswaffe hält, kann nicht mehr als Schönheit gelten.

Keine Schönheit beschränkt sich darauf, nur eine Schönheit zu sein.

Eine bewaffnete Frau außer Gefecht zu setzen, könnte in diesem Fall bedeuten, das Baby in ihren Armen zu verletzen.

Wir Amerikaner stellen die Menschenrechte über alles und dürfen ihre Verletzung nicht sanktionieren.

Werden *unsere* Rechte bedroht, ist jedoch ein großzügigeres Handeln geboten.

Folge deinen Instinkten, behalte aber zugleich im Kopf, dass wir unseren Prinzipien treu bleiben müssen und wollen.

In einem geschlossenen Raum erzeugen Geschosse tatsächlich ein Pfeifen.

Hat dich eine Person mit ihrem Schuss verfehlt, dann mache sie kampfunfähig, bevor sie ein zweites Mal abdrücken kann.

Wir zaudern am stärksten, wenn es gilt, Personen weh zu tun, die uns ähneln.

43

Wurde man angeschossen, so begreift man das erst mit Verspätung.

Wurde keine Schlagader getroffen, dann sind Verwundungen der oberen Extremitäten vorzuziehen.

Körperstellen mit vielen Knochen und Sehnen bluten weniger stark, sind aber komplizierter zu versorgen.

Die rechte Schulter ist eine Stelle mit vielen Knochen und Sehnen.

Wurden im Haus eines mächtigen Mannes Schüsse abgefeuert, dann ist in Minuten- oder Sekundenschnelle Sicherheitspersonal zur Stelle.

Deine physische Person ist unsere Black Box; ohne sie haben wir keinen Zugriff auf die Resultate deiner Mission.

Deshalb ist es von entscheidender Bedeutung, dass du dich einer feindlichen Inbesitznahme entziehst.

44

In die Ecke gedrängt und unterlegen, kannst du als letztes Mittel den Urschrei anwenden.

Der Urschrei ist die menschliche Entsprechung einer Explosion, ein Laut, in dem sich Kreischen, Brüllen und Heulen mischen.

Dieser Schrei muss mit verzerrter Miene und mit wilden Bewegungen einhergehen, die Irrsinn und Raserei nahelegen.

Der Urschrei muss dich, eine Schönheit, in ein Ungeheuer verwandeln.

Ziel ist es, in deinem Gegner ein Entsetzen wie jenes zu wecken, das Kinder erfüllt, wenn liebgewonnene Gestalten in Büchern oder Träumen plötzlich böse werden.

Löse während des Schreiens mehrmals dein Blitzlicht aus.

Eine Frau mit einem Neugeborenen in den Armen wird umgehend ausweichen, wenn ein brüllendes, zuckendes, blitzendes Ungeheuer auf sie zu stürzt.

Hör auf zu brüllen, sobald du nicht mehr in unmittelbarer Gefahr schwebst.

Sicherheitspersonal, das angestürmt kommt, um einem mächtigen Mann beizustehen, wird einer aufgelösten Schönheit im Flur keine Beachtung schenken.

Mit etwas Glück gewinnst du in dieser Situation genug Zeit, um aus dem Haus zu entkommen.

Während der Flucht wieder die Schönheit spielen: Glätte deine Haare und verberge deine blutende Wunde unter dem Sommerkleid, das du eingesteckt hast.

Wenn du keinen Alarm hörst, bedeutet das nicht, dass du keinen ausgelöst hast.

45

Nach der Gewalt in einem geschlossenen Raum kann kühle Nachtluft für einen klaren Kopf sorgen.

Bring einen steilen, matschigen Weg so rasch wie möglich hinter dich, und sei es durch Rutschen oder Kullern.

Du kannst davon ausgehen, dass jeder Ausgang auf den Anwesen gewalttätiger Reicher von mindestens einer Person bewacht wird.

Wenn du Riesenglück hast (und sehr leise bist), könnte es sein, dass der Wachtposten zu dieser späten Stunde schläft.

Erwecke den möglichst überzeugenden Anschein, eine Schönheit zu sein, die heiter lustwandelt.

Sollte es dich in deine Kindheit zurückversetzen, wenn du barfuß auf einen Steg läufst, dann könnte es sein, dass der Schmerz Halluzinationen auslöst.

Nach zig Jahren fällt dir ein, wie du in der Nähe eines Country Clubs auf einem warmen Steg gelegen und zum ersten Mal die Hand eines Jungen gehalten hast.

Rückschau kann für die Illusion sorgen, dein Leben wäre zwangsläufig auf diesen Moment hinausgelaufen.

Man glaubt lieber an schicksalhafte Fügungen, als anzuerkennen, dass das Leben reiner Willkür unterliegt.

Aufgrund einer Verwechslung der Unterrichtsräume in einem Seminar über Robotertechnik zu landen und nicht in dem über Homer, ist reiner Zufall.

Neben einem Jungen mit dunkler Haut und schönen Händen einen freien Platz zu finden, ist reiner Zufall.

Ist ein Mensch ein integraler Bestandteil unseres Lebens geworden, dann verwundert es, dass man damals, auf einem warmen Steg liegend, von seiner Existenz nichts geahnt hat.

Sei dir im Klaren darüber, dass die Wiedereingliederung in dein früheres Leben nicht einfach sein wird.

Erfahrungen hinterlassen Spuren, ungeachtet der ihnen zugrunde liegenden Absichten und Prinzipien.

Unsere Bürgeragenten wünschen sich in den meisten Fällen nur, ihre Erlebnisse zu vergessen.

Während der ersten zwei Wochen deiner Wiedereingliederung stehen dir unsere Therapieagenten rund um die Uhr zur Verfügung, danach zu festen Zeiten.

Es ist dir strengstens untersagt, Details deiner Mission gegenüber Zivilisten verlauten zu lassen; das gilt auch für Psychotherapeuten und Seelsorger.

Du kannst darauf zählen, dass wir die Möglichkeiten und Mittel haben, uns all deiner Bedürfnisse anzunehmen.

46

Ein blau-schwarzes Meer lässt sich auch mit unerhörten schwimmerischen Fähigkeiten nicht durchqueren.

Von der Spitze eines Anlegers zornig und sehnsüchtig in die Ferne zu schauen, befördert dich nicht über ein blau-schwarzes Meer.

Zeichnet sich dein Körper durch außergewöhnliche Kräfte aus, dann ist es quälend, mit einer Diskrepanz zwischen Wunsch und Umsetzungsfähigkeit konfrontiert zu werden.

Ingenieure haben Menschen seit Jahrtausenden immer wieder die Fähigkeit zu mythischen Großtaten verliehen.

Dein Mann ist Ingenieur.

Junge von Raubtieren lernen, in einer Landschaft auffällige Formen und Bewegungen zu erkennen.

Eine enge Verbundenheit mit einem anderen Menschen erlaubt es dir, dein Umfeld zu betrachten, wie es dieser täte.

An einem zerklüfteten, mondhellen Ufer ist ein rechter Winkel, der, hinter herabhängenden Ästen verborgen, auf den Wellen tanzt, eine auffällige Form.

Wahrscheinlich hält dein Gastgeber ein Speedboot bereit, um notfalls rasch entkommen zu können.

Der Schlüssel wird stecken.

47

Gleite zwischen den Ästen zum Boot und steige ein; löse das Tau und senke den Motor ins Wasser.

Sei dankbar, dass du auf den Seen nördlich von New York Motorbootfahren gelernt hast.

Schiebe die Haare mit der Hand des unverletzten Arms nach hinten und zwinge dir ein breites, sorgloses Lächeln ab.

Lächeln ist ein Schutz; damit wird dein Gesicht zu einer Maske, hinter der du dich verstecken kannst.

Ein Lächeln gleicht einer sowohl offenen als auch geschlossenen Tür.

Lass den Motor an, wende das Boot zum offenen Meer und gib Vollgas.

Winke dem verschlafenen, überrumpelten Wachtposten mit einem lauten Lachen.

Steuere einen Zickzackkurs, bis du außer Schussweite bist.

48

Die Euphorie des Entkommens wird rasch einem überwältigend starken Schmerz weichen.

Die Villa, die Menschen darin, sogar die Schüsse

werden dir angesichts deiner akuten Qualen geisterhaft vorkommen.

Sollte dich der Schmerz am Nachdenken hindern, dann konzentriere dich auf das Navigieren.

Wir können nur an bestimmten geographischen Hotspots eingreifen.

Wenn du einen Hotspot ansteuerst, signalisiere einen Notfall, indem du den Schalter hinter deinem Knie dreißig Sekunden lang drückst.

Du musst bei Bewusstsein bleiben.

Wenn es eine Hilfe ist, stell dir vor, in den Armen deines Mannes zu liegen.

Wenn es eine Hilfe ist, stell dir vor, in deiner Wohnung zu sein, wo das Jagdmesser seines Großvaters hinter Plexiglas ausliegt.

Wenn es eine Hilfe ist, stell dir vor, im Sommer die kleinen Tomaten zu ernten, die du auf der Fensterbank ziehst.

Wenn es eine Hilfe ist, stell dir vor, dass die Daten, die du erbeutet hast, ein Attentat mit Tausenden Toten vereiteln könnten.

Du kannst ein Boot in einem halb weggetretenen Zustand aber auch ohne die Hilfe solcher Vorstellungen steuern.

Menschliche Wesen sind übermenschlich.

Lass dich von Mond und Sternen leiten.

49

Schalte den Motor aus, sobald du den ungefähren Ort des Hotspots erreicht hast.

Du wirst von tiefer Dunkelheit und tiefer Stille umgeben sein.

Wenn du magst, darfst du dich ins Boot legen.

Solltest du das Gefühl haben zu sterben, dann bedeutet

das nicht unbedingt, dass du tatsächlich stirbst.

Bedenke, dass dein Körper selbst im Falle deines Todes eine Fülle entscheidender Daten preisgeben wird.

Bedenke, dass du selbst im Falle deines Todes triumphieren würdest, weil wir deine körperliche Hülle in Händen hätten.

Das Schwanken des Bootes auf dem Meer wird dich an das Schaukeln einer Wiege erinnern.

Du wirst dich daran erinnern, als Kind in den Armen deiner Mutter gewiegt worden zu sein.

Du wirst dich daran erinnern, dass sie dich stets heiß und innig und ohne Wenn und Aber geliebt hat.

Du wirst feststellen, dass du ihr verziehen hast.

Du wirst begreifen, dass sie dir nie von deinem Vater erzählt hat, weil sie glaubte, ihre grenzenlose Liebe würde genügen.

Der Wunsch, deiner Mutter zu sagen, dass du ihr verziehen hast, ist noch ein Grund dafür, lebendig heimzukehren.

Der Gedanke, dass dein Vater nie erfahren würde, was er verloren hat, ist noch ein Grund dafür, lebendig heimzukehren.

Der Wunsch, ihn darüber aufzuklären, was er um ein Haar verloren hätte, ist noch ein Grund dafür, lebendig heimzukehren.

Du wirst nicht warten können, aber du wirst warten müssen.

Wir haben noch nie versagt, wenn es darum ging, eine Agentin, ob lebendig oder tot, an einem Hotspot zu bergen.

50

Hotspots sind nicht heiß.

Auf dem nassen Boden eines Boots wird es sogar in warmen Nächten kalt.

Wenn du zu den versprengten, glitzernden Sternen aufsiehst, hast du vielleicht das Gefühl, über ihnen zu schweben und nach unten zu schauen.

Dann scheint es, als würde sich das Universum in all seiner milchigen, glitzernden Rätselhaftigkeit unter dir ausdehnen.

Erst als du eine Frau erblickst, die aussieht wie du und gekrümmt und blutend in einem Boot liegt, wirst du begreifen.

Du hast die Dissoziierungstechnik ungewollt angewandt.

Das ist nicht weiter schlimm.

Von Schmerzen erlöst, kannst du frei am Nachthimmel schweben.

Von Schmerzen erlöst, kannst du dich wie als Kind der Phantasie hingeben, zu fliegen.

Behalte deinen Körper stets im Blick; wenn dein Geist den Körper aus den Augen verliert, kann es sich als schwierig – wenn nicht gar unmöglich – erweisen, beide wieder zu vereinen.

Während du losgelöst am nächtlichen Himmel schwebst, vernimmst du in den Windböen vielleicht ein rhythmisches Knattern.

Hubschrauberlärm ist im ersten Moment stets beängstigend.

Ein Hubschrauber ohne Positionslichter gleicht einer Mischung aus Fledermaus, Vogel und monströsem Insekt.

Unterdrücke den Impuls, vor dieser Erscheinung Reißaus zu nehmen; sie kommt, um dich zu retten.

51

Du musst wissen, dass du quälende Schmerzen in Kauf nimmst, wenn du in deinen Körper zurückkehrst.

Du musst wissen, dass du eine schmerzhafte Rückkehr in ein verändertes Leben in Kauf nimmst, wenn du in deinen Körper zurückkehrst.

Manche Bürgeragenten haben sich gegen eine Rückkehr entschieden.

Sie haben ihren Körper zurückgelassen und glitzern nun erhaben am Himmel.

Ziel des neuen Heroismus ist es, das individuelle Dasein mit all seinen banalen Leiden und Lieben zugunsten des ruhmreichen Kollektivs zu überwinden.

Du darfst dir jeden glitzernden Stern als den heroischen Geist einer früheren Agentenschönheit vorstellen.

Du darfst dir vorstellen, dass ihre Lichter auf der unermesslichen Leinwand des Himmels glitzern.

52

Wenn du in deinen Körper zurückkehren willst, ist es unabdingbar, diesen vor der Ankunft des Hubschraubers zu erreichen.

Wenn es eine Hilfe ist, zähle rückwärts.

Bei acht solltest du ihm so nahe sein, dass du deine nackten, schmutzigen Füße siehst.

Bei fünf solltest du ihm so nahe sein, dass du das blutige Kleid über deiner Schulter siehst.

Bei drei solltest du ihm so nahe sein, dass du die Grübchen erkennst, die in deiner Kindheit alle bezaubert haben.

Bei zwei solltest du deinen flachen, stöhnenden Atem hören.

53

In deinen Körper zurückgekehrt, kannst du mitverfolgen, wie der Hubschrauber langsam und knatternd tiefer geht.

Vielleicht meinst du, er wäre das Werkzeug einer rein mechanischen Welt.

Vielleicht meinst du, er wäre gekommen, um dich auszulöschen.

Vielleicht bezweifelst du, dass Menschen darinsitzen.

Gewissheit wirst du erst haben, wenn du sie sprungbereit über dir kauern siehst, mit entschlossenen, zuversichtlichen Mienen.

Umkreis: Zuvor

»Ist der Mann überhaupt ihr Bruder?«, fragt Mom eines Abends nach dem Essen, Brian und Molly sind oben und machen Hausaufgaben, ich räume das Geschirr mit in die Maschine.

»Welcher Mann?«, sagt Dad, der im Arbeitszimmer neben der Küche im Sessel sitzt. »Wessen Bruder?«

»Ist doch … komisch, oder?«, sagt sie. »Er zieht ein, und neun Monate später – Bumms! – zieht der Ehemann aus.«

»Ah«, sagt Dad. Nicht, weil er Moms neuester Verschwörungstheorie zustimmen würde – das tut er nicht, das tut keiner von uns –, sondern weil ihm aufgegangen ist, wen sie meint: die Salazars, unsere direkten Nachbarn.

Mom geht aus der Küche zum Sessel und senkt den Blick auf Dad. »Sie ähneln sich kein bisschen«, sagt sie. »Oder sehen sie in deinen Augen aus wie Geschwister?«

»Unser Nachbarschaftsverhältnis ist distanziert, ich habe ihn also nie genauer betrachtet«, antwortet Dad.

»Ich glaube, er hat den Journalismus an den Nagel gehängt«, meint Mom. »Er ist viel zu Hause.«

»Du bist auch viel zu Hause«, entgegnet Dad.

»Ich behalte ihn im Auge.«

Dad lässt langsam die Zeitung sinken – in seinem Fall gleichbedeutend mit Aufstehen und einem bohrenden Blick. »Du solltest private Grundstücke respektieren, Noreen«, sagt er. »Wenn du noch mal bei ihnen eindringst, kann ich nichts mehr für dich tun. Hannah, hörst du zu?«, ruft er in Richtung Küche. Ich höre immer zu. »Du bist meine Zeugin.«

»Und wenn er bei uns eindringt?«, fragt Mom.

Einige Monate, nachdem Stephanie Salazars Bruder bei Mr. und Mrs. Salazar eingezogen war, beobachtete Mom, wie er durch ein Fenster ins Haus einstieg (er hatte die Schlüssel vergessen), und meldete der Polizei einen Einbruch. Sie kannte ihn, aber wie sie Dad erzählte (der es mir erzählte), traute sie ihm nicht, weil sie feindselig von ihm angeglotzt worden war, während sie am Zaun zwischen den Grundstücken gegärtnert hatte. Stephanies Bruder wurde in Handschellen abgeführt, denn sie hatte nichts von seinen Bewährungsauflagen geahnt. Abends besuchten uns die Salazars, um meine Eltern über Stephanies Bruder und seinen psychischen Zustand aufzuklären. Bennie Salazar hat Dads Lieblingsband, The Conduits, entdeckt und ihre Songs produziert, also wurde der Bourbon geköpft, und Dad nickte verständnisvoll, während Mom zum Fenster sah, wie durch ein Geräusch abgelenkt, das nur sie hören konnte. Währenddessen neigte sich ein Teil des Bretterzauns bedenklich in unsere Richtung, laut Mom eine Verletzung unseres »Luftraums« und eine »Bedrohung« ihres rosa Phlox. Einige Wochen danach setzte Mom einen Zaunpfahl mit Hilfe eines bei Ace Hardware gemieteten elektronischen Erdbohrers um zehn Zentimeter zurück. Als wir nach der Schule heimkamen, war sie euphorisch. Sie sang beim Kochen und lachte leise, während sie Wäsche zusammenlegte. Abends klingelte es, und als ich öffnete, stand Stephanie Salazars Bruder vor der Tür, ein Maßband haltend, bleich und bebend vor Zorn. Ich rief Dad, und beide gingen nach hinten und inspizierten den Zaunpfahl. Dad erkannte die Klage als berechtigt an und ließ einen Handwerker kommen, der den Pfahl wieder umsetzte.

Das war vor zwei Jahren, damals war ich im ersten Semester. Wir bedauerten die Trennung der Salazars, vor allem Dad. Bennie Salazar zog nach Manhattan, und wir sehen ihn nur noch, wenn er seinen Sohn Christopher, ein Jahr älter als Molly, abholt oder bringt. Bennie Salazar winkt uns dann aus dem Sportwagen. »Ein herber Verlust«, pflegt Dad zu sagen.

Nachdem wir die Küche gemacht haben, bleibe ich unten bei Dad und lerne für mein AP-Examen. Mom geht nach oben, um Brian und Molly bei allem zu helfen, was Hilfe verlangt. Brians Sportunterwäsche kneift, und er hat morgen ein Baseballspiel, also fährt Mom zu Modell's, vier Städte weiter, der lange offen hat, und kauft ein Set eine Nummer größere Unterwäsche, und danach hilft sie Brian bei den Mathe-Hausaufgaben (Mom ist irre gut in Mathe). Später höre ich, wie sich Molly bei Mom ausheult, es geht mal wieder um ihre Freundinnen. Ich trage meine Sorgen seit einigen Jahren nicht mehr an Mom heran, wie von ihr vorhergesagt. »Ich kann dir nur bis zur High School helfen, Hannah«, entgegnete sie auf meine Einsprüche und Quengeleien. Und sie hatte recht: Als ich auf der High School war, sah ich sie mit anderen Augen. Heutzutage wende ich mich an Dad.

Als ich klein war, befürchtete ich oft, im Schlaf zu sterben. Mom sagte nie: »Das ist doch albern. Du wirst ewig leben, mein Schatz, genau wie ich, wie unsere ganze Familie und alle, die wir lieben.« Stattdessen holte sie Stethoskop, medizinisches Fieberthermometer und Blutdruckmessgerät heraus und untersuchte mich auf Herz und Nieren.

»Alles normal«, sagte sie. »Heute Nacht stirbst du nicht.«

Mom meint, man müsse stets achtsam sein, andernfalls würden sich die Mächte des Verhängnisses gegen einen verschwören. Alles sei enger miteinander verzahnt, als man glaube. Die Welt sei grausam und irrational, die Starken lebten auf Kosten der Schwachen, und ein Happy End sei stets eine Frage der Perspektive. Dieses hob sie jedes Mal hervor, nachdem sie uns ein Märchen vorgelesen hatte: »Warten wir ab, ob der Prinz sie noch liebt, wenn sie in die Jahre kommt und Zellulitis hat, oder ob er sie dann gegen ein neueres Modell eintauscht.«

»Ja, der Prinz erbt das ihm zustehende Königreich – aber es dauert nicht lange, dann greift ein feindlicher Prinz an und schlachtet alle ab.«

»›Glücklich bis ans Ende ihrer Tage‹ oder so lange zig Leibeigene die Felder bestellen und zig Diener dafür sorgen, dass sie es im Schloss gemütlich haben.«

»Das echte Leben kennt nur ein Ende, und das ist nicht schön«, hat Mom uns eingebläut, solange ich zurückdenken kann. Und wenn wir daraufhin in Tränen ausbrachen, schloss sie uns in die Arme und murmelte: »Meine geliebten Kinder, ihr begreift noch nicht, wie eng alles miteinander verzahnt ist. Es gibt Verschwörungen. Es gibt Intrigen. Ich bin eure Mom. Ihr seid in meiner Gebärmutter herangereift. Und ich werde jeden töten, den ich töten muss, um euch zu beschützen.«

Heute tut es weh, eine Mutter zu haben, die viele für verrückt halten – eine Mutter, über die meine Freunde lachen. Aber früher, als ich klein war, als es nur sie gab, war ich unter den Fittichen einer Macht geborgen, die mich vor jeder Bedrohung beschützte, ohne sie zu verleugnen. Deshalb habe ich eine innere Stärke.

Manchmal sehe ich eine Märchenfigur in Mom: fesselnd, bis ich derlei Geschichten entwuchs. Heute will ich etwas anderes lesen.

Am nächsten Abend, Brian und Molly sitzen noch am Tisch, sagt Mom: »Er mag mich nicht.«

»Niemand mag dich«, erwidert Dad mit dem leisen Lächeln, dass bei ihm einem Grinsen entspricht. »Außer uns.«

»Wir lieben dich«, sagt Molly.

In der Welt der Mütter ist unsere Mom eine Ausnahme. Sie wird von anderen Moms nicht zu Treffen oder Partys eingeladen, sie ist kein Buchclub-Mitglied, man bittet sie weder zu Weinverkostungen noch Outletshopping noch Wellness-Wochenenden, nicht einmal zu den Jeder-gegen-jeden-Turnieren, obwohl sie in jüngeren Jahren eine glänzende Tennisspielerin war.

»Er ist ein vorbestrafter Krimineller«, sagt sie.

»Lassen wir das«, sagt Dad. »Er ist ein stinknormaler Typ, der sich einmal hat hinreißen lassen. Wenn du das nicht nachvollziehen kannst, wer dann?«

»Ich habe mich noch nie hinreißen lassen.«

»Stimmt, aber du warst ja auch nie *hinreißend*«, erwidert Dad und zwinkert mir zu.

»Bruce«, sagt Mom sehr leise. »Das tut weh.«

Sie erhebt sich vom Tisch und entschwebt mit ihrem Nähkorb nach oben. Der Korb enthält flauschiges, weißes Garn für die Kätzchenkappen-Party, durch die Molly ihre absolut undiskutable beste Freundin zurückgewinnen soll, und mehrere Hemden, deren Label entfernt werden müssen, weil sie Brian im Nacken kratzen. Diese können nicht mit der Schere herausgetrennt werden, weil Fadenreste im Stoff zurückbleiben würden, störender als das Label selbst. Mom kappt jeden winzigen, nahezu unsichtbaren Stich mit einer Mini-Schere, die in Deutschland bestellt werden musste und in einem entionisierten Glaszylinder lagert, weil sie sonst stumpf werden würde.

Brian, Molly und ich räumen den Tisch ab, während Dad im Sessel das *Wall Street Journal* liest. Ohne Mom wird das Schweigen drückend.

»Dad«, sage ich, über seinem Sessel aufragend, »du solltest dich entschuldigen.«

»Bitte nicht in diesem Ton, Hannah«, entgegnet er milde.

Kurz darauf klettert Molly auf seinen Schoß, bringt seine Zeitung durcheinander und küsst ihn auf die Wange – sie ist neun, man lässt ihr so was also noch durchgehen. »Sagst du Mom, dass es dir leidtut?«, gurrt sie.

»Ich schaue mal, Mäuschen.«

Brian, stets wortkarg und immer wortkarger werdend, steht dicht vor Dads Sessel und zieht die Zehen über den Teppich. Schließlich murmelt er: »Dad.«

»Ja, Brian?«

»Na, los.«

»Bitte?«

»Du weißt schon.«

»Was soll ich wissen?«

»*Mach* es.«

»Keine Ahnung, was du meinst, Brian.«

»Sofort, Dad.«

»*Was* sofort?«

Brian holt tief Luft und brüllt Dad ins Gesicht: »ENTSCHULDIGE DICH BEI MOM!!!«

Dad bringt seinen Sessel langsam in die Senkrechte – was in seinem Fall dem Aufspringen entspricht. »Das hatte ich gerade vor, mein Sohn«, sagt er und geht gelassen zur Treppe. »Gut, dass du mich daran erinnerst.«

Mom macht eine bestimmte, boshafte Mom für ihre Ausgrenzung verantwortlich: Kathy Bingham, die sie »Hohepriesterin der Zicken« nennt. Kathy hat fünf Kinder, alle (laut Mom) sträflich vernachlässigt, weil sie im Crandale Country Club, wo sie in acht aufeinanderfolgenden Jahren Siegerin im Dameneinzel *und* im Doppel war, wie besessen Tennis spielt. Kathy, so Mom, kontrolliere jeden Aspekt des Damentennis im CCC mit der brutalen Gewalt eines Gangsterbosses. Kathy würdigt Mom keines Blickes, von Worten ganz zu schweigen, und doch beharrt Mom darauf, nichts getan zu haben, was Kathys Hass rechtfertige. »Ich glaube, es sind meine Haare«, sagt sie, und ja, sie färbt ihre Haare weißblond, die anderen Moms dagegen lassen sich höchstens subtile Highlights färben.

»Irgendwann gebe ich den Löffel ab, macht euch nichts vor«, sagte sie zu uns. »Und wenn ich bedenke, was das Peroxyd enthält, dann könnte das schneller passieren als gedacht.«

Als wir sie anflehten, auf Peroxyd zu verzichten, sagte Mom: »Nie und nimmer. Das Leben basiert auf Abwägungen, und für Haare wie Marilyn Monroe verzichte ich gern auf ein paar Jahre.«

Abende später, Dad bewertet nach dem Essen den Studierfähigkeitstest, den ich zur Übung gemacht habe, sagt Mom: »Bruce, ich finde deine Gleichgültigkeit gegenüber der sehr realen Gefahr, in der ich schwebe, verstörend.«

Dad schiebt seinen Stuhl zurück. Dad ist Anwalt. »Hat er dich bedroht?«

»Er glotzt mich zornig über den Zaun an.«

Dad nimmt die Lesebrille ab und sieht zu Mom auf. »Warum bist du auch so oft am Zaun, Noreen?«

»Ich arbeite im Garten. Wir haben Mai, da ist das meiste zu tun.«

»Bitte auf unserer Seite bleiben«, sagt Dad. »Das gilt für dich *und* den Zaun.«

»Das sagst du oft, Bruce.« Mom schiebt Dads Vornamen hinterher, wenn sie unzufrieden mit ihm ist. »Ich höre das gar nicht mehr.«

»Meinetwegen. Hauptsache, du beachtest die Grundstücksgrenze.«

»Du hast es schon wieder gesagt.«

»Ich kann es nicht oft genug sagen.«

»O doch, Bruce«, entgegnet Mom. »Du hast es gerade einmal zu oft gesagt.«

Sie starren einander an. Mom macht kehrt und geht durch die Hintertür in den Garten. Dad wendet sich meinem Test zu, als wäre es ihm gleichgültig, aber er kann nicht anders, er wirft einen Blick aus dem Küchenfenster, geht danach mit energischen Schritten in den Garten – was in seinem Fall einem Spurt entspricht. Ich sehe durch das Küchenfenster, dass Mom über den Zaun gestiegen ist und auf dem Rasen der Salazars steht. Im Dunkeln schimmern ihre platinblonden Haare.

»Ich habe die Grundstücksgrenze überschritten, Bruce«, ruft Mom. »Was nun?«

»Weiß ich auch nicht«, sagt Dad auf unserer Seite des Zauns. »Dort kann ich dich nicht mehr beschützen.«

»Du hast mich nie beschützt.«

»Ich beschütze dich in vieler Hinsicht, nur ahnst du nichts davon«, erwidert Dad, »aber ich kann dich nicht vor dir selbst beschützen.«

Beim Anblick Stephanie Salazars, die nach draußen kommt, ducke ich mich am Fenster, schleiche aber durch die Hintertür und kauere mich hinter Dads Grill mit dem schlaffen Regenschutz. Stephanie sieht mit ihren kurzen, schwarzen Haaren anders aus als die übrigen Moms. Ein paar

Monate nach dem Einzug der Salazars wurde sie Doppelpartnerin von Kathy Bingham, Hohepriesterin der Zicken. Sie gewannen oft, bis Bennie Salazar auszog. Danach spielten Stephanie und Kathy nicht mehr zusammen, sprachen auch nicht mehr miteinander. Man munkelte, Kathy hätte zur Trennung der Salazars beigetragen, aber man munkelte hinter vorgehaltener Hand, weil (so Mom) niemand riskieren wollte, von Kathy erledigt zu werden.

Im vergangenen Jahr, 2006, kam es bei der Damenmeisterschaft des Crandale Country Clubs zum Einzel zwischen Kathy und Stephanie. Das Match dauerte fast fünf Stunden. Jedes Spiel schien endlos zu sein; jeder Satz hatte einen Tiebreak, der wiederum einen Tiebreak nach sich zog. Am Ende hatte sich ein Riesenpublikum versammelt, Leute aus dem ganzen Club. Schließlich siegte Kathy, und Stephanie ließ sich fallen, presste die Fäuste gegen ihr Gesicht, jaulte wie ein Tier und begann zu schluchzen. Zur allgemeinen Verblüffung ging Kathy um das Netz, kniete sich neben Stephanie und schloss sie in die Arme – unfassbar für alle, und manch einer glaubte im Nachhinein, es wäre Einbildung gewesen; ein Streich, den das Zwielicht den Augen gespielt hatte. Aber es war tatsächlich so, ich war Augenzeugin. Kathy zog Stephanie auf die Beine, und sie gingen gemeinsam in die Umkleide. Danach waren sie wieder Doppelpartnerinnen. Sie verloren kein einziges Spiel.

»Hi, Noreen«, sagt Stephanie, die sich Mom über ihren Rasen freundlich nähert. »Alles okay?«

»Ich will nur etwas klarstellen«, sagt Mom.

»Ja«, sagt Stephanie, »ein herrlicher Abend, nicht wahr?«

»Finde ich auch«, pflichtet Dad auf der anderen Seite des Zauns bei, und sie haben recht: Der Himmel ist dunkel und klar, alles duftet noch vom Gewitter, das tagsüber tobte.

»Dein Flieder kommt prächtig«, sagt Stephanie zu Mom. »Mein Gott, dieser Duft – ich könnte ihn immer riechen.« Sie weiß Mom zu nehmen – oder ist sie schlicht nett?

»Danke«, sagt Mom und beginnt, zum Zaun zurückzuweichen.

Da wird die Haustür der Salazars aufgerissen, und Jules, der vorbestrafte Bruder, stürmt ins Freie, begleitet von Stephanies Sohn Chris und der Kleinen namens Lulu, die aus irgendeinem Grund bei ihnen wohnt. Jules hat sich verändert, seit er vor zwei Jahren bleich, übergewichtig und mit aus der Hose gerutschtem Hemd vor unserer Tür stand. Er sieht jetzt ziemlich normal aus, von den zornig funkelnden Augen mal abgesehen.

»Was tust du hier?«, will er von Stephanie wissen. »Und was hat *sie* auf unserem Grundstück zu suchen?«

»Wir unterhalten uns über den Flieder«, sagt Stephanie.

»Sie steht auf unserem Rasen. Ohne Grund.«

»Noreen«, sagt Dad, »warum kommst du nicht …«

»Runter von unserem Grundstück«, befiehlt Jules. »Sofort.«

Stephanie fährt zu ihrem Bruder herum. »Rede nicht in diesem Ton mit ihr, Jules! Sie ist unsere Nachbarin. Mein Gott.«

»Es ist nicht Ihr Grundstück«, sagt Mom zu Jules. »Es ist das Grundstück Ihrer Schwester und Ihres Schwagers.«

»Wir sind geschieden«, sagt Stephanie. »Es ist also alleine mein Grundstück.«

»Ich bin ihr Bruder«, sagt Jules. »Verschwinden Sie.«

»Lass das, Jules!«

»Sie sehen überhaupt nicht aus wie Geschwister«, sagt Mom.

»Sie ist verrückt«, sagt Jules zu Stephanie. »Du erlaubst einer Verrückten, auf unserem Rasen zu stehen. Wieso?«

Dad und Stephanie nähern sich Mom auf ihrer jeweiligen Seite des Zauns. »Komm bitte rüber, Noreen«, sagt Dad, und in seiner Stimme schwingt die Beklommenheit mit, die ihn jedes Mal erfasst, wenn er glaubt, ein Gesetzesverstoß stehe bevor.

»Bitte entschuldigt die Grobheit meines Bruders«, sagt Stephanie.

»Er ist grob, aber im Recht«, sagt Dad.

»Ein Mann mit Verstand!«, ruft Jules. »Danke!«

»Du bist ein hoffnungsloser Fall«, sagt Mom zu Dad.

»Noreen, brauchst du hier irgendwas?«, fragt Stephanie, sie weiß *wirklich*, wie sie Mom zu nehmen hat, sie kann das so gut, weil sie täglich mit ihrem Bruder zu tun hat. »Wenn nicht, wäre Jules wahrscheinlich wohler zumute, wenn du …«

»RUNTER. VON. DIESEM. GRUNDSTÜCK!«, brüllt Jules aus voller Lunge. Die Worte hallen zwischen den Häusern wider.

»Ich lasse mich nicht anbrüllen«, sagt Mom wütend.

»Soll sie da stehen bleiben«, sagt Stephanie zu Jules. »Ist doch egal.«

»Du bist ja irre, Steph. Warum lässt du ihr alles durchgehen?«

»Verdammt nochmal, Jules, wir reden hier von einem lächerlichen Zaun in einem albernen Vorort«, sagt Stephanie und hebt zum ersten Mal die Stimme. »Der Nahe Osten implodiert, Flüchtlinge müssen ihre Kinder unter Plastikplanen großziehen, ohne fließend Wasser – auf der Welt gibt es Konflikte um Land, die tatsächlich von Bedeutung sind, dagegen ist dieser Bretterzaun pillepalle.«

Ich lausche Stephanie Salazar und vergöttere sie. Dad vergöttert sie. Ihr Sohn, Chris, vergöttert sie, und genauso Lulu.

Stephanie macht Öffentlichkeitsarbeit für Rockstars, müsste aber *selbst* ein Rockstar sein.

»Wenn mehr Leute die Zäune anderer respektieren würden, gäbe es diese Probleme nicht«, erwidert Jules verschnupft.

»Mir reicht's«, sagt Stephanie und kehrt zum Haus zurück. »Chris, Lulu, kommt. Wir gehen rein.« Und das tun sie. Stephanie dreht sich nicht mehr um. Sie erklärt, reingehen zu wollen, und sie geht rein.

Ein langes Schweigen tritt ein. Dad, Mom und Jules verharren wie Schachfiguren am jeweiligen Platz. Dann sagt Dad: »Ich gehe auch rein, Noreen«, und ich husche vor ihm ins Haus.

Dad schaut im Arbeitszimmer die Elf-Uhr-Nachrichten, wartet in Wahrheit aber auf Mom. Ich kann durch das Küchenfenster sehen, wie Mom und Jules sich stumm gegenüberstehen. Im Dunkeln wirken sie unheimlich, wie aus Stein gemeißelt. Jules hat sich Mom nicht weiter genähert. Er fürchtet sich vor ihr. Und sie fürchtet sich vor ihm.

»Es gibt bestimmt eine Sitcom-Version dieser Story«, sage ich zu Dad. »Vielleicht haben wir sie sogar schon gesehen.«

»Sitcoms lassen vieles weg«, meint Dad. »Darum sind sie so lustig.«

»Und was nun?«

»Ich weiß auch nicht, Hannah«, sagt er. »Aber ich bin müde.«

Als wir Mom durch die Hintertür eine gute Nacht wünschen, ist Jules schon reingegangen. Mom steht allein auf dem mondhellen Rasen der Salazars.

Am nächsten Morgen schüttelt Mom Laub aus ihren Haaren in die Spüle, bevor sie unsere Käseomeletts und danach die Pausenbrote für Brian und Molly macht.

»Hast du auf dem Rasen übernachtet?«, fragt Dad. »Hast du dich hingelegt?«

»Ich habe gedöst.«

»Dein Glück, dass sie nicht die Polizei gerufen haben.«

»Vorbestrafte rufen nicht die Polizei.«

»Bist du zufrieden? Verbuchst du das als Sieg?«

»Was in mir vorgeht, Bruce«, sagt Mom, »muss dich nicht länger bekümmern.«

Mom ist plötzlich sehr emsig. Sie spinnt keine weiteren absurden Theorien über Jules Jones, aber wenn ihr Blick zum Salazar-Haus schweift, muss sie manchmal leise lächeln.

»Was ist?«, fragt Dad, wenn er dieses Lächeln bemerkt.

»Was soll sein?« Mom schaut ihn aus großen Augen unschuldig an.

»Vielleicht bahnt sich etwas an, das nicht gesetzeskonform ist.«

»Tja, wenn das so sein sollte«, erwidert Mom listig, »und ich bestätige das nicht – dann wäre es für dich, als Anwalt, wohl besser, es nicht zu wissen, oder?«

Eines Abends, Mom holt uns bei den Girl Scouts ab (Molly), vom Baseball-Training (Brian) und von der Arbeit am Jahrbuch (mich), fährt sie einen Umweg zu einem Einkaufszentrum und sagt: »Ich muss bei Ace Hardware kurz was besorgen.«

»Darf ich mit reinkommen?«, fragt Brian. Er findet Ace Hardware toll.

»Nein, dieses Mal lieber nicht.«

Nach einer Ewigkeit erscheint sie mit einer mächtigen Tragetüte, deren eingepackter Inhalt verborgen ist. Ich setze mich auf ihre Bitte nach hinten, und sie stellt die Tüte auf den Beifahrersitz und schnallt sie an.

»Was hast du gekauft?«, fragt Brian.

»Sachen für den persönlichen Bedarf.«

»So persönlich, dass sie angeschnallt werden müssen?«, frage ich.

»Der Kram soll nicht piepen.«

»Du erzählst uns nichts mehr«, sagt Molly.

»Das habe ich noch nie getan«, entgegnet Mom. »Ihr erzählt mir etwas.«

»Wir fühlen uns einsam«, klagt Molly. »Ausgeschlossen.«

»Ja«, bekräftigt Brian.

Mom dreht sich zur Rückbank um und mustert uns drei. »Die Welt ist ein einsamer Ort«, sagt sie. »Ich habe nie versucht, euch das zu verheimlichen.«

Eine Woche nach meinem AP-Examen schaut Mom während des Abendessens aus dem Fenster und sagt: »Er beobachtet uns.«

Wir alle folgen ihrem Blick. Die Tage werden länger, der Himmel ist noch hell. Auf unserem Rasen tummeln sich Drosseln. »Wo?«, frage ich.

»Er ist in seinem Haus, und er beobachtet uns in unserem Haus.«

»Das ist ein Ding der Unmöglichkeit«, sagt Dad. »Physisch absolut undenkbar.«

»Vielleicht bedient er sich irgendeiner Technik.«

Dad legt die Gabel hin – in seinem Fall gleichbedeutend damit, aufzustehen und sich zu räuspern. »Ich glaube, du bist komplett von der Rolle, Noreen«, sagt er. »Alles bleibt liegen. Ein riesiger Berg Wäsche. Ich habe keine Strümpfe mehr.«

Bei der Erwähnung von Wäsche und Strümpfen merkt unsere zerstreute Mom auf, also legt Dad nach, und wir stimmen ein: Mein hellgrüner Kapuzenpullover liegt nicht im

Schrank, und Mollys Handpuppen haben Löcher, und Mom hat die Seattle Seahawks nicht gebeten, Brians Trikot zu signieren und in einem frankierten Rückumschlag zu verschicken, und unsere Burger Buns waren nicht getoastet, und sie hat für die Blondies bei Mollys Girl-Scout-Party keine Schokosplitter besorgt, und sie hat zwei Termine beim Tierarzt verpennt, so dass Fizzy, die mal wieder läufig ist, nicht sterilisiert wurde, und im unteren Bad fehlt eine Glühlampe, und es gibt keine Ersatzbatterien für die Fernsteuerung der Wii-Konsole, und die Tischtennisplatte hängt durch, und sie wollte den Gärtner bitten, einen Blick auf die gelben Stellen zu werfen, und sie wollte nachschauen, woher die drei Schrauben stammen, die Molly auf dem Küchenfußboden gefunden hat. Die Arbeitsplatten in der Küche müssen alle sechs Monate neu versiegelt werden – ist das geschehen? Es entstehen nämlich schnell Flecken, wenn dunkle Flüssigkeiten wie Kaffee oder Traubensaft darauf kleckern, und der Käse ist alle, Katzenstreu nur noch in Resten vorhanden, der Nähkorb quillt über, und die Rampe, die Brian für Physik basteln musste, ist auseinandergefallen, weil der Holzleim, den sie benutzt hatte, nicht hielt, sie hätten das besser mit Nägeln gemacht, das hat Brian ja gleich gesagt, und wäre es möglich, das Ding heute Abend zusammenzunageln?

Mom setzt sich aufrecht hin, die Augen stark geweitet. »Ja«, sagt sie, »das können wir.«

»Sie hat ihren wunderbaren Mann vor zwei Jahren rausgeworfen«, sagt Mom, als die Einladung eintrudelt. »Und das will sie feiern?«

»Du weißt nicht, ob sie ihn rausgeworfen hat«, erwidert Dad. »Vielleicht ist er freiwillig gegangen. Vielleicht feiert sie, um sich für zwei mühsame Jahre zu belohnen.«

»Er wurde abserviert, glaub's mir. Und der angebliche Bruder war die treibende Kraft.«

»Du bist keine glaubwürdige Quelle.«

Dad ist es, der ein, zwei Tage später auf das Thema zurückkommt, während Mom die Küchenschränke neu einräumt und ich im Arbeitszimmer am Computer meine Hausaufgaben mache.

»Wenn ich bedenke, was gerade ans Licht gekommen ist«, sagt er, »sollten wir unbedingt hingehen, Noreen.«

»Hingehen?«

»Zu Stephanies Party.«

»*Ich* auch?«, fragt Mom.

»Genau das meine ich mit ›wir‹.«

»Siehst du denn nicht, dass es eine Falle ist, Bruce?«

»Ich mache mir Sorgen, wenn du so sprichst.«

»Deine Sorgen sind durchaus angebracht!«

»Ich sorge mich nicht nur, weil deine Befürchtungen Einbildung sind, sondern auch, weil wir dazu neigen, das, was in uns vorgeht, auf andere zu projizieren. Wenn du glaubst, die Nachbarn würden etwas gegen uns aushecken, kann das heißen, dass du etwas gegen sie ausheckst.«

»Ein Elektrozaun würde nur weh tun, wenn sie ihn anfassen«, sagt Mom.

»Willst du allen Ernstes einen Elektrozaun aufstellen?«

»Noch nicht – ich muss mich noch eingehender mit Elektrostatik befassen«, sagt Mom. »Aber ich habe alles Nötige besorgt.«

Dad schließt die Augen – in seinem Fall gleichbedeutend damit, die Hände vors Gesicht zu schlagen.

»Geh du hin«, sagt Mom. »Ich bleibe mit den Kindern zu Hause.«

»Nein, Mom«, rufe ich aus dem Arbeitszimmer, wo ich

gelauscht habe. »Wir gehen mit. Unsere Freunde kommen auch.«

»Du nennst sie Freunde, Hannah«, giftet Mom, mit den Händen auf den Hüften in der Tür stehend und mich anstarrend. »Aber das hat mit deiner jetzigen Lebenssituation zu tun. In einigen Jahren wirst du Rückschau halten und dich verwundert fragen, was du in diesen Leuten gesehen hast.«

»Kann sein«, erwidere ich, weil Moms Vorhersagen überraschend oft zutreffen. »Aber in drei Wochen, wenn die Party steigt, sind sie noch unsere Freunde.«

Stephanies Cocktailparty findet Mitte Juni, kurz vor dem Ende des Schuljahres, an einem lauen Abend statt. Ich habe mein AP-Examen hinter mir, weiß aber noch nicht, wie ich abgeschnitten habe, und der Himmel ist sommerlich hellblau. Partys mit Leuten aller Altersstufen fand ich schon super, bevor meine Freunde und ich uns in Gesellschaft der Erwachsenen volllaufen ließen. Hier ist sie, die Welt, die mich geprägt hat: ein Märchen, an das ich laut Mom noch ein weiteres Jahr glauben darf, und wenn ich erwachsen bin, werden diese Partys einen Teil des verlorenen sagenumwobenen Reiches meiner Kindheit bilden.

Mom erwartet uns am Küchentisch, sie trägt ein schwarzes Kleid mit großen, weißen Punkten – eine sonderbare Wahl, wenn man bedenkt, dass sie unbemerkt bleiben will. Sie hält in jeder Hand eine Flasche Mineralwasser.

Dad kommt mit einer der flotten Fliegen nach unten, die er auf Partys stets trägt. »Ich denke mal, sie haben Mineralwasser«, sagt er.

»*Er* könnte uns bedienen«, entgegnet Mom. »Und von dem Mann nehme ich bestimmt kein Getränk entgegen.«

Wir gehen durch die Haustür, als wollten wir zur Kirche.

Ich habe mich bei Dad untergehakt, wir gehen voran. Hinter unserer kiesbedeckten Einfahrt biegen wir auf den hellen Plattenweg ein, der zur Haustür der Salazars führt.

»Wir hätten auch über den Zaun steigen können«, meint Mom. Dad sieht sie rügend an, und sie lächelt. »War nur ein Scherz.«

Die Haustür steht offen. Unmittelbar dahinter drängen sich Gäste, Frauen in bunten Sommerkleidern, Männer in Seersucker-Shorts oder karierten Golfhosen, alle mit einem Gin-Tonic in der Hand. Jeder arbeitet in der Stadt, und jeder weiß, wer das meiste Geld hat. Laut Mom werden wir nie stinkreich sein, weil Anwälte nur pro Stunde abrechnen können. »Aber wenn die Blase platzt, und ich gehe davon aus, dass das bald passiert«, ergänzt sie, »wird dein Vater seinen Job behalten.«

Es fällt schwer, sich Bennie Salazar mit seinem braunen Teint und der struppigen Mähne in diesem Getümmel vorzustellen, obwohl dieses Haus vor zwei Jahren noch ihm gehörte. *Ein herber Verlust.*

Stephanie begrüßt uns in der Tür. Sie trägt ein ärmelloses, lachsrosa Kleid, ihre Schultern sind gebräunt und muskulös: das Tennis. »Wie schön, dass du gekommen bist, Noreen«, sagt sie und löst die Mineralwasserflaschen aus Moms verkrampften Händen. »Darf ich die zur Bar mitnehmen und dir ein Glas einschenken?«

»Vielen Dank«, sagt Mom förmlich. »Das wäre schön.«

Dad verschwindet. Minuten später höre ich ihn lachen, was bedeutet, dass er Bourbon trinkt. Brian und Molly sind nach oben zu den anderen Kindern gegangen. Die Hohepriesterin der Zicken, Kathy Bingham, in ein weißes, ärmelloses Kleid gewandet, hält an einem Fenster Hof, ihre Schultern sind so muskulös wie Stephanies, nur blasser. Moms

Blick zuckt weg, und ich bringe es nicht fertig, sie allein zu lassen.

»Ich kann deinen Bruder nirgendwo sehen«, sagt Mom zu Stephanie, während der Barkeeper aus einer ihrer Flaschen ein Glas Mineralwasser einschenkt.

»Ach«, erwidert Stephanie bedrückt. »Ich schätze, Jules sitzt diese Party irgendwo aus.«

Moms Körper spannt sich an wie der von Fizzy, wenn ein Habicht im Baum hinter unserem Haus landet. »Und warum?«, fragt sie zögernd.

Stephanie senkt ihre Stimme. »Ich habe den Fehler begangen, seine Ex einzuladen.«

»Seine Ex!« Mom ist fasziniert. »Wo ist sie?«

»Da drüben.« Stephanie schwenkt den Ellbogen, ohne sich umzuwenden. »Im blauen Strickkleid. Sie heißt Janet Green – jetzt Kramer. Sie ist mit ihrem Mann vor kurzem in diese Ecke gezogen, und sie kennt kaum Leute hier. Jules hatte kein Problem damit, aber dass sie jetzt auf der Party ist, passt ihm überhaupt nicht.«

Janet Green / Kramer hat eine schmale Taille und ist tief gebräunt, ihr Grinsen ist schief, helle Highlights durchziehen ihre brünetten Haare. Sie sieht aus wie jede andere Mom. Als ich beobachte, wie sie am Wein nippt, denke ich unwillkürlich: Verrückt, dass Jules in diese Frau verliebt war. Sie waren *zusammen*. Das verleiht Janet Green etwas Abgründiges, Geheimnisvolles.

»Schwierige Trennung?«, fragt Mom.

»Er war vollkommen fertig. Das hat alles ausgelöst: den Nervenzusammenbruch, die Tätlichkeit …« Stephanie schüttelt den Kopf. »Was habe ich mir nur dabei gedacht?«

»Ist Jules da?«, will Mom wissen. »Im Haus, meine ich?«

Stephanie horcht auf. »Er will allein sein, Noreen.«

Gäste drängen zur Tür herein, und Mom und ich folgen Stephanie. Als sie die Neuankömmlinge begrüßt, biegt Mom zur Treppe ab. »Mom!«, sage ich und fange Stephanies Blick auf. Sie eilt zurück. Mom ist schon die Treppe hinauf, aber Stephanie ergreift sie bei einem Arm und zwingt sie, sich umzudrehen. »Noreen«, sagt sie, zu Mom aufblickend, »du hast Jules irgendwie gereizt, und er kann gefährlich instabil sein, wenn er gereizt ist. Ich bitte dich also: Lass ihn in Ruhe.« Sie sieht Mom eindringlich an. Danach kehrt sie zu ihren Gästen zurück, ohne sich noch einmal umzudrehen.

Mom geht weiter die Treppe hinauf. »Du hast es versprochen«, sage ich, hinterher stolpernd.

»Ich habe gar nichts versprochen«, erwidert Mom. »Ich habe keinen Ton gesagt.«

Oben angekommen, stößt sie die Türen nach kurzem Klopfen auf.

»Nach dem Anklopfen wartet man«, zische ich. »Darin besteht der Sinn des Klopfens.«

»Hannah«, sagt sie, ohne sich zu bremsen, »du ähnelst immer mehr deinem Vater.«

»Prima«, entgegne ich, »ich will ja auch Anwältin werden.«

Mom eilt eine schmale Treppe zum nächsten Stockwerk hinauf. Wir hören die Kinder auf dem Dachboden toben. In diesem Stockwerk gibt es nur zwei Türen. Mom pocht gegen die erste, und dahinter ertönt ein kehliger Schrei: »Nein!«

Sie stößt die Tür auf. Jules Jones steht barfuß mitten im Zimmer, in kampfbereiter Haltung, wie es scheint. Beim Anblick von Mom kreischt er: »Sie? Raus mit Ihnen!«, als hätte er einen Dämon vor sich.

Er trägt Khakis und ein lavendelfarbenes Hemd, das noch Bügelfalten von der Reinigung aufweist. Er hat sich offenbar für die Party hergerichtet, dann aber anders besonnen. In einer Ecke steht ein schmales Bett. Der Schreibtisch vor dem Fenster ist von Büchern und Zetteln übersät, dazwischen steht ein Laptop.

»Ganz ruhig«, sagt Mom. »Ich komme in friedlicher Absicht.«

»Na, aber sicher.« Jules saust zum Fenster und wirft einen Blick auf den Rasen. Er ähnelt den Crandale-Dads, aber so, wie Mom den anderen Moms ähnelt, also nicht ganz.

»Ich habe den Zaun nicht angerührt«, sagt sie. »Das schwöre ich.«

»Ihr Schwur ist mir egal«, sagt er. »Total egal.« Er schaut wie unter Zwang nochmals aus dem Fenster. Ich bemerke ein Maßband auf seinem Schreibtisch – genau jenes, das er mitbrachte, nachdem Mom vor zwei Jahren den Zaunpfahl versetzt hatte.

»Gehen wir runter und messen nach«, sagt Mom. »Kommen Sie.«

Jules schüttelt den Kopf. »Das geht jetzt nicht.«

»Natürlich geht das. Was tut es zur Sache, dass Ihre Ex unten ist? Sie führen jetzt ein neues Leben.«

»Nein«, entgegnet Jules. »*Sie* führt ein neues Leben.«

»Nun kommen Sie schon, Ihre Beziehung mit der Frau ist Jahre her. Und um offen zu sein: Sie altert schlecht.«

Ein langes Schweigen. »Ich wollte Kinder mit ihr«, sagt Jules. »Aber sie hat sie mit einem anderen bekommen.«

»Aha? Auch Sie könnten mit einer anderen Kinder bekommen.«

»Wollen Sie mich verspotten?«

»Hören Sie, Jules«, sagt Mom. »Ich habe Ihnen etwas Wichtiges mitzuteilen.«

Sie tritt näher, und er beäugt sie misstrauisch, Schweißperlen auf der bleichen Stirn. Das Zimmer, zwischen dem Getrampel darüber und dem Gelächter darunter schwebend, kommt mir sonderbar still vor.

»Ich habe drei Kinder«, sagt Mom. »Dies ist Hannah, meine Älteste. Sie wird im nächsten Jahr flügge, und die anderen werden bald folgen. Meine Kinder sind das Beste und Einzige, was ich auf dieser Welt zustande gebracht habe. Ich habe keine Freunde, und wer weiß, wie lange Bruce bei mir bleibt, wenn Hannah erst mal ausgezogen ist. Ich bin nicht mehr die Frau, die er geheiratet hat, das lässt er mich oft spüren.«

»Mom, hör auf damit«, sage ich, merke aber, dass es ihr Ernst ist, und werde von Furcht durchzuckt.

»Wenn ich das schaffe, schafft das jeder«, sagt Mom zu Jules. »Sie auf jeden Fall. Sie haben eine Ausbildung, Sie können etwas, Sie haben einen Ort auf dieser Welt.«

Jules scheint mich zum ersten Mal wahrzunehmen. Dann richtet er den Blick wieder auf Mom. Ich sehe sie mit seinen Augen: eine schmale, ängstliche Frau mit weißblond gefärbten Haaren und einem Kleid mit Punktmuster.

»Sie haben den Zaun versetzt«, sagt er. »Darum geht es.«

»Gehen wir«, sagt Mom.

Jules greift nach dem Maßband, und sie verlassen Seite an Seite das Zimmer, dicht gefolgt von mir. »Schreiben Sie … einen Artikel?«, frage ich, um das Schweigen zu brechen. »Auf Ihrem Schreibtisch liegen so viele Notizen.«

»Ein Buch«, antwortet Jules unumwunden. »Über den Leadsänger der Conduits, Bosco Baines. Er ist auf einer Tournee, die ihn eigentlich umbringen müsste, aber er will und will nicht sterben.«

»Vielleicht könnten Sie ihn ins Jenseits befördern«, schlägt Mom vor, und Jules starrt sie mit offenem Mund an. »Nur ein Scherz«, schiebt sie hinterher.

Im Stockwerk darunter lasse ich sie allein weitergehen. Sie merken es nicht mal. Wie Stephanie habe ich alles getan, was in meiner Macht steht. Und wie sie wende ich mich jetzt ab.

Im Fernsehzimmer der Salazars steht ein riesiger Bildschirm mit Surroundsound, auf dem Bennie Salazar Konzerte von Künstlern schaute, mit denen er zusammenarbeitete. Er lud Dad mehrmals ein, frühere Auftritte der Conduits zu schauen, und Dad kehrte stets grinsend und nach Bourbon riechend heim. Nun benutzen Brian, Chris Salazar und andere Jungs diesen Bildschirm für ihre Wii-Konsole, und Molly und die Mädchen machen Brettspiele. Meine Freunde lümmeln auf einem L-förmigen Sofa, Mädchen und Jungen, die ihr Mineralwasser mit aus der Bar stibitztem Gin und Wodka versetzen. Man drückt mir eine Dose in die Hand, und wir quatschen über das College und Praktika im Sommer. Nicht mehr lange, dann sind wir im letzten Studienjahr.

Ich trete wiederholt ans Fenster, aber es ist so hoch gelegen, dass ich auf einen Hocker steigen muss, um Mom sehen zu können. »Was schaut sich Hannah an?«, will jemand wissen.

»Meine Mutter«, sage ich, und alle lachen.

Als ich zum ersten Mal nachschaue, hocken Mom und Jules mit ausgezogenem Maßband auf dem Boden.

Beim zweiten Mal stehen sie da, Gläser mit Mineralwasser in der Hand.

Beim dritten Mal lehnen sie nebeneinander am Zaun und blicken ins knisternde Zwielicht des Himmels.

Das Geheimnis eines Happy Ends, sagte Mom oft zu uns, *besteht darin zu wissen, wann man sich verabschieden muss.*

Nachdem ich Mom und Jules am Zaun habe lehnen sehen, zwinge ich mich, nicht noch mal nach ihnen zu schauen.

Siehe unten

1

Joseph Kisarian → Henry Pomeranz
VERTRAULICH

Sehr geehrter Mr. Pomeranz,
kurz vor dem Ende meiner Beurlaubung sehe ich mich veranlasst, meiner anhaltenden Sorge hinsichtlich der psychischen und physischen Verfassung meiner Frau, Lulu Kisarian (Bürgeragentin 3825), die ihre Mission vor nahezu zwei Jahren abgeschlossen hat, Ausdruck zu verleihen.
Einige Probleme gehen auf die Operationen zurück, denen sich Lulu aufgrund der Schussverletzung an ihrer rechten Schulter unterziehen musste (sie ist Rechtshänderin). Die Eingriffe erschweren ihr den Umgang mit unseren acht Monate alten Zwillingen, die sie nur mit Mühe hochnehmen kann. Ihren seelischen Zustand empfinde ich jedoch als besorgniserregender. Sie ist überzeugt, dass sich die Spyware bis heute in ihrem Körper befindet, und führt folgende Symptome als Beweise dafür an:

- Eine Neigung, aphoristisch in der zweiten Person Singular zu denken, wie es die Außendienstanweisungen für ihre Mission verlangten (z. B.: »Strümpfe können spurlos in der Waschmaschine verschwinden, egal wie gründlich du suchst«; »Die Lektüre von Büchern über Schlafprobleme von Babys hat nicht unbedingt zur Folge, dass deine Babys besser schlafen«).
- Ein hartnäckiger Wunsch, ihre Mission allen Torturen zum Trotz

wieder aufzunehmen, als wäre diese ein mythisches Unterfangen aus einem Traum oder Buch.

- Die Überzeugung, dass sie – und ich – »besser dran« wären, wenn sie nach Abschluss ihrer Mission nicht zurückgekehrt, sondern gestorben wäre.

Wir haben auf alle zu Hause praktizierbaren Arten von Therapie und Body-Scan zurückgegriffen, aber Lulus Misstrauen gegenüber staatlichen Institutionen bedeutet, dass wir darüber hinaus nichts tun können, und nach der im letzten Herbst erfolgten Enthüllung und Aussetzung des Bürgeragentenprogramms haben wir erst recht keine Möglichkeit mehr, Hilfe in Anspruch zu nehmen.
Wir können die Kinder nicht betreuen lassen, weil Lulu zu ängstlich und zu argwöhnisch ist. Sicherheitsüberprüfungen und Empfehlungen, Babysitter oder Krippenplätze betreffend, lässt sie nicht gelten und zitiert stets einen ihrer früheren Leitsätze: »Die Tatsache, dass du keine ausgebildete Spionin bist, sorgt für einen einwandfreien und unverfänglichen Leumund.« Was ja stimmt.
Die Vertraulichkeit von Lulus Mission hatte zur Folge, dass sie sich von Freunden und Freundinnen entfremdet hat und andere junge Mütter meidet. Ich muss meine Rückkehr deshalb an Bedingungen knüpfen. Ich glaube nicht, dass Lulu oder unsere Kinder gefährdet sind; in diesem Fall würde ich meine Arbeit gar nicht erst wieder aufnehmen. Sollte sie sich aber weiter quälen und weiter leiden, dann müsste ich eine unbefristete Auszeit nehmen, um ihr beizustehen.
Mit freundlichen Grüßen,
Joseph Kisarian

Henry Pomeranz → Joseph Kisarian
Was für eine Scheiße, Joe. Das tut mir so leid.

Joe → Henry
Es gibt wunderbare Momente mit den Kindern, aber Lulu ist nicht sie selbst.

Henry → Joe
Kann ich irgendwie helfen? Oder bleibt mir nichts anderes übrig, als Ihr Schreiben zu den Akten zu legen?

Joe → Henry
Ich wünschte, sie könnte sich mit anderen Bürgeragenten und -agentinnen austauschen. Nach meiner Auffassung ist ihre Isolation ungesund.

Henry → Joe
Dazu müsste man zu viele Firewalls überwinden, wie Sie selbst am besten wissen.

Joe → Henry
Ich war an ihrer Einrichtung beteiligt, kann sie aber nicht entfernen.

Henry → Joe
Glaubt sie, wir würden sie missbrauchen, um Sie zu überwachen? Könnte das die Ursache sein?

Joe → Henry
Dazu äußert sie sich so indirekt, als würde ein Feind mithören. Und das entfremdet uns voneinander.

Henry → Joe
Ach, Gott.

Joe → Henry
Meine Hoffnung ist, dass Lulu selbst eine Lösung findet. Solange ich Tag und Nacht an ihrer Seite bin, scheint ihr das nicht möglich zu sein. Ich glaube felsenfest an ihre innere Stärke.

Dolly Peale → Joseph Kisarian

Lieber Jojo,

ich freue mich darauf, während Deiner ersten zwei Arbeitswochen bei Euch zu sein und Lulu mit den Kindern zu helfen. Wie kann ich zu ihr durchdringen, was meinst Du? Sie ist sehr distanziert, was wohl mit ihren früheren Aufgaben zu tun hat, über die sie nicht sprechen darf. Rückblickend frage ich mich aber, ob diese Distanz schon vorher bestanden hat. Gewisse Entscheidungen, die ich vor langer Zeit getroffen habe, quälen und belasten mich bis heute, und ich frage mich, was ich für Lulu tun kann – für uns alle.

Ich baue auf Deinen Instinkt und werde Deine Ratschläge befolgen.

Liebe Grüße, Dodo

Joseph Kisarian → Dolly Peale

Liebe Dodo,

Lulu hat sich ihr Leben lang in Deiner Liebe gesonnt, nur das zählt. Mach Dir keine Sorgen. Dass Du Dich um die Kinder kümmerst, ist unendlich wichtig, weil Lulu dann (hoffentlich) die Möglichkeit hat, den Kontakt zu alten Freundinnen und Freunden online oder persönlich aufzufrischen. Dafür bin ich Dir sehr dankbar. Omar und Festa lieben ihre Oma heiß und innig, und wir auch.

Mit lieben Grüßen, Jojo

2

Lulu Kisarian → Kitty Jackson

Liebe Kitty Jackson,

wir haben uns seit Jahrzehnten nicht gesehen, sind einander aber keine Fremden. Erinnern Sie sich an die Neunjährige, die Sie vor 26 (!) Jahren auf einer geheimen Reise nach X begleitet hat, damals regiert von General B? Meine Mutter, Dolly Peale, hatte mich mitgenommen. Seit dieser sonderbaren und unwirklichen Reise haben wir jeden Triumph Ihrer Karriere gefeiert.

Ich weiß, dass ich Sie überfalle. Seit ich vor zwei Jahren von einem strapaziösen Aufenthalt in Übersee zurückgekehrt bin, der mir vor

Augen geführt hat, wie es damals in X für Sie gewesen sein muss, habe ich den Wunsch, Ihnen zu schreiben. Letzte Woche habe ich übrigens Ihren neuen Film gesehen, *Dazzle Me Sideways*, in dem Sie neben Jazz Attenborough spielen. Könnten Sie mir dabei behilflich sein, ihn zu kontaktieren?
In Erwartung Ihrer Antwort, Lulu Peale Kisarian

Ashleigh Avila → Lulu Kisarian
Liebe Ms. Kisarian,
Ms. Jackson bedankt sich für Ihre E-Mail. Bedauerlicherweise ist es ihr unmöglich, Kontakte zu Schauspielerkollegen herzustellen. Sie schlägt vor, dass Sie Mr. Attenborough selbst kontaktieren, entweder über seine PR-Managerin oder über Social Media.
Hochachtungsvoll, Asleigh Avila

Lulu Kisarian → Kitty Jackson
Liebe Kitty,
ich bin kein überspannter Fan, der von einer Assistentin abgespeist werden kann. Ich bin die Tochter Dolly Peales, der PR-Managerin, die 2008 im Alleingang für Ihr Comeback gesorgt hat. Außerdem bin ich, jetzt 35, seit zig Jahren erfolgreich in der Musikbranche tätig und habe vor vierzehn Jahren an der Produktion von Scotty Hausmanns Footprint-Konzert mitgewirkt.
Ich bitte Sie höflich und respektvoll, mir zu einem Kontakt zu Mr. Attenborough zu verhelfen. Wenn ich bedenke, was meine Mutter für Sie getan hat, ist das wohl kaum zu viel verlangt.
In Erwartung Ihrer Antwort, Lulu Kisarian

FWD: Ashleigh Avila → Kitty Jackson
Siehe unten. Höfliches »Nein«?

Kitty → Ashleigh
Gerade kapiert, wer sie ist. Kümmere mich darum.

Kitty Jackson → Lulu Kisarian; bcc: Ashleigh Avila
Liebe Lulu,
wowowowowowowow … sind Sie es wirklich?!? Tut mir leid, dass Sie in die Fänge meiner PR-Managerin/Assistentin/Mama Bär geraten sind, die sich bemüht, Dinge (und Leute) verschwinden zu lassen, ohne dass ich je von deren Existenz erfahre!
Ich habe die letzten fünfzehn Minuten genutzt, um mich über Ihren Werdegang zu informieren. Scotty Hausmanns Footprint-Konzert … Was????? TOTAL IRRE!!! Ich habe oft behauptet, das Konzert besucht zu haben, aber Ihnen kann ich diese Lüge natürlich nicht auftischen! Ihre Mom ist gesund und munter? Halten Sie mich auf dem Laufenden! Und melden Sie sich unbedingt, wenn ich Ihnen behilflich sein kann.
XXXXOOOO Mit lieben Grüßen, Kitty

Lulu → Kitty
Liebe Kitty,
wie aufregend, in einem Ton von Ihnen zu hören, den ich noch von damals kenne. Ich erhole mich gerade von einem längeren Dienst in Übersee, der eine OP meiner zerschmetterten rechten Schulter nach sich gezogen hat. Das hat mir etwas vor Augen geführt, was Sie bestimmt auch kennen: Ich kann nicht mehr in mein früheres Leben zurückkehren, aber auch nicht weitergehen, ohne gewisse Privatangelegenheiten bereinigt zu haben.
All das bringt mich auf Jazz Attenborough. Vielleicht können Sie beschreiben, wie er als Mensch ist? Er scheint keine Interviews zu geben, man gewinnt online also keinen rechten Eindruck von ihm. Ihre Schilderungen wären mir wichtig, denn wir haben immerhin eine gemeinsame Geschichte.
In Erwartung Ihrer Antwort, Lulu

Kitty → Lulu; bcc: Ashleigh Avila

Liebe Lulu,
dank Ihnen habe ich mich zum ersten Mal seit eeeeewig langer Zeit an die verrückte Reise nach X erinnert. Aber halt ... ich soll vor 26 Jahren erwachsen gewesen sein, obwohl ich zum jetzigen Zeitpunkt gerade mal 26 bin?;-). Ihre Mama hat mir den Arsch gerettet, das ist nicht zu leugnen. Bitte geben Sie ihr einen dicken Schmatzer von mir.
Also – Jazz. Wie Sie wohl wissen, ist er berüchtigt. Natürlich kein junger Hüpfer mehr, aber noch sexy und topfit. Wie die meisten ewigen Charmeure ist er ein Lügner: Hat erzählt, ich hätte es IHM zu verdanken, dass mir die Hauptrolle angeboten wurde (fand später heraus, dass er eigentlich Anne Hathaway wollte). Behauptete auch, er habe seit Jahren unbedingt mit mir zusammenarbeiten wollen (Lüge). Aber nachdem die Scheiße aus dem Weg geräumt war, habe ich ihn vergöttert. Wir sind Riesenfans der Conduits, und egal, welchen Song ich genannt habe, er konnte ihn absolut perfekt auswendig singen!
Wollen Sie noch mehr hören? Verraten Sie mir vielleicht, aus welchem Grund? Was für ein Mist mit Ihrer Schulter. Haben Sie Kinder?
XXXXOOOO Kitty

Ashleigh Avila → Kitty Jackson

Wenn Du keine Todessehnsucht hast, dann schreib NIE WIEDER eine solche E-Mail. Selbst wenn diese »Lulu« tatsächlich die wäre, die sie zu sein behauptet – und wir haben keine Gewissheit –, weiß allein der Himmel, was sie im Schilde führt. »Dienst in Übersee«? »Zerschmetterte Schulter«? HÄ??? Unterm Strich: Sie teilt Deine Infos über JA mit fünf Freunden, und Du bist erledigt.

Kitty → Ashleigh

Immer mit der Ruhe. Um eine Karriere zu torpedieren, brauchte es mehr. Ich habe das schon mal erlebt, wie Du weißt.

Ashleigh → Kitty
Klar, aber da warst Du 22 und bildschön. Jetzt bist Du, ähm, 51 und bildschön. [Hier bitte schleimige Schmeichelei bezügl. des für Dein Alter umwerfenden Aussehens ergänzen.]

Kitty → Ashleigh
Weiß Deine Ehrlichkeit zu schätzen. Und jetzt fick Dich ins Knie.

Ashleigh → Kitty
Habe übrigens Deine Reise nach X im Jahr 2008 recherchiert. Eine Lulu wird nicht erwähnt, eine »PR-Managerin Dolly Peale« aber schon. Weißt Du, dass sie 2007 im Knast saß, nachdem Scheinwerferbatterien geschmolzen waren und sich kochendes Öl auf 700 Leute ergossen hatte????

Kitty → Ashleigh
Lange Leitung? Genau DARUM hat sie den Job übernommen, die Gräueltaten von General B zu beschönigen. Kind zu ernähren etc.

Ashleigh → Kitty
Jemals an Buch/Doku über diese Geschichte nachgedacht?

Kitty → Ashleigh
Musste zig Schweigeverpflichtungen unterschreiben. Kann mich auch kaum erinnern (habe damals gesoffen wie ein Loch).

Ashleigh → Kitty
General B ist seit zwei Jahren tot, die Verpflichtungen wären also nichtig. Besitze dein Unbewusstes könnte Deine Gedächtnislücken auffüllen. Doku eine Erwägung wert? Die nie erzählte Story von Kitty Jacksons romantischer Affäre mit General B und die daraus resultierende Rückkehr von X zur Demokratie??? Könnte Deine Karriere so richtig beflügeln!!!

Kitty → Ashleigh

Ah, ja, ist ein Jahr her, seit Du mich zuletzt mit einem Doku-Plan bedrängt hast. Hätte mit einem weiteren rechnen müssen. [Hier bitte die haltlose Versicherung einfügen, dass ich Deine kreativen Träume unterstütze und bedingungslos an Dein filmerisches Genie glaube.]

Kitty Jackson → Jazz Attenborough

Hi Jazzy,
wollten wir uns nach Abschluss der Dreharbeiten nicht Austern und Weißwein genehmigen? Oder versprichst Du das allen Mädchen, mit denen Du singst?
Ganz anderes Thema: Eine befreundete Musikproduzentin hat mich gebeten, einen Kontakt zu Dir herzustellen. Darf ich?
XXXXOOOO Mit liebsten Grüßen, Kitty

Jazz Attenborough → Kitty Jackson

Darling, bitte sag ihr: nein. Austern und Weißwein jederzeit. Bin bis Ende Mai in Belize. Umarmung, JA

Lulu Kisarian → Kitty Jackson

Liebe Kitty,
zu Ihrer anderen Frage: Ich habe acht Monate alte Zwillinge, ein Mädchen und einen Jungen, Omar und Festa. Sie sind so wunderschön, dass ich oft weinen muss, vielleicht, weil SIE so viel weinen, es sind ja Babys, vielleicht ist es auch wegen meiner Schulterverletzung.
Wären Sie bereit, mir die Kontaktdaten von Jazz Attenborough zu geben, damit ich ihm direkt schreiben kann? Er wird nie erfahren, von wem ich die Infos habe, versprochen.
In Erwartung einer Antwort, Lulu

Kitty → Lulu; bcc: Ashleigh Avila

Zwillinge!!!! OMG, ich hoffe, Sie haben Mega-Nannys. Ich habe acht Pferde. Ich könnte sie wohl auch meine Babys nennen. Weiß

nicht genau, ob ich JA's E-Mail habe, schaue mal nach, bin aber pessimistisch.
XXXXOOOO Liebste Grüße, Kitty

Ashleigh Avila → Kitty Jackson
Kitty, bitte gib ihr JA's Daten. Solltest Du die Doku-Idee doch verfolgen, dann könnten wir ihre Mitarbeit gebrauchen, vor allem aber die ihrer Mutter.

Kitty → Ashleigh
Geht nicht. Habe JA gefragt, und er hat nein gesagt.

Ashleigh → Kitty
Er wird nie auf die Verbindung kommen. Er denkt seltener an Dich, als Du glaubst.

Kitty → Ashleigh
Vielleicht denkt er öfter an mich, als DU glaubst!

Ashleigh → Kitty
!!!! Hab ich was verpasst?

Kitty → Ashleigh
Du solltest wissen, dass ich diskret bin.

Ashleigh Avila → Lulu Kisarian
Liebe Ms. Kisarian,
ich hoffe, Sie verstehen es nicht falsch, dass meine Kundin, Kitty Jackson, mich bcc gesetzt hat. Hier sind die privaten Kontaktdaten von Jazz Attenborough, aber Sie haben sie nicht von mir! Kitty würde mir den Hals umdrehen, wenn sie wüsste, dass ich hinter ihrem Rücken agiere, also bitte kein Wort in ihre Richtung!
Mit freundlichen Grüßen, Ashleigh Avila

Lulu → Ashleigh
Liebe Ashleigh,
tausend Dank! Hiermit erkläre ich, nicht zu wissen, von wem die Informationen stammen.
Nochmals danke, Lulu

Ashleigh → Lulu
Liebe Lulu,
schön, dass wir einen direkten Draht haben. Nun eine ganz andere Frage, bezüglich der bemerkenswerten Geschichte, die Sie mit Kitty teilen: Was würden Sie bzw. Ihre Mutter zu einer Doku über Ihre Reise nach X, Kittys Beziehung mit General B und deren geopolitische Konsequenzen sagen?
Mit freundlichen Grüßen, Ashleigh

Lulu → Ashleigh
Liebe Ashleigh,
ich bezweifele, dass meine Mutter dazu bereit wäre, denn es war ein ABSOLUTER Tiefpunkt ihres Lebens. Wir haben seit Jahren nicht mehr darüber gesprochen.
Lulu

Ashleigh → Lulu
Verstehe. Informieren Sie mich bitte, wenn Sie zu JA durchdringen oder Hilfe benötigen.
Mit freundlichen Grüßen, Ashleigh

Lulu Peale → Jazz Attenborough
Lieber Mr. Attenborough,
ich muss Sie dringend sprechen, aus Gründen, die ich Ihnen gern erläutere, nur müsste es von Angesicht zu Angesicht geschehen. Ich lebe in New York, würde aber überall hinreisen. Bitte sagen Sie zu.
In Erwartung Ihrer Antwort, Lulu Peale

Eric Platt → Lulu Peale
Liebe Ms. Peale,
Mr. Attenborough ist es leider nicht möglich, all jenen Menschen, die mit ihm sprechen möchten, persönlich zu antworten. Im Namen seines Teams wünsche ich Ihnen für die Zukunft alles Gute.
Hochachtungsvoll, Eric Platt
3. Assistent von Jazz Attenborough

FWD: Lulu Kisarian → Ashleigh Avila
Liebe Ashleigh,
siehe unten. Das ist wohl gleichbedeutend mit »kompletter Reinfall«. Wenn Sie eine Idee hätten, wie ich zu Mr. Attenborough durchdringen kann, wäre ich dankbar, nur kann ich meine Gründe nicht nennen, sie sind zu privat.
In Erwartung Ihrer Antwort, Lulu

Ashleigh → Lulu
Was sollte idealerweise dabei herauskommen?

Lulu → Ashleigh
Ein privates Gespräch unter vier Augen.

Ashleigh → Lulu
Wie wäre es mit einem Interview, bei dem Sie sich als Journalistin ausgeben? Durch Ihren Musikproduktionshintergrund wäre das glaubwürdig.

Lulu → Ashleigh
Habe ich auch schon erwogen, nur scheint er keine Interviews zu geben.

Ashleigh → Lulu
Er ist letzte Woche siebzig geworden: für einen Filmstar eine heikle Zäsur. Vielleicht würde ein »Special Interest«-Thema bei

ihm Anklang finden (z. B. Wein, Zigarren). Ich forsche mal nach. Wäre es möglich, dass Sie Ihre Mutter derweil auf eine Doku über General B ansprechen?
Herzlich, Ash

Lulu Kisarian → Dolly Peale
Hi, Mom. Danke, dass Du hier warst und mich unterstützt hast. Omar und Festa vermissen Dich schon jetzt. Und: Ich wurde aus heiterem Himmel von einer Repräsentantin Kitty Jacksons angeschrieben, die wissen will, ob wir an einer Doku über die Reise nach X mitarbeiten würden, die wir 2008 gemeinsam mit Kitty unternommen haben. Eine grauenhafte Vorstellung, schon klar, aber diese Frau ist mir behilflich (geht um einen möglichen Job), ich würde also gern so tun, als würden wir es erwägen. Darf sie Dich kontaktieren? Wir müssten ein wenig bluffen.
Liebe Grüße, Lulu

FWD: Dolly Peale → Joseph Kisarian
Jojo, siehe unten. Hast du eine Ahnung, was es mit diesem »möglichen Job« auf sich hat?

Joseph Kisarian → Dolly Peale
Nein. Aber seit Deinem Besuch geht es Lulu merklich besser! Vielleicht ist es in diesem Fall gestattet, ein wenig zu flunkern, oder wäre Dir das unangenehm? 😊

Dolly → Joe
Flunkern ist mir nur allzu vertraut (wie Du weißt, war ich PR-Managerin). Wir sehen uns am Samstag, Eurem Date-Abend, wenn ich zum Babysitten komme!
Liebe Grüße, Dodo

Lulu Kisarian → Ashleigh Avila
Liebe Ashleigh,
meine Mom ist bereit, über die Doku zu sprechen. Eine Bedingung, bevor ich den Kontakt herstelle: Weder ahnt meine Mutter, noch darf sie erfahren, dass ich eine persönliche Begegnung mit Jazz Attenborough anstrebe. Sie müssen mir zu 100 % garantieren, dass sein Name nicht genannt wird.
In Erwartung Ihrer Antwort, Lulu

Ashleigh → Lulu
Das garantiere ich. Und bitte bedenken Sie: Wir müssen auch gegenüber Kitty schweigen, die nicht ahnt, dass wir eine Strategie entwickeln, um Ihnen zu einem Gespräch mit JA zu verhelfen, und stinksauer wäre, wenn sie davon erführe.
Herzlich, Ash

Asleigh → Lulu
Neue Idee: Speedboote!! JA sammelt die Dinger und kurvt gern in Höchstgeschwindigkeit vor der südkalifornischen Küste herum (während der letzten 10 Jahre ist er 3 x mit der Küstenwache aneinandergeraten). Ein Interview/Artikel über Speedboote könnte einen frischgebackenen 70-jährigen Filmstar, der sich seinen Sex-Appeal bewahren und Opa-Rollen um jeden Preis vermeiden will, reizen. Was meinen Sie?

Ashleigh Avila → Kitty Jackson
Liebste Kit Kat: Lulu, Dolly etc. sind offen, was die Mitarbeit an einer Doku über Deine Affäre mit General B und deren positive Auswirkungen für die Menschheit betrifft!
BITTE ziehe das Projekt in Erwägung. Vorsichtige Erinnerung: Ich hätte nichts davon. Mir geht es nur um Deine Zukunft und um Deinen Wunsch, Oma-Rollen um jeden Preis zu vermeiden.

Kitty → Ashleigh
Erzähl mir nicht, dass Du nicht als Produzentin genannt werden möchtest, Du verlogenes Miststück.

Ashleigh → Kitty
Tja, ich würde den Film produzieren.

Kitty → Ashleigh
Realitätscheck: Eine solche Doku wird es nie geben. Da war keine »Affäre«, zu der ich mich äußern könnte. Ich bin ein B-Promi im mittleren Alter, und du bist eine von zig Absolventinnen der Filmhochschule NY, die ein Schmarotzerdasein führen.

Ashleigh → Kitty
C-Promi. Und Du kannst mich mal.

Ashleigh → Kitty
Du kotzt mich an, Du mieses Stück.

Kitty → Ashleigh
Gib Laut, wenn Du Dich beruhigt hast. Frage mich, ob ich überhaupt eine Assistentin brauche, zumal eine, die von Dressurreiten keinen blassen Schimmer hat.

Kitty → Ashleigh
Hal-loo-hooo. Immer noch sauer?

Kitty → Ashleigh
Frage: Warum bezahle ich Dich, wenn wir nicht mehr miteinander reden?

Ashleigh → Kitty
Weil sich außer mir niemand mit einer Jammergestalt wie Dir abgeben würde.

Kitty → Ashleigh
Ja, ich liebe Dich auch.

3

Lulu Kisarian → Jules Jones
Lieber Jules Jones,
ich bewundere Ihre Arbeit seit langem, vor allem *Suicide Tour,* das großartigste Buch des Rock-and-Roll-Journalismus, das ich je gelesen habe. Ich habe auch einen Bezug zu Ihrer Familie: Ihre Schwester, Stephanie Salazar, hat viele Jahre mit meiner Mutter, Dolly Peale, zusammengearbeitet, und Sie haben mich gemeinsam mit Chris und Colin (RIP) in Dungeons & Dragons eingeführt.
Ich habe schon während meines Studiums Bennie Salazars Marketing-Team geleitet und u. a. Scotty Hausmanns Footprint-Konzert mit organisiert.
Ich habe ein Anliegen, das Sie gewiss überrascht: Könnte es Sie reizen, die Hollywood-Legende Jazz Attenborough zum Thema Speedboote zu interviewen? Ich weiß natürlich, wie sehr Ihnen der Celebrity-Kult missfällt, aber Attenborough scheint ein großer Fan der Conduits zu sein, kennt die Texte auswendig und hat mit hoher Wahrscheinlichkeit *Suicide Tour* gelesen. Bitte teilen Sie mir mit, wie Sie darüber denken.
In Erwartung Ihrer Antwort, Lulu Peale Kisarian

Jules Jones → Lulu Kisarian
Liebe Lulu,
ich erinnere mich an Sie. Grübchen, richtig? Und Ihr Charakter bei D&D war eine Spionin, oder?
Zwei Fragen:
1. Welches Presseorgan möchte ein Interview mit Jazz Attenborough bringen?
2. Wen repräsentieren Sie?

Ihr JJ

Lulu → Jules

Lieber Jules,
das habe ich nicht ausgeführt, weil ich befürchtet habe, es könnte Sie abschrecken. Ehrliche Antwort: Es gibt keine Interessenten für das Interview. Ich würde Jazz Attenborough das Projekt nur dann unterbreiten, wenn SIE zur Mitarbeit bereit wären. Anders gesagt: Ohne Ihren Namen und Ihren Einfluss könnte ich die Sache abhaken.
Ich hoffe, Sie fühlen sich geschmeichelt und sind neugierig genug, um mitzumachen.
In Erwartung Ihrer Antwort, Lulu

Jules → Lulu

Sie haben meine zweite Frage nicht beantwortet: Welche Rolle haben Sie in dem Projekt? Geht es um Geld (eher unwahrscheinlich, denke ich)?
Ich habe, wie ich gestehen muss, ein paar Nachforschungen angestellt und herausgefunden, dass Ihr Ehemann, Joseph Kisarian, für die National Security arbeitet. Sollte diese »Interview-Idee« ein Vorwand sein, um mich auszuspähen, dann sagen Sie das bitte.
Ich neige aufgrund gewisser psychischer Probleme zur Paranoia, kann mit seelischen Belastungen also schlecht umgehen. Sollten Regierungsbeamte den Wunsch haben, mich zu befragen, dann sind sie jederzeit willkommen.
Ihr JJ

Lulu → Jules

Lieber Jules,
tut mir aufrichtig leid, Sie verunsichert zu haben! Es hat nichts mit der NSA oder Joe zu tun, der seine Arbeit nach neunmonatiger Elternzeit (wir haben acht Monate alte Zwillinge) vor kurzem wieder aufgenommen hat. Das Interviewprojekt ist »Schwarzarbeit« für mich (ich schreibe dies zu stockdunkler Stunde!), und Joe weiß von nichts. Er hat genug um die Ohren.

Mein Wunsch nach einer Begegnung mit Jazz Attenborough hat private Gründe, die ihn aber nicht interessieren würden, deshalb dieser Riesenumweg.
In Erwartung Ihrer Antwort, Lulu

FWD: Jules Jones → John Hall
Siehe unten. Hätte die Sache Vorteile für mich, vorausgesetzt, Jazz Attenborough wäre willens? Ich halte den Abgabetermin meines Buches definitiv ein, dieses Projekt würde mir nicht in die Quere kommen.
JJ

John Hall → Jules Jones
Klar: Erinnere die Welt vor dem Erscheinen des Buches daran, dass du alles kannst, inkl. Speedbootfahren mit Stars (obwohl du dafür gesessen hast, sie zu hassen/attackieren). Hochglanz/High-End-Magazine wären Top-Werbung. Greif zu.

Jules → John Hall
Risiko, als Heuchler dazustehen?

John Hall → Jules
Du bist zu alt für Heuchelei. Würde es als augenzwinkernde Souveränität verkaufen.

Jules → John Hall
Hast du nicht gesagt, Autoren seien niemals alt?

John Hall → Jules
Nur bis 70. Danach ist jeder alt.

Jules Jones → Lulu Kisarian
Liebe Lulu,
mein Agent ist bereit, das Projekt High End/Hochglanz-Magazinen

anzubieten, sofern Jazz Attenborough einwilligt. Ich nehme an, Sie haben die Möglichkeit, ihn zu kontaktieren?
Ihr JJ

Lulu → Jules
Lieber Jules,
habe sowohl Jazz Attenborough als auch seinen 3. (!) Assistenten angeschrieben, bin aber abgeblitzt.
Ein weiterer spätnächtlicher Gedanke: Hätte Bosco (Conduits) eventuell Interesse? Ich weiß nicht, was er z. Z. treibt (er lebt noch, oder?), aber da Jazz A ein glühender Conduits-Fan ist, könnte ihn die Beteiligung Boscos überzeugen. Oder sind dies die verrückten 4-Uhr-früh-Ideen einer Frau, in deren Gehirn die Behörde, für die sie fast gestorben wäre, eine Assel hinterlassen hat? Drücke »Senden«, bevor ich dies lösche.

Jules → Lulu
Liebe Lulu,
nächstes Mal bitte LÖSCHEN. Gerede über Asseln finde ich grässlich. Ich wurde von einem Untergrund-»Cleaner« mehrfach auf invasive Hardware untersucht. Davon zu lesen, selbst wenn es scherzhaft gemeint ist, macht mir zu viel Angst und weckt meine Befürchtung, Sie könnten an dem Vorhaben der Regierung beteiligt sein, in mein Gehirn einzudringen.
Und Bosco: schräge Idee. Denke darüber nach. Ja, er lebt noch.
JJ

Lulu → Jules
Lieber Jules,
gäbe es eine Möglichkeit, Sie von meinen lauteren Absichten zu überzeugen und gleichzeitig zu versprechen, dass ich über derlei Dinge niemals scherzen würde?
In Erwartung Ihrer Antwort, Lulu
P. S.: Wären Sie bereit, mir die Kontaktdaten des Cleaners zu

geben, den Sie erwähnt haben? Eines meiner Kleider hat hartnäckige Flecken, und ich möchte es wieder in seinen ursprünglichen Zustand versetzen.

Jules → Lulu
Ich schlage vor, wir treffen uns leibhaftig (vorausgesetzt, Sie teilen Ihr Bewusstsein nicht mit der Öffentlichkeit). Sie leben in NYC, richtig? Besuche Sie gern im Laufe der kommenden Woche.
JJ

Ashleigh Avila → Dolly Peale
Liebe Dolly Peale,
ich war hellauf begeistert, als ich von Ihrer Tochter, Lulu Kisarian, erfuhr, dass sie bereit sind, an einer Doku über Kitty Jacksons Affäre mit General B und deren historische Konsequenzen mitzuwirken. Nun frage ich mich, wie viele Leute, die 2008 daran beteiligt waren, zusammengetrommelt werden könnten! Ich denke an Sie, Lulu, die Fotografen, die Aufnahmen von General B mit Kitty gemacht haben, sowie an Militär- und Politikexpert:innen, die über General B's Kehrtwende zur Demokratie Auskunft geben können. Allerdings fehlt jemand aus General B's Umfeld, der die Ereignisse aus dessen Perspektive schildern könnte. Wäre es Ihnen möglich, Ihre damaligen Kontakte aufzuwärmen und zu schauen, wer noch am Leben und erreichbar ist?
Mit freundlichen Grüßen, Ashleigh Avila

Lulu Kisarian → Ames Hollander
Lieber Ames Hollander,
ich habe Ihre E-Mail-Adresse von dem Journalisten Jules Jones. Wenn ich es recht verstehe, sind Sie als Cleaner auf die Entfernung hartnäckiger Flecken spezialisiert. Eine meiner Freundinnen ist auf der Suche nach einem solchen Cleaner. Wie kann sie mit Ihnen in Kontakt treten?
In Erwartung Ihrer Antwort, Lulu Kisarian

Ames Hollander → Lulu Kisarian
Liebe Lulu,
Ihre Freundin kontaktiert mich am besten über Mondrian, ein absolut sicheres Netzwerk, das eine private Kommunikation gewährleistet.
Ames Hollander

Lulu → Ames VIA MONDRIAN
Hi, Ames, hier noch mal Lulu Kisarian. Wie soll meine Freundin ihr Reinigungsproblem erläutern, wenn sie innerlich überwacht wird?

Ames → Lulu, VIA MONDRIAN
Lulu, Ihre Freundin sollte DIE AUGEN SCHLIESSEN, während sie ihre Reinigungswünsche schildert, und »Senden« drücken, bevor sie die Augen öffnet.
Ames Hollander

Lulu → Ames, VIA MONDRIAN
ok kurze vrsion etschudigen sie die fehler ich war sechs monate bürgragentin inkl data surge schuswnde und hotspot retung werde noch überwcht spüre andere augen die durch mine augn schaun andere lete die in meinm kopf lauschn eine qual würde alles tun um ds zu benden inkl selbstmord nur würde ich andern damit wetun wir haben zwilinge acht monte alt brauche eine reinigung bitte ehemann joseph kisarian arbeit für
nsa viellcht spionirn sie ihn aus

Ames → Lulu, VIA MONDRIAN
Liebe Lulu,
ich kann die Flecken Ihrer Freundin entfernen, bin z.Z. jedoch im Norden New Yorks und nur wenige Tage im Monat in der Stadt. Meine Reinigung ist schwer zu finden, aber Jules war schon dort, ich vereinbare also einen Termin mit ihm. Ihre Freundin soll sich bitte direkt an Jules wenden.

Danke für die Vermittlung der Kundin!
Ames Hollander

Jules Jones → Bosco Baines
Lieber Bosky, lang, lang ist's her. Verspäteten Dank für die Eiscreme, auf die ich an Weihnachten sehnsüchtiger warte, als ich zugeben mag. Ein Rätsel, wieso Deine Chocolat-Chips nie bröselig, sondern stets soft sind. Ah, die Wunder, die Geheimnisse.
Wie steht's um die Gesundheit? Gut, nehme ich an, frage mich also, ob ich Dich für eine absurde journalistische Kapriole erwärmen könnte, inklusive Reise, Speedboot und einer Filmlegende, die alle Deine Songtexte auswendig zu kennen scheint. Was meinst Du?
Dein JJ

Bosco → Jules
Gesundheit tipptopp. Neue Knie, neue Hüften, bin also gut drauf. Habe in den letzten 10 Jahren 40 Kilo abgenommen, hoffe, Du wirst grün vor Neid. Die Unkosten der Kapriole werden erstattet, nehme ich an? Wäre lustig, Dich wiederzusehen, alter Mann, und sei es auf einem Speedboot.

Jules → Bosco
Starte nun die Hungertod-Diät. Lade entsprechende App runter. Kapriole ist noch ein schöner Traum, aber so beginnt alles, was traumhaft gut ist, stimmt's?
Lieb Dich, alter Mann, JJ

4

Eric Platt → Jazz Attenborough
Sehr geehrter Mr. Attenborough,
wir haben eine Interviewanfrage erhalten, die zu reizvoll ist, um sie, wie ich es sonst zu tun pflege, sofort abzulehnen. Schlagende Argumente: Bosco von den Conduits; Jules Jones (Autor von *Suicide Tour*) und Speedboote. Interessiert?

Hochachtungsvoll, Eric Platt
3. Assistent von Jazz Attenborough

Jazz Attenborough → Eric Platt
Klingt nach einem schlechten Scherz. Schon überprüft?

Eric → Jazz
Sehr geehrter Mr. Attenborough,
war zu begeistert, sorry. Überprüfe umgehend.
Hochachtungsvoll, Eric Platt
3. Assistent von Jazz Attenborough

Jazz Attenborough → Carmine DeSantis
Neuer 3. Assistent eine Katastrophe. Bitte Ersatz suchen.

Carmine DeSantis → Jazz Attenborough
Schaue mich um, recherchiere diesmal Hintergrund.
Schon die Skripte gelesen?

Jazz → Carmine
Hilfst du mir auf die Sprünge?

Carmine → Jazz
Großvater; Weihnachtsmann; Warlock in Unterwasserhöhle.

Jazz → Carmine
Nein, nein und nein. Will sexy Rollen. Im Team mit jüngeren Stars.
Wie wäre das zu machen?

Carmine → Jazz
Großvater, Weihnachtsmann, Warlock in Unterwasserhöhle!!

Jazz → Carmine
Facelifting?

Carmine → Jazz
Zu offensichtlich. Zerfurcht ist doch prima.

Eric Platt → Jazz Attenborough
Sehr geehrter Mr. Attenborough,
Überprüfung erfolgreich. Die Personen existieren. Ich habe mit dem Schriftsteller, Jules Jones, gesprochen, der mit Bosco Baines (von den Conduits) gut befreundet ist, seit er in seinem Buch *Suicide Tour* über ihn geschrieben hat. Könnte prima PR für Sie sein.
Hochachtungsvoll, Eric Platt
3. Assistent von Jazz Attenborough

Jazz → Eric
An Carmine weiterleiten, wir regeln das. 1. und 2. Assistent zu beschäftigt.

FWD: **Eric Platt → Carmine DeSantis**
Sehr geehrter Mr. DeSantis,
siehe unten meine Korrespondenz mit Mr. Attenborough bezüglich eines Interviews, das auf einem oder mehreren Speedbooten geführt werden soll. Ich habe den Autor gesprochen, hat alles Hand und Fuß. Könnte eine gute Möglichkeit sein, Mr. A's Image als silbergraues Alphamännchen aufzupolieren.
Hochachtungsvoll, Eric Platt
3. Assistent von Jazz Attenborough

Carmine → Eric
Silbergraues Alphamännchen – klingt gut. Habe den 70-jährigen Jazz schon länger nicht mehr in Badehose gesehen. Sie?

Eric → Carmine
Ja. Als ich zum Bewerbungsgespräch erschien, kam er gerade vom Schwimmen. Sieht gut aus für einen Senior: muskulös,

braungebrannt, üppige graue Brustbehaarung, sehniger Bauch, wie Pökelfleisch.

Carmine → Eric
Kann man Brusthaare färben?

Eric → Carmine
Ja. Meine Freundin ist Makeup-Artist. Sie macht das mit einer Zahnbürste.

Carmine → Eric
Sagen Sie zu. Problem: Jazz will, dass ich übernehme. Wenn Sie die Logistik dirigieren, schreibe ich das auf meine Fahne.

Eric → Carmine
Bei allem gebührenden Respekt, Mr. DeSantis, aber warum sollte ich mich darauf einlassen?

Carmine → Eric
Gut, also: Hoffnungen und Wünsche in fünf Wörtern oder weniger.

Eric → Carmine
Drehbuchautor/Regisseur

Carmine → Eric
Hiermit verpflichte ich mich, Ihr nächstes Drehbuch zu lesen und Sie, sollte es mir zusagen, zu vertreten.

Eric → Carmine
Vielen Dank, Mr. DeSantis! Würden Sie das bitte noch mit Ihrer Signatur bestätigen?

Carmine → Eric
Sie lernen schnell.

Jules Jones → Ames Hollander, VIA MONDRIAN
Lieber Ames,
danke für Dein Vertrauen, aber ich will mit der Sache nichts mehr zu tun haben. Ich fürchte mich zum ersten Mal in diesem Jahr vor Asseln und habe zu viel um die Ohren, um mir eine Psychokrise leisten zu können.
Dein JJ

Ames → Jules, VIA MONDRIAN
Lieber Jules,
die Wahrscheinlichkeit, eine Assel im Körper zu haben, liegt bei 5000 zu 1, deshalb gelten sie auch nicht als *Überwachungsmittel*, sondern als *Terroristische Waffe*. Im Fall Deiner Freundin wäre es dennoch denkbar, ich setze sie ganz oben auf meine NYC-Liste. Wenn ich mit der NSA zu tun hatte, bin ich gelegentlich an ihren Mann geraten (guter Typ), aber die Regierung hat im Hinblick auf private Cleaner strenge Regelungen erlassen, er darf also weder involviert werden noch davon erfahren. Du bist natürlich prädestiniert, Jules. Quetsche gern einen »Tune-up-Scan« ein, wenn Dich das beruhigt.
Ames Hollander

Jules → Ames, VIA MONDRIAN
Mist. Gehe eine Runde laufen. Dieser Austausch belastet mich, und ich muss abnehmen.

Carmine DeSantis → Jazz Attenborough
Jazzy, ich lege Dir sehr ans Herz, das Speedboot-Porträt mit Jules Jones (SUICIDE TOUR) und Bosco (CONDUITS) zu machen und habe mir erlaubt, in Deinem Namen zuzusagen.

Jazz → Carmine
Wie lange haben wir zusammengearbeitet, Carmine?

Carmine → Jazz
Mein gesamtes Berufsleben, 23 Jahre.

Jazz → Carmine
Ich hatte seit dem ersten Tag ein Motto, wie lautet es?

Carmine → Jazz
Ich weiß, ich weiß, »Nichts aufwärmen«. Aber ich dachte, das gilt nur für wutschnaubende Ex-Frauen und unwürdigen Nachwuchs.

Jazz → Carmine
Das gilt für alle und jeden.

Carmine → Jazz
Mag sein, aber Du bist weder Bosco Baines noch Jules Jones jemals begegnet, DIE würden etwas aufwärmen, nicht Du. Und davon abgesehen: Warum den 3. Assistenten feuern, wenn sein Vorschlag gut war?

Jazz → Carmine
Kein Hin und Her. Ersetzen.

Eric Platt → Jules Jones
Lieber Mr. Jones,
ich freue mich, Ihnen mitteilen zu können, dass Mr. Attenborough, der im kommenden Monat aus Belize zurückkehrt, zu dem Speedboot-Interview mit Ihnen und Bosco Baines bereit ist. Auf seinem Anwesen gelten strenge Sicherheitsregeln, ich wüsste also gern, wie viele Personen zu erwarten sind. Die Crew sollte möglichst klein sein und wir bräuchten jeweils eine schriftliche Zusicherung, dass der betreffende Tag, falls es Uploads gibt, komplett aus dem Kollektivbewusstsein gelöscht wird.
Hochachtungsvoll, Eric Platt
3. Assistent von Jazz Attenborough

Jules → Eric

Lieber Eric,

freut mich sehr, das zu hören. Unsere bescheidene Crew besteht aus mir, Bosco, einem Fotografen/Videofilmer und meiner Freundin Lulu, erfahrene Musikproduzentin und Mädchen für alles.

Ihr JJ

Eric → Jules

Mr. Attenborough hat mich soeben gefeuert, aber Mr. DeSantis hat mich im Stillen mit der Leitung dieses Projekts betreut. Heikle Frage: Wäre Ihre Freundin Lulu eventuell bereit, als neue 3. Assistentin zu fungieren, bis die Sache im Kasten ist, damit Mr. DeSantis die Rolle als Mittelsmann erspart bleibt? Mr. DeSantis würde Mr. A versichern, dass sie überprüft wurde etc.

Hochachtungsvoll, Eric Platt

3. Assistent von Jazz Attenborough

5

Lulu Kisarian → Jazz Attenborough

Sehr geehrter Mr. Attenwborough,

mein Name ist Lulu Kisarian, ich bin Ihre neue 3. Assistentin. Ich stehe für alle Aufgaben parat, die Sie mir zuteilen – und freue mich darauf, Sie nach Ihrer Rückkehr aus Belize persönlich kennenzulernen. Es ist mir eine Ehre, für Sie tätig zu sein, vielen Dank.

Hochachtungsvoll, Lulu Kisarian

Jazz → Lulu

Sie arbeiten zunächst auf Probe. Ich gehe davon aus, dass Sie mit meinem Schaffen umfassend vertraut sind?

Lulu → Jazz

Ich kenne alle Ihre Filme.

Jazz → Lulu
Hänge als Test drei Skripte an, die Sie bitte lesen und bewerten. Übermitteln Sie Ihre Ergebnisse direkt an mich, nicht an den 1. oder 2. Assistenten, damit ich Ihre Arbeit selbst beurteilen kann.

Dolly Peale → Arc
Lieber Arc,
ob Dich diese Nachricht erreicht? Wir hatten zuletzt vor zehn Jahren Kontakt, glaube ich! Hier ist alles bestens; immer mehr Leute ziehen in den Norden von NY, und sie scheinen Käse zu mögen. Nun eine Frage, die mir nach der langen Funkstille etwas profan vorkommt. Wenn ich an die Zeit nach unserer verrückten Eskapade für General B zurückdenke, erfüllen mich liebevolle und schöne Erinnerungen, und ich wüsste gern, wie es Dir geht. Sollten Dich diese Zeilen erreichen, dann lass bitte von Dir hören!
Mit lieben Grüßen, Dolly Peale

Arc → Dolly Peale
Ah, Dolly, wie schön, von Dir zu hören. Erinnerungen, oh, ja.
Ich kann erfreulicherweise berichten, dass meine Familie und ich wohlauf sind. Meine beiden Töchter sind verheiratet, ich bin dreifacher Großvater. Die aktuellen politischen Veränderungen in unserem Land, wiewohl begrüßenswert, gereichen mir nicht zum Vorteil. Ich werde zu stark mit den Untaten des Generals assoziiert und darf nicht mehr ins Ausland reisen, der Hauptgrund dafür ist, dass ich so lange nichts von mir habe hören lassen. Die Tätigkeit in der Regierung fehlt mir, aber meine Firma läuft gut, und der anhaltende Frieden und die ökonomische Stabilität unserer Nation sind natürlich vorteilhaft für alle.
Wie geht es Lulu? Und … Deine Frage?
In tiefer Zuneigung, Arc

Dolly → Arc

Lieber Arc,
wie schön, von Dir zu hören! Lulu geht's gut, ich bin Großmutter von wunderschönen, acht Monate alten Zwillingen, Omar und Festa.
Du hast meine Frage in gewisser Weise schon beantwortet, aber sei's drum: Es besteht Interesse an einer Doku über Kitty Jacksons »Affäre« mit General B. Dahinter steckt die Absicht, Kittys Karriere zu pushen (sie ist jetzt 51, um dir das Rechnen zu ersparen), indem man sie im Zusammenhang mit General B's Kehrtwende zur Demokratie als Heldin darstellt. Wir beide wären natürlich die Schurken; unser Plan, das Image des Generals durch die angebliche Affäre aufzupolieren, käme ans Licht, ebenso die absolut zufällige Natur von General B's politischem »Erwachen«. Wie Du Dir sicher vorstellen kannst, liegt mir das schwer im Magen. Es würde auch bedeuten, dass Du in die USA reisen müsstest. Was sagt Dein Bauchgefühl?
Mit lieben Grüßen, Dolly

Arc → Dolly

Liebste Dolly,
»Bauchgefühl« klingt typisch amerikanisch: grotesk, aber nicht unpassend. Meines löst Erinnerungen an die tiefe, dunkle Stille des Sees aus, an dem Du lebst, und an die Tannen, die ihn umgeben. Ihr Duft war sowohl lieblicher als auch herber als alles, was ich je gerochen habe.
Soll heißen, dass ich sofort in die USA zurückkehren würde – längst wieder dort wäre –, wären mir keine Beschränkungen auferlegt worden. Leider ist es mir unmöglich. Würde man den Filmemachern die Einreise nach X erlauben (sehr unwahrscheinlich), dann wäre ich sofort dabei.
Deine Schilderung unserer Gründe dafür, General B und Kitty Jackson 2008 zusammenzuführen, muss ich aber korrigieren, liebe Dolly, nichts für ungut. Haben wir damals nicht den Anschein einer romantischen Verwicklung erweckt, gleichsam als »trojanisches

Pferd«, um den Raubzügen des Generals ein Ende zu setzen? Das jedenfalls war mein Plan – und auch Deiner, ich kann mich noch genau an Deine Worte erinnern. Wenn Du in Dich gehst (hast Du Dein Gedächtnis externalisiert wie so viele andere auch?), wirst Du Dich gewiss an diese positiven Details erinnern.
Eine breite Anerkennung unseres unorthodoxen und erfolgreichen Plans, mein Land zu demokratisieren, würde mein Standing bei der jetzigen Regierung verbessern, eine Chance, »offiziell« darüber zu reden, würde ich deshalb sofort ergreifen.
In tiefer Zuneigung, Arc

Dolly Peale → Ashley Avila
Liebe Ashleigh,
ich habe den Mann kontaktiert, der 2008 meine Kontaktperson zum Regime von General B war. Er wäre zur Zusammenarbeit bereit, ist bei der gegenwärtigen Regierung jedoch in Ungnade gefallen und darf das Land nicht verlassen. Er will trotzdem ein Reisevisum beantragen, aber das kann sich hinziehen. Warten wir's ab!
Mit herzlichen Grüßen, Dolly

Ashleigh → Dolly
Liebe Dolly,
IRRE, dass Sie den Mann ausfindig gemacht haben und dass er grundsätzlich bereit wäre!!! Verlieren Sie nicht die Hoffnung: Eine enge Freundin, als Kind aus X ausgewandert, hat in der jetzigen Regierung Verwandte! Werde sie fragen, ob wir die Erlaubnis erhalten könnten, in X zu filmen, denn die Atmosphäre der Originalschauplätze wäre tausendmal besser. Habe ich erwähnt, dass ich ausgebildete Dokumentarfilmerin bin (MFA / NYC)? Ich kenne mich mit Genehmigungen und Logistik aus und habe interessierte Geldgeber an der Hand, die die Sache finanzieren könnten.
Hoffnungs- und erwartungsvoll, Ash

FWD: Dolly Peale → Joseph Kisarian

Jojo, HILFE! Siehe unten: schlimmer Fehler, ihr zu sagen, Arc sei noch putzmunter und wolle mitmachen. Ich habe schreckliche Angst, etwas Falsches zu tun und Lu zu schaden, aber diese »Doku« muss verhindert werden! Ich bitte um Rat!
Liebe Grüße, Dolly

Joe → Dolly

Immer mit der Ruhe, Dodo! Denk an mein Motto: »Solange alle noch leben, gibt es nichts, das sich nicht wieder ins Lot bringen ließe.« Am Wochenende wirst Du sehen, dass Lulu enorme Fortschritte gemacht hat! Sie schläft gut, und ich habe sie zum ersten Mal seit dem Ende ihres Dienstes lachen hören, richtig lachen. Die alte Lulu blitzt wieder auf: strahlend und lebhaft, kaum noch Ausflüchte. Sie hat Pläne, unsere Lulu, und das hebt ihre Laune.
Mit lieben Grüßen, Jojo

6

Bosco Baines → Bennie Salazar

Hey altes Haus,
Jules hat mich in ein Journalismus-Dingsbums reingezogen, irgendwas mit Jazz Attenborough (großer Conduits-Fan, wer hätte das gedacht?). Im nächsten Monat soll ich mit Jazz im Überschall-Speedboot rumkurven, Jules will was schreiben, und irgendwelche Typen wollen filmen und streamen, und wir Oldtimer werden unsere Erinnerungen an unsere tausend Jahre zurückliegende Glanzzeit in die Welt hinausposaunen, und dann sind wir alle wieder berühmt. Vielleicht könnten wir diese Kapriole für einen kleinen Conduits-Relaunch nutzen; neue alte Songs, so was in der Art? Frage nur mal so.
Lieb dich, Baby. Bosky

Bennie → Bosco

Bosky Baby!! Schön, von Dir zu hören. Nochmals danke für die Eiscreme, obwohl unser Teenie und ihre gefräßigen Freunde das meiste vertilgt haben. Höre mir unsere Conduits-Stücke an und denke darüber nach. Je melodischer, desto besser kämen sie gesanglich rüber. Was macht die Stimme?
B

Bosco → Bennie

Schwer zu sagen, ehrlich. Trällere ein paar Tonleitern und schaue mal. War in letzter Zeit clean, das ist wohl schon was.
Bosky

Bennie → Bosco

Gerade reingehört, die Conduit-Klassiker sind erstaunlich stark. Timing ist auch gut: Deine alten Fans weilen noch unter den Lebenden, und wie ich höre, gibt es im Kollektiv ein komplettes Sonnensystem kostbarer Conduits-Erinnerungen. Frische Aufnahmen des alten Materials könnten jüngere Leute auf den Geschmack bringen. Lass uns in ein, zwei Tagen konferieren, damit Melora und ich Deine Stimme hören können.

Bosco → Bennie

Brauche etwas länger, um wieder in Form zu kommen.

Bennie → Bosco

Okay, aber um es klar zu sagen, Bosky, eine Neuaufnahme muss TOP sein, wenn sie zünden soll. Alles andere wäre Comedy, nur leider keine gute.

Bosco → Bennie

Stand Melora gerade im BCC?

Bennie → Bosco
Sehr witzig. Melora ist eine findige Geschäftspartnerin, mit der ich in kreativer Hinsicht erfolgreich zusammenarbeite, und die jüngste Tochter meines geliebten Mentors, Lou Kline.

Bosco → Bennie
Wieso hat sie dann Deine Firma geklaut und Dich als ihren Lakaien nach L. A. ziehen lassen?

Lulu Kisarian → Jazz Attenborough
Lieber Mr. Attenborough,
anbei meine Bewertungen der drei Skripte, die Sie mir geschickt haben, angehängt und unten kopiert, das schwächste zuerst, das beste zuletzt:

1. GRANDPA GRUMP, Komödie. Sie spielen einen grummeligen Großvater, milde gestimmt durch ein wildes Wochenende mit fünf Enkelkindern, die Ihnen bei der Aufklärung eines Mordfalls helfen. Filme dieser Art kennt man bis zum Überdruss. Da Sie noch nie einen Großvater gespielt haben, rate ich dringend davon ab, sich für ein so klischeehaftes Projekt in diese Schublade stecken zu lassen.
2. SANTA SENSATION, Komödie. Sie spielen einen alkoholsüchtigen Weihnachtsmann bei Macy's, der eine Frau, die ihre Enkel auf seinen Schoß setzt, als seine Liebe aus High-School-Zeiten wiedererkennt – praktischerweise ist sie Witwe. Es gibt mehrere spritzige Szenen, in denen der betrunkene Weihnachtsmann seine einzig wahre Liebe aufzustöbern versucht (für die er natürlich trocken wird), nur würden Sie meist den Clown spielen.
3. MERMANCE, Fantasy. Entsetzlicher Titel, aber die Rolle als Warlock in einer Unterwasserhöhle hat Potenzial. Sie spielen einen mächtigen Zauberer, vorgesehen ist auch eine Romanze mit einer MerQueen, die, vorausgesetzt, sie wird passend besetzt, bezaubernd sein könnte. Eine gut gestaltete Unter-

wasserlandschaft wäre von überirdischer Schönheit. Erwägung wert. Hochachtungsvoll, Lulu Kisarian

- 3. Assistentin von Jazz Attenborough

Jazz → Lulu
Test bestanden. Schaue mir den Warlock an. Halten Sie mich im Hinblick auf das Interview, das ich nach meiner Rückkehr geben soll, bitte auf dem Laufenden. Geht um Speedboote, richtig?

Lulu → Jazz
Sie besitzen an die 40 Speedboote, glaube ich.

Jazz → Lulu
Sie haben Ihre Hausaufgaben gründlich gemacht. Ich spreche selten über meine Speedboot-Sammlung.

Lulu → Jazz
Hatte nie das Gefühl, Hausaufgaben zu machen.

FWD: **Jazz Attenborough → Carmine DeSantis**
Siehe unten. Befürchte, meine neue 3. Assistentin ist eine Spinnerin. Sie wirkt ÜBEREIFRIG. Wer hat ihren Background-Check gemacht?

FWD: FWD: **Carmine DeSantis → Eric Platt**
Siehe unten.

FWD: FWD: FWD: **Eric Platt → Jules Jones**
Lieber Jules,
siehe unten. Könnten Sie Ihre Freundin Lulu bitten, einen Gang runterzuschalten (nicht, dass er dann zufrieden wäre)?
Vielen Dank, Eric

Bennie Salazar → Alex Applebaum
Hey, Alex,
lange her, Baby! Folgendes: Bosco kommt in einigen Wochen nach LA, wir wollen dann ein paar Conduits-Klassiker akustisch neu einspielen. Ich weiß nicht, wie seine Stimme klingt – ganz zu schweigen davon, wie er aussieht! Könntest Du ihn möglichst bald besuchen und mit ihm proben? Er mag nicht vorsingen, vielleicht, weil seine Stimme im Eimer ist. Ich muss Bescheid wissen, bevor ich über Musiker etc. nachdenke.
Herzlich, Bennie

Alex → Bennie
Lieber Bennie,
wie schön, von Dir zu hören!
Bosco … Den gibt's noch? Die Suicide-Tour muss eine Langlebigkeits-Tour gewesen sein. Bin gern dabei, Timing ist ideal … das Semester geht just zu Ende.
Später mehr, Alex

Alex Applebaum → Bosco Baines
Lieber Bosco (wenn diese Anrede gestattet ist),
ich unterrichte Klanganalyse am Queens College und arbeite seit Scotty Hausmanns Footprint-Konzert, also seit vierzehn Jahren, mit Bennie Salazar. Bennie hat erwähnt, dass er einige Conduits-Klassiker neu einspielen lassen will, und ich habe ihn gebeten, mitwirken zu dürfen. Ich bin ein passabler Pianist und Gitarrist, und es wäre mir eine Ehre, Sie unterstützen zu können, in welcher Form auch immer.
Ihr Fan, Alex

Bosco → Alex
Gutes Timing. Könnte Ihre Hilfe gebrauchen. Muss zugeben, dass meine Stimme etwas unsicher ist.

Jules Jones → Ames Hollander, VIA MONDRIAN
Gut, meinetwegen bringe ich unsere Freundin zu Deiner Praxis, nur wie?? Sie hat acht Monate alte Zwillinge und misstraut Babysittern. Ich habe Schiss vor kleinen Kindern, weil sie unberechenbar sind und mich nicht mögen.
JJ

Ames → Jules, VIA MONDRIAN
Kennst Du Personen, vorzugsweise Eltern, denen Du voll vertraust und die sich währenddessen um die Kinder kümmern könnten?

Jules → Ames, VIA MONDRIAN
Zwei Möglichkeiten: meine Freundin Noreen, etwas instabil, aber eine super engagierte mehrfache Großmutter. Oder meine Schwester Stephanie, grundsolide, aber nur mit einem Enkelkind gesegnet, das noch dazu weit weg lebt.

Ames → Jules, VIA MONDRIAN
Versuchen wir's mit Stephanie.

Alex Applebaum → Bennie Salazar
Lieber Bennie,
bin gleich am Wochenende zu Bosco gefahren, bevor er sich's anders überlegen konnte. Er lebt auf einer kleinen Milchfarm (schöne helle Kühe mit langen, geschwungenen Hörnern). Ich habe ihn nicht wiedererkannt – er ist <u>schmal</u>, kein Witz, und topfit! Zeigte mir in einer Scheune seine Gewichte. Seit 2000 war er dem Bosco von einst nicht mehr so ähnlich (wenn auch mit Falten und silbergrauen Haaren).
Nun das Verrückte: Seine Stimme ist höher als früher. Sie klingt etwas rau (Polypen, schätze ich), was dem Quasi-Falsett seines Gesangs eine gewisse Tiefe verleiht.

Unterm Strich: Sieht super aus, ist agil, die Stimme etwas hoch, aber ich denke, wir können damit arbeiten. Unten ein Link zu einer Aufnahme.
Alex

Bennie → Alex
Quasi-Falsett? Was zur Hölle? Höre gleich rein.

7

Stephanie Salazar → Bennie Salazar
B,
weiß nicht recht, was es über mein Leben aussagt, dass der einzige Mensch, der meinen heutigen Tag nachvollziehen könnte, der ist, von dem ich mich vor fast dreißig Jahren habe scheiden lassen. Aber egal, ich muss es loswerden.
Jules bittet mich, ihn in Lower Manhattan zu treffen, um ihm bei »einem Projekt« zu helfen. Klingt dringend, aber kein Grund zur Sorge. Er hat am neuen Buch gearbeitet und ist in guter Verfassung (15 Pfund abgenommen!), also willige ich ein.
Zwei Tage später treffen wir uns morgens vor einem Apartmentgebäude in Tribeca. Er: kalter Schweiß, graues Gesicht, feuchter Hemdkragen. Ich fragte: Jules, müssen wir ins Krankenhaus? Er: nein, alles bestens, er habe nur Schiss. Dann sagt er, die nächsten paar Stunden könnten komisch werden, aber ich solle mir keine Sorgen machen. Oh, und meine Aufgabe bestehe darin, mich um acht Monate alte Zwillinge zu kümmern!
Wir betreten das Gebäude und fahren nach oben. Jules öffnet die Wohnungstür, und ich erblicke ein wunderhübsches Paar, Junge und Mädchen, in einem Zwillingskinderwagen, beide
fangen gerade an zu quengeln. Gibt Spielzeug, also setze ich mich auf den Fußboden, schwenke eine Rassel, und sie beruhigen sich. Jules geht in ein anderes Zimmer und führt dann eine Frau an der Hand heraus (die Babys können sie nicht sehen), eine schwarze Kapuze über dem Kopf und einen Arm in der Schlinge! Sie wirkt

ruhig, winkt mir sogar mit dem gesunden Arm, der einzige Grund, weshalb ich nicht gleich 911 wähle.
Jules gibt mir zu verstehen, mit dem Kinderwagen voranzugehen. Er hat ein Auto mit zwei Kindersitzen bestellt. Die Frau mit der Kapuze hält sich im Hintergrund, bis ich die Kinder angeschnallt habe. Dann gleitet sie auf den Beifahrersitz. Sie trägt Sonnenbrille und breitkrempigen Hut, die Kapuze wirkt wie eine Maske. Alle bleiben stumm. Die Zwillinge sind anfangs ein bisschen quengelig, aber die Rassel lenkt sie ab.
Wir halten vor einer schäbigen Bar in der Nähe der Penn Station. Jules' Atem geht so pfeifend, als hätte er eine Panikattacke. Ich setzte die Zwillinge wieder in den Kinderwagen, und Jules gibt mir ein Zeichen, ihn in die Kaschemme zu schieben. Ich denke, das kann doch nicht wahr sein, aber der Barkeeper fängt meinen Blick auf und weist mit dem Kinn nach hinten. Ich schiebe den Wagen zu einer verdreckten, verkrusteten Tür, die einer verseuchten Toilette, wie ich annehme, ich kann es fast riechen, drücke die Tür aber auf. Es kommt mir vor, als würde ich durch ein Portal in eines der alten Videospiele von Chris eintreten: Wir stehen in einer Praxis, ein militärisch aussehender Typ mit OP-Maske begrüßt uns stumm, aber freundlich. Wir folgen ihm in einen Raum, in dem es, bis auf einen leuchtenden lila Ring in der Mitte, stockdunkel ist. Ich frage mich, was das soll. Ist es ein Spiel? Eine Kunstperformance? Ein Test? Jules bleibt todernst, und alle schweigen, also halte ich den Mund und spiele mit.
Jules und ich setzen uns auf eine Bank vor der Wand. Die Zwillinge starren wie gebannt auf den lila Ring. Der militärisch wirkende Typ führt die Kapuzenfrau in den Ring, nimmt ihr Sonnenbrille und Hut ab, nicht aber die Kapuze, und verschwindet. Ich höre ein Brummen, und ein mechanischer Arm erhebt sich vom Fußboden. Er lässt den lila Ring an der Frau emporfahren, von ihren Füßen über die Schienbeine, über ihre Oberschenkel und Hüften, den Oberkörper und schließlich über ihren Kopf. Das lila Licht hat eine betäubende Wirkung; die Zwillinge schlafen ein, und ich spüre, wie Jules

gegen mich sinkt, und bin selbst halb weggetreten, wahrscheinlich aufgrund des lila Lichts.
Nachdem das Licht komplett an der Frau hinaufgewandert ist, erlischt es, und der militärische Typ erscheint und führt sie zu einem Stuhl. Dann setzt er sich vor einen Bildschirm, den er lange studiert. Die einzige Lichtquelle ist das blaugrüne Leuchten, das sein Gesicht erhellt, ich kann nur die Augen oberhalb der OP-Maske erkennen. Schließlich wird es heller, und der Typ steht auf. Er schaut sich um und merkt, dass ich wach bin. Als unsere Blicke sich begegnen, sagt er: »Sie leiden nicht unter Reiseübelkeit«, und mir wird bewusst, dass es die erste Stimme ist, die ich seit dem Morgen höre.
»Niemals«, erwidere ich.
Er geht zu der auf dem Stuhl sitzenden Frau und zieht behutsam ihre Kapuze ab. Auch sie schläft. Er hockt sich neben sie und sagt: »Sie sind sauber, Lulu. Da ist nichts.«
Sie richtet sich ruckartig auf, und ich erkenne sie: Es ist Lulu. UNSERE Lulu, Dollys Tochter. ES IST LULU!!
Da scheint ein Bann zu brechen: Die Zwillinge heulen, und Lulu beugt sich über den Kinderwagen und gibt beiden einen Kuss, auch sie weint. Sie wirkt verhärmt, ihr verletzter Arm hängt schlaff an der Seite. Jules stellt mir den militärisch wirkenden Typ als »A« vor, ein »Cleaner«, der Leute auf Asseln hin untersucht. Er hat Jules einen Scan versprochen (offenbar nicht der erste für ihn), bei dem natürlich nichts herauskommt.
Lulu und ich blieben mit den Zwillingen in einem Nebenraum, während Jules von dem lila Ring abgetastet wurde. Ich erkundigte mich nach ihrem Arm, aber sie antwortete ausweichend. Sie konnte nicht mit Weinen aufhören, was ich befremdlich fand. Lulu wirkte stets so stoisch und pragmatisch. Armes Ding, sie muss etwas Furchtbares mitgemacht haben, aber ich wollte nicht zu neugierig sein. Ich frage mich, ob Chris etwas weiß.
Okay, das war mein Tag. Wie war Deiner?
S

Bennie → Stephanie
Steph, sicher, dass Du das nicht geträumt hast?

Stephanie → Bennie
Wie lautete die einzige Regel, die ich aufgestellt habe, als Du mich zum ersten Mal ins Bett gelockt hast? UND sie war im Ehegelübde enthalten.

Bennie → Stephanie
Ich weiß: einander keine Träume erzählen. Aber … Lulu und Jules? Seit wann haben die beiden wieder Kontakt?

Stephanie → Bennie
Sie scheinen zwecks eines Interviews mit irgendeiner Berühmtheit zusammenzuarbeiten, das in L. A. geführt werden soll und auch mit Bosco zu tun hat …!?

Bennie → Stephanie
Interessant. Ich weiß davon, Bosco hat es mir erzählt. Wusste nicht, dass Lulu involviert ist. Reiner Zufall, oder ist es so, dass sich ab 70 alle Wege wieder kreuzen?

Jules Jones → Stephanie Salazar
Was soll ich sagen, Schwesterherz? Ohne Dich gäbe es kein Leben.
Dein Dich liebender Bruder, Jules

Stephanie → Jules
Jederzeit wieder. Wie Du weißt.

Jules → Stephanie
Wünschte, Du hättest Ames' Angebot eines Scans angenommen. Man kommt extrem schwer dran.

Stephanie → Jules
Ich glaube nicht, dass ich gefährdet bin, es sei denn, jemand wollte das Seniorentennis in Westchester infiltrieren.

Jules → Stephanie
Hast Du nie den Gedanken, eine andere Entität könnte durch Deine Augen schauen und mit Deinen Ohren hören oder Dich etwas sagen lassen?

Stephanie → Jules
Nein. Aber mir kam der Gedanke, dass es sehr lukrativ wäre, sich einen leuchtenden Ring anzuschaffen und »Scans« anzubieten. Hat Ames tatsächlich mal eine Assel entdeckt?

Jules → Stephanie
Er hatte eine im Gehirn!

Stephanie → Jules
Waaaaas?

Jules → Stephanie
Ich habe sie gesehen. Das Ding sieht tatsächlich aus wie eine Assel mit beweglichen, synthetischen Schuppen.

Stephanie → Jules
Ich wünschte, ich könnte diese Information gleich wieder aus meinem Gehirn löschen.

Jules → Stephanie
Er war bei den Special Operations aktiv und hat danach als Freier Aufträge erledigt, vor denen das Militär zurückschreckte. Fazit: Wenn Du Dich je dabei ertappst, zu denken, die massenhafte Vernichtung von Menschenleben wäre der Eindämmung des Bevölkerungswachstums dienlich, solltest Du einen Scan machen lassen.

Stephanie → Jules
Ah … oha … Das denke ich ständig.

8

Ashleigh Avila → Dolly Peale
Liebe Dolly,
UNFASSBARE NEUIGKEITEN. Meine Freundin aus X hat einen Kontakt zu einem Medienberater aus dem engeren Kreis des jetzigen Regimes hergestellt. Man lässt uns vor Ort filmen. Wir haben die offizielle Genehmigung!!!!!!! Die Finanzierung steht auch – die gespendeten Summen überschreiten sogar die erforderlichen Mittel. Wir müssen über den Zeitplan reden.
Irre, oder?! Ash

FWD: Dolly Peale → Joseph Kisarian
Jojo, siehe unten. Ich bin fassungslos. Ashleigh wird tot umfallen, wenn ich den Stecker ziehe, und Lulus Genesung zu torpedieren, wäre das Letzte, was ich wollte. Aber bleibt mir eine Wahl? Abwarten würde alles nur verschlimmern. Hilfe!!
Mit lieben Grüßen, Dodo

Joe → Dolly
Gestern Abend hat Lulu in den kleinen Töpfen auf der Fensterbank Tomaten gesetzt, zum ersten Mal seit drei Jahren. Ich war den Tränen nahe, als sie sie mir zeigte. Wir dürfen ihr Glück nicht im Keim ersticken.

Dolly → Joe
Gut, aber wie stoppen wir die Sache, ohne jemanden zu verärgern oder unglücklich zu machen? Könnten wir behaupten, die National Security erlaube es nicht …??

Joe → Dolly
Das wäre nicht korrekt. Wir würden engere Beziehungen zum neuen Regime in X begrüßen.

Dolly → Joe
Warte mal ... Wie bitte???? Willst Du damit sagen, dass Lulu und ich tatsächlich NACH X REISEN sollen, um die Doku zu machen?

Joe → Dolly
Ich könnte mich problemlos noch mal für kurze Zeit beurlauben lassen und mich während Eurer Abwesenheit um die Zwillinge kümmern.

Dolly → Joe
Jojo, das kommt NICHT IN FRAGE. Meine Rolle in dieser Sache war von Anfang an erbärmlich, ganz zu schweigen davon, dass ich mich der schwelenden Katastrophe wieder stellen müsste.

Joe → Dolly
Warst Du es nicht, die mal gesagt hat, die Amerikaner würden Geschichten über Erlösung lieben, weil sie unauslöschlich vom Sündenfall gezeichnet seien?

Dolly → Joe
Es geht nicht um Erlösung! Ich war schlicht so tief gesunken, dass ich den Auftrag angenommen habe, die Gräueltaten eines völkermordenden Diktators zu verschleiern!

Joe → Dolly
Warst Du es nicht, die mal gesagt hat, eine gute PR-Managerin könnte einen brutalen Staatsstreich als humanitäre Rettungsmission darstellen?

Dolly → Joe
Nur bin ich keine PR-Managerin mehr, sondern Delikatessenhändlerin. Mein guter Name bedeutet mir alles.

Joe → Dolly
Warst Du es nicht, die mal gesagt hat, Berühmtheit wirke als neutraler Verstärker – ob positiv oder negativ, egal?

Dolly → Joe
Mensch, Jojo, verblüffend, wie viele meiner Äußerungen Du parat hast. Ich gebe zu, das schmeichelt mir.

Joe → Dolly
Ich wusste immer, es könnte eines Tages entscheidend sein, Dich an Deine Worte zu erinnern.

9

Ashleigh Avila → Kitty Jackson
Sensationelle Neuigkeiten, Kit Kat:
Ich habe alle Weichen für die Doku gestellt und sogar – wage ich's zu sagen? – das gegenwärtige Regime in X BEGEISTERN können. Du scheinst in den Regierungskreisen dort viele Fans zu haben. Sie lieben nicht nur Deine Filme, sondern schreiben Dir eine entscheidende Rolle bei General B's »Bekehrung« zu (könnte auch »Kastration« oder »Erleuchtung« heißen, je nachdem, wie man das Wort übersetzt). Man hofft natürlich, dass Du nun, nachdem sich Deine Schweigepflicht erledigt hat, neue »intime« Informationen über General B preisgibst – je schockierender, desto besser, ist ja klar, wenngleich ich Dich NIEMALS auffordern würde, zu lügen oder zu übertreiben (gar nicht daran zu denken!). Andererseits kann der General, da tot, nicht mehr widersprechen, und wie ich definitiv weiß, gibt es da keinen Mandala-Cube …
Und man will wissen, ob Du seltene Hengste aus einer Herde reiten möchtest, die sich an ihren Stränden tummelt. Gibt ein

kurzes Video, siehe unten; beachte die lockigen Mähnen, Natur pur!
Bitte gib mir grünes Licht.
XXXX0000 Ash

Kitty → Ashleigh
Nur, damit ich es richtig sehe: Ich soll pikante Informationen über General B preisgeben, mich also als Prostituierte outen, und das nur, damit ich auf Rössern mit Lockenmähne reiten darf? Und die Person, die all dies in die Wege leitet, ist keine FEINDIN, die mich vernichten will, sondern meine zuverlässige Helferin und langjährige Vertraute/PR-Managerin, die ich dafür BEZAHLE, meinen Ruf zu wahren und meine Interessen zu vertreten?
Oder habe ich was übersehen?

Ashleigh → Kitty
Ja, Du verwöhnte Tussi, Du übersiehst so manches, was für DICH (außer Dir selbst zählt ja niemand) vorteilhaft wäre, wenn Du mitmachen würdest:
Erstens würdest Du als jemand dastehen, die bereit ist, ALLES für die Demokratie zu tun – sozusagen eine Bürgeragentin, bevor es diese gab –, und als eine Frau, die so hinreißend ist, dass sie einen massenmordenden Despoten zu bekehren/erleuchten/kastrieren, auf diese Weise eine instabile Region umzukrempeln und Millionen Leben zu retten vermochte.
Zweitens würde dies Deinen kulturellen Stellenwert massiv erhöhen, Du wärst einer jener Menschen, die so berühmt sind, dass man sie nur mit Vornamen kennt, hättest also einen Status, den Du andernfalls nie erreichen würdest, weil Du a) zu alt bist und b) als Schauspielerin zu keinem Zeitpunkt gut genug warst.
Das sind die Chancen, die ich Dir biete. Du kannst sie gern in den Wind schießen, solltest Dir aber vor Augen führen, was Dir entginge, du Miststück.

Kitty → Ashleigh
Du hast mich zum Weinen gebracht. Ich hasse Dich.

Ashleigh → Kitty
Ja oder nein?

Kitty → Ashleigh
Ja, aber nur, wenn ich Dich nicht ständig vor der Nase habe.

Ashleigh → Kitty
Das garantiere ich.

Lulu Kisarian → Jazz Attenborough
Lieber Mr. A,
würden Sie mir bitte mitteilen, wie viele Personen bequem in Ihren Speedbooten Platz finden, damit wir die Angelegenheit mit dem Artikel/Fotoshooting mit Bosco von den Conduits und Jules Jones, Autor von SUICIDE TOUR, abschließend regeln können?
Hochachtungsvoll, Lulu Kisarian
3. Assistentin von Jazz Attenborough

Jazz → Lulu
An einer Speedbootfahrt ist nichts »bequem«, außer Sie fänden es genauso berauschend wie ich, über Wellenkämme zu brettern. Die wahre Frage lautet: Kommen die älteren Herrschaften damit klar? Meine Boote sind sehr lang, ausreichend Platz gäbe es in jedem Fall.

Lulu → Jazz
Lieber Mr. A,
ich werde die älteren Herrschaften vorwarnen; sollten sie ihre liebe Not haben, dann würden Sie nur umso besser dastehen. Wenn Sie auf dem Wasser vorteilhaft rüberkämen, wäre das auch nützliche Prä-Publicity für die Rolle als Warlock in einer Unterwasserhöhle, vorausgesetzt, Sie möchten diese annehmen.

Hochachtungsvoll, Lulu Kisarian
3. Assistentin von Jazz Attenborough

Jazz → Lulu
Sie wollen, dass ich die Rolle spiele. Wieso? (In fünf Worten oder weniger.)

Lulu → Jazz
Sie wären die romantische Hauptperson.

Jazz → Lulu
Wie romantisch wäre es, wenn die MerQueen nicht mehr jung ist?

Lulu → Jazz
Käme auf die Schauspielerin an. Kitty Jackson ist körperlich sensationell gut in Form (preisgekrönte Reiterin), und wie ich höre, ist sie bald in aller Munde.

FWD: Jazz Attenborough → Carmine DeSantis
Siehe unten. Wie kommt die 3. Assistentin dazu, sich über Kitty Jackson zu äußern?

Carmine → Jazz
Alle munkeln von einer Doku über Kitty Jackson und das, was sich 2008 zugetragen hat. Siehe Link.

Jazz → Carmine
Wieso habe ich diese Infos über Kitty nicht erhalten, bevor ich bei DAZZLE mit ihr zusammengearbeitet habe??

Carmine → Jazz
Wie jeder weiß, bin ich davon ausgegangen, dass Du im Bild bist.

Jazz Attenborough → Lulu Kisarian
Brauche einen neuen Manager. Carmine ist ein hoffnungsloser Fall. Würde es vorziehen, 1. und 2. Assistenten außen vor zu lassen, da sie ihn gut kennen. Hören Sie sich um und nennen Sie mir ein paar Namen.

Lulu → Jazz
Lieber Mr. A,
nichts für ungut, aber Mr. DeSantis hat mich eingestellt, es wäre mir also unangenehm, mich an seiner Absetzung zu beteiligen.
Hochachtungsvoll, Lulu Kisarian
3. Assistentin von Jazz Attenborough

Jazz Attenborough → Carmine DeSantis
Brauche neue 3. Assistentin. Lulu ist ein hoffnungsloser Fall. Und: Bitte sag für die Unterwasserhöhle/Warlock-Rolle zu, aber nur unter der Bedingung, dass Kitty Jackson die MerQueen spielt.

10

Alex Applebaum → Bennie Salazar
Lieber Bennie,
zuerst die gute Nachricht: Die Arbeit an Boscos Stimme trägt Früchte. Warme Milch, hier in Fülle vorhanden (mehr Kühe als Menschen, wie es heißt), scheint die Heiserkeit zu lindern.
Ich habe die 15 größten Hits der Conduits seiner höheren Tonlage gemäß umgeschrieben.
Schlechte Nachricht: Bosco allein würde bestenfalls passabel klingen (keinesfalls sensationell).
Bosco erzählt, Jazz Attenborough (genau: der Schauspieler) wolle der Aufnahme beiwohnen. Offenbar ein Riesenfan. Attenborough ist zu Beginn seiner Karriere in Musicals aufgetreten, seine Singstimme war kräftig und klar (Link zu Aufnahmen siehe unten).
Vielleicht können wir Attenborough bitten, im Duett mit Bosco zu singen?

Selbst wenn Attenborough einwilligte und gut klänge (ein großes Fragezeichen), müssten die Begleitmusik und Kontext/Moment wie bei Scotty Hausmanns Footprint-Konzert die Sache rausreißen.
Ah, wo sind Scotty und Lulu, wenn man sie braucht?
Alex
P. S.: WO stecken Scotty und Lulu dieser Tage (ernst gemeinte Frage)?

Bennie Salazar → Jocelyn Li
Hi, Joc,
ich möchte Scotty einen Vorschlag machen, genau genommen, Euch beiden. Bosco will in L. A. ein paar Conduits-Klassiker akustisch neu einspielen. Hätte Scotty vielleicht Lust, ihn mit der Slide-Gitarre zu begleiten?
XX B

Jocelyn → Bennie
Hi Bennie, er sagt: na, klar. Wir lieben die Conduits! Ich war damals TOTAL in Bosco verknallt (bitte nicht Scotty erzählen). XX Joc

Bennie → Jocelyn
Super. Wäre es okay, wenn Jazz Attenborough (ja, genau DER) im Duett mit ihm sänge?

Bennie Salazar → Jocelyn Li; Alex Applebaum
Joc, Alex,
schreibe Euch beiden, um die Details der Session zu klären. Jocelyn und ich (und Scotty) waren an der High School Mitglieder der legendären Kultband The Flaming Dildos. Joc hat eine herrliche Singstimme, wie ich neulich, als wir gemeinsam Karaoke gemacht haben, wieder feststellen konnte. Alex war beim Footprint-Konzert stiller Partner, also entscheidend für Scottys Weltruhm und den Neustart der Karriere Eures Ergebensten.
Nun gilt es ein weiteres Mal, Scottys Standing aufzumöbeln, aber

auch Boscos und, offen gesagt, meines und das aller anderen Sechzigplusjährigen, die in einer Welt, die sich an einem nicht existenten »Ort« ereignet – ein Ort, an den wir nur gelangen, wenn unsere Kinder (und Enkelkinder!) uns an die Hand nehmen –, um ihre kulturelle Relevanz ringen. Relevanz erlangt man in unserem Alter nur noch durch augenzwinkernde Nostalgie, doch dieser gilt – um es ganz klar zu sagen – nicht unser ultimativer Ehrgeiz. Sie ist bloß das Tor oder, wenn man so will, der Köder, mit dem wir eine neue Generation anzulocken und zu verzaubern hoffen.
Die Sache, die alles verändert: Danach sucht man doch immer, nicht wahr?
Okay, genug der Rhetorik. Könnt Ihr beide auf dieser Grundlage arbeiten?
B

11

Bennie Salzar → Stephanie Salazar
Steph,
befinde mich in der gleichen Situation wie Du vor einigen Wochen: Brenne darauf, Dir von einem Tag zu berichten, dessen Wendungen nur Du zu würdigen weißt. Heißt das, unsere Scheidung war ein Fehler? (Kleiner Scherz. Wäre ich an Deiner Seite geblieben, dann hätte es Deine Tenniskarriere nicht gegeben, und Lupa erträgt mich irgendwie.)
Wir haben beschlossen, die Songs in Lou Klines altem Haus einzuspielen (jetzt Meloras, aber sie war auf Reisen), weil es einen Privatstrand und einen Anleger hat, also die Möglichkeit bietet, von der Fahrt im Speedboot nahtlos zum Einspielen überzugehen. Ich hatte gewisse Zweifel, ob Jocelyn das Haus von Lou noch mal betreten würde – schlechte Schwingungen und so –, aber sie hatte den Mut, dorthin zurückzukehren, sozusagen als Überlebende. Sie traf gegen Mittag mit Scotty ein, Lupa und ich waren schon da, genauso Alex, ein fähiger Typ, mit dem ich seit dem Footprint-Konzert wiederholt zusammengearbeitet habe. Wir öffneten zu Scottys

Ehren den Jägermeister und stießen am großen Tisch an, unter dem Lüster mit den vielen Kerzen (immer noch Wachshäufchen auf der Tischplatte, ob Du's glaubst oder nicht). Scotty war in Topform – die neuen Zähne sind eindeutig besser als sein früheres strahlend weißes Gebiss, und er ist glücklich mit Joc. Ich hatte von Beginn an ein gutes Gefühl, schon bevor Scotty die neuen Arrangements auf der Slide-Gitarre spielte, aber als ich sie dann hörte, dachte ich: Heilige Scheiße, das klingt tatsächlich super, zeitgemäßer, viel besser als die Ursprungsversionen. In dem Moment wusste ich, dass das Ergebnis eins a wäre, egal, wie Boscos und Jazz Attenboroughs Gesang wäre. Der Erfolg war garantiert.
Wir haben unseren Teenie und ihre Freundinnen mitgebracht, und sie hängen im Bikini rund um Lous Pool ab, der Name Jazz Attenborough scheint sogar Fünfzehnjährigen geläufig zu sein (gutes Zeichen!). Schließlich treten wir alle auf die Terrasse mit Meerblick, und just in dem Moment kommt ein langes, schmales, schwarzes Boot in Sicht, so ein Teil, von dem man meinen könnte, es würde bei Miami gepresstes Kokain anlanden. Es ist so schnell, dass man nur einen verwischten Schemen sieht, aber Lupa macht Aufnahmen mit der Kamera, die sie benutzt, um Insekten im Flug zu filmen, und anschließend betrachten wir vergrößerte Stills. Sehr eindringlich: Auf einem hängt Bosco in der Luft, den Mund à la Munch weit aufgerissen. Eines zeigt Jules, der über die Reling kotzt, danach ist er verschwunden. Kann ihn nicht mehr entdecken! Jazz Attenborough grinst so wölfisch, als hätte er Freude daran, seine Passagiere bis an die Schwelle des Todes zu führen, vielleicht auch darüber (wo zum Teufel ist Jules?). Nach einer Weile rasen sie davon und kehren in einem anderen Boot zurück, noch länger und knallgelb. Lulu und Jazz Attenborough scheinen ein ernstes Gespräch zu führen, und Jazz ist so abgelenkt, dass er das Tempo drosselt, wir können alle an Bord deutlich erkennen. Jules ist wieder da, kreidebleich. Attenborough übergibt das Steuer an Lulu und setzt sich mit leerer Miene. Lulu kennt sich mit Speedbooten aus und fährt noch ein paar Schlenker, bevor sie an Lous Anleger festmachen.

Ich frage mich, ob wir Bosco und Jules vom Boot tragen müssen und ob Boscos Stimme nach seinem Geschrei im Eimer ist. Aber sie gehen wie euphorisiert von Bord, beide in Badehose (Jules mit T-Shirt, und Du hast recht, er ist schlanker!), und brüllen aus voller Lunge. Zwei alte Super-Käuze. Fotograf und Videofilmer folgen ihnen, die Teenies tuscheln und kichern, eingeschüchtert von den greisen Alphatieren, und dann warten alle nur noch auf Jazz.
Er kommt mit Lulu. Sie ist in ihren Dreißigern und Mutter, ich weiß, aber neben den alten Knaben wirkt sie wie einundzwanzig. Jazz dreht sich wiederholt zu ihr um, betrachtet voller Sorge ihren verletzten Arm, und mir dreht sich der Magen um (Du kennst ja seinen Ruf). Dann ergreift er Lulus Hand, um ihr von Bord zu helfen, und als ihre Gesichter kurz nebeneinander zu sehen sind, geht mir auf, dass es GENAU DAS GLEICHE GESICHT IST. Grübchen, Wangenknochen, Kinn. Stell dir vor, Steph. Sie ist ihm wie aus dem Gesicht geschnitten.
Und das ist nicht alles, wie Du sicher von Jules weißt. Aber gut, ich mache hier Schluss, damit Du es verdauen kannst.
Liebe Grüße, B

12

Lulu Kisarian → Chris Salazar und Molly Cooke,
VIA MONDRIAN

Hallo Ihr zwei,
ich habe Euch seit der Gedenkfeier für Colin (vor zehn Jahren, kann das sein?) nicht mehr gesehen, glaube ich, musste aber oft an Euch denken, vor allem an den Tag, als wir vom Country Club zum Steg geradelt und dort eingepennt sind. Das ist eine der Wegmarken, an die ich ständig denken muss, vielleicht wegen Colin. Ich habe nie ganz kapiert, dass er nicht mehr da ist.
Aber gut – ich schreibe Euch auf Vorschlag von Ames Hollander, der mich vor kurzem einem unschätzbaren Scan unterzogen hat. Kleine Welt, große Geister, alle Wege etc. Wer braucht da ein Kollektivbewusstsein?

Ich bin fünfunddreißig, arbeitslos und suche eine Möglichkeit, die Welt zu verbessern, nicht zu verschlechtern. Ames Hollander hat mir von Eurer Arbeit erzählt, manches weiß ich vom Hörensagen und aus dem Äther (und von Deiner Mom, Chris, die mir neulich ein Mittagessen vorbeigebracht hat). Ich wäre liebend gern für Euch tätig, falls Ihr das wolltet.
In Erwartung Eurer Antwort, Lulu

Lulu Kisarian → Joseph Kisarian
Mein geliebter Joseph,

das befestigte Anwesen des Generals ist eine Ruine, aber man hat uns gestattet, es zu erkunden.

Mitten im Zimmer, in dem Mom und ich geschlafen haben, steht jetzt ein Baum mit riesigen, wächsernen Blättern.

Man hat einen Feiertag nach Kitty benannt, und sie wurde gefilmt, als sie auf einem wilden Hengst in den Sonnenuntergang ritt. Ihr Porträt wird eine Briefmarke zieren.

Kitty und mein Vater wollen gemeinsam einen Western drehen. Pferde und Speedboote scheinen mehr gemeinsam zu haben, als man meint.

Tief in der Nacht, wenn ich den Geräuschen des Regenwalds lausche, habe ich das Gefühl, meine Mission wieder aufgenommen zu haben.

Die Landschaften gleichen sich in keiner Weise.

Ich begreife jetzt, dass der Ort, nach dem ich mich gesehnt habe, meine eigene Phantasie ist.

Ich habe sie stets in mir getragen und werde sie stets in mir tragen. Sie findet sich in jedem Kinderbuch.

Gib unseren Babys tausend Küsse von mir und vergiss nicht, die Setzlinge zu gießen.
Ich zähle die Sekunden, bis ich Dich nächste Woche wiedersehe.

AUFBAUEN

Eureka Gold

1

Angeblich drohte einer der guten, alten Schneestürme, die in Gregorys achtundzwanzig Lebensjahren wiederholt angekündigt worden waren, aber stets in Regen oder Schneeregen übergingen, der entweder gefror oder verfrüht zu Schneematsch wurde, was seinen Vater – viel zu Fuß in New York unterwegs, bevor er berühmt geworden war – dazu veranlasste, bei den sonntäglichen Abendessen der Familie, an denen Gregory gelegentlich teilnahm, in nostalgischen Erinnerungen an die *wahren* Schneestürme von damals zu schwelgen: die weichgezeichneten Konturen, die Stille, die Verwandlung der hektischen Stadt in wattiertes, gedämpftes Terrain.

»Das erzählst du jedes Mal, Dad«, schnaubte Gregory dann. »Und mit den immer gleichen Worten.«

»Ach, ja?« Sein Vater wirkte stets erstaunt.

Auf seinem Wasserbett liegend, konnte Gregory hören, wie sein Mitbewohner im kleinen Gemeinschaftszimmer auf den letzten Drücker Hasch eintütete, mit dem sich die Leute die *Schneequarantäne* versüßen wollten. »Rate mal, wer auf der Liste steht«, rief Dennis. »Athena.«

»Unmöglich«, sagte Gregory.

»Zum dritten Mal. Sie steht total auf das Old-School-Kraut.«

Dennis handelte mit altmodischem Hasch: Humboldt Homegrown, Eureka Gold, Hasch wie damals, als es noch grob und faserig und von Samen durchsetzt gewesen war, aber für einen Rausch sorgte, der ein Äquivalent zum Vinyl darstellte: »wirbelnd« und »gegenläufig«, »vollmundig« und »wuchtig« (den Begriffen, mit denen Dennis seine Ware vermarktete, war anzumerken, dass er einen MFA in Lyrik hatte) – anders gesagt, *authentisch* war, im Gegensatz zu den anämischen, geruchsneutralen Produkten, die heutzutage als Hasch kursierten.

»Und wie geht's unserer Athena?« Gregory richtete diese Frage mit Mühe in Richtung der offenen Schlafzimmertür. Er litt seit Wochen an einem rätselhaften Erschöpfungszustand, und sie hatten die Kunst des Gesprächs von Zimmer zu Zimmer perfektioniert.

»Wie gehabt«, sagte Dennis. »*Zeitgeistig. Furchteinflößend.*« Er steckte kurz den Kopf durch Gregorys Tür.

»*Gift*«, sagte Gregory.

Dennis entließ ein Summen. »Worthülse.«

»Stimmt«, sagte Gregory nachdenklich. »›Gift‹ ist nicht mehr toxisch.«

»›Toxisch‹ ist nicht toxisch«, sagte Dennis.

»›Toxisch‹ ist schmerzstillend«, stimmte Gregory zu. »›Robust‹ ist schlaff. ›Katalysieren‹ löst keine Reaktion aus.«

»Die ›Silos‹ und ›Eimer‹ sind leer«, sagte Dennis.

»Was ist mit ›leer‹?«, fragte Gregory. »Bedeutet ›leer‹ leer?«

»›Leer‹ gilt als leer«, sagte Dennis. »›Leer‹ ist bedeutungslos, wenn es voll ist.«

»Aber vermittelt ›leer‹ *genügend* Leere?«

So konnte es den ganzen Tag gehen.

Athena war es gewesen, die Dennis und Gregory im

Workshop, in dem sie sich kennengelernt hatten, zum ersten Mal auf Worthülsen und hohle Phrasen aufmerksam gemacht hatte, eine gleichsam ausgeweidete Sprache, die sie mit Proxys verglich. »Sucht, was sich entzieht«, wies sie ihre hingerissenen Studenten an und musterte die Schar mit verengten, golden gefleckten Augen über den Tisch des Seminarraums hinweg. »Ich will Wörter, die lebendig sind, in denen Blut pulsiert. Sprühende Worte, Leute! Ich will das Geschoss, nicht die Hülse – schießt es mir direkt in die Brust. Für eine unverbrauchte Sprache gebe ich gern mein Leben.«

Sie meinte die Prosa, nicht die Gesprächsbeiträge, aber Gregory und seine Mitstudierenden bemühten sich im Workshop dennoch um originelle Charakterisierungen starker Texte (»sprungfedernd«, »gesteinsgläsern«, »hegemonial«) und schwacher (»wächsern«, »entkernt«, »kaffeesatzartig«). Athena war die Autorin von *Gush*, einer Sammlung erotischer Essays, die in Studierenden, gleich welchen Geschlechts, schon vor der ersten Begegnung mit der Verfasserin eine manische Lust weckte. Sie war bekannt dafür, mit allen zu schlafen, deren Arbeit sie bewunderte. Gregory war der Erste im Workshop, der diese höheren Weihen empfing; nachdem Athena den Roman, an dem er saß, über den grünen Klee gelobt hatte, belohnte sie ihn auf einer rauschenden Buchparty, die in einer Galerie gefeiert wurde, mit einem Blowjob. Nach diesem trüben, trunkenen Techtelmechtel zwischen Leinwandstapeln war Gregory überzeugt, in Athena verliebt zu sein, wusste aber von Freunden, die ihr Seminar im vorangegangenen Semester besucht hatten, dass der Sex mit ihr eine einmalige Angelegenheit war. Gregory bildete sich ein, die Tatsache, keine Ausnahme darzustellen, mit Würde zu tragen, ein späterer Empfänger von Athenas Freigebigkeit dagegen zerbrach innerlich, gestand ihr im

Unterricht seine Liebe und floh anschließend ins heimische Stockholm. Dieser Vorfall kam der NYU-Verwaltung zu Ohren, und Athena wurde in aller Stille geschasst. Ihre neue Essaysammlung, *Flout*, schaffte es jedoch auf mehrere Bestsellerlisten, und Gregory erfuhr, dass sie eine Stelle an der Columbia erhalten hatte.

Der Schnee setzte ein, kurz nachdem Dennis aufgebrochen war, um seine Ware auszuliefern, und vor Gregorys Fenster fielen dicke, feuchte Flocken, als würden sich die Wolken einer unappetitlichen Last entledigen. Er stellte sich die Mäkelei seines Vaters vor, und ihn durchfuhr ein Ruck – als hätte er sich gegen eine Wand lehnen wollen, die es nicht gab. Sein Vater war vor zwei Monaten an ALS verstorben. Keine Klagen mehr über den klimawandelversauten Schnee; keine sonntäglichen Abendessen mehr; und bald kein Zuhause in Cleveland mehr, seine Mutter hatte schon angekündigt, verkaufen zu wollen. »Ich habe mit Museen nichts am Hut«, hatte sie gesagt.

Die Wohnung, die sich Gregory und Dennis seit einem Jahr teilten, befand sich in einem Hochhaus im East Village. Vom Wasserbett aus konnte Gregory einen Ausschnitt des Himmels und acht deckenhohe Fenster des gegenüberliegenden Gebäudes sehen. Seit dem Beginn seines Erschöpfungszustands, verfolgte er – oft im Dämmermodus –, wie sich diverse menschliche Leben hinter diesen Fenstern entfalteten. Er hatte einen Mann vor dem Laptop onanieren sehen, während seine Frau / Partnerin nebenan die kleine Tochter gefüttert hatte (Wichser-Mann). Die Garten-Lady hegte zwölf miteinander verbundene, vor dem Fenster aufgehängte Glaskugeln, jede mit einer anderen Pflanze darin. Das Koksduo, ein lesbisches Paar mittleren Alters, zog spätabends stets ein paar Lines und putzte danach wie wild die Wohnung, bis der

Firmenfuzzi, der nebenan in einem identischen Schlafzimmer lag (und stets eine Knarre unter sein Kopfkissen schob), gegen die Wand zu pochen begann.

Jetzt waren nur die Häute zu sehen: Mann und Frau in Gregorys Alter, die stundenlang mit Headsets von Mandala auf einer weißen Ledercouch saßen. Sie hielten permanent Händchen, was wohl hieß, dass sie Mandalas neues Haut-an-Haut™-Tool benutzten, das bei Körperberührung einen direkten Zugang zum Bewusstsein des anderen bot. »Das Ende des Alleinseins«, so der Werbeslogan – man konnte das Leid, die Verwirrung und die Freude eines anderen Menschen nun unmittelbar und ohne verbalen Umweg miterleben. Andererseits tendierten die Häute dazu, die Münder immer wieder aufzureißen, als wollten sie brüllen, was Gregory vermuten ließ, dass sie Haut-an-Haut benutzten, um Leuten zu folgen, die ihre Wahrnehmungen durch selbst implantierte Asseln in Echtzeit streamten. Soziale Medien waren tot, darin stimmten alle überein; Selbstdarstellung galt als latent narzisstisch oder propagandistisch oder beides und obendrein als himmelschreiend unauthentisch.

Gregorys Vater wurde dafür gepriesen – und angefeindet –, die Tür zu dieser neuen Welt aufgestoßen zu haben, wenngleich Mandala Asseln (ausgemusterte militärische Technik, die auf dem Schwarzmarkt gehandelt wurde) offiziell ablehnte und die Verwendung nachdrücklich verurteilte. Gregory hatte sogar von dem »Baseline«-Upload auf einen Mandala-Cube abgesehen, der bei Einundzwanzigjährigen als Vorsorge gegen Gehirnverletzungen inzwischen üblich war. Insofern gehörte er einer zersplitterten Widerstandsbewegung an, deren symbolischer Kopf Christopher Salazar war, eine rätselhafte, an der Westküste lebende Gestalt, zehn Jahre älter als Gregory. Salazars Non-Profit-Unternehmen

Mondrian betrieb in Suchttherapiezentren in der Bay Area ein Netzwerk von Rollenspielen, wurde aber zugleich dafür gepriesen – und angefeindet –, ein Netz von Proxys und Täuschern zu koordinieren, das es manchen Menschen ermöglichte, ihre digitale Identität jahrelang zu verschleiern. Rivalitäten sind beliebt, und Mandala vs. Mondrian war in den Medien zu einer Schlacht von existenzieller Bedeutung hochstilisiert worden, die man sehr unterschiedlich sehen konnte, je nachdem, welchem Lager man angehörte: Überwachung vs. Freiheit (Mondrian); Zusammenarbeit vs. Vereinzelung (Mandala). Gregorys großer Bruder Richard, Mandalas designierter nächster Chef, hatte ihren Vater im vergangenen Jahr zu einer PR-Kampagne überredet, die die Welt daran erinnern sollte, welche Wunder Besitze dein Unterbewusstes während der neunzehn Jahren seiner Existenz bewirkt hatte: Zehntausende Verbrechen aufgeklärt; Kinderpornographie so gut wie ausradiert; Zahl von Alzheimer- und Demenzerkrankungen durch eine Neuimplantierung gespeicherten, gesunden Bewusstseins stark gesenkt; aussterbende Sprachen erhalten und wiederbelebt; zahllose Vermisste aufgespürt; dazu ein weltweiter Anstieg an Empathie, einhergehend mit einem drastischen Niedergang puristischer, orthodoxer Ideologien – die, wie man wusste, seit man die verschlungenen Wege anderer Geister erkunden konnte, seit jeher pure Heuchelei gewesen waren.

Gregory wurde durch Dennis' überraschend frühe Rückkehr aus dem Dämmerschlaf gerissen. Sein Fahrrad war im Schnee ausgeglitten, und er war in eine Pfütze gestürzt, die seinen Rucksack durchnässt hatte. Das Hasch war luftdicht verpackt, aber er musste einige rote Samtbeutel austauschen, sein Markenzeichen. Er war aufgeregt und fahrig; er musste die Ware ausliefern, bevor er seinen abendlichen Job in der

Küche eines veganen Restaurants antrat. Am Wochenende hatte er einen dritten Job, dann sortierte er Bücher, die der öffentlichen Bücherei gespendet worden waren. Im Jahr nach ihrem MFA-Abschluss war Dennis hektisch und hager geworden, die Schulden des Studiums saßen ihm im Nacken. Gedichte schrieb er nur noch zu später Stunde, nach der Arbeit im Restaurant. Gregory hörte ihn manchmal im dunklen Gemeinschaftszimmer auf und ab gehen, und wenn er einen Vers notieren wollte, aktivierte er die Taschenlampenfunktion seines Handys.

»Ich übernehme Athena«, sagte Gregory.

Dennis erschien mit verblüffter Miene in der Tür; Gregory hatte die Wohnung seit über zwei Monaten nicht verlassen. »Echt?«, fragte Dennis. »Du würdest mir den Arsch retten.«

Gregory wollte helfen, aber der wahre Grund für sein ambitioniertes Angebot war der plötzliche, überwältigend starke Drang, seine ehemalige Dozentin wiederzusehen. Dieser Drang hatte nichts Sexuelles. Er war zu ausgelaugt, um in Phantasien schwelgen zu können, hatte auch das verstörende Gerücht gehört (und Dennis verschwiegen), Athena sei ursprünglich ein Mann gewesen. Seine Sehnsucht hatte eher mit der Tatsache zu tun, dass die zwei abschließenden Studienjahre mit ihren Schreibwerkstätten und Literaturseminaren die glücklichste Zeit seines bisherigen Lebens gewesen waren. Er hatte für eine Umzugsfirma Kisten geschleppt, zwei Bücher pro Woche gelesen und den Roman begonnen, der Athena und einigen anderen gefallen hatte. Wenn er am Samstagabend freiwillig zu Hause geblieben war und am offenen Fenster seines Einzimmerapartments geschrieben hatte, war er regelrecht euphorisch gewesen: von einer stetig zunehmenden, drängenden, brennenden Sehnsucht erfüllt, der Lust verwandt, zugleich aber alles andere umfassend, von den Feiernden vor dem Fenster bis zu den Zechern hinten im Flur. Er war dort, wo er sein wollte, mehr brauchte er nicht.

»Sie wird sich erschrecken«, sagte Dennis. »Sie hat sich nach dir erkundigt, und ich habe sie auf den neuesten Stand gebracht. Ich hoffe, du hast nichts dagegen.«

»Athena hat sich nach mir erkundigt?«

»Alle erkundigen sich nach dir«, sagte Dennis wahrheitsgemäß. Es hatte sich herumgesprochen, wer Gregorys Vater war, obwohl er dies nie ausgeplaudert hatte. »Sie wollte wissen, ob du schreibst.«

»Und was hast du gesagt?«

»Dass ich's nicht weiß. Schreibst du?« Er klang skeptisch.

Gregory hatte seit dem Tag, an dem er von der Diagnose seines Vaters erfahren hatte, nichts mehr geschrieben. Was anfangs eine Unterbrechung gewesen war, wuchs sich in den folgenden Monaten zu einer Abkehr aus. Er bezweifelte, je weiterzuschreiben. Trotzdem stellte er sich manchmal vor, der allwissende Erzähler all dessen zu sein, was er beobachtete: ein Roman über die geheimen Leben seiner New Yorker Nachbarn. Er hatte ihn mit *Gegenüber* betitelt.

»Ich schreibe im Kopf«, antwortete er.

Dennis lachte. »Sag das ja nicht Athena.«

Gregory wuchtete sich vom Wasserbett und stand schwankend daneben, um sich an die Vertikale zu gewöhnen. Im Bad stützte er sich aufs Waschbecken, während er Zähne putzte und sich kaltes Wasser ins Gesicht spritzte. Er hatte morgens auf einem Hocker geduscht, den Dennis in einem Sanitärgeschäft besorgt und zusammengebaut hatte (zuvor hatte er zu Gregory gesagt: »Du stinkst, Babe«). Im Spiegel, fand Gregory, sah er ziemlich normal aus: ein großer, früher durchtrainierter (nun etwas abgemagerter), ethnisch nicht klar einzuordnender junger Mann, der dringend zum

Friseur musste. Gregory besaß laut seines Vaters den Zauber des Vertrauten, eine elegante Beschreibung der Tatsache, dass man ihn für einen Griechen, Latino, Italiener, amerikanischen Ureinwohner, Juden, Asiaten oder Araber gehalten und sowohl als Schwarzen wie als Weißen eingestuft hatte, abhängig von der betrachtenden Person und dem Kontext. Sein Vater hatte stets darauf gepocht, es sei keine Chemie, sondern ließe sich mit den Algorithmen Miranda Klines berechnen, einer Anthropologin, die er in den Jahren, die sich als die letzten seines Lebens erweisen sollten, mit nervtötender Regelmäßigkeit beschworen hatte. Sogar Richard wollte schließlich nichts mehr von ihr hören (wie Gregory wusste, obwohl Richard dies nie verbalisiert hatte). Es war, als wäre Kline eine entschwundene Verwandte, die es nach Meinung ihres Vaters zu ehren galt. Ihre Theorien interessierten Gregory nicht, ein bestimmter Aspekt ihres Lebens dagegen schon: Kline hatte sich vor zehn Jahren, um die Mitte der 2020er, erfolgreich entzogen, damals ein neues Phänomen. Man hatte sie nie aufgespürt.

Gregorys Parka hing am Haken neben der Tür, in der Tasche steckte noch die Wollmütze – jene, die er aufgehabt hatte, als er fünf Tage vor dem Tod seines Vaters auf der Straße zusammengeklappt war. Dennis sah zu, wie er seine Schuhe schnürte. »Du kommst zurecht?«, wollte er wissen.

»Du spürst nicht, wie es für mich ist«, antwortete Gregory, und sie lachten – ihre Freunde witzelten oft darüber, dass Gregorys Bewusstsein, in seinem Inneren eingekapselt, ein unergründliches Geheimnis sei.

Gregory hatte an dem Tag, als er ohnmächtig geworden war, einen kurzen Spaziergang unternommen, um dem Sterbezimmer zu entrinnen. Eine zusammengeschrumpfte Version seines Vaters lag reglos auf dem breiten Ehebett, im

Grunde kaum mehr als ein Kopf mit Sensoren, die sein Bewusstsein in einen blauen Mandala-Cube hochluden. Allen anderen war es gelungen, in der Krise tragende Rollen zu spielen: Gregorys zwei Schwestern und sein Bruder, sogar Sasha, die alte Freundin seiner Mutter, war aus Kalifornien angereist, nahm Nachrichten entgegen und kochte Tee, während Drew, ihr Mann, die Ärzte belehren wollte. Nur Gregory hatte keine Aufgabe. Er täuschte täglich Geschäftigkeit vor, bis er am Ende bedrückt in sein Kinderzimmer huschte und sich alte Magic-Karten anschaute. Das Unbehagen, das ihn bei der Vorstellung erfüllte, nach Chelsea zurückzukehren und die Scharade fortzusetzen, wuchs mit jedem Morgen. Sein Vater wurde von zu vielen Menschen geliebt. Es gab zu viele Geschwister, das Haus hatte zu viele Zimmer, es kamen zu viele Besucher: Eine nicht enden wollende Parade von Freunden und Kollegen, Lieblingsjournalisten und Jüngern suchte Weisheit, Erkenntnis, Trost. Niemand wollte ihn verlieren. Menschen mit guten Wünschen versammelten sich bei Regen und Schneeregen vor dem Haus in Chelsea; sie vertrieben die hasserfüllten Gegner (die überwiegend verstummten, als er schließlich im Sterben lag) und reckten Stoffbanner, die man von den Fenstern aus sehen konnte. »Wir lieben dich, Bix.« »Danke, Bix.« »Verlass uns nicht, Bix.« Dutzende raffinierte Mandala-Gemälde.

Gregory hatte just eine Flasche Mangosaft gekauft und leerte sie vor einer Bodega in der Seventh Avenue, als plötzlich ein greller Ring in seinem Blickfeld pulsierte. Im nächsten Moment lag er am Boden, beäugt von besorgten Fremden. Er wurde im Rettungswagen ins St. Luke's Roosevelt Hospital gebracht, wo man niedrigen Blutdruck diagnostizierte, wohl aufgrund mangelhafter Ernährung. Dennis holte ihn ab, und sie fuhren in der U-Bahn heim – Gregorys Familie hatte schon genug zu schultern. Als er am nächsten Morgen erwachte, hatte er nicht mal die Kraft, quer durch das Zimmer zu gehen. Die Entfernung zwischen seinem Wasserbett und dem Haus in Chelsea schien sich unendlich weit auszudehnen, und die Last des Unmöglichen warf ihn aufs Laken zurück. Er redete sich ein, seine Anwesenheit im Haus wäre sowieso sinnlos – eine Person mehr oder weniger –, war sich aber darüber im Klaren, dass nichts Geringeres als eine den ganzen Körper erfassende Lähmung vorliegen müsste, um sein Fehlen am Sterbebett seines Vaters zu rechtfertigen. Also war er wie gelähmt, pinkelte während der ersten zwei Wochen in Flaschen, versorgt von Dennis, wenn dieser da war, und konnte nicht an der Beerdigung teilnehmen.

Nach der Beerdigung erschienen Ärzte: jene, die Blut abnahmen, und jene, die sich nach Selbstmordgedanken erkundigten (es wäre zu anstrengend gewesen, dies auch nur zu erwägen). Seine Schwestern, Rosa und Nadine, besuchten ihn, sackten gleichzeitig auf eine Seite des Wasserbetts und lösten dadurch eine Springflut aus, die ihn fast von der anderen Seite emporgehoben hätte. Sie hielten lange Vorträge, die unter dem Strich besagten: »Wir machen uns Sorgen«, und weitere Vorträge, die besagten: »Du hast eine Depression.«

»Ich muss bloß ruhen«, sagte Gregory.

Sein Bruder, Richard, bis über beide Ohren in den Geschäften Mandalas steckend, konnte nicht kommen (übersetzt: bestrafte Gregory für dessen Abwesenheit). Selbstverständlich erschien seine Mutter. Gregory war ihr Jüngster, und sie hatte ihn so lange gestillt, dass er noch Erinnerungen daran hatte. Sie betrachtete ihn forschend, ihr Blick ließ den respektvollen Abstand, den sie zum Bett hielt, zusammenschrumpfen.

»Was denn, Mom?«

»Bitte?«

»Du starrst mich an.«

»Was soll ich denn sonst tun?«

»Weiß nicht, ein Buch lesen. Auf dein Handy schauen.«

»Ich bin hier, um dich zu sehen.«

»Ja, aber buchstäblich? Du lässt mich keine Sekunde aus den Augen.«

»Ich bin eine buchstäbliche Person«, erwiderte seine Mutter. »Schön, dann schaue ich halt aus dem Fenster.« Das tat sie, und Gregory begann, mit geschlossenen Augen zu dämmern. Als er sie öffnete, starrte sie ihn wieder an. »Dad hat dich geliebt«, sagte sie. »Und er wusste, dass du ihn liebst. Ich befürchte, du könntest das vergessen haben.«

Gregory nickte. Sie meinte es gut, nur riefen ihm diese Worte eine betrübliche Tatsache in Erinnerung, die allen bewusst war, obwohl sie niemand aussprach: Gregory war seinem Vater nicht besonders nahe gewesen. Technologie, Reichtum, Ruhm – all das stand für eine Welt, in der das, was ihm wichtig war, vor allem Bücher und Schreiben, nichts galt. Diese Welt hatte ihn schon in jungen Jahren angewidert. Seine Schwestern und sein Bruder wechselten von Privatschulen in die Ivy League, Gregory dagegen wollte in der sechsten Klasse unbedingt eine staatliche Schule besuchen. Er benutzte seinen zweiten Vornamen, Cyrus, als Nachnamen, anfangs auf Betreiben des Sicherheitsteams seines Vaters (es minderte das Risiko, gekidnappt zu werden); später, weil er ihn bevorzugte. Er bestritt die Kosten für das Queens College, indem er sechs Jahre auf Baustellen jobbte. Diese Entscheidungen, das war ihm klar, hatten seinen Vater verletzt. 2016, als Besitze dein Unterbewusstes auf den Markt kam, war Gregory neun gewesen, und er hatte seinem Vater sofort gesteckt, es niemals nutzen zu wollen. (»Ach, komm, lach drüber«, hatte er seine Mutter sagen hören. »Er ist ein kleiner Mistkerl.«) Doch seinem Vater war seine Einstellung nicht gleichgültig gewesen. »Ich liebe Bücher. Das weißt du, oder?«, hatte er im Laufe der Jahre wiederholt zu Gregory gesagt und bei einer Gelegenheit eine auseinanderfallende Taschenbuchausgabe von *Ulysses* gezückt, um sein ernsthaftes literarisches Interesse zu beweisen. Gregorys Überzeugung, dass Besitze dein Unterbewusstes eine existenzielle Bedrohung für die Literatur darstellte, kam jedoch nie ins Wanken.

Trotzdem hatte Gregory während all der Zeit an dem Glauben festgehalten, seinem Vater irgendwann näherzukommen. Er hatte sogar ein Bild dieser Aussöhnung vor Augen gehabt: Sein Vater und er sprachen über eine Theateraufführung, die sie besucht hatten, und lachten wie zwei Gleichaltrige. Und dann erkrankte sein Vater plötzlich – starb an einer Krankheit, von der er seit Monaten gewusst hatte und die er nicht mehr hatte verheimlichen können. Gregory wollte gar nicht erst wissen, wann Richard davon erfahren hatte. Während des rasanten Verfalls ihres Vaters hatten Richard und Gregory die unabdingbaren Gespräche mit ihm geführt – Du-weißt-ich-liebe-dich; ja-ich-liebe-dich-auch –, nur waren diese bemüht und hastig gewesen, und die Erleichterung, die sich auf dem Gesicht ihres Vaters abzeichnete, wenn Richard das Zimmer betrat, war unübersehbar. Gregory hatte zu lange gezaudert. Er hatte die Chance vertan, und nun war sie dahin.

2

Auf der Fahrt zur Upper West Side musste er zweimal umsteigen. Er hatte einen Durchhänger, als er in der 2 keinen Sitzplatz fand, und klammerte sich mit geschlossenen Augen an eine Stange, bis endlich einer frei wurde. An der Ecke 110th und Broadway trat er in Schneeberge, die die baumkarge Betonlandschaft noch trister wirken ließen. Die Adresse, die Dennis ihm genannt hatte, befand sich in der 107th, Richtung Central Park. Unterwegs kamen ihm die prächtigen, alten Apartmentgebäude, die ringsumher aufragten, sonderbar vertraut vor – nicht aufgrund eigener Erinnerungen, wie ihm plötzlich aufging, sondern durch solche seines Vaters! Sein Vater hatte ihm und seinen Geschwistern bestimmte Ausschnitte seines Bewusstseins vorgeführt, meist, um etwas deutlicher zu machen oder ihnen etwas zu vermitteln – vor kurzem war Gregory jedoch der Gedanke gekommen, sein Vater könnte es getan haben, damit sie ihn besser kennenlernten. Eine jener Erinnerungen galt dem Abend, an dem die Idee von Besitze dein Unterbewusstes geboren worden war. Die damit verknüpfte Lektion lautete, sie dürften nie verzagen, die Inspiration würde überall in der Luft liegen. Sie hatten diese Erinnerungen im Familienkreis geschaut, auf dem großen elterlichen Bett liegend, jeder mit Headset. Gregory war zehn gewesen. Sein Vater führte ihnen zuerst vor, was er als Antivision bezeichnete: die Leerstelle der ausbleibenden neuen Idee. Sie füllte den Bildschirm minutenlang aus, weiß und flach. Gregory war fasziniert. War das tatsächlich eine Leere?

Dann wich die Antivision den Straßen der Upper West Side, in denen sein Vater, bei jedem Schritt dürres Laub aufwirbelnd, auf der Suche nach einer bestimmten Adresse umherirrte.

»Darf ich die Antivision noch mal sehen?«, bat Gregory.

Doch es ging nicht um die Antivision. Ihr Vater übersprang sowohl Teile des Treffens bei dem Professor als auch sein Süßholzgeraspel gegenüber der hübschen Promovendin Rebecca – zuerst in der U-Bahn, danach im East Village, wo sie einander im Dunkeln verfolgten und auswichen. Gregorys Schwestern rissen sich genervt ihr Headset runter.

»Oh, mein Gott, Daddy! Du warst echt ein Idiot!«

»Ich glaube, das heißt ›flirten‹«, sagte ihre Mutter und piekte ihren Mann mit dem großen Zeh. »Wie wenig ich doch wusste!«

Kurz vor dem Geistesblitz aktivierte ihr Vater die Gedanken-und-Gefühlsebene seines Bewusstseins. Gregory spürte, wie er sich an einen ertrunkenen Jungen zu erinnern versuchte, vergeblich, was ihn zutiefst frustrierte. Diese Frustration barg jedoch einen winzigen Hoffnungsschimmer – die Ahnung einer Möglichkeit. »Da. *Das*!«, sagte ihr Vater, als sie durch seine Augen auf den dunklen Fluss blickten. »Spürt ihr den Moment, in dem es ›Klick‹ macht? Das ging mir erst später auf.« Gregory spürte es tatsächlich – ein Gefühl, als würde er durch eine Falltür stürzen, ohne dies zu registrieren, und trotzdem war plötzlich alles anders.

»Darf ich die Antivision noch mal sehen?«, fragte er wieder, und alle stöhnten.

An einem anderen Abend ließ ihr Vater seinen zweiten Besuch in der Wohnung des Professors Revue passieren. Dieses Mal wollte er seinen Kindern vor Augen führen, dass man reinen Tisch machen und Dankbarkeit bekunden musste, selbst wenn es peinlich war oder man – wie hier – damit auf Widerstand stieß. Während Gregorys Vater zu erklären versuchte, weshalb er beim ersten Mal in Verkleidung erschienen war, wurde er mehrmals von einer Professorin namens

Fern unterbrochen. »Sie haben uns schon mal belogen«, sagte sie. »Warum sollten wir Ihnen trauen?«

»Halt die Klappe«, schrien Gregorys Schwestern unter ihren Headsets. »Lass ihn ausreden.«

Zu guter Letzt bedankte sich Gregorys Vater bei der Gruppe dafür, ihm zu der Idee verholfen zu haben, die die nächste Phase seiner Arbeit bestimmen werde. Der Gastgeber, Ted Hollander, der sich als Onkel von Sasha, einer Freundin unserer Mutter, entpuppte, rief aus: »Großartig! Wir haben Ihnen zu einem Paradigmenwechsel verholfen, ohne zu wissen, wer Sie sind oder was Sie umtreibt! Sie haben gut daran getan, Ihre Identität zu verschweigen; Ruhm kann blenden.«

»Ist ein bisschen biblisch, nicht wahr?«, meinte der Typ mit dem britischen Akzent. »Wir haben einen müden Reisenden bei uns aufgenommen, und siehe, er erweist sich als unser Christus und Herr. Wir Glückspilze!«

»Wir haben ihn nicht *aufgenommen*«, wandte Kacia, die brasilianische Anthrozoologieprofessorin ein. »Immerhin sind wir hier alle als Fremde zusammengekommen.« Monate später stellte unser Vater Kacia ein, sie leitete am Ende eine Abteilung von Mandala.

»Kommt mir vor, als wären wir eine Fokusgruppe für Bix, keine Versammlung Ebenbürtiger«, sagte Portia, Teds Frau.

Rebecca meldete sich etwas schüchtern zu Wort. »Dieses Erlebnis hat mir geholfen, mein Dissertationsthema endgültig festzulegen«, sagte sie. »Das Problem der *Authentizität* im Rahmen digitaler Erfahrungen. Ich danke Ihnen allen.«

Es gab keine weitere Begegnung zwischen ihr und Gregorys Vater, aber Rebecca Amati veröffentlichte in der Folge zahlreiche Bücher – sie war es, die den Begriff »Worthülsen« fest etablierte, und zwar in *Queste ohne Ende: Die Sehnsucht nach*

Authentizität in einer hypermedialen Welt, ein Werk, das Athena auf die Leseliste ihres Workshops gesetzt hatte.

»Sie sollten meinen Sohn Alfred interviewen«, sagte Ted zu Rebecca. »Er ist besessen von Authentizität. Er schreit in der Öffentlichkeit, nur um zu schauen, wie die Leute reagieren.«

»Wow«, sagte Rebecca. »Das werde ich ohne Frage.«

»Warum sind Sie überhaupt hierhergekommen?«, wollte Fern von Gregorys Vater wissen.

»Er hatte Lust auf eine Diskussionsrunde«, sagte Ted. »Und ein Treffen hat gereicht, um seine Denkblockade aufzulösen. Möge er weiter an Einfluss gewinnen.«

In diesem Augenblick spürte Gregory die Freude seines Vaters: ein verheißungsvolles, erregendes Gefühl, untermalt von einer leisen Gedankenfolge: *Ich hab's. Ich hab's. Ich hab's.* Er stand kurz davor, zum wiederholten Mal alles zu verändern, aber noch ahnte niemand etwas davon.

»Mir liegt allerdings im Magen«, sagte er, »dass ich Sie alle hier vielleicht aus dem Tritt gebracht habe.«

»Wenn es so wäre, müssten wir uns an die eigene Nase fassen«, erwiderte der Typ mit der kaputten Brille. »Wir sind immerhin Profis.«

»Wir sind immerhin Professoren!« Der Typ mit britischem Akzent streifte Rebecca mit einem schalkhaften Seitenblick.

»Ich kann jederzeit gehen, kein Problem. Möchten Sie das Treffen ohne mich fortsetzen?«

Ein langes Schweigen trat ein. »Warum starren mich alle an?«, fragte Fern.

»Bleiben Sie«, sagte Ted. »Bitte.«

3

Athena öffnete die Tür in einem langen, dunkellila Kimono. Der Anblick Gregorys brachte ihre coole Art nur kurz ins Wanken, es glich dem leisen Klirren von Glas. »Er geht aufrecht«, sagte sie. »Er bewegt sich. Er lebt.«

»Hi Athena.«

»Er spricht.«

Gregory überreichte ihr den roten Beutel von Dennis und sagte: »Wäre es okay, wenn ich mich kurz setze?« Während seines Fußmarsches hatte sich sein Kopf zunehmend angefühlt wie ein Ballon, der über seinem Körper schwebte.

»Bitte die Schuhe ausziehen«, sagte Athena und ging hinein.

Er ließ seine Stiefel in dem nach Zwiebeln riechenden Flur stehen und tapste in Athenas Apartment. Dieses war klein und hatte hohe Decken, an den Wänden hingen abstrakte Gemälde, in einer Ecke zischte ein Heizkörper. Sie schenkte an einer kleinen, frei stehenden Bar zwei Gläser Scotch ein. Auf einem altmodischen Plattenspieler lief eine LP von Dave Brubeck. Als Gregory auf eine gepolsterte Fensterbank sank, hatte er ein Bild vor Augen, das ihm vorkam wie eine Erinnerung: weiße Jungs mit Rollkragenpullover wie in den 1950ern, in einem Apartment wie diesem abhängend, an Martinis nippend und ernsthafte literarische Diskussionen führend. Diese Vision ließ ihn erschaudern, als hätte er just einen Lichtstrahl aus einer anderen Dimension gesehen.

Athena setzte sich mit Aschenbecher und Scotch neben ihn, zwischen den Falten ihres Kimonos waren ihre langen Beine zu sehen. Tattoos der sieben Zwerge umschlossen ihre Waden. Sie sah aus wie immer: dichte, schwarz gefärbte Haare; kurzer Pony, schmale, funkelnde Augen. Ihre Lippen waren wie üblich brombeerrot, und Gregory fragte sich, ob es sich um permanent Make-up handelte. Sie ließ sich stets mit Athena anreden, bestimmt nicht der Name, den man ihr bei ihrer Geburt gegeben hatte, und sie wirkte wie jemand, die sich ab ovo selbst erschaffen, keinen konkreten Ursprung hatte. Die Gerüchte über ihr wahres Geschlecht ließen ihre Selbsterschaffung noch atemberaubender erscheinen.

»Wie ist die Columbia?«, fragte Gregory.

»Phantastisch. Alle Studierenden sind lokale Gewächse.«

»Zeigt sich das in deren Schreiben?« Er konnte nicht widerstehen.

Athena verengte die Augen. »Ja, durchaus«, sagte sie. »Ich musste einen Verhaltenskodex unterzeichnen, um den Job zu bekommen. Und ich führe eine monogame Beziehung.«

Gregory deutete seine Überraschung an.

»Mit Barney. Er ist zweiundsechzig. Bevor ich mit ihm schlafen durfte, musste ich dem Kollektivbewusstsein entsagen.«

»War das schwierig?«

»Verflixt schwierig«, sagte sie. »Mein Leben fühlte sich plötzlich an, als würde es aus losen Strohhalmen bestehen. Inzwischen mag ich es aber. *Inkognito.* Ich glaube, ich bin fertig mit dem Kollektiv. Verzeih mir, Bix.« Sie hob den Blick zur Decke.

»Oh, er hätte nichts dagegen«, meinte Gregory. »Sein Cube ist so programmiert, dass alles gelöscht wird, falls jemand versucht, ihn ins Kollektivbewusstsein hochzuladen.«

»Er hat es doch erfunden!«

»Ja, aber nur als Erweiterung, die ganz bestimmte Probleme lösen sollte. Ich bezweifele, dass er jemals im Sinn hatte, dass die Leute sich den Zählenden ausliefern könnten oder ihre Wahrnehmungen über Asseln streamen würden.«

»Das Alter«, sinnierte Athena.

»Er war noch nicht besonders alt. Sechsundsechzig.«

»Tut mir leid um deinen Dad«, sagte sie. »Das hätte ich dir längst sagen sollen. Es ist bestimmt schwer für dich. Ha – Floskeln des Mitgefühls. Aber ich meine es wirklich so.«

Sie ergriff Gregorys Hand und betrachtete Finger, Knöchel und Handfläche, als wollte sie seine Zukunft vorhersagen. Athenas Hände waren zart und heiß, sie hatte ihre Fingernägel in magenta lackiert und spitz gefeilt. Wenn eine dieser Spitzen seine Haut streifte, flammte eine Erregung in ihm auf, jener verwandt, die ihn bei der Vorstellung von Martinis und Rollkragenpullovern erfasst hatte. Verlangen – sein Erschöpfungszustand hatte es ausgelöscht. Verlangen nach was auch immer.

Athena ließ seine Hand los und öffnete den roten Samtbeutel. »Wollen wir?« Das war keine Frage.

Gregory war ungern stoned; seine Gedanken trieben dann zu weit ab, entfremdeten ihn von den Menschen ringsumher, manchmal auch von sich selbst. Seine flüchtige Erregung – sein Verlangen, Verlangen zu empfinden – sprach jedoch fürs Kiffen.

Der Joint knisterte und qualmte wie feuchtes Feuerholz, als Athena einen ersten, langen Zug nahm. »Herrgott!«, sagte Gregory und wedelte Funken weg, um seine Augen zu schützen.

»Samen«, krächzte Athena, die ihm den Joint reichte. »Eureka Gold: Klon einer Pflanze, die in den 1960ern von Beatniks in Kalifornien angebaut wurde. Der Wald mit der Plantage ist zu Beginn der 2000er abgebrannt. Eine Reise durchs All: Wir begeben uns an einen tatsächlichen Ort, der nicht mehr existiert.«

Der neugierig gewordene Gregory nahm den Joint entgegen und inhalierte einen Rauch, der so widerwärtig war, dass seine Lunge ihn mit einem explosiven Hustenanfall gleich wieder ausstieß. »Dafür hast du bezahlt?«, japste er und wischte über seine Augen.

»Ist nicht ohne«, gab Athena zu. »Aber warte, bis du breit bist. Du fühlst dich … wie losgelöst. Erfrischt. Hat was von dem Biss in einen reifen Pfirsich.«

Gregory hatte auf einmal Athenas Magentakrallen vor Augen, die einen Pfirsich zusammenpressten, bis Fruchtsaft austrat, bis er fast platzte, aber eben nur fast. Sie reichte ihm noch mal den Joint, und Gregorys Lungen akzeptierten widerwillig ein kurzes Inhalieren.

»Hat sich dein Dad aufgezeichnet? Bis zuletzt?«, fragte Athena.

Nicht das erhoffte Thema. »Na klar.«

Tausende Menschen hatten ihr Sterben in der Hoffnung hochgeladen (seit neuestem wurde es auch gestreamt), den Hinterbliebenen einen Blick auf das zu gewähren, was danach kam, aber alle »geglückten« Versuche hatten sich als Fake herausgestellt.

»… und?«

»Und nichts«, sagte er. »Das Licht erlosch.«

Das wusste er von seiner Mutter, denn beim Tod seines Vaters hatte er auf seinem Wasserbett geschlummert. Es hatte dennoch eine Art Jenseitserlebnis gegeben – ein posthumes Nachspiel. Die langjährige Anwältin seines Vaters, Hannah Cooke, eine unerschütterliche Person, von ihrem Vater stets bewundernd »die Tresorin« genannt, rief die Familie in ihrer Kanzlei in Midtown zusammen. Gregory nahm virtuell teil. Bei diesem Termin enthüllte Hannah, dass Bix Bouton Mondrian, der Non-Profit-Organisation Christopher Salazars, eine enorm hohe Summe vermacht hatte. Als Gregorys Geschwister, nach Luft schnappend, Einwände erhoben, erklärte Hannah lakonisch, kurz nach seiner ALS-Diagnose, die damals nur Lizzie bekannt gewesen sei, habe er unbedingt mit der Anthropologin Miranda Kline in Kontakt treten wollen. Diese, vor zehn Jahren abgetaucht, war unauffindbar. Bix war zuvor auf der Hochzeit Lincolns gewesen, Sashas Sohn und prominenter Zählender, und ihm gab er insgeheim den Auftrag, Miranda Kline aufzuspüren. Lincoln verfolgte ihre digitale Spur bis Brasilien, wo sie, wie sich herausstellte, 2034, also im Vorjahr, im Alter von vierundachtzig Jahren verstorben war. Anschließend machte er Lana Kline ausfindig, die Tochter, der Miranda bis zuletzt tief verbunden gewesen war. Lana organisierte ein Treffen mit Christopher Salazar, der es ihrer Mutter zu einer Zeit, als das Phänomen noch neu gewesen war, ermöglicht hatte, sich zu entziehen. Bix traf sich während seiner letzten Lebensmonate mehrmals mit Salazar, ohne dass jemand davon gewusst hätte, nicht einmal Lizzie.

Gregorys Geschwister machten ihrem Unglauben lautstark Luft und bombardierten die »Tresorin« mit Fragen: Mehrmals wo? Mehrmals wann? Etwa im Haus in Chelsea? Wie sei es möglich, dass ihr Vater und diese Person gemeinsame Interessen hatten? Solle das heißen, Bix habe seinen Interessen zuwidergehandelt – ihren Interessen, den Interessen Mandalas? Solle das heißen, er habe Besitze dein Unterbewusstes bereut? Sich vom Kollektivbewusstsein losgesagt? Worüber habe er mit Salazar geredet? Habe Salazar ihrem Vater das Gehirn gewaschen, um ihn abzocken zu können? Richard, normalerweise der Ruhigste der Geschwister, verlangte brüllend und unter Tränen nach Beweisen. (Die Anwältin gab gelassen an, auch nicht mehr zu wissen als das, was sie berichtet hatte.)

Ihre Mutter saß die ganze Zeit stumm da. Dann stand sie so abrupt auf, dass sogar Gregory, der den Termin auf dem Handydisplay verfolgte, erschrak. Sie war einundsechzig und elegant und entwarf Kleider, seit Gregory auf der High School gewesen war. »Benehmt euch, Kinder«, sagte sie. »Euer Vater hatte sein eigenes Leben. Er ist uns keine Erklärungen schuldig.«

»Diese Geschichte ist doch erstunken und erlogen, verdammte Scheiße«, brüllte Richard – Gregory erlebte ihn zum ersten Mal unflätig. »Dad hätte sich nie mit Salazar getroffen, ohne mich zu informieren. Absolut. Unmöglich.«

»Scheint doch möglich gewesen zu sein«, sagte ihre Mutter. »Und angesichts deiner Reaktion überrascht es mich nicht, dass er die Sache für sich behalten hat.«

Gregory war froh, nicht persönlich anwesend zu sein. Auch er hatte geweint, während die »Tresorin« gesprochen hatte, wenn auch aus anderen Gründen als Richard. Ihn schmerzte der Gedanke, dass ein Sterbender den Drang gehabt hatte, Buße für eine Welt zu tun, die er in dieser Form nicht hatte erschaffen wollen, dass er zum Schluss noch etwas hatte richten wollen. Diesen Menschen hatte Gregory nie gekannt, hätte ihn aber gern kennengelernt.

Während er sich diesen Erinnerungen hingab, angenehm beduselt von Eureka Gold, erwachten erneut intensive Gefühle. Im Zimmer herrschte jetzt eine verträumte Stille, und diese offenbarte ihm eine Wahrheit: Er hatte doch vieles mit seinem Vater gemeinsam.

»Schreibst du zurzeit?« Athena riss ihn mit dieser Frage aus seinen Gedanken.

»Ja, aber nur wenig«, gestand Gregory, der nicht mit *nein, gar nicht* antworten mochte.

»Vielleicht laugt es dich aus, nichts zu schreiben«, meinte

sie. »Vielleicht hast du dich von deiner Energiequelle abgekoppelt.«

»Ich habe viel nachgedacht«, sagte er, um das Thema abzuwürgen.

Athena sah ihn an. »Schreib dein scheiß Buch zu Ende, Gregory«, ermahnte sie ihn milde. »Du sitzt seit Jahren daran, verdammt.«

»Soll das eine Rüge sein? Oder sagst du das nur so?«

Sie zuckte die Schultern. »Ich habe dich im Schreiben unterrichtet. Was erwartest du?«

Auf diese Frage gab es diverse Antworten, nur war keine besonders freundlich. Gregory rief sich aus Trotz in Erinnerung, wie Athena inmitten von Leinwandstapeln vor ihm auf die Knie gesunken war, doch in ihren schalkhaften, goldenen Augen schien, wie ihm jetzt aufging, damals eine ähnliche Ermahnung gelegen zu haben: *Schreib dein Buch zu Ende!*

Sie schaute auf ihr Handy und stand auf. »Barney kommt«, sagte sie. »Ab mir dir.«

In der Lobby begegnete er einem silbergrauen Alphamännchen mit adrettem Ziegenbart, der Schnee von einem Baguette fegte. Gregory entschied sich für die C in Richtung Downtown und kämpfte sich durch orkanartige Böen zum Central Park West durch. Als er dort anlangte, betrat er den Park. Dort legte sich der Wind wie durch Zauberhand. In der Stille fiel Gregory auf, dass alle Zweige und Äste eine zarte Schneelast trugen. Schneeflocken tanzten wie Bienen im goldgelben Schein der verschnörkelten Straßenlaternen; sie sammelten sich auf Stämmen, glitzerten wie zerstoßene Diamanten vor seinen Füßen. Er hörte ein Zischeln und erblickte zwei Personen, die auf Langlaufskiern zwischen Bäumen auftauchten. Blauvioletter Mondschein erfüllte den Park. Eine Kindheitswelt: Burgen und Wälder, Wunderlampen und Prinzen, die Dornenhecken überwanden. *Jene* Welt.

Er würde es seinem Vater erzählen!

Nein. Und dieser schmerzhafte Gedanke setzte einen erneuten Erschöpfungsschub in Gang. Gregory sah sich nach einer Bank um, entdeckte aber nur Schneeverwehungen, da und dort auch menschliche Gestalten, im Schneefall so verschwommen, dass sie ebenso gut Schatten oder Geister hätten sein können. Zwei Leute hatten sich hingelegt und spielten den Engel. Gute Idee: Gregory ließ sich rücklings in eine Schneewehe kippen, die ihn auffing wie ein Federbett, so trocken und leicht, dass er die Kälte nicht spürte.

Er blickte in eine grau-weiße Leere, die ihn verwirrte: Schaute er nach oben oder nach unten? Er konnte sich nur anhand der eisigen Partikel orientieren, die um sein Gesicht wirbelten, in den Augen bissen, beim Luftholen in der Kehle kratzten. All das war ihm irgendwie vertraut. Er hatte schon einmal bei starkem Schneefall auf dem Rücken gelegen und zu einem leeren, zweidimensionalen Himmel aufgeblickt. Nur wann? Es musste ein Déjà-vu-Erlebnis sein. Und da begriff Gregory schlagartig, dass es die Antivision seines Vaters gewesen war: jene öde und leere Perspektive, die Bix Bouton vor fünfundzwanzig Jahren gequält und in Verkleidung in genau dieses Viertel getrieben hatte. Die Antivision war nie eine Leerstelle gewesen – im Gegenteil! Sie war eine feste Masse bewegter Partikel. Sein Vater war nicht dicht genug herangekommen.

Gregory sah wie gebannt auf. Flocken wehten auf ihn nieder wie Weltraummüll; wie chaotische Vogelschwärme; als würde das Universum sich entleeren. Er wusste, was diese Vision bedeutete: menschliche Leben, ob vergangen oder gegenwärtig, ringsumher, in seinem Inneren. Er öffnete den

Mund und breitete die Arme aus, um sie in sich aufzunehmen, und wurde von einer rauschhaften Erkenntnis – einer Verzückung – erfüllt, die ihn aus dem Schnee zu heben schien. Er hätte am liebsten gelacht oder gebrüllt. *Schreib dein Buch zu Ende!* Dies war das Abschiedsgeschenk seines Vaters: eine Galaxie menschlicher Existenzen, die seiner Neugier entgegen wirbelten. Mit Abstand betrachtet, schienen alle gleichförmig zu sein, aber sie bewegten sich, jeweils angetrieben durch eine einzigartige, unerschöpfliche Energie. Das Kollektiv. Er nahm es auch ohne Technologie wahr. Und die darin enthaltenen Geschichten, ob allumfassend oder individuell – er würde sie erzählen.

Mittlerer Sohn (Kartenausschnitt)

Kein geheimnisvolles Geschöpf: ein menschlicher Junge. Elfjährig, in der beigefarbenen Vereinsgarnitur wie geschrumpft wirkend, kein Blickfang, es sei denn als Bruder oder Sohn, und trotzdem sind alle Blicke auf ihn gerichtet, weil er mit Schlagen an der Reihe ist: auf jeder Base ein Runner, Eltern und die zwei Brüder auf den Rängen, seine Mutter befingert ein Garnknäuel, weil es unerträglich ist, ihm beim Schlagen zuzuschauen (genauer bei dem Versuch, denn er schlägt stets daneben), was sie fühlt, entspricht dem Klischee der Mutter, die einem Spiel ihres Sohnes beiwohnt, man kennt das aus Büchern und Filmen, und doch sind ihre Gefühle einzigartig: Sie würde ihn am liebsten an einen Ort versetzen, wo sie ihn beschützen kann; sie würde ihn am liebsten halten wie früher, als er ein milchduftender Säugling war (sie denkt oft an sein erstes Lächeln zurück, ein leises Aufblitzen, das sein Gesicht überflog); sie hofft, er möge nicht für immer im Schatten seines großen Bruders stehen, der durch die Welt stratzt, als hätte diese nur auf ihn gewartet; sie wünscht sich, seine Einzigartigkeit, die sie in ihrer Liebe für offenkundig hält, möge aller Welt bewusst werden: seine Einzigartigkeit, die, gäbe es so etwas wie Gerechtigkeit auf Erden, diese Szene verwandeln und dafür sorgen würde, dass sein Haupt in Licht getaucht wird.

Dieses bleibt aus – die Sonne verbirgt sich. Ein später Frühling, ein bedeckter Abendhimmel, ein Vorort im Norden New Yorks, verzahnt mit vielen anderen Vororten, die eine Stadt wie viele andere umschließen. Bei Nacht, aus dem Fenster eines Flugzeugs gesehen, gleichen die Lichter Goldadern in schwarzem Gestein. Und in den Zehntausenden Vororten, die circa dreitausend amerikanische Städte umschließen, kann man ab April jederzeit siebenhundert bis achthundert Jungen mit einem Schläger in der Hand an der Home Plate erleben, jeder in der Pose des Helden, dessen Poster über seinem Bett hängt, und jede Menge Eltern, manche mit Kuhglocken bimmelnd, andere ausrastend – Storys über elterliche Entgleisungen gehören zum Bild, das als typisch gilt, sobald man all das los ist, à la: Wenn ihr Junge danebenhaut, ist das Ihr Problem, das geht uns nichts mehr an.

Sein Name lautet Ames Hollander. Der mittlere Sohn, zwischen Gottgleichheit über ihm und Exzentrik unter ihm gequetscht. Man vergisst seinen Namen. Man vergisst, dass er existiert – sehen und hören und erinnern kann wie alle anderen. Seine Mutter strickt einen braunen Winterpullover mit V-Ausschnitt, den er am Ende ablehnen wird (*Niemand trägt Strickpullover, Mom!*), und fragt sich bekümmert, wie Sorge und Liebe in etwas umgemünzt werden könnten, das ihrem Sohn nützt. Die Einsicht, dass ihr Kind sowohl kostbar als auch bedeutungslos ist, gehört für eine Mutter zu den entsetzlichsten. Es gibt so viele Jungen auf der Welt. Aus der Entfernung gleichen sich alle, zumal in Baseballgarnitur, sogar in ihren Augen.

Man schreibt das Jahr 1991, und vieles, was es noch nie gab, wird es bald geben. Die Geräte, die in zwanzig Jahren jeder bei sich tragen wird, sind Zukunftsmusik, ihre klobigen, lahmen Vorgänger haben noch nicht Einzug in den Alltag gehalten. Die Menschen, die sich hier versammelt haben, kennen kein Handy, dieser Augenblick vor dem Schlag ist also eine

Atempause. Zig Eltern im Zwielicht der Abenddämmerung, und kein Gesicht, das von unten matt erhellt wird! Alle sind *anwesend*, hier, an diesem Ort, und konzentrieren sich auf die Home Plate, wo Ames Hollander steht, noch kleiner als üblich wirkend, niedergedrückt von der Last der betrüblichen Tatsachen: zwei Outs, auf jeder Base ein Runner, Bottom des neunten Innings, Gäste mit drei Punkten Vorsprung. Das Spiel ist klar verloren, es sei denn der Batter – also Ames – schlüge einen Homerun. Und obwohl er im Gastgeberteam der Letzte ist, dem das zugetraut wird (in dieser Saison hat er noch nie getroffen), klammern sich alle Mitglieder des Gastgeberteams und alle Eltern aller Mitglieder des Gastgeberteams an den Glauben, es könnte ihm gelingen. Man hatte ihn bereits nach den ersten drei Spielen der Saison abgeschrieben, aber nun trampelt man auf die Metalltribünen und brüllt seinen Namen, ein kollektives Geheul, das Zuversicht vermitteln soll.

Erster Schlag. Er holt nicht aus. Hat den Ball wahrscheinlich nicht mal gesehen.

Wie jede Mannschaft hat auch seine Mannschaft eine Geschichte, die alle, die innerlich unbeteiligt sind, zu Tode langweilt, für jene, die Anteil nehmen (meist die Väter), jedoch unerschöpflichen Stoff für heiße, komplizierte Diskussionen bietet, teils Bier trinkend, teils an Wandtelefonen geführt, deren Kabel, verwickelt und verknotet, so lang sind, dass Mütter hinter geschlossener Tür telefonieren können, ohne dass die Söhne mithören. Alle Diskussionen und Gespräche, ob Bier trinkend oder über ein verwickeltes Kabel geführt, haben bestimmte Refrains:

1. Die Söhne der Anwesenden kriegen nicht genug Spielzeit und / oder haben die falsche Position.

2. Der Trainer zieht seinen nicht besonders talentierten Sohn vor.
3. Eltern, Anwesende ausgenommen, sind geradezu besessen von der Mannschaft und deren Leistung.

Zweiter Wurf. Er holt mit dem Schläger aus, immerhin.

Ames ahnt nichts von dem elterlichen Gerede. Er wird oft von einem vagen Unbehagen gequält, Ausdruck seiner heiklen Stellung zwischen der Kindheit und dem, was danach kommen wird, und zwischen seinen Brüdern, die ihn in die Zange nehmen, ihm die Luft abschnüren. Die Blicke des Publikums gleiten von Ames zu Miles, zwei Jahre älter und so absurd eindeutig überlegen (besserer Sportler, besserer Schüler, besseres Aussehen), dass er Ames, von dem er sich ebenso wenig bedroht fühlt wie ein König von einem Kammerdiener, mit *Milde* behandelt. Oder sie heften sich auf Alfred, den »Kleinen«, der es bereits versteht, seinen Missmut als Kunstform zu inszenieren. Vor dem Badezimmerspiegel hat Ames oft den Eindruck, seine Miene wäre absolut ausdruckslos, quälend nichtssagend. Existiert er überhaupt? Welchen Wert kann er für andere haben, wenn er sich selbst als wertlos empfindet? Latent gefährliche Gedanken, einhergehend mit einem kopfschwirrenden Gefühl der Schwerelosigkeit, wie es ihn im einstigen Sommercamp erfüllte, wenn er das Seil losließ, an dem sie sich von der »Klippe« über den See schwangen – das Camp wurde dichtgemacht, nachdem ein Junge, der sich von *eben dieser Klippe geschwungen hatte*, zu Tode gekommen war (eine Legende, viel reizvoller als die Wahrheit: rückläufige Anmeldungen und ein Buchhalter, der Gelder veruntreute). In Ames' tiefstem Inneren regt sich jedoch eine rettende Antwort: Er ist etwas Besonderes, und seine Besonderheit ist ein Geheimnis. Die Ausdruckslosigkeit, die er im Spiegel sieht, verbirgt seine weltbewegenden Kräfte. Die Zweifel, die er mit seiner inneren Stimme bekämpfen muss, sind so groß, dass seine Selbstrechtfertigung titanische Züge annimmt. Wenn er super ist, dann im eigentlichen Sinn dieses Wortes – nicht in dem schwammig positiven Sinn, den es im Alltagsgebrauch gewinnt. Er kann alles schaffen, egal was! Natürlich nicht immer, aber wenn er mal versagt, etwa dabei, den Ball zu treffen, dann deshalb, weil sein sagenhafter Schlag irgendwie beeinträchtigt wurde; durch einen Windstoß, ein blendendes Licht, eine juckende Hand – wenn Ames nicht trifft (und er trifft nie), dann hat dies stets einen Grund, jeder Fehlschlag stellt also eine bizarre Ausnahme dar, bestätigt eine Regel, die nur Ames kennt.

Als der Ball die Hand des Pitchers verlässt, schärfen sich seine Sinne wie bei jedem Wurf aufs Äußerste, er nimmt alles wahr wie in Zeitlupe: den heransausenden Ball; seine Eltern, dicht an dicht und zugleich weit voneinander entfernt auf der Tribüne sitzend; den argusäugigen Miles, der im Geist schon eine Liste mit Ames' Fehlern aufsetzt; Cecily, Schwester eines Mannschaftskameraden und seine heimliche Liebe, die bei der ersten Base Seifenblasen zum fahlen Mond aufsteigen lässt, der sich vor dem brodelnden Dämmerungshimmel kaum behaupten kann; die in der Tiefe ruhenden Gebeine der Onondaga-Indianer, einst Herrscher des Waldes, dessen kläglicher Rest nun von diesem Baseballplatz eingenommen wird. Ames holt aus, er spürt einen Widerstand: Er trifft den Ball wie (von ihm selbst) vorhergesagt, er *hämmert das Hirn aus dem Ball* (so die Stimme seines Vaters in seinem Ohr), ein Moment, der ihn erschüttert – nicht, weil er getroffen hat, das war ja klar, sondern aufgrund des Gefühls, eines ganz neuen Gefühls: die Wucht des Schlages; der Schmerz, der seine Arme durchzuckt; und das Geräusch, ein *Krachen*, als hätte er einen Stein zertrümmert. Der zurückschnellende, weiße Ball hängt kurz neben dem Mond (was Ames jedoch nicht sehen kann, er rennt, was das Zeug hält), um danach jenseits des Spielfelds zu verschwinden und einen Grand Slam zu ermöglichen, der dafür sorgt, dass jede Base verlassen wird, dass drei Runner sowie Ames einen Homerun hinlegen, dass sie das Spiel 5:4 gewinnen. Ames ahnt nichts davon – *Weiter rennen, einfach rennen*, mahnt ihr Trainer oft, *nicht anhalten, um die Aussicht zu genießen* –, er rennt und rennt, ohne zu begreifen, dass es sich bei dem Brausen, das er mit halbem Ohr hört, um den Jubel des Publikums handelt.

Er wurde zur Legende, dieser Schlag, zu einer Wegmarke, die in manchen lebenslang nachhallte und märchenhafte Züge gewann. Ames' Mannschaftskameraden sprachen in späteren Schuljahren davon; Miles, der den Triumph für sich reklamierte (eine Familie ist ein Team!) prahlte auf der High School damit; Alfred grollte, weil die Sache – Schläger trifft Ball – so eindeutig war, dass er nicht mäkeln konnte. Es ist verlockend, eine Version von Ames' Leben zu konstruieren, in der dieser Schlag einen »Wendepunkt« darstellt, einen Zuwachs an Selbstvertrauen in einem kritischen Moment usw. (Standardblock 3*Miis*), nur wäre das hirnrissig, wie der neunjährige Alfred zu sagen pflegt. Im wahren Leben zählte der Schlag nur während dieser einen Saison, also weitere vier Wochen, in denen Ames' Mannschaftskameraden vergeblich seinen Namen intonierten, wenn er schlagen musste. Das nächste Frühjahr bescherte ihnen einen neuen Trainer, der Ames' Erfolg nicht miterlebt hatte; der nur sah, was er sehen konnte, herzlich wenig, und ihn aus der Mannschaft warf. Der Schlag war ein Glückstreffer gewesen, das Aufblitzen eines Könnens, von dessen Existenz außer Ames niemand etwas ahnte. Er nahm dieses Wissen mit auf die High School und danach mit in die Army (wider die energischen Einwände seiner Eltern), wo er während der Grundausbildung die Herzen der Pappkameraden viel öfter traf als andere Rekruten. Ames, könnte man sagen, war seit seiner Kindheit eine Waffe gewesen, die darauf gewartet hatte, abgefeuert zu werden.

Einige Tage nach 9/11 wurde er einundzwanzig; er war bereits Scharfschütze und wurde von den Special Ops rekrutiert. Mit Anfang dreißig, er hatte genug von den Tech-Nerds, die auf dem aufsteigenden Ast waren, wollte er endlich richtig Geld verdienen und wechselte zu einem Privatunternehmen, das auf »gezielte Tötungen« spezialisiert war – taktisch wertvoll, aber militärisch schwer zu rechtfertigen. Es bedurfte übermenschlicher Zähigkeit, diese Ziele zu erreichen, ob allein oder in kleinen Teams, man benutzte Tauchboote und schwamm mit Tauchausrüstung ans Ufer; bestieg Berge oder hangelte sich an Klippen in die Tiefe; sprang von Motorrädern, die im Moment des Absprungs ins Dunkel schlitterten. Ames arbeitete in Wüsten, Wäldern und Städten, schlief auf Überseeflügen in Hängematten, die hinten im Transportflugzeug aufgespannt worden waren. Schwelende Gefahr, gefolgt von einem flüchtigen, heimlichen Triumph – dieser Rausch war einmalig auf der Welt. Ames hatte aus Sicherheitsgründen nur einen Schuss, maximal zwei; falls der geplante Rückzug misslang, drohte Gefangennahme. Tod. Seine eigene Auslöschung war wie ein Schatten, der während dieser Jobs stets an seiner Seite war. Irgendwann ging jedem das Glück aus.

Menschen, die ein alltägliches Leben führten, verblüfften ihn stets: Mark Tucker, mit dem er Nintendo gespielt hatte, war dreifacher Vater und trat Bälle aus dem Weg, wenn

Ames im Wohnzimmer zum Sofa gelangen wollte. Ames langweilte sich, wurde schläfrig. Er trank ein Glas Limonade auf Marks Sofa, dessen Bezug von Katzen zerfetzt worden war, und fragte sich, worüber er mit einem Mann reden sollte, der am Wochenende ein Mädchen-Hockeyteam trainierte. Ames hatte keine Ehefrau, führte keine längeren Beziehungen; sogar seiner Mutter gegenüber, dem Menschen, dem er am nächsten stand, empfand er eine gewisse Distanz. Und das spürte sie. Als geschiedene Frau und Immobilienmaklerin mit einem sozialen Leben, das ab und zu Lover beinhaltete (teils verheiratet), empfand Susan eine Diskrepanz zwischen der Zeit, als ihre drei Söhne auf ihr herumgeklettert waren wie auf einem Baum, mit klebrigen Fingern in ihre Haare gegriffen und ihr ins Ohr geflüstert hatten, und der Zurückhaltung, die sie im erwachsenen Alter üben musste: *Wie geht's dir, Schatz? Du siehst müde aus. Kann ich irgendwas tun? Wie wär's, wenn du deine alte Mom in den Arm nimmst?* Hätte sie geahnt, wie sehr diese Zurückhaltung schmerzte, dann hätte sie nie – *kein einziges Mal!* – gesagt: »Lasst mich kurz, Jungs, ich muss mal verschnaufen«, und ihre Söhne abgeschüttelt. Stattdessen hätte sie stillgehalten und weitergemacht, bis sie nicht mehr konnte, denn es gab nichts Schöneres, für das sie ihre Kräfte hätte aufsparen können.

Wenn Ames die Augen schloss, sah er die letzten Lebenssekunden zahlloser Menschen vor sich: Jemand, der seinen schlaffen Rücken unter der Dusche einseifte; eine Mango schälte; Spatzen mit Toastkrümeln fütterte; einen Fensterladen reparierte, während ein Windstoß das Hemd hob und den Bauch entblößte. Er hatte dies beobachtet, während er auf den Moment zum Abdrücken gelauert hatte. Ohne, dass er dies geahnt hätte, hatten sich diese kurzen Szenen in ihm angesammelt. 2023 kam ein Tag, an dem er stundenlang auf einem Baum saß, sein Ziel beobachtete, das sich gelegentlich am Fenster zeigte, und mit echsenhafter Geduld darauf wartete, dass die Zielperson ins Freie trat. Schließlich ging der Mann nach draußen und setzte sich mit einem Gedichtband in die Sonne, eine kleine, graue Katze machte es sich auf seinen Schoß gemütlich. Ames zögerte. Zwischen den schütteren Haaren des Mannes glitzerte der Schweiß auf der Kopfhaut, und er hatte plötzlich das Gefühl, kein Recht zu haben, diesen Mann zu töten. Diese Erkenntnis war so zwingend wie der Anbruch der Nacht: Mit dreiundvierzig begriff er, was sein Job zwangsläufig aus ihm gemacht hatte.

Also kehrte er in die alte Heimat zurück. Seine Mutter hatte ihr altes Haus, nördlich von New York, just ein drittes Mal seit der zwanzig Jahre zurückliegenden Scheidung seiner Eltern zum Verkauf angeboten. Einer Laune folgend, besichtigte Ames das Haus: junge Paare mit Kindern, Professoren des Colleges, an dem sein Vater unterrichtet hatte. Als er mit Fremden die Zimmer seiner Kindheit durchstreifte, hatte er das Gefühl, in das Land Oz oder in Ali Babas Höhle zurückzukehren: der Wäscheschacht, durch den er und seine Brüder in einem Korb mit Schnur Botschaften ausgetauscht hatten; die nach Walnussschalen und Benzin riechende Garage; sein eigenes Zimmer, immer noch mit dem mehrmals überstrichenen »X«, das er mit einem Taschenmesser in die Schranktür geschnitzt hatte. Wer könnte hier wohnen außer ihm? Ames beschloss ad hoc, diesen Palast der Erinnerungen zu kaufen (immerhin kannte er die Maklerin) und sein neues Leben dort zu beginnen, wo das alte begonnen hatte.

Ames zog also in das alte Familienzuhause, heiratete und wurde Vater – füllte das Wohnzimmer mit Bällen, die zur Seite gekickt werden mussten, wenn Gäste zum abgenutzten Sofa gelangen wollten, und die Jahre flatterten davon wie Kalenderblätter in alten Filmen, seine Frau tupfte seine schweißnasse Stirn ab, wenn er schreiend erwachte. Trotzdem ist dieses Happy End trügerisch, klingen die Worte hohl. Sie hören es auch, oder? Es gab keine Frau (obwohl er seinen Kindheitsschwarm Cecily online eruierte: nicht wiederzuerkennen, nun vierfache Mutter in Tucson). Es gab keine Kinder außer jenen, deren Stimmen er zu hören glaubte, wenn er im ehemaligen Arbeitszimmer seines Vaters saß: ein Schnauben und Seufzen im Flur, Geräusche, die ihn auf die Frage brachten, ob ein Haus alles erinnert, was sich darin zugetragen hat – wäre dem so, dann würden sich bis heute drei neugierige Jungs vor der Tür zum Arbeitszimmer herumdrücken und mit speckigen Fingern über das Holz streichen, während sie auf den Herzschlag ihres Vaters horchten, horchten. Ist man über einen bestimmten Punkt hinaus, dann fällt es schwer, in ein konventionelles Leben zurückzufinden, und Ames hatte diesen Punkt überschritten. Seine Mutter verstand das. Sie spielten Scrabble und Gin Rommé in der Küche, wo sie dreißig Jahre zuvor seine Pausenbrote eingepackt hatte; sie sahen Dokus über Pandas und Papageientaucher im Familienzimmer, sie strickte Pullover, die er tatsächlich anzog. Und obwohl Susan um das Leben trauerte, das er hätte führen können, war sie froh, ihn wieder bei sich zu haben, und küsste ihn zum Abschied auf seinen lichter werdenden Schopf. Und vielleicht sollten wir hier, angesichts der gegenseitigen Liebe und des gemeinsamen Kummers von Mutter und mittlerem Sohn (P2l*iv*) den Schlusspunkt setzen, nur wäre das zu einfach – noch ein Trug –, denn es ist nicht alles.

Vier Jahre nach seiner Heimkehr, 2027, beschloss Ames, die von der Regierung implantierte Assel aus seinem Gehirn entfernen zu lassen. Er wusste, das Ding war hinüber – und er wusste als Insider der Geheimdienstwelt, dass man unwichtige Personen nicht überwachte, weil dies zu viele Mittel verschlingen würde. Er wollte das Ding trotzdem loswerden. Eine rasche OP, eine Nacht, in der man ihn vorsichtshalber dabehielt, und dann! Verjüngung! Ein euphorisierendes Gefühl der Erneuerung, psychologisch als Begleiterscheinung der Tatsache zu deuten, dass man aufgeschnitten und wieder zugenäht worden war. Onlineforen quollen über von Berichten ehemaliger Soldaten und Spione, die bezeugten, dass die Entfernung deaktivierter Asseln im Falle von Depressionen und Posttraumatischen Belastungsstörungen eine exzellente Therapie war. Unter Zivilisten herrschte während der post-pandemischen Jahre eine tiefsitzende Angst vor Asseln, Teil der Massenpsychose, die diese finstere Phase amerikanischen Lebens kennzeichnete. Ames arbeitete monatelang an dem Entwurf eines Imaginations-Apparats mit niedriger Frequenz. Mit Hilfe von Drew, dem Mann seiner Cousine Sasha, konstruierte er einen Prototyp: eine Maschine, die die Ängste von Paranoiden lindern und jene beschwichtigen sollte, die das Gefühl hatten, nicht sie selbst zu sein; die sonderbare Träume entwickelten; die glaubten, man würde sie von innen observieren oder benutzen, um andere auszuspähen; die sich nicht mehr konzentrieren konnten; und mit jedem kleinen Trost (und der gelegentlichen Entdeckung eines Implantats), den Ames spenden konnte, hatte er das Gefühl, der Vergebung einen Schritt nähergekommen zu sein.

Und vielleicht sollten wir hier den Schlusspunkt setzen – der neu geborene Ames, Ames mit einer Freundin, die er bei der Arbeit kennengelernt hatte, Ames, der seine Brüder mitsamt Familien in jedem August im alten Haus bewirtete und auf dem Hinterhof ein Spanferkel briet. Warum sollten wir ihm bis ins Seniorenheim folgen, in dem er als letzter der drei Gebrüder Hollander sein Lebensende verbrachte?

Bekannt sind folgende Tatsachen – Rahmspinat, Go-Wettkämpfe, eine jamaikanische Pflegerin namens Annalise, die Ames' wahre Liebe hätte sein können, wären sie nicht fünfzig Jahre auseinander gewesen (sie sagte das auch, eine Hand auf seine zitternden Hände gepresst), vor seinem Fenster ein Nest, das eines Frühlings vier blaue Rotkehlcheneier barg, »H-a-p-p-y B-i-r-t-h-d-a-y« in glitzernden Pappbuchstaben über der Tür des Gemeinschaftsraums, als er neunzig wurde. Dank dem Genie Bix Boutons ist uns all das zugänglich.

Doch es gibt Lücken: hinterlassen von Renegaten, die ihre Erinnerungen horten und ihre Geheimnisse wahren. Nur die Maschine Gregory Boutons – eben diese, die literarische Fiktion – ermöglicht es uns, das menschliche Kollektiv in absoluter Freiheit zu durchstreifen.

Alles zu wissen bedeutet aber, nichts zu wissen; ohne Story haben wir es nur mit zusammenhangslosen Informationen zu tun. Kehren wir also zu der Story zurück, die den Anfang dieses Kapitels bildet: Ames, eine Base nach der anderen ablaufend, begleitet von einem Jubel, der die Ausmaße eines meteorologischen Phänomens annimmt. Leute stürmen auf das Feld, als er über die Home Base sprintet: ein Gewusel ekstatischer Eltern, Mitspieler und Geschwister, das beängstigend sein könnte, wären da nicht die glücklichen Gesichter. Seine Mitspieler stemmen ihn in die Höhe wie Ameisen einen Stock, und befördern ihn ein zweites Mal von einer Base zur nächsten, bevor sie ihn absetzen und einen Kühlbehälter mit Gatorade über ihm entleeren.

Miles rubbelt Ames' nach Limone riechende Haare ab, weil Miles immer gewinnen will und die Familie ein Team ist, und der Trainer hält den strahlenden Jungs und ihren strahlenden Angehörigen eine Rede über Geduld und harte Arbeit und den *Glauben an sich selbst*, und die euphorisierten Eltern umarmen einander und verabschieden sich, doch Miles besteht darauf, erst dann zu gehen, wenn sie den Ball gefunden haben – *Na, komm, es ist deine Trophäe!* Also bleibt die Familie Hollander, nachdem alle anderen verschwunden sind, sie umrunden das Spielfeld ganz außen, zerstreuen sich zwischen den flüsternden Tannen dieses Restes eines uralten Waldes. Im zunehmenden Dunkel suchen sie einzeln, bis ihre Mutter zwischen den Tannennadeln fündig wird – sie ist Expertin im Wiederfinden verlorener Dinge (tatsächlich findet sie zwei Basebälle, nur wenige Schritte voneinander entfernt, und schiebt den einen hastig unter einen Busch, bevor sie ruft: »Hab ihn!«).

Sie gehen mit der Trophäe zu ihrem Kombi, dem einzigen Auto, das noch auf dem Parkplatz steht, überqueren den Asphalt, der im Laternenschein glitzert wie ein Sternenhimmel. Miles hat den Glücksball, er wirft ihn in die Luft und fängt ihn auf. Ames geht zwischen seinen Eltern, sie halten ihn bei den Händen, Miles und Alfred folgen dichtauf, und während sie durch den volltönenden, dunklen, aquatischen Abend gehen, umhüllt sie eine Aura des Glücks.

Beim Erreichen des Autos nimmt der Vater Ames' Baseballkappe ab und küsst ihn auf den verschwitzen Kopf.

»Und nun, Champion?«, fragt er. »Du hast die Wahl.«

Dank

Mit jedem neuen Buch bin ich mehr auf die Menschen angewiesen, die mir helfen – vielleicht ist mir auch nur bewusster geworden, wie sehr ich mich stets auf sie gestützt habe!

Wie immer danke ich zuerst David Herskovits – für Jahrzehnte des Lesens, der Gespräche und vieles andere.

Unseren Söhnen, Manu und Raoul Herskovits, die meinen Blick auf Themen gelenkt haben, die in diesem Roman an zentraler Stelle stehen.

Meiner Mutter und meinem Stiefvater, Kay und Sandy Walker, die stets an mich geglaubt haben.

Meiner Agentin und Partnerin Amanda Urban und ihrem Team bei ICM und Curtis Brown: Sophie Baker, Felicity Blunt, Ron Bernstein, Daisy Meyrick und Charlie Tooke.

Meiner Lektorin Nan Graham und allen bei Scribner: Dan Cuddy, Ashley Gilliam, Erich Hobbing, Jaya Miceli, Katherine Monaghan, Mia O'Neill, Sabrina Pyun, Kara Watson und Brianna Yamashita.

Ich danke Alex Busansky, Ken Goldberg, Barbara Mundy und Dr. George Carlo für ihr juristisches, technologiehistorisches, akademisches und militärisches Fachwissen.

Und schließlich meinen Leserinnen und Lesern, auf deren offen geäußerte Meinungen ich seit Jahrzehnten baue. Neben meiner Schreibgruppe, der ich diesen Roman gewidmet habe, sind dies Monica Adler, Genevieve Field, James Hannaham, David Herskovits, Don Lee, Gregory Pardlo, Gregory Sargeant, Ilena Silverman, Deborah Treisman, Kay Walker und Stephanie Weeks.